Diogenes Taschenbuch 21591

Guy Cullingford

Wenn Wünsche töten könnten

Roman

Aus dem Englischen von Irene Holicki

Diogenes

Titel der 1952 in London erschienenen
Originalausgabe:
›If Wishes were Hearses‹

Umschlagzeichnung von
Hans Traxler

Deutsche Erstausgabe

100/88/36/1
ISBN 3 257 21591 6

1

»Ich wünschte, er würde tot sein«, sagte Mr. George White ungewöhnlich heftig für jemanden, der sonst so sanftmütig war.

»Wäre«, verbesserte seine Tochter geduldig und warf ihre Zöpfe zurück, um zu verhindern, daß das eine Ende, dicht und spitz wie ein Malpinsel, in das Marmeladenglas geriet. »Ich wünschte, er wäre tot.«

»Unsere kleine Intellektuelle«, höhnte ihr Bruder Jack, den Mund reichlich mit Toast vollgestopft. Er schlang sein Frühstück hastig hinunter, weil es Samstagmorgen war und er mit einem gleichaltrigen Jungen einen Angelausflug unternehmen wollte; er war sechzehn.

»Was willst du damit sagen?« Mr. White senkte seine Zeitung und warf Una durch seine Zweischärfenbrille – eine Neuerwerbung, dank derer er schon zweimal über die Stufe zu seinem Laden gestolpert war – einen finsteren Blick zu. »Ich wünschte, er würde tot sein, und das stimmt auch. Ich sage es noch einmal. Ich wünschte, er würde tot sein.«

»Ich wünschte, er wäre tot«, wiederholte Una, die die Sturheit ihres Vaters geerbt hatte, aber ohne die freundliche Wesensart, die eigentlich damit einhergehen sollte.

»Aber, aber!« rief Mrs. White vom anderen Ende des Tisches her, wo sie hinter einem Tablett mit Tee saß; sie hatte ihre Lieblingszeitschrift gegen die Teekanne gelehnt, hielt eine Scheibe Butterbrot in der Hand und genoß beides mit Behagen.

»So ist's richtig, Mum, ruf sie nur zur Ordnung«, sagte Jack. »Hier geht es ja zu wie in einer Gemeinderatssitzung.«

»Das klingt alles sehr blutrünstig, noch dazu so früh am Morgen«, bemerkte Mrs. White, die von einer verführerisch schönen, aber moralisch untadeligen Heldin so völlig in Anspruch genommen wurde, daß sie das Geschehen um sich herum nur sehr ungefähr mitbekommen hatte. »Habe ich richtig gehört, daß sie beide jemandem den Tod wünschen?«

»Es geht um diesen Wallace«, erklärte Mr. White. »Um den Kerl, dem dieses widerliche, schlecht gedruckte Käseblatt namens ›Bloxton Advertiser‹ gehört!«, und er schwenkte die Zeitung vor dem versammelten Publikum hin und her.

»Du brauchst es ja nicht zu kaufen«, sagte Jack. »Noch eine Tasse Tee, bitte, Mum, und vergiß diesmal den Zucker nicht.«

Er war nicht direkt unhöflich, aber er hatte eine Art, die Dinge so, wie er sie sah, auszusprechen, was ganz ähnlich wirkte.

»Rede keinen Unsinn, Jack«, tadelte seine Mutter. »Du weißt, daß es die einzige Lokalzeitung ist. Außerdem hat dein Vater ein Inserat drin.«

»Nicht mehr lange, Mabel. Ich habe keine Lust, mit einem solchen Schurken irgendwelche Beziehungen zu pflegen. Der Mann ist doch, was unser Dorf angeht, gemeingefährlich. Zuerst vergreift er sich an einem ... einem historischen Denkmal ... dem Kreuz von Tidbury ...«

»Das so alt nun auch wieder nicht war«, unterbrach Jack, immer pedantisch auf Genauigkeit bedacht.

»Tja, nun, ich gebe zu, daß dieses Kreuz erst aus der viktorianischen Zeit stammte. Aber das ursprüngliche Kreuz, mein Junge, das an dieser Stelle stand, war sächsischen Ursprungs, aus dem sechsten Jahrhundert, und ...«

»Ja, ja, das wissen wir ja alles«, gab Jack schnell zu. »Aber Wallace hat schließlich nicht den Standort entfernt. Der Standort ist immer noch da.«

»Jawohl«, sagte Mr. White und schob seine Zweischärfenbrille bis auf die Nasenspitze herunter, um seinen Sohn auch wirklich sehen zu können, anstatt es nur anzunehmen. »Aber darin liegt doch die Gefahr. Wenn ein Standort nicht angemessen gekennzeichnet ist, vergessen die Leute, wo er genau war. Sieh doch nur, wieviele wertvolle historische Informationen schon verlorengegangen sind. Es gibt ungefähr sechs verschiedene Stellen, wo angeblich Märtyrer... äh, wo Märtyrer...«

»Liquidiert wurden«, schlug Jack vor.

»Nun ja... äh... gemartert wurden, und niemand weiß genau, wo es war. Die eine Autorität sagt dies, die andere das. Die St. Edmunds-Eiche ist ein gutes Beispiel dafür. Was sollen wir nun glauben? Man kann doch einen Ort nicht richtig verehren, wenn man nicht völlig sicher ist, daß das, was da geschehen ist, auch geschehen ist«, sagte Mr. White, und es war klar, was er meinte, auch wenn er es etwas wirr ausdrückte. »Und genauso ist es mit dem Kreuz von Tidbury«, vollendete er triumphierend.

»Der alte Wallace hat es damit begründet, daß er keine modernen Märtyrer haben will. Du weißt genau, Dad, daß schon drei Lastwagen gegen dieses Kreuz gefahren waren. Einen von den Fahrern hast du selbst wieder zusammengeflickt.«

Mr. White gab seinen gefährdeten Standpunkt auf und nahm einen anderen ein, von dem er aus Erfahrung wußte, daß er unanfechtbar war.

»Es läuft darauf hinaus«, sagte er, »daß man auf kleinen Landstraßen keinen Schwerverkehr zulassen sollte. Sie sind einfach nicht dafür gebaut.«

Seine Tochter Una war vierzehn. Sie sah aus wie eine der Phantasie von Dante Gabriel Rossetti entsprungene Jungfer, aber hinter ihrer glatten weißen Stirn entstanden unablässig neue Probleme und wollten gelöst werden. Ein solches Mädchen, dessen Seele ein Schlachtfeld der gegensätzlichsten Impulse war, Una zu nennen, war eindeutig lächerlich. Derselbe Instinkt, der sie veranlaßte, den Sprachgebrauch ihres Vaters zu verbessern, der Wunsch nämlich nach peinlicher Genauigkeit um jeden Preis, trieb sie jetzt zum Widerspruch.

»Aber Mr. Wallace hat doch nicht angeordnet, das Kreuz

zu entfernen. Es wurde auf Anweisung des Gemeinderats entfernt.«

Mr. White schnalzte zweimal mit der Zunge. »Es gibt so etwas wie ineinandergreifende Räderwerke.«

»Und jetzt ist nicht von Lastwagen die Rede, meine liebe Kleine«, fügte Jack halblaut hinzu.

»Wenn es Mr. Wallace beliebt, in seinem schändlichen Blatt eine Kampagne gegen ein bestimmtes Objekt anzufangen, macht sich sein Einfluß hier am Ort bald bemerkbar. Jedermann weiß, daß er Major James in der Tasche hat. Der Major legt Wert auf eine gute Presse. Deshalb muß er brav sein und tun, was man ihm sagt, sonst bekommt er sie nicht.«

»Ich begreife dich nicht, liebe Una«, warf Mrs. White ein, und auf ihrem runden, rosigen Gesicht spiegelte sich der leidenschaftliche Wunsch nach Aufklärung. »Wenn du jetzt für Mr. Wallace eintrittst, warum hast du dann vorher gewünscht, er würde tot sein?«

»Wäre tot, Mutter.«

»Na gut, wäre tot, mein Liebes. Das ist doch das gleiche.«

»Das ist es nicht! Das ist es nicht!« schrie die arme, gequälte Una. Sie brach in Tränen aus und flüchtete aus dem Zimmer.

»Was ist denn jetzt wieder los mit ihr?« fragte Mr. White. »Ich finde, sie braucht eins von meinen rosa Pulvern, Mutter. Es gibt nichts Besseres.«

»Mädchen machen immer eine schwierige Phase durch, mein Lieber«, erklärte Mrs. White nicht weiter besorgt. »Das ist nur ein Übergangsstadium.«

»Das ist die Pubertät, Mum. Ich bin auch drin, aber ich reagiere anders darauf. Ich kriege nur Durst. Noch eine Tasse, bitte, Mum.«

»Ja, aber warum in aller Welt hat sie sich denn gewünscht, daß der arme Mr. Wallace tot sein würde?«

»Sie war es nicht. Ich habe es«, sagte Mr. White, der es jetzt, nachdem seine Tochter das Weite gesucht hatte, für sein gutes Recht hielt, sich grammatikalisch so unpräzise auszudrücken, wie er wollte. »Siehst du diese Schlagzeile, Mabel? Schau sie dir nur selbst an. In den größten Lettern, die sie haben: ›Dörfliche Jauchegruben‹. Nun, wie findest du das?«

»Na ja, sehr nett ist es nicht«, gab Mrs. White zu.

»Sehr nett! Sehr nett, wirklich! Und weißt du, auf welche Jauchegruben er es abgesehen hat?«

Mrs. White schüttelte freundlich den Kopf.

»Auf die Jauchegruben von Tidbury natürlich. Der Mann ist rasend, ein Fanatiker. Und nur, weil er in der ›Krone‹ einmal schlechtes Essen bekommen hat, vor drei Jahren, bevor die Brauerei die Motts reingesetzt hat. Kennst du irgendein Dorf hier in der Gegend, im Umkreis von fünfzig Meilen, das keine Jauchegruben hat? Natürlich nicht, weil es so etwas nicht gibt. Und was in aller Welt macht es hier auf dem Land, bei der niedrigen Bevölkerungsdichte, schon aus? Sieh dir doch unsere Jauchegrube an!«

»Ist das denn nötig?« fragte Mrs. White in aller Unschuld.

»Nein, natürlich nicht. Genau das meine ich doch. Man hat so wenig Scherereien damit, als ob sie gar nicht da wäre.«

»Ich habe schon oft darüber nachgedacht«, sagte Mrs. White. »Sie wird nie ausgeleert, und trotzdem läuft sie nie über. Aber wo geht das dann alles hin? Nicht, daß du denkst, es würde mich beunruhigen. Ich möchte es nur einfach gerne wissen.«

»Riecht sie denn schlecht?« fragte Mr. White.

»Nein, das kann ich nicht sagen.«

»Gibt sie jemals Anlaß zu negativen Bemerkungen?« fragte er beharrlich weiter.

»Nur in dunklen Nächten, wenn man über das Dingsbums da stolpert«, behauptete Jack. »Das kleine Denkmal, das den Standort markiert.«

»Nun, welchen Sinn hat es dann, wenn sich Freund Wallace aufs hohe Roß setzt und Jauchegruben anprangert und dabei besonders auf Tidbury anspielt?«

»Überhaupt keinen, mein Lieber, soweit ich sehe, es sei

denn, er fragt sich manchmal, genau wie ich, wo das alles hingeht.«

»Einen Trost gibt es«, meinte Jack. »Er kann Major James wohl kaum dazu veranlassen, überall herumzugehen und alle Jauchegruben einzusammeln, und nachdem ihr mir jetzt mein kräftiges Frühstück mit euren unerfreulichen Themen verdorben habt, verziehe ich mich. Ich habe versprochen, mich um halb zehn mit dem jungen Collins zu treffen, und ich muß noch meine Reifen aufpumpen.«

»Sei aber vorsichtig, Jack«, bat Mrs. White, die ihrem Sohn mit seinen sechzehn Jahren noch ebensowenig zutraute auf sich aufzupassen wie mit sechs. »Mach ja nichts, was gefährlich sein könnte.«

»Meine Güte, Mum«, sagte Jack und zeigte grinsend eine Reihe von Zahnruinen. »Wir gehen angeln, nicht auf Großwildjagd. Also, macht's gut, Leute. Bis später. Und vielen Dank für die Sandwiches.«

Er verschwand in Richtung Hinterhof.

»Wie er in die Höhe schießt!« seufzte Mrs. White. »Warum in aller Welt werden die Kinder heutzutage doppelt so groß wie ihre Eltern und haben dreimal so große Füße? Ob das wohl etwas mit der Ernährung zu tun hat, was meinst du? Du bist doch Apotheker, mein Lieber, du müßtest es wissen.«

»Wie?« fragte Mr. White zerstreut. Er war bereits wieder in die Lektüre des anstößigen Blattes vertieft.

»Ich habe dich gefragt, mein Lieber, ob eine stärkereiche Nahrung dazu führt, daß die Kinder große Füße bekommen.«

»Ach ja, das ist interessant«, sagte Mr. White. »Das ist sehr interessant. Aber ich kann es dir wirklich nicht sagen.«

»Na ja, es ist eigentlich auch nicht so wichtig. Bist du mit dem Frühstück fertig, mein Lieber?«

»Wie bitte? Ja ... ja, ich bin fertig«, sagte Mr. White und kam endlich hinter dem ›Bloxton Advertiser‹ hervor, um sich jede Spur von Krümeln mit seinem Taschentuch von den Lippen zu wischen, da es die gute alte Sitte der Stoffservietten nicht mehr gab. Er nahm hastig einen letzten Schluck kalten Tee.

»Ist das Inserat gut rausgekommen?« erkundigte sich Mrs. White, die sich etwas darauf zugute hielt, daß sie den Eindruck vermittelte, sich für die beruflichen Angelegenheiten ihres Gatten zu interessieren.

»So lala. Der Druck war nicht so besonders. Sieh es dir doch selbst an.«

Er reichte ihr die Zeitung, und Mrs. White betrachtete, Begeisterung vortäuschend, die Zeichnung eines weiblichen, mit langem, drahtigem Haar bedeckten Kopfes.

»›Zeppeline‹«, las sie, »›das Heilmittel gegen Grind.‹ Sehr hübsch, mein Lieber. Das wird dir sicher eine Menge Bestellungen einbringen. Hast du schon eine neue Partie hergestellt für den Fall, daß die Nachfrage stürmisch wird?«

Um nichts in der Welt hätte sie ihm verraten, was sie wirklich über seine Geschicklichkeit im Umgang mit Reklame dachte. ›Grind‹ zum Beispiel, wie konnte man nur dieses Wort verwenden! Niemand, nicht einmal das verkommenste Subjekt, ließ sich gerne sagen, daß er Grind hatte! ›Schuppen‹ wäre ein besserer Ausdruck gewesen, aber am besten hätte man gar nichts davon erwähnt. Revitalisierung! So mußte man es formulieren. Das war es, was Haare heutzutage brauchten. Und Glanz! Jede Menge Glanz mußte man versprechen. Außerdem war natürlich eine andere Aufmachung erforderlich. George sollte sich in London einen neuen Druckstock anfertigen lassen und nicht den alten verwenden, der schon in Gebrauch war, seit er vor zwanzig Jahren das Geschäft übernommen hatte.

Aber sie wußte, daß das alles nicht wichtig war. Wichtig war, daß man einem Mann den Glauben an sich selbst bewahrte. Es gab eben einige Menschen, die sich nicht ändern, nicht anpassen konnten. Was machte es schon, wenn George finanziell keinen großen Erfolg hatte, solange er glücklich war? Auch wenn er eine alte Schlafmütze war? Bei einem Mann wie

George wußte man wenigstens, woran man war. In ihrem ganzen gemeinsamen Leben hatte er ihr nie Anlaß zur Beunruhigung gegeben. Die Gewinne aus dem Geschäft waren sehr klein; bei mehr Konkurrenz wären sie vielleicht gleich Null gewesen, aber schließlich waren auch die Ausgaben sehr gering. Im Augenblick waren die Kinder die größte Belastung, sie aßen so viel und brauchten so viel Kleidung, aber sie waren immerhin so intelligent, daß sie Schulgelderlaß bekommen hatten. Ach ja, sie hatte allen Grund, dankbar zu sein, fand Mrs. White.

So gestattete sie sich in bezug auf das Inserat nur eine einzige kritische Bemerkung.

»Ich finde den Namen immer noch nicht gut, mein Lieber. Er erinnert mich ständig an den vorletzten Krieg.«

»Ach, ich fürchte, du bist zu altmodisch, um moderne Geschäftsmethoden verstehen zu können, meine Liebe. Ich halte ja nun die Augen offen und sehe, daß diese Dinge alle mit Zipp oder Zoff oder sonst irgendwie mit einem Z anfangen. Seltsam, wenn man es sich überlegt. Früher gab es nur Zebra. Ich meine, in den Lesefibeln. Außerdem, was liegt schon am Namen? Das Zeug ist gut – wirklich gut!«

Mr. White stand vom Frühstückstisch auf, wandte seiner Frau den Rücken zu und blickte aus dem großen Landhausfenster nach dem Wetter und auf das Dorf Tidbury hinaus. Das Dorf war wie zufällig, aber weiträumig angelegt, zu den Seiten einer langen, breiten Straße, in deren Mitte ein hübsches Bächlein entlangfloß, das Tid hieß und über das zwei reizende, sehr baufällige, roh behauene Fußgängerbrücken führten. Rundherum, und sogar im Tid selbst, wo seine Tiefe es erlaubte, tummelten sich Enten, die albernsten und liebenswertesten von allen Vögeln.

Die Enten hatten verschiedene Besitzer, für die sie, wie man annahm, ihre Eier legten; es war eine jener willkürlichen, aber zufriedenstellenden Regelungen, wie sie für das englische Dorfleben so typisch sind. Mr. White konnte – was er auch tat –

über die Hauptstraße und das auf beiden Seiten von grünem Gras gesäumte Rinnsal hinweg in das Erkerschaufenster des Textilladens von Joe Button und in das wie eine große Pappschachtel geformte Schaufenster mit den Lebensmitteln und Feinkostartikeln der Witwe Varden schauen, deren Sortiment, der Auslage nach zu urteilen, hauptsächlich aus Kakaoschachtelattrappen bestand. Auch wenn nie Enteneier zu finden waren, der Himmel jedenfalls war blau wie ein Entenei, frischgewaschen von einem Regenschauer, der auf Buttons alten Dachziegeln und auf den Pflastersteinen vor seiner Ladentür einen funkelnden Glanz hinterlassen hatte. Mr. White betrachtete das alles durch seine Zweischärfenbrille, obwohl er sich genausogut hätte die Augen verbinden können, da er es auswendig kannte, und er fand den Anblick auch ohne das Kreuz von Tidbury ungemein erfreulich.

»Ein herrlicher Tag«, sagte er. »Was macht Una? Sie sollte draußen in der Sonne sein und nicht oben herumhocken.«

»Ich nehme an, sie macht ihr Bett oder liest. Sie ist eine richtige Leseratte«, sagte Mrs. White.

»Mir gefällt das nicht.« Mr. White runzelte die Stirn. »Für meinen Geschmack liest sie viel zuviel. Und sie hält sich auch nicht etwa an eine gute Mädchengeschichte oder an diese netten kleinen Frauenzeitschriften, wie du sie liest, meine Liebe. Ständig kauft sie diese höchst eigenartigen Magazine, die so viel Geld kosten; intellektuell, wie Jack sagt. Die Aufmachung reicht schon, um einen abzuschrecken. Offenbar sind sie alle in Löschpapier gebunden. Nichts Fröhliches oder Anziehendes. Ich wollte neulich selbst einmal eines davon lesen und konnte überhaupt nichts damit anfangen.«

»Sie vermutlich auch nicht«, sagte Mrs. White mit ihrem ungekünstelten, warmen Lächeln. »Das hat weiter nichts zu bedeuten. Sie ist in ihre Englischlehrerin verliebt.«

»Mabel!« stieß Mr. White hervor und wirbelte auf dem Absatz herum. »Wie kannst du nur so etwas Abscheuliches sagen!«

»Ach Gott, es war doch nicht böse gemeint. Ich weiß nicht, wie man es sonst nennen soll, außer Liebe. Das machen wir alle durch. Ich habe es auch hinter mir. Das ist in diesem Alter ganz natürlich.«

»Aber dieses Magazin war kein bißchen natürlich. Nichts als Lyrik. Ich hatte früher Longfellow ganz gerne. Und Tennyson. Aber, du lieber Himmel, von diesem Zeug habe ich kein Wort verstanden. Beziehungsweise«, korrigierte sich Mr. White, »ich habe ein paar Worte verstanden, aber die haben mir nicht gefallen. Zum Beispiel Schoß. Das kam anscheinend in jedem Text vor. Ich kann nicht genau sagen, was dagegen einzuwenden ist. Es ist ein Wort aus der Bibel. Aber man ist nicht darauf gefaßt, ihm ständig zu begegnen. Ich finde, das schickt sich nicht.«

»Ich kenne ein Gedicht, von dem ich immer dachte, es sei von Tennyson, und das fängt so an: ›Ich verließ das Haus, ich verließ den Schoß ...‹«

»Schloß, meine Liebe, Schloß ...«

»Ach ja, das mag vielleicht sein«, stimmte Mrs. White gelassen zu. »Auf jeden Fall brauchst du dir wegen Una keine Sorgen zu machen, Daddy. Du wirst sehen, sie macht sich schon noch raus. Ja, wenn sie wie das arme Huggins-Mädchen wäre, das so entsetzlich schielt ...«

»Hast du vielleicht herausgefunden, ob sie sich inzwischen mit dem Gedanken angefreundet hat, im Laden mitzuarbeiten?« erkundigte sich Mr. White. Es war sein sehnlichster Wunsch, daß eines seiner Kinder in seine Fußstapfen treten möge, und wie die meisten sehnlichsten Wünsche war er zum Scheitern verurteilt.

»Ich fürchte, nein«, gestand Mrs. White. »Sie kann sich nicht dafür erwärmen, George, und es wäre nicht klug, sie zu zwingen.«

»Ein Jammer. Es ist wirklich ein Jammer«, seufzte Mr. White. »Sie bräuchte sich doch nur ins gemachte Nest zu setzen. Sie könnte eine Lehre machen, sobald sie mit der Schule fertig ist, und wenn sie dann die nötigen Abschlüsse gemacht hat und nicht in den Einzelhandel will, könnte sie das später immer noch fallenlassen und sich irgendwie in der Forschung betätigen. Ich glaube, sie hat die fixe Idee, es sei eine Schande, hinter einem Ladentisch zu stehen.«

»Was für ein Unsinn! Ich weiß, daß Una sich keine solchen Albernheiten einbildet. Es ist einfach so, daß ihr das nicht liegt. Sie will Journalistin werden.«

»Der Himmel sei ihr gnädig!« sagte Mr. White nicht ohne Grund.

»Jeder muß sein eigenes Leben führen«, sagte Mrs. White. »Und sieh mal auf die Uhr, George! Du solltest den Laden aufmachen. Maureen wird jeden Augenblick kommen, wenn sie nicht schon da ist.«

»Du hast wohl recht, wie meistens, meine Liebe«, stimmte Mr. White zu, trat wieder ans Fenster und drückte das Gesicht an die Scheibe, um zu sehen, ob seine Verkäuferin wirklich schon darauf wartete, daß er sie einließ, damit sie ihrer täglichen Beschäftigung – Arbeit konnte man es kaum nennen – nachgehen konnte. »Ja, du hast ganz recht, Mabel. Da ist sie ... Warum muß sie nur diese entsetzliche Baskenmütze tragen?«

»Still, sonst hört sie dich«, warnte Mrs. White. »Und da ist Großmutter«, fügte sie hinzu, als von der Zimmerdecke eine Reihe von kurzen Klopfsignalen zu hören war, die von dem mit gebieterischer Hand aufgestoßenen Metallbeschlag eines Spazierstocks kamen.

Sie stand auf und fing an, das Geschirr auf dem Teebrett zusammenzustellen.

»So sehr ich dich liebe, mein Bester«, teilte Mrs. White dem sich entfernenden Rücken ihres Gatten mit, »manchmal bin ich so schlecht, daß ich mir wünsche, du wärst als Waisenkind geboren.«

2

Mr. Whites Apotheke schloß sich, etwas klobig, aber nicht ohne Reiz, an sein Haus an und war, da man in Tidbury nicht darauf achten mußte, Platz zu sparen, ziemlich weitläufig. Beide Gebäude stammten aus viktorianischer Zeit, aber sie waren im gefälligeren, viktorianischen Schachtelstil gebaut, nicht im Stil jener viktorianischen Gotik, in der man überall in East Anglia die kleinen Bahnhöfe errichtet hatte.

Mr. White liebte sein Geschäft. Es war vielleicht ein wenig schäbig, aber es wahrte getreu die Tradition. So solide es auch wirkte, es war doch aus den Qualmwolken der Alchimistenküche und dem Dampf des Hexenkessels entstanden. Eine feine Nase hätte in dem Geruchsgemisch einzelne Spuren von bestimmten Ölen und Essenzen unterscheiden können, aber im allgemeinen herrschte der Wohlgeruch der guten altmodischen Apotheke vor, den die Kettenläden irgendwie verloren hatten, so unerbittlich ihre Anziehungskraft sonst auch sein mochte.

Der Laden war insoweit modernisiert worden, daß man Lippenstift oder eine Dose Gesichtspuder kaufen konnte, wenn man in bezug auf den Farbton nicht allzu wählerisch war; man konnte vielleicht sogar unter drei Haarbürsten wählen, aber das waren nur Nebenartikel, nicht die Haupteinnahmequelle. Es gab eine kurze, aber spiegelblanke Ladentheke aus Mahagoni mit flachen Glaskästen an der Vorderseite, vollgestellt mit flachen, undurchsichtigen Tiegeln, dicken Zylindern in verschiedenen Größen und jenen glitschigen, kalten Dosen, die so ziemlich das gleiche enthielten wie die undurchsichtigen Tiegel, aber zu einem Bruchteil des Preises. Auf dieser Theke, voneinander getrennt durch einen freien Raum, der gerade groß genug war für eine runde, kreisförmig geriffelte Gummimatte zum leichteren Aufnehmen des Wechselgeldes und für einen Glasteller mit zwei Abteilungen zum gleichen Zweck, standen zwei Schaukästen mit gewölbten Glasdekkeln, in denen unter anderem Zahnbürsten und Puderquasten, Pinzetten und Maniküreståbchen, Rasiermesser und Rasierklingen ausgestellt waren. Auf einem hohen Regal stand auf einer Seite eine Reihe von dicken, plumpen Flaschen mit Hustenbonbons, Pastillen und Malzzucker, und auf der anderen, als Gegengewicht, eine Reihe elegant gedrehter, geschliffener Glasbehälter zur Aufbewahrung offenen Parfüms und daher jetzt völlig leer.

Hinter dem Ladentisch, im Rücken von Mr. White, befand sich ein Regal mit jenen faszinierenden, ziemlich quadratischen Schubladen mit Emailleschildern, auf denen geheimnisvolle und doch entfernt vertraute Namen standen; NATR. BICARB., PIP. NIG., SENNAE FOL. und P. SEIDLITZ F. Bei weitem nicht alle diese Schubladen enthielten, wenn man sie an ihren Glasknöpfen herauszog, den angegebenen Inhalt. In PIP. NIG. wurden zum Beispiel Babyschnuller aufbewahrt. Oben auf dem Regal waren drei blaue Gefäße mit lateinischen Bezeichnungen aufgestellt, die Mr. White auf einem Basar erstanden hatte, und eine Topfpflanze, die je nach Jahreszeit ausgetauscht wurde. Zwischen diesem Sims und der Decke standen lauter Flaschen in den verschiedensten Formen und Größen, mit Ausnahme eines Rechtecks, das einem Diplom mit schwerem Rahmen vorbehalten war, welches Mr. White die Befähigung attestierte, seinen Beruf als Mitglied des Apothekerverbandes auszuüben.

Vom Verkäufer aus gesehen ganz rechts auf dem Ladentisch befand sich eine kleine, mahagonifarbene Ladenkasse mit einem ganz einfachen Mechanismus, der es ihr trotzdem erlaubte, im unpassenden Augenblick zu klemmen, und daneben der winzige Gasbrenner, den man in früherer Zeit ständig in Betrieb gehalten hatte, um Pakete zu versiegeln. Am anderen Ende war eine Trennwand eingezogen, deren verschnörkelter Kopfteil die Aufschrift: HIER REZEPTAUSGABE trug. Dahinter befand sich, man kann es nicht anders sagen, ein herrliches, schummriges Chaos, noch mehr Flaschen und Gefäße, Stößel und Mörser, die Apothekerwaage mit ihren Liliputgewichten, ein Rollschreibtisch, ein geflochtener Papierkorb, verschiedene andere Utensilien und ein Gaskocher, auf dem man sowohl einen Kessel zur Bereitung von Getränken erhitzen wie eine unendliche Vielfalt von Mixturen zusammenbrauen konnte. Begab man sich noch weiter in die Wildnis hinein und trat durch eine Tür, die überraschenderweise auf zwei Stufen thronte, so erreichte man einen Arbeitsraum, an den sich ein Vorratsraum anschloß, welcher seinerseits zu einem schmalen Hof mit einem Kaltwasserhahn und den Gegenständen führte, die man als ›Leergut‹ zu bezeichnen pflegt.

In seinen Jugendtagen, als Mr. White noch einen unbestimmten Ehrgeiz gehegt hatte, hatte er diesen zusammengewürfelten, kleinen Laden als eine Art Mutterpflanze angesehen, die dereinst das ganze Land mit Ablegern überziehen würde, aber aus irgendeinem Grund konnte er Sir Jesse Boot nie Konkurrenz machen, und jetzt, in seinen mittleren Jahren, in denen die Männer anfangen, ihre Leistungen zu taxieren und sie lächerlich gering zu finden, klammerte er sich an dieses Geschäft als Beweis für seine Existenz. Es war doch etwas anderes als eine Stellung in einer Bank, sogar als ein leitender Posten in einer Firma. Trotz seiner begrenzten Möglichkeiten gehörte der Laden ganz allein ihm, und er hielt sich daran fest. Er wagte gar nicht, an die Zeit zu denken, da er ihn aus Altersgründen würde aufgeben müssen, und hauptsächlich aus diesem Grund hoffte er, Una zur Übernahme überreden zu können. Bei Jack hatte das keinen Sinn. Das wußte er. Jack brauchte einen weiteren Horizont, Abenteuer, Reisen. Aber ein Mädchen – für ein Mädchen war das hier doch sicher genug. Der Jammer war, daß Una genau der richtige Typ für den Laden war, ruhig und damenhaft; genau in dem Maße geeignet, in dem die arme Maureen, seine gegenwärtige Verkäuferin, ungeeignet war.

Maureen, oder Mawreen, wie sie von ihren Eltern und Freunden genannt wurde, hatte, nachdem ihr Arbeitgeber sie in den Laden eingelassen hatte, die anstoßerregende Baskenmütze und den schmuddeligen Regenmantel an einen Haken im Arbeitsraum gehängt und sich in eine ebenso schmuddelige Kittelschürze geworfen. Dieses Kleidungsstück, dem mehrere Knöpfe fehlten, wurde in der Taille durch einen Gürtel zusammengehalten, der, ebenfalls knopflos, zu einem Knoten gebunden war. Jetzt widmete sie sich der ersten Aufgabe des Tages, nämlich dem Staubwischen in allen Räumen. Mr. White blieb in der Nähe. Wenn sein Blick auf sie fiel, wischte Maureen auch unter den Flaschen, ansonsten ging sie nur außen herum. Gewissen Teilen des Sortiments schenkte sie mehr Beachtung. Da gab es zum Beispiel eine Puderdose, die wie Messing aussah und auf die sie schon lange ein Auge geworfen hatte. Sie hauchte darauf und polierte sie andächtig. Es gab auch einen Lippenstift, bei dem man es bald vertreten konnte, ihn als leicht beschädigt zu klassifizieren. Maureen versuchte, diesen Vorgang zu beschleunigen; sie hatte die Absicht, bald ein Angebot für das gute Stück abzugeben. Obwohl sie in mancher Hinsicht schluderte, hätte niemand Maureen nachsagen können, daß sie sich sonderlich beeilte.

Es gab schlimmere Arbeiten als Staubwischen, und das wußte sie genau; Abpacken und Flaschenwaschen gehörten dazu. Ein geselliges Mädchen wie Maureen in einen Raum zu stellen, wo es nur eine weißgetünchte Wand anstarren konnte und wo zwischen ihr und der Langeweile nur ein Haufen Stärkepuder samt Papier und Etiketten stand, das war pure Grausamkeit. Während der ersten halben Stunde fand sie vielleicht noch Spaß am neuen Spiel mit der Waage, aber leider verlor dieses kleine Vergnügen seinen Reiz lange bevor die Materialvorräte erschöpft waren.

Was Maureen gerne mochte, war der vordere Teil des Ladens. Um der Wahrheit die Ehre zu geben – nur die beiden Flaschen mit den großen, leuchtenden Kugeln, die wie Wachposten hoch oben in Mr. Whites Schaufenster standen, hatten sie in seinen Dienst gelockt und sie veranlaßt, eine bessere Stellung im Co-Op von Bloxton abzulehnen. Sie wußte jetzt, daß sie nur gefärbtes Wasser enthielten, aber das änderte nichts daran, daß sie in Rubinrot und Smaragdgrün romantische Träume versinnbildlichten. Farben waren für Maureen Poesie. Um ihren dicken Hals trug sie eine Kette aus Glasperlen, in die man hätte hineinbeißen mögen.

Maureen war der Ansicht, daß der Ladentisch in den ersten Stunden nach dem Öffnen ihr gehörte, und die Kunden gleichermaßen. Leider war Mr. White nicht dieser Meinung. Er überließ ihr die Kinder mit den klebrigen Kupfermünzen in den Händen, die von ihren Müttern zu kleineren Besorgungen geschickt wurden, aber wenn das Klingeln der Ladenglocke einen Kunden im Erwachsenenformat ankündigte, war er sofort zur Stelle, um sie ihrer Chance zu berauben. Schlimmer noch, wenn er die Glocke nicht gehört hatte und Maureen bei seiner Ankunft mitten in der Abwicklung eines Geschäftes fand, nahm er es ihr ab wie ein gieriger Junge, der seiner kleinen Schwester etwas aus den Händen reißt. Zweifelte er daran, daß sie fähig war, das Wechselgeld richtig herauszugeben? Nein, denn wenn es um Arithmetik ging, war sie ihm überlegen. Was er ihr neidete, war der Kontakt zu den Kunden. Er konnte keinen einzigen entbehren, es sei denn, jemand wollte sich eine Flasche mit Terpentin füllen lassen.

Maureen war jedoch ein schwerfälliger, liebenswürdiger Mensch, und sie dachte nicht schlecht von Mr. White, obwohl er sie so schäbig behandelte. Sie fürchtete sich auch nicht vor ihm, denn wer konnte sich schon vor einem so sanftmütigen Mann fürchten? Einfältig wie sie war, gedachte sie, so lange darauf zu bestehen, daß die morgendlichen Kunden von Rechts wegen ihr gehörten, bis ihre Hartnäckigkeit ihn zermürbte. Darüber und über ähnliche Dinge nachgrübelnd, kehrte sie dem Ladentisch den Rücken zu und zog eine zierliche, mit grünem Samt gepolsterte Mahagonileiter hervor, die sie gegen die Schubladen stellte, um mit ihrem Staubtuch zwischen den prunkvoll etikettierten Flaschen herumfahren zu können, die sonst außer ihrer Reichweite waren.

»Oh, Mr. White«, schwatzte sie dabei, »Mrs. Fred Jack, die hat vielleicht 'n gräßlich eitrigen Daumen. Ich glaub', 's wird nicht lange dauern, bis sie hier damit ankommt.«

»Sie sollte damit zum Arzt gehen«, antwortete Mr. White bescheiden, obwohl es ihm schmeichelte, wenn er bei kleinen Wehwehchen um Rat gebeten wurde.

»Sie kann doch nicht bloß wegen sowas nach Bloxton runterfahren, oder? Beim Doktor isses zwar umsonst, aber man muß furchtbar lang warten. Huch, jetzt hätt' ich doch fast das Aqua Sowieso runtergewischt!«

»Passen Sie doch auf!« mahnte Mr. White gereizt. Er stand da und betrachtete verärgert die plumpe Rückansicht seiner Verkäuferin mit den roten Beinen, die in eingelaufenen Tennissocken und in Schuhen steckten, an deren Oberleder offenbar die Ratten genagt hatten. »Es wäre mir wirklich lieber, wenn Sie Strümpfe anziehen würden.«

Sie hatte den Eindruck, daß Mr. White an diesem Tag mit dem falschen Fuß aufgestanden war, und so lenkte sie, trotz ihrer rauhen und stark behaarten Beine nicht ohne weibliche Schläue, auf ein Thema über, das ihm sicher zusagen würde.

»Wer'n Sie heute die neue Gesichtscreme anrühren?«

Mr. White bezeichnete sich als produzierenden Apotheker und stellte mit wechselndem Erfolg eine Reihe von Hauspräparaten her. ›Zeppeline‹ war keineswegs seine einzige Inspiration. Da gab es ›Creamosa‹, eine Lotion für die Hände, ›Softasilk‹, einen Talkumpuder, den er ursprünglich für Una zubereitet hatte, ›Pinekoff‹ gegen Bronchialleiden und ›Rheumalief‹ für Leute, die vom ›Reißen‹ geplagt wurden. Das waren erprobte und bewährte Heilmittel. Es hatte andere, mißglückte Versuche gegeben, die andere als die beabsichtigten Resultate gezeitigt hatten und die man hatte aufgeben müssen. Aber die Rezepte für die berühmtesten

Mittel bewahrte Mr. White in einem kleinen, glänzend schwarzen Buch auf, wo er sie in seiner schönen, spinnwebfeinen Handschrift niedergelegt hatte. Die Anfälligkeit seiner Verkäuferin für Mitesser hatte ihn bewogen, nach einem Heilmittel in Form einer Creme zu suchen, und er wartete schon seit einiger Zeit auf eine günstige Gelegenheit zum Experimentieren.

»Wenn heute nicht Samstag wäre, hätte ich vielleicht einen Versuch gemacht«, pflichtete er ihr feierlich bei. »Aber heute wird zuviel los sein. Es hat keinen Sinn, wenn man unterbrochen wird. Es könnte Klumpen geben.«

»Klumpen wären noch schlimmer als Mitesser.«

»In der Salbe, nicht auf der Haut. Setzen Sie doch mal Ihren Verstand ein, Maureen. Um diese Creme zu machen, braucht man Erfahrung und Fachkenntnis. Es ist wie...« Er suchte nach einer leichtverständlichen Metapher. »Es ist wie beim Kochen. Ein bißchen von diesem und ein bißchen von jenem. Aber heute bekommt man natürlich nicht immer die richtigen Zutaten. Die Mischung muß genau stimmen und die Temperatur auch. Sehen Sie sich nur mal die großen Fabriken an, Port Sunlight zum Beispiel... die haben alle ihre Laboratorien. Ich habe da ein Bild, das ich Ihnen zeigen könnte.« Jetzt war er wirklich interessiert und verschwand in den Tiefen der Apotheke, hinter der Trennwand der Rezeptausgabe, um im Rollschreibtisch nach einem Exemplar von ›Der Apotheker und Drogist‹ zu kramen.

Kaum war er fort, da klingelte die Ladenglocke, und Maureen glitt so flink von ihrer zierlichen Leiter herunter, wie man es jemandem von so kräftiger Statur gar nicht zugetraut hätte.

»Guten-Morgen-was-kann-ich-für-Sie-tun-Mrs.-Watkin?« sprudelte sie heraus und machte in ihrer Eile aus dem ganzen Satz ein zusammengesetztes Wort.

»Ich bin in so'n verflixten Zug gekommen, meine Liebe, und jetzt hab' ich mir 'ne scheußliche Erkältung geholt. Kannst du mir was empfehlen?«

»Owbridges Lungentonikum ist gut«, sagte Maureen eifrig. »Woll'n Sie das mal probieren?«

»Laß halt mal sehen.«

Kaum hatte sie es in der Hand, als Mr. White auch schon in den Verkaufsraum gestürmt kam und es ihr wegnahm.

»Das ist nicht das Richtige, Mrs. Watkin. Sie brauchen etwas wirklich Gutes, um diesen Husten zu lösen. Ich habe hier ein Spezialpräparat, das ich selbst hergestellt habe. ›Pinekoff‹ heißt es.«

»Das ›Pinekoff‹ da hab' ich schon mal gehabt«, sagte Mrs. Watkin skeptisch. »Das schmeckt wie Kressott.«

»Ich habe Kreosot noch nie versucht«, sagte Mr. White etwas frostig, »aber es ist doch wohl unerheblich, wie es schmeckt. Es geht darum, wie gut es hilft, den Husten zu lösen.«

»Das is' nicht direkt 'n Husten, das is' eher asthmatisch«, sagte Mrs. Watkin.

»Das kommt auf das gleiche hinaus«, versicherte ihr Mr. White.

»Vielleicht haben Sie recht. Aber für so'n scheußliches Zeug is' die Flasche arg groß.«

»Es gibt auch eine kleinere Größe«, schaltete Maureen sich eifrig ein. Mr. White konnte ihr von der anderen Seite des Ladentischs her nicht gut einen Tritt geben, aber er funkelte sie so wild an, wie er nur konnte, und sagte: »In der großen Flasche ist dreimal soviel drin wie in der kleinen, aber sie kostet nur doppelt soviel.«

»Dann nehm' ich halt die«, sagte Mrs. Watkin und holte widerstrebend eine abgegriffene Lederbörse mit Ziehharmonikabalg hervor, wie sie die Hausfrauen in Dörfern und Landstädtchen gerne benützen.

»Ungewöhnliches Wetter für die Jahreszeit«, plauderte Mr. White weiter, während er das Geld in die Kasse legte. Er selbst fand zwar, daß es ein so herrlicher Tag war, wie ihn der Herbst nur selten bringt, aber er wußte, daß seine Kunden nichts lieber taten, als über das Wetter zu murren, und da sich das Wetter nicht von Kritik beeindrucken ließ, konnten sie sich dieses unschuldige Vergnügen ruhig gönnen.

»Ich fürchte, das wird eher schlimmer als besser«, bemerkte Mrs. Watkin naserümpfend, und nachdem sie diese düstere Vorahnung zum besten gegeben hatte, stopfte sie das ungeliebte ›Pinekoff‹ in ihren Einkaufskorb und schob sich aus der Tür.

Sobald Mr. White sie außer Hörweite glaubte, wandte er sich seiner Verkäuferin zu und fixierte sie mit einem Blick voller Tadel, der durch die neuen Brillengläser noch verstärkt zu werden schien.

»Was habe ich Ihnen gesagt, Maureen? Sie sollen nur dann Markenarzneien verkaufen, wenn es gar nicht anders geht. Immer erst etwas anbieten, was ich selbst herstelle. Daran ist mehr zu verdienen. Und ein Kunde darf den Laden niemals mit einer kleinen Flasche verlassen, wenn es eine größere gibt. Und Sie kommen mit einer kleinen Flasche von Owbridges daher, dabei ist sie nicht einmal verlangt worden! Ich fürchte, Sie lernen es nie!«

Maureen senkte ihren unfrisierten Kopf, nicht, weil sie aufrichtige Reue verspürt hätte, sondern weil sie schon erriet, mit welcher Strafe sie nun zu rechnen hatte.

Tatsächlich ließ Mr. White seinem Vortrag über elementare Geschäftsprinzipien die Worte folgen: »Sie hatten genügend Zeit zum Staubwischen. Jetzt gehen Sie in den Arbeitsraum und fangen an, die Päckchen zurechtzumachen. Die Dose steht schon drin.«

Es war, als hätte er sie nach Sibirien verbannt, und das noch dazu an einem Samstagmorgen, wo sie doch ihren Aufenthalt im Verkaufsraum noch mindestens eine halbe Stunde hätte hinauszögern können. Jetzt vermochte sie nur noch eines zurückzuholen, wenn nämlich eine Mutter ihr Baby zum Wiegen brachte, aber am Wochenende waren die meisten Mütter zu beschäftigt, um sich darum zu kümmern, ob ihr Baby eine

Unze mehr oder weniger wog. Da Mr. White es aus vielen – und ausnahmslos guten – Gründen verabscheute, mit Babys umzugehen, war er gern bereit, diesen Zweig des Geschäfts an sie zu delegieren.

Maureens Unmut wurde noch größer, als sie, kaum daß sie in den Arbeitsraum hinaufgestiegen war, die Türglocke wieder anschlagen hörte und den weinerlichen Tonfall von Mrs. Fred Jack erkannte, die mit ihrem eitrigen Daumen kam. Schließlich war Mrs. Fred Jack *ihre* Kundin, denn sie war überhaupt erst auf Maureens Vorschlag hergekommen.

Wenn in Tidbury anonyme Schmähbriefe im Umlauf gewesen wären und wenn Mrs. Fred Jack ebenso geschickt mit einer Feder hätte umgehen können wie bei der Ernte mit einer Heugabel, dann wäre es nur logisch gewesen, beides miteinander in Verbindung zu bringen, auch wenn Mrs. Jack keine verbitterte alte Jungfer war, sondern eine verheiratete Frau mit erwachsenen Kindern.

Nach Lage der Dinge war zwar die Gefahr nicht sehr groß, daß sie in einen Prozeß verwickelt wurde, aber deshalb richtete sie nicht weniger Schaden an, denn aus ihrem Mund ergoß sich ein endloser Strom von Skandalgeschichten. Trotzdem war die Frau nicht wirklich gehässig. Ihre Bosheit entsprang aus reiner Dummheit. Sie mußte reden, und wenn man Betrachtungen über den Charakter seiner Nächsten anstellen konnte, gab das einer Unterhaltung doch erst die rechte Würze. Mrs. Jack selbst war eine Individualistin, deren Einkommen es ihr nicht gestattete, ihre Originalität voll zum Ausdruck zu bringen. Sie war von untersetzter Gestalt und trug gerne ›Kostüme‹, die sie von irgend jemandem geschenkt bekam, und die etliche Nummern kleiner waren als ihre eigene Kleidergröße.

Da ihre Pullover gewöhnlich nach eigenen Entwürfen ›umgestrickt‹ waren und nie genug Wolle zur Verfügung stand, um sie wirklich bequem zu machen, vermittelte sie oft den Eindruck, als wolle sie aus allen Nähten platzen. Eine weitere Leidenschaft von ihr war es, Hüte ›umzuarbeiten‹, wie sie es nannte, eine Prozedur, bei der als erstes die Verbindung zwischen Hutkrempe und Hutkopf gelöst wurde. Dann wurde Krempe A mit Kopf B vereint und die Nahtstelle mit einem Streifen irgendeines gerade verfügbaren Materials verdeckt; das Ergebnis stellte Mrs. Jack zufrieden, auch wenn es ästhetisch nicht sehr ansprechend war.

Heute trug sie ein Modell, an dem zwar die erste Operation vorgenommen worden war, aber nicht die zweite; der fransige Rand des Filzkopfes war unter einem Streifen Kaninchenfell verborgen worden – es war keiner ihrer glücklichsten Versuche. Indessen hatte Mrs. Jack schließlich ihren Daumen und nicht ihren Hut als Gegenstand einer Erörterung vorgesehen. Maureen hörte die beiden Stimmen in harmonischem Zwiegespräch. Sie rutschte von ihrem Büßerstuhl herunter, schlich zur Tür und öffnete sie so weit, daß sie die Unterhaltung mitverfolgen konnte. Wie Mrs. Jack war auch Maureen der Ansicht, daß irgendein Geräusch immer besser war als gar keines, eine weit verbreitete Illusion.

Mrs. Jack hatte um ihren Daumen einen Brotumschlag gemacht, und Mr. White versicherte ihr gerade, daß das wirklich die beste Behandlung sei.

›Dummer, alter Trottel‹, dachte Maureen verächtlich. ›'nen Tiegel Salbe hätt' er ihr verkaufen sollen. Wenn ich das gewesen wär', ich hätt's bis an mein Lebensende zu hören gekriegt.‹

»Das is' nicht der erste Splitter, den ich mir auf dem alten Fußboden im Gemeindesaal eingezogen hab'«, greinte Mrs. Jack. »Man möchte meinen, daß der Pfarrer mal was dagegen tut. ›Und jetzt scheuern Sie da mal sauber, Mrs. Jack‹, sagt er, und ich sag' drauf: ›Tu ich denn je was anderes, obwohl ich 'n Wochenlohn krieg' und nicht 'n Stundenlohn, wie es bei so 'ner Arbeit üblich ist?‹ Aber mit dem Pfarrer kann man nicht disputieren, das wissen Sie ja, Mr. White, er ist stocktaub, auch wenn er ein Heiliger ist. ›Schreiben Sie mir 'n Brief‹, sagt er und lächelt, und dabei weiß er doch ganz genau, daß ich grade noch meinen Namen schreiben kann, wo ich doch schon so jung in die Arbeit mußte, damit ich meine kleinen Geschwister miternähren konnte, und jetzt, wo die 'n Vermögen gemacht haben und ich nur mit 'm Landarbeiter verheiratet bin, denkt da keiner mehr dran.«

Hier ging Mrs. Jack die Luft aus, und sie mußte einen Augenblick innehalten. Mr. White, der sie aus Erfahrung kannte, beeilte sich, sie wieder an ihren Daumen zu erinnern.

»Wenn es nicht besser wird, sollten Sie ihn dem Arzt zeigen«, riet er.

»Was, bis nach Bloxton soll ich fahr'n, und wieder zurück, wo ich doch von 'nem klugen Herrn wie Ihnen 'n Rat kriegen kann, Mr. White? Niemals!« rief Mrs. Jack, die im Umgang mit ihren Mitmenschen gelegentlich einen Anflug von Bauernschläue erkennen ließ.

»Vielleicht können Sie ihn abfangen, wenn er im Dorf ist«, sagte Mr. White, wider besseres Wissen geschmeichelt. »Nächste Woche kommt er her, um Major James zu besuchen, und gewöhnlich schaut er dann auch bei meiner Mutter vorbei.«

»Ich meine, der will eher Mrs. James besuchen als den Major«, deutete Mrs. Jack vorsichtig an, und ihre Augen unter dem Pelzbesatz funkelten.

Mr. White hatte für den Major nichts übrig, aber es lag ihm auch nicht, Mrs. Jack noch zu bestärken, deshalb war er erleichtert, als er hörte, wie die Ladenglocke einen weiteren Kunden meldete.

»Ungewöhnliches Wetter für die Jahreszeit«, verabschiedete er sie hastig, aber nicht unhöflich. »Ja, Fräuleinchen, was kann ich für dich tun?«

Von jetzt an kamen vereinzelt, aber stetig neue Kunden und beschäftigten ihn. Um elf Uhr ließ er sich so weit erweichen, daß er Maureen aus ihrer Einzelhaft befreite und Kakao kochen ließ. Der Tag schleppte sich hin. Von eins bis zwei schloß Mr. White den Laden, und als Maureen vom Essen zurückkam, erbarmte er sich ihrer und ließ sie wieder in den Verkaufsraum. Es war mehr ›los‹ als gewöhnlich, ein Ausdruck, der immer dann verwendet wurde, wenn sich mehr als ein Kunde auf einmal im Laden aufhielt. Für das Wochenende wurden kontinuierlich Abführmittel für Kinder verkauft, und es herrschte so viel Nachfrage nach Zahnpasta, daß der Verdacht aufkommen konnte, sie würde als Naschwerk konsumiert. Am Nachmittag zogen, entgegen allem, was der Morgen verheißen hatte, dunkle Wolken auf, das Gas wurde angezündet und blubberte wie gewöhnlich fröhlich vor sich hin. Etwa um halb fünf begann Mr. White abzurechnen, und während er damit beschäftigt war, wurde der Türgriff heftig hin- und herbewegt, und sein Sohn stürmte in den Laden. Seine Vitalität durchdrang sofort die gesamte Atmosphäre. Sein Gesicht war von der Bewegung in der frischen Luft gerötet, und er hatte sein Fahrrad ziemlich riskant gegen das Schaufenster gelehnt, was im allgemeinen nicht gestattet war.

»Wieder alles voll Dunst, wie ich sehe«, sagte er in bezug auf das Schaufenster, welches trotz der Anwendung aller möglichen Gegenmittel jedesmal beschlug, wenn das Gas brannte.

»Wo ist der Chef?«

Maureen, die ihn mitsamt seinem gestreiften Schal als Helden verehrte, wies mit einer Daumenbewegung darauf hin, daß Mr. White sich hinter der Trennwand aufhielt.

»Ich muß dir gratulieren!« schrie Jack dröhnend und streckte den Kopf so weit über den Ladentisch, wie ihm ein Reklameständer dies möglich machte.

»He, was soll das?« rief sein Vater, der ins Zusammenzählen vertieft gewesen war, und schaute stirnrunzelnd um die Trennwand herum.

»Du hast es geschafft, Dad!«

»Ich wollte, du würdest mich nicht unterbrechen, wenn ich abrechne. Wovon in aller Welt redest du denn?«

»Das hat man nun davon«, sagte Jack mit gespielter Entrüstung. »Ich dachte, es würde dich interessieren, was bei deinem

Hoodoo, oder was immer es war, rausgekommen ist. Offensichtlich hast du noch nichts gehört. Ganz Bloxton redet von nichts anderem.«

»Ich kann mir wirklich nicht vorstellen, worauf du hinauswillst.«

»Habe ich nun heute morgen beim Frühstück gehört, wie du dem alten Wallace vom ›Advertiser‹ in aller Deutlichkeit den Tod gewünscht hast, oder habe ich es nicht gehört?«

»Ach so, das«, sagte Mr. White. »Da hat mir wohl meine Leber zu schaffen gemacht.«

»Tja, Leber hin oder her, es hat schnell gewirkt. Der alte Knabe wurde heute nachmittag, an der Ecke der Mulberry Lane, von einem seiner eigenen Lieferwagen überfahren. Er ist mausetot!«

3

In einem Dorf verbreiten sich Neuigkeiten doppelt so schnell wie in der Stadt, und so stellte Mr. White am Sonntagvormittag, als er nach der Kirche auf einen Sprung in die ›Krone‹ ging, fest, daß ihm schon ein ausführlicher Bericht über seine tödlichen Kräfte vorausgeeilt war. Mr. White war der einzige in seiner Familie, der den Elf-Uhr-Gottesdienst besuchte, an dem er in der Eigenschaft eines Kirchenältesten teilnahm. Una war vor kurzem eingesegnet worden und ging in den Frühgottesdienst; Jack, der Lausejunge, ging überhaupt nicht zur Kirche, und Mrs. White begnügte sich mit der Abendandacht, wenn ihre kulinarischen Pflichten sie nicht mehr belasteten. Außerdem hatte sie eine sentimentale Schwäche für das ›Nunc Dimittis‹, und ohne das war der Sonntag für sie kein Sonntag.

In der Bar der ›Krone‹ war es so gemütlich, wie es bei einem prasselnden Feuer und einem beliebten Wirt nur sein konnte, und die Vorfreude auf ein ausgiebiges Mittagessen steigerte das Behagen der meisten Gäste noch. Die Motts waren jung und allgemein gut angeschrieben. Peter Motts war von der Brauerei nach seiner Entlassung aus der Armee hier eingesetzt worden; er stammte aus Tidbury und war der umgänglichste Mensch, den man sich vorstellen konnte. Seine Frau kam aus einem sechs Meilen entfernten Dorf und hatte nichts Bemerkenswertes an sich, außer ihrem gutmütigen Wesen und ihrem üppigen aschblonden Haar, das alle zwei Wochen mit weichem Wasser aus der Regentonne im Hinterhof gewaschen wurde, sonst aber keine weitere Pflege erhielt.

Jetzt stand Peter breitbeinig, in Whipcordhosen, vor seinem Kaminfeuer und sein Gesichtsausdruck zeigte, daß ihn das Leben, so wie es war, zufriedenstellte.

»Was darf's denn sein, Mr. White?« wollte er wissen. »Wie immer?«

»Ich glaube, ich nehme ein Glas Stout, Peter«, sagte Mr. White und ließ sich auf einen der blankpolierten Mahagonistühle sinken, die ordentlich an der Wand aufgereiht waren.

»Kommen Sie doch näher ans Feuer, Mister«, forderte ihn ein alter Herr mit wäßrigen Augen auf; es gab noch mehrere von seiner Art im Dorf, auch wenn in jedem Pfarrblatt verkündet wurde, daß ihre Reihen sich lichteten. »Es ist heute schon ganz hübsch frisch.«

»Hier, Sir, bitteschön«, sagte Peter, der ein Glas eingeschenkt hatte und es ihm reichte. »Ich kann mir denken, daß Sie das nach der Arbeit vertragen können.«

»Wenn mehr Leute in die Kirche gingen«, sagte Mr. White und saugte an der dicken, weißen Schaumkrone seines Stout, »wäre meine Arbeit vielleicht noch beschwerlicher.«

»Das hab' ich nicht gemeint, Mr. White«, sagte Peter grinsend. »Ich dachte, Sie brauchen vielleicht ein bißchen was Nahrhaftes, wo Sie doch den armen Mr. Wallace da unten in Bloxton erledigt haben. Tja, mein Freund war er nicht, obwohl ich das vielleicht nicht sagen sollte, wo der arme Kerl noch gar nicht richtig kalt ist.«

»Wer hat Ihnen denn das erzählt?« stammelte und hustete Mr. White und spritzte sich dabei Stout auf die Hosen.

Peter zwinkerte ihm beschwichtigend zu. »Das muß wohl wieder so 'n kleines Vögelchen gewesen sein.«

»Es ist jedenfalls nichts als dummes Gerede, und ich wäre Ihnen dankbar, wenn Sie es nicht wiederholen würden. Das war reiner Zufall, sonst gar nichts. Ich weiß nicht, wer dafür verantwortlich ist, daß solche Lügen verbreitet werden. Die Leute gehören hinter Schloß und Riegel.«

Aber insgeheim war er von seiner momentanen, traurigen Berühmtheit ganz angetan. Er wußte, daß er im Dorf als Feigling verschrien war und den Namen ›Soapy White‹ hatte, einen Spitznamen, von dem er nicht sehr begeistert war, auch wenn er zum Teil auf seinen Beruf zurückzuführen sein mochte.*

»Nun, wie geht's? Es gibt mehr Dinge zwischen Himmel und Erde...«, zitierte Mr. Button, der Textilhändler, salbungsvoll. Er hätte das Zitat nicht vollenden können, aber das war auch nicht so wichtig, denn von den übrigen Anwesenden war dazu auch niemand imstande.

»Bitte dasselbe nochmal, Peter«, quäkte der Alte, der sich solche Genüsse nur sonntags leisten konnte; seine Rente gestattete ihm unter der Woche kein Bier. Zitternd vor Gier beobachtete er, wie sein Glas neu gefüllt wurde.

»Im großen und ganzen«, sagte Peter, während er das ›Mild and Bitter‹ für den Alten zapfte, »finde ich es recht nützlich, wenn man sowas kann. Die meisten von uns haben doch ihre Sympathien und Antipathien. Ich will ja keine Namen nennen, aber es gibt Leute, auf die ich schon losgehen würde, wenn ich so könnte wie Mr. White. Der Kerl da zum Beispiel«, er deutete auf eine Schlagzeile in der Sonntagszeitung.

»Ach, ich glaube nicht, daß meine Kräfte so weit reichen würden«, scherzte Mr. White.

»Es ist eine gefährliche Gabe«, sagte Mr. Button und schüt-

*engl. soap = Seife, A. d. Ü.

telte gewichtig den Kopf. »Eine sehr gefährliche Gabe. Haben Sie sich schon überlegt, Mr. Motts, daß Sie der nächste sein könnten, der mit Mr. White aneinandergerät?«

»Ich pantsche nicht, Mr. Button, und ich werde ihm auch nicht falsch rausgeben. Da passe ich schon auf.«

»Gütiger Himmel!« rief Mr. White. »Sie nehmen das doch hoffentlich nicht ernst?«

Peter Motts zwinkerte ihm zu, und er fühlte sich erleichtert.

»Ist es denn nicht möglich, Mr. White, es so zu machen, daß es nicht gleich tödlich ausgeht?« schaltete sich Mr. Davy ein, der das einzige Gemüsegeschäft im Dorf besaß. »Diese ewigen Schlingel auf meinem Grundstück treiben mich noch zum Wahnsinn. Ich möchte ja nicht, daß ihnen was Schlimmes zustößt, schließlich war ich selber mal ein Kind. Aber ich hätte gar nichts dagegen, wenn sie mal 'ne Lehre kriegen, wo sie doch überall rumklettern und in meinen kleinen, alten Schuppen einbrechen ...«

»Sie wollen eine maßvolle, aber heilsame Strafe«, erklärte Mr. White, der jetzt allmählich in Fahrt kam. »Wäre Ihnen ein Beinbruch recht?«

»Das ist eigentlich schon übertrieben«, sagte Mr. Davy mit echtem oder gespieltem Ernst. »Ich möchte nicht, daß sie sich die Knochen brechen, die kleinen Teufel.«

»Nun, wie wäre es mit einem verstauchten Knöchel?«

»Wie war das? Jemand hat sich den Knöchel verstaucht?« mischte sich einer der jungen Landwirte aus der Nachbarschaft ein, der gerade gekommen war und die letzten Worte des Gesprächs mitangehört hatte.

»Nein, Sir«, sagte Peter. »Möchten Sie vielleicht einen Schluck Whisky, Sir? Es geht um Mr. White hier ...« Und er begann, die Geschichte von Mr. Whites einzigartigen Fähigkeiten weiterzuerzählen. Es war eine gute Geschichte, und Peter wußte, daß sie die Bar tagelang beleben und immer besser werden würde, je öfter man sie erzählte.

»Ich muß mich verabschieden, meine Herren«, sagte Mr.

White, stand hastig auf und strebte zur Tür. Er wollte das Ganze nicht noch einmal von vorne hören, und er trank nie mehr als das eine Glas. »Morgen, alle miteinander.«

»Er ist schon 'ne ulkige Nudel«, quäkte der Alte in senilem Entzücken und wischte sich die wäßrigen Augen mit dem bunten Taschentuch ab, in dem er in blühenden Jugendtagen Brot und Käse transportiert hatte. »Wirklich 'ne ulkige Nudel.«

Es gab zwei Gasthäuser in Tidbury, aber nur dieses eine Thema. Auf der anderen Straßenseite, jenseits der tosenden Fluten des Tid, stand das ›William and Mary‹, ein von keiner Brauerei abhängiges Lokal, das viel älter war als die gutgehende ›Krone‹ und von einer alten Dame mit grimmigem Aussehen und beachtlichen Qualitäten geführt wurde.

Jemanden, der es an moralischer Festigkeit mit der Königin Victoria aufnehmen konnte, mit ›Tantchen‹ anzureden (denn so nannte sie jedermann), schien fast den Tatbestand der Majestätsbeleidigung zu erfüllen, außer man zog in Betracht, daß ihr richtiger Name, Death, also ›Tod‹, die Leute ständig und auf unerfreuliche Weise an das Schicksal der Menschheit erinnerte. Es wäre ihr gutes Recht gewesen, den Namen ›De' Ath‹ aussprechen zu lassen, denn so hatten ihre Vorfahren ursprünglich geheißen, aber sie hatte eine solche Abneigung gegen alle Kompromisse –, es war schon eine Art von Snobismus – daß sie auf dieser krassen Form bestand.

Hinter der Mißbilligung, die sie allen Sündern bekundete, und den vernünftigen Ratschlägen, die sie mit scharfer Zunge ungebeten austeilte, verbarg sich jedoch ein gütiges Herz, dem so mancher Dorfbewohner einiges zu verdanken hatte. Das ›Willyum‹ war seit Generationen im Besitz der Familie Death; einst hatten die Deaths selbst ihr Bier gebraut, und das Gerippe des alten Brauhauses stand immer noch und erinnerte an seinen früheren Zweck. Aber Tantchen war die letzte der direkten Linie, obwohl sie als Hilfskraft eine arme Verwandte bei sich hatte, ein so farbloses Geschöpf, daß man seine Anwesenheit fast nicht bemerkte und das sie ziemlich unbegründeterweise als ›meine Nichte‹ bezeichnete. Sie hatte nicht die Absicht, dieser ›Nichte‹ das ›William and Mary‹ zu hinterlassen, wenn sie an der Reihe war, den Weg zu gehen, den ihr Name ihr wies, und sie hatte in ihrem Testament verfügt, daß es verkauft werden sollte.

Miss Death erkannte, daß eine Epoche zu Ende ging, und wenn es möglich gewesen wäre, hätte sie aus dem Wirtshaus am liebsten einen Scheiterhaufen gemacht, denn sie hatte ein stürmisches Temperament, und man erzählte sich aus ihrer Jugend so manche Geschichte, die durch ihr jetziges Benehmen nicht zu belegen war. Aber eine sterbende Tradition kann auch der Tapferste nicht aufrechterhalten. Mit dem Wirtshaus ging es seit fünfzig Jahren langsam, aber unwiderruflich abwärts, jetzt zählte es nur noch Arbeiter und ein oder zwei Personen von Rang und Namen zu seinen Gästen, die ihm aus Gewohnheit oder aus Bewunderung für die Wirtin weiterhin die Treue hielten. Der Mangel an Arbeitskräften hatte Miss Death gezwungen, ein Zimmer nach dem anderen zuzusperren, bis sich jetzt das Leben im Haus nur noch in der Schankstube abspielte. Es hieß, daß einige der Schlafzimmer am Verrotten seien, und wahrscheinlich stimmte das auch. Die Geschichte des Wirtshauses lebte nur in Tantchens Erinnerung, und dort war sie äußerst lebendig. Am Ende ihres Daseins war ihr nur noch ihr unbeugsamer Wille geblieben, er allein hielt sie so gerade wie einen Ladestock auf ihrem harten Stuhl, während alle möglichen Schmerzen an ihren alten Knochen zerrten.

In der Schankstube gab es kein Kaminfeuer, nur einen Ölofen, der eine milde, stinkende Wärme ausstrahlte. Alle Fenster waren fest geschlossen und mit Spitzenvorhängen verhüllt. In einem Gestell aus Holzleisten stand eine Metzgerpalme. Ein langer Tisch nahm die Mitte des Raums ein. Die hübschesten Gegenstände waren noch die in einer Reihe hängenden Zinnkrüge (in der ›Krone‹ gab es nur gläserne) und die blanken Messingzapfhähne. Es waren überdurchschnittlich viele Gäste da, zwei alte Männer, zwei Arbeiter und Mutter Brose, die Kräuterhexe des Dorfes.

Mr. White und sein Todeswunsch waren ein willkommener Leckerbissen zu einer traurigen Jahreszeit, in der man nicht über die Ernte reden konnte. Ein solches Thema war genau das richtige für das ländliche Gemüt, zynisch, praktisch und voller Aberglauben.

»Wer hat euch denn so einen bodenlosen Humbug eingeredet?« wollte Tantchen wissen, nachdem sie die Geschichte von Abraham Monk gehört hatte, der bei Mr. Druckett, einem ortsansässigen Landwirt, beschäftigt war. Miss Death war in einem Mädchenpensionat erzogen worden und sprach, außer wenn sie sehr erregt war, ohne eine Spur von Dialekt, sie neigte jedoch oft dazu, veraltete Worte zu gebrauchen.

»Der junge Jack hat es Ben Emmot erzählt. Die sind beide von Bloxton heimgeradelt. Der junge Jack ist wirklich 'n netter Bursche, aber er hat's faustdick hinter den Ohren.«

»Er hat mehr Mumm in den Knochen als sein Vater«, sagte Tantchen. »George White ist ein viel zu großer Umstandskrämer, um sich auf Mord einzulassen. Mit seinen Giften führt er sich auf wie ein altes Weib. Stellt euch nur vor, er wollte meiner Nichte keine Salzsäure verkaufen, zum Saubermachen an dem Ort, über den man am besten nicht spricht. Als ob wir das Zeug trinken wollten ...«

»Dabei fällt mir was ein ...«, unterbrach einer von den Alten und schob ihr sein Glas hin.

»Meine Nichte mußte erst nach Bloxton, und da hat sie soviel gekriegt, wie sie wollte«, vollendete Miss Death ruhig, dann erst stand sie aus ihrem knarrenden Stuhl auf, um ihren Gast zu bedienen.

»Ich kann euch aber erzählen, wann er doch mal Gift verkauft hat«, sagte Ned Blewer, ein Stallbursche von Druckett. »Das war damals, als sich die kleine Mollie, die Tochter von Fred Jack, mit ihrem Schatz gezankt hat. Sie war schon immer 'n komisches Mädel, schlägt wahrscheinlich ihrer Ma nach, und kriegte öfter so historische Anfälle.«

»Hysterische Anfälle meinst du«, verbesserte Tantchen.

»Tja, sie geht also zu George White und verlangt Laudanum. ›Oh‹, sagt er, ›und was willst du damit, Mädel?‹ ›Ich brauch's, weil ich Zahnweh hab'‹, sagt sie. ›Schön, Mädel‹, sagt er, ›aber du darfst nur ein oder zwei Tropfen nehmen‹, und dann gibt er ihr so 'ne kleine Flasche, die er da hinten im Verschlag fertiggemacht hat.«

»Er muß verrückt gewesen sein, wenn er Mollie Jack Laudanum gegeben hat, obwohl er meiner Nichte nicht mal Salzsäure geben wollte«, stellte Tantchen fest.

»Tja, aber hören Sie nur weiter. Am nächsten Tag wird's Mollie so sonderbar schlecht, ja, richtig sonderbar schlecht. Und Fred Jack findet die leere Laudanumflasche und geht rüber zu Soapy White und sagt: ›Sie ham meine Tochter vergiftet, Sie alter Dummkopf!‹

›Is' Ihre Tochter tot?‹ fragt Soapy.

›Nee, aber ihr is' so sonderbar schlecht.‹

›Aha‹, sagt Soapy, ›und das wundert mich auch gar nicht. Ich hab' gedacht, sie will sich was antun, und da hab' ich ihr 'n Tropfen Laudanum gegeben, nur so viel, daß es ihr nichts schaden kann, aber ich hab's gemischt mit ipy-ipy-ipy---«

»Ipecac...«, behauptete Abraham Monk.

»Ipecacuanha«, sagte Tantchen, die es für ihr Privileg hielt, ihre Gäste zu verbessern. »Da hat er ja mehr Verstand bewiesen, als ich ihm zugetraut hätte, aber bist du sicher, daß das auch stimmt, Ned?«

»Doch, bestimmt, Fred hat's mir doch selber erzählt. Aber er hat gesagt, ich soll's seiner Frau nicht verraten, weil die sich immer so aufregt. Und Mollie hat sich mit ihrem Schatz wieder vertragen und hat 'n geheiratet, damit sie von zu Hause wegkommt.«

»Das wundert mich gar nicht«, sagte Tantchen, denn sie hielt nicht allzuviel von Mrs. Fred Jack.

Mutter Brose, deren Kleider aussahen, als stammten sie aus der Tudorzeit, und die auch danach rochen, hatte die ganze Zeit die Lippen bewegt, ohne irgendwelche Worte herauszubringen; aber ob das daran lag, daß sie sich angewöhnt hatte, Zaubersprüche zu murmeln, und damit jetzt nicht aufhören konnte, oder einfach daran, daß sie ihr Bierglas geleert hatte, war nicht ganz klar. Tantchen nahm letzteres an und schenkte ihr unaufgefordert noch einmal ein. Sie erwartete keine Bezahlung, solche Dinge hatten ihr den Titel ›Tantchen‹ eingetragen.

»Dank' auch schön«, sagte Mutter Brose. »Ich bring' Euch auch 'ne Schüssel Kräuter für Euer Rheuma.«

Die Mixturen von Mutter Brose waren ebenso ungenießbar wie die des Apothekers, und so verzog Tantchen zwar das Gesicht, lehnte das Angebot aber nicht ab, denn sie verstand, daß Mutter Brose ihre Unabhängigkeit wahren wollte. Sie hatte ziemlich großes Vertrauen in das, was die weise Frau zusammenbraute, aber die üble Seite ihres Gewerbes, nämlich die Herstellung von Tränken sowohl zur Erregung von Leidenschaft wie zur Kurierung ihrer Auswirkungen, verzieh sie ihr nicht. Mutter Brose lebte in einer schmutzigen Hütte, die vor kurzem für abbruchreif erklärt worden war. Alle, die den verlassenen Feldweg dorthin einschlugen, waren verdächtig, und Tantchen hatte keine Nachsicht mit ihnen.

Mutter Brose nahm einen kräftigen Schluck von ihrem Bier, dann sagte sie mit heiserer Stimme: »Es gibt 'ne Menge Gift in der Natur und 'ne Menge Gift im Geist, man muß nur wissen, wie man damit umgeht.«

»Wann werden sie Ihnen die Hütte abreißen?« fragte Ned.

»Tausendmal verflucht sollen sie sein, die schlechten Menschen!« brummte Mutter Brose. »Da steckt dieser Major James dahinter, seine Seele soll verfaulen.«

Miss Death schnalzte mißbilligend mit der Zunge, ob aus Mißfallen über Major James oder über die Beschimpfungen gegen ihn, war nicht sicher.

»Ich halt' nichts vom Abreißen«, sagte Ned.

»Die alte Hütte muß aber wirklich weg«, widersprach Abraham.

»Es ist immer hart, wenn es um die eigenen vier Wände geht«, bemerkte Miss Death und überlegte dabei, daß sie die Vorstellung, ein solches Schicksal könne nach ihrem Tode dem ›William and Mary‹ widerfahren, durchaus erträglich fand, daß ihr das sogar lieber wäre, als wenn man es ›renovierte‹, was aber wahrscheinlicher war, denn die Balken waren intakt, und das Haus war gebaut wie ein Fels.

In diesem Augenblick ertönte lautes Knattern; ein Motorrad mit Beiwagen hielt vor dem Fenster der Schankstube, und man sah durch die Spitzenvorhänge zwei junge Männer des Mechanikergewerbes, die sich umständlich von ihrem Fahrzeug losmachten.

Kurz darauf stießen die beiden in Overalls Gekleideten ziemlich unverschämt die Glastür zur Schankstube auf.

»Gibt's hier Flaschenbier, Ma?«

Tantchen erhob sich aus ihrem Stuhl. »Hier gibt es nur, was Sie mit eigenen Augen sehen können. Und ich heiße auch nicht ›Ma‹. Ich heiße Death.«

Wie sie so hager in ihrer schwarzen Kleidung über den beiden kleinen Männern aufragte, hätte man sie einen Augenblick lang wirklich für den Todesengel halten können.

Die zwei bezahlten ihre Getränke und kippten sie schnell hinunter, während ihnen von allen Seiten feindseliges Schweigen entgegenschlug.

»Blödes Volk, diese Bauerntrampel!« schrie der eine dem anderen zu, als sie wieder auf ihre Teufelsmaschine stiegen. Aber sein Beifahrer hörte ihn nicht, der Motor machte viel zu viel Lärm.

Inzwischen brachte zuhause bei Mr. White eine andere alte Dame sowohl ihre Persönlichkeit wie ihre Ansichten zum Ausdruck. Wenn es den Anschein hat, als setze sich die Bevölkerung von Tidbury zum großen Teil aus alten Damen zusammen, so ist das nichts als die Wahrheit. Die Lebensweise und die belebende Landluft konservierten beide Geschlechter, aber da alte Damen zäher sind als alte Herren, waren die ersteren praktisch unsterblich. Es war gar nichts Besonderes, wenn eine alte Dame ihren hundertsten Geburtstag feiern konnte, und da Mrs. White senior erst fünfundachtzig war, rechnete sie noch mindestens mit zehn Jahren. Sie mußte jetzt das Bett hüten, weil ihre Beine nicht mehr so recht wollten, aber das hinderte sie nicht daran, das Beste aus dem Leben herauszuholen. Sie genoß jeden Augenblick, und an Vitalität konnte es nur ihr Enkel Jack, den sie vergötterte, mit ihr aufnehmen.

Mr. White hatte sich sein ganzes Leben lang vor ihr gefürchtet, und das nützte sie weidlich aus. Mrs. White hätte alles getan, um Ruhe und Frieden zu bewahren. Una verabscheute ihre Großmutter, und Mrs. White senior rächte sich, indem sie Una als ›Traumtänzerin‹ bezeichnete. Jack war vor Kritik sicher, denn in ihm sah sich die alte Dame wiedergeboren, aber ohne den Nachteil des weiblichen Geschlechts.

Jeden Sonntag gehorchte Mr. White einer Regel, die so streng gehandhabt wurde wie nur irgendein von den Medern oder Persern erlassenes Gesetz und verbrachte den Nachmittag bei seiner Mutter in deren Zimmer. Dann schwelgte Mrs. White senior ausgiebig in der Vergangenheit, und ihr Sohn, der alle ihre Erinnerungen, die echten wie die imaginären, schon in- und auswendig kannte, sagte zerstreut ›Ja, ja‹ und ›Nein, nein‹, wobei er sich fast in Trance befand. Jedenfalls war es gewöhnlich so, aber diesmal schaltete Mrs. White mitten in der spannenden Geschichte von Onkel Benjamin und dem Keuchhusten plötzlich um und brach mit der beiläufigen Frage: »Was höre ich da über dich und Austin Wallace?« in seine Gedanken ein.

»Entschuldige, Mama ...«, sagte Mr. White höflich, während er innerlich Unfreundliches über den jungen Jack dachte, der offensichtlich die Informationsquelle seiner Großmutter war und nicht wußte, wann er den Mund zu halten hatte. Es war bemerkenswert, daß Mr. White nur einen einzigen Menschen ›Mutter‹ nannte, nämlich seine Frau, und tatsächlich war sie auch die einzige, die ihn jemals bemutterte.

»Ich sagte, was höre ich da über dich und Austin Wallace?« wiederholte Mama streng. »In deinem Alter solltest du eigentlich noch nicht schwerhörig sein, George.«

»Ich bin überhaupt nicht schwerhörig, Mama. Ich war nur nicht so ganz bei der Sache.«

»Das dachte ich mir. Nun ...?«

»Das ist alles dummes Zeug«, sagte Mr. White verlegen. »Ich habe zufällig beim Frühstück eine Bemerkung gemacht, des Inhalts ... kurz gesagt ... ich fand, daß die Welt sehr gut ohne Austin Wallace auskommen könne. Es war nur so dahingesagt, weißt du.«

»Verantwortungsloses Gerede hat noch nie was eingebracht«, sagte seine Mutter, die selbst nicht genug davon bekam.

»In diesem Fall«, gab George etwas heftig zurück, »hat es auch nichts geschadet, finde ich. Und ich werde auch nicht heucheln und sagen, es täte mir leid, daß Austin Wallace ... nun, daß ihm ein Unglück zugestoßen ist. Er hat eine Menge Unheil angerichtet, so oder so.«

»Bist du sicher, daß du ein wasserdichtes Alibi hast?« wollte Mrs. White senior wissen, die einen Teil ihres aufregenden Daseins mit der Lektüre literarischer Werke verbrachte, die Jack ihr in einer Zweipenny-Bibliothek in Bloxton aussuchte.

»Meine liebe Mama! Du bildest dir doch wohl nicht ernsthaft ein, daß ich da die Hand im Spiele hatte! Der Mann wurde von seinem eigenen Lieferwagen überfahren.«

»Oh, jemand könnte ihn gestoßen haben. Von solchen Fällen habe ich schon oft gelesen.«

»Ich kann nur sagen, daß ich zu der Zeit, als sich der Unfall ereignete, mit Maureen im Laden war.«

»Ich glaube nicht, daß das arme Kind genug Grips hat, um

sich als Komplizin zu eignen«, seufzte die alte Dame, »obwohl sie mir immer noch lieber ist als deine Traumtänzerin.«

Es klopfte an der Tür, und Una steckte, als habe die Erwähnung ihres Namens sie herbeigerufen, den Kopf ins Zimmer.

»Tut mir leid, daß ich störe, Großmutter«, sagte sie, »aber könnte ich Daddy einen Augenblick sprechen?«

»Dann komm herein, Kind, und bleib nicht in der Tür stehen, sonst zieht es.«

»Was ist?« fragte Mr. White, für den ihr Erscheinen eine willkommene Abwechslung war.

»Ich wollte nur fragen, ob ich ein paar Halbzollbandagen aus dem Laden nehmen kann. Ich muß Valerie Kennedy ein bißchen Erste Hilfe leisten. Das dumme kleine Gör ist von Davys Schuppen heruntergefallen und hat sich den Knöchel verstaucht. Aber Vater, was ist denn um Himmels willen los? Du bist ja bleich wie ein Gespenst. Es ist wirklich nichts Ernstes.«

Mr. White erhob sich aus seinem Stuhl, als mache es ihm Schwierigkeiten, seine eigenen Beine zu bewegen.

»Entschuldige mich bitte, Mama, ich werde sofort hinuntergehen und mich darum kümmern! Ich darf Una nicht warten lassen.«

Die Sonntagszeitung umklammernd, die auf seinem Schoß gelegen hatte, eilte er zur Tür. Kaum hatte er sie erreicht, als er ein gebieterisches »George!« hörte.

»Ja, Mama?«

»Laß dir ja nicht einfallen, daß du mich so per Fernwirkung erledigen kannst. Der weibliche Teil unserer Familie war immer langlebig. Ich rechne noch mit zehn Jahren, und davon wird mir niemand auch nur eine Stunde wegnehmen!«

Als sie sich auszogen, um zu Bett zu gehen, vertraute Mr. White seiner Frau sein neues, außergewöhnliches Erlebnis an. Sie ließ sich nicht beeindrucken, sondern lachte nur auf ihre behäbige Art.

»Ach, du Dussel«, sagte sie, »du glaubst doch nicht wirklich, daß du für Valerie Kennedys verstauchten Knöchel verantwortlich bist, oder? Die Kinder klettern seit Ewigkeiten auf diesem baufälligen Schuppen herum. Es ist ihr Lieblingsspielplatz, und das viele lose Wellblech, das da herumhängt, ist äußerst gefährlich. So etwas mußte doch früher oder später passieren.«

»Ja, aber es passierte früher«, sagte Mr. White düster.

»Was die andere Geschichte in Bloxton angeht, so hast nicht du den armen Austin Wallace getötet. Es war seine eigene Eitelkeit. Er war ohne seine Brille so blind wie ein Maulwurf, aber außer Hause wollte er sie nicht aufsetzen. Jetzt weißt du es. Mein lieber Georgie, sei doch nicht kindisch. Du könntest doch keiner Fliege etwas zuleide tun!«

»So spät im Jahr gibt es keine Fliegen«, sagte Mr. White barsch.

4

Mr. Whites bester Kunde war auch sein schlimmster. Es gab nur zwei Gelegenheiten, bei denen man Major James nachsagen konnte, daß er großzügig mit dem Geld umging, in der ›Krone‹ und in der Apotheke. Leider benahm er sich als Kunde so grob, daß es in beiden Häusern fraglich war, ob der finanzielle Gewinn die seelischen Kränkungen aufwog. Während jedoch die Anzüglichkeiten des Majors von Peter Motts' breitem Rücken abprallten, trafen sie beim Apotheker unfehlbar ins Schwarze, was diesen natürlich zum bevorzugten Ziel machte. Wenn es überhaupt eine Rechtfertigung dafür gibt, einen Menschen zu schikanieren, der nicht in der Lage ist, mit gleicher Münze zurückzuzahlen, so ist festzuhalten, daß Mr. White den Major aus irgendeinem Grunde, der diesem selbst unklar war, in höchstem Maße reizte.

Vielleicht war es das Gesicht des Apothekers, die ziemlich

weit vorstehenden Augen hinter der starken Brille, die sorgenvolle Stirn, das schwach entwickelte Kinn, der allgemeine Ausdruck wehrloser Schüchternheit, was die schlimmsten Seiten des Majors zum Vorschein brachte. Vielleicht ging es sogar noch tiefer, und der Major erkannte in Mr. White einen ebenfalls Gescheiterten und haßte ihn daher mit der ganzen Erbitterung, die man dem Spiegelbild seiner eigenen Schwächen entgegenbringt. Aus welchem Grunde auch immer, er machte den kleinen Mann zu seiner Zielscheibe und ließ keine Gelegenheit aus, einen Teil seiner schlechten Laune an ihm abzureagieren.

Peter Motts war aus nur einem Weltkrieg nach Hause gekommen, und er hatte, abgesehen von gelegentlichen Alpträumen, die ihn an unangenehme Episoden erinnerten, weiter keinen bleibenden Schaden davongetragen. Der Major hingegen hatte das Ende des ersten Krieges sowie die geballte Wucht des zweiten mitbekommen, und vielleicht sind zwei Kriege in einem Leben für die meisten Menschen einfach zuviel. Ansonsten schienen sich Peter und der Major, wenn man die Unterschiede im Alter und in der sozialen Stellung berücksichtigte, im Grunde ähnlich zu sein, und im Aussehen glichen sie sich sogar so weit, daß ihnen die Klatschmäuler denselben Vater andichteten. Hätte der Major in seinem Leben nur einen Krieg durchgemacht, er wäre vielleicht ebenso gutmütig gewesen wie der Wirt der ›Krone‹ – sie waren beide von einfacher Wesensart, liebten Tiere und Sport im Freien und waren gern in trinkfester und redseliger Gesellschaft. Aber den Älteren hatten seine Erlebnisse verbittert, ihn zum Griesgram gemacht und seine Nerven zerrüttet; alle seine Charakterzüge schienen sich ins Negative verkehrt zu haben.

Wie Peter hatte er seine Militärzeit ohne körperliche Verletzungen überstanden, aber er bildete sich ein, von jeder Krankheit unter der Sonne befallen zu sein. Das Studium seiner eingebildeten oder wirklich vorhandenen Leiden wurde zu einer Angelegenheit von ungeheurem Interesse für ihn, der er seine ganze freie Zeit widmete. Der Tod seines Vaters, der mit seiner

Entlassung aus dem Militärdienst zusammengefallen war, hatte es ihm ermöglicht, auf eine regelmäßige Beschäftigung zu verzichten und sich in ein hübsches, georgianisches Haus zurückzuziehen, das sich seit langem im Besitz seiner Familie befand und das er zusammen mit einem beträchtlichen Vermögen geerbt hatte. Er hätte das Leben als Gentleman auf dem Lande als Verbesserung seiner früheren Existenz als Zivilist (zu der Ausflüge in alle möglichen verlustreichen Unternehmungen von der Hühnerzucht bis zum Champignonanbau gehört hatten) empfunden, wenn er es sofort hätte genießen können. Aber die Vermögensverhältnisse seines Vaters waren heillos verworren und mußten zuerst einmal geregelt werden, eine langwierige Angelegenheit, die für den Major in einem Nervenzusammenbruch gipfelte.

Inzwischen hatte er sich erholt, aber er litt immer noch unter Herzjagen und war regelmäßig in ärztlicher Behandlung. Eine vollständige Heilung war kaum zu erwarten, weil er nur dann bereit war, den Anweisungen des Arztes zu folgen, wenn diese seinen eigenen Neigungen nicht zuwiderliefen. Eine Anordnung des Arztes lautete, den Alkohol zu meiden, aber der Major fühlte sich oft so elend, daß der Alkohol das einzige schien, was ihn aufrichten konnte. Es war alles sehr schwierig.

Er hatte keine geistigen Interessen und las nichts bis auf die Zeitungen, eine tägliche Übung, die ihn in tiefe Depressionen stürzte. Er diente jedoch dem Gemeinwohl, indem er als Nachfolger seines Vaters dem Gemeinde- und dem Grafschaftsrat angehörte. Er war ein bekannter Freimaurer und hatte eine Reihe von Bekannten in Bloxton und Umgebung, die bereit waren, mit ihm zu trinken und gesellschaftlichen Umgang zu pflegen. Diese sah er als Freunde an. Er legte eine verdrießliche, derbe Lustigkeit an den Tag, akzentuiert von freudlosen Lachsalven, die nur als ›haha‹ wiederzugeben sind, sich aber sehr viel unangenehmer anhörten. Für jeden, der Erfahrung mit nervösen Leiden hatte, war es offenkundig, daß er in keinem beneidenswerten Zustand war. Auch war er keineswegs der erste, der versuchte, eine Gemütskrankheit mit rezeptfreien Medikamenten oder starken Getränken oder sogar einer Mischung aus beiden zu kurieren.

Es war Montagnachmittag, vier Uhr, als Vincent James grimmig in Mr. Whites Laden stapfte. Da stand er nun in seinem Tweedmantel und seiner alten Tweedmütze, fest entschlossen, gehässig und ausfallend zu werden, und Mr. White zitterte das Herz in der Brust. Es war von Anfang an ein schwarzer Tag gewesen. Seinen ersten falschen Zug hatte Mr. White gemacht, als er beschloß, zum Wochenbeginn das Schaufenster neu zu dekorieren. Schaufensterdekoration war keine seiner Stärken; dazu war eine spezielle Ausbildung nötig, und ganz gleich, wieviel Übung er auch hatte, er fand nie das, was er ›den richtigen Dreh‹ nannte. Seine Finger, die normalerweise recht geschickt waren, wenn er etwas aus einem Meßglas in eine Flasche goß oder einen Fremdkörper aus dem Auge eines Kunden entfernte, verwandelten sich in lauter Daumen, und die Gegenstände, mit denen er seine Pyramiden zu bauen hoffte, setzten ihm einen mehr als passiven Widerstand entgegen. Pakete torkelten wie verrückt herum, Zahnbürsten sprangen aus den Halterungen, und Reklamebilder brachten es fertig, sich auf den Kopf zu stellen. Diesmal ließ er zu guter Letzt noch einen Tiegel Gesichtscreme fallen und schlug dabei von einem der Glasregale im Fenster einen Splitter ab. Maureen, die ihm die Sachen zureichte, kicherte und wurde sofort verbannt.

Kaum war sie fort, da brachte Mrs. Gooch ihr Baby zum Wiegen, und Mr. White unterzog sich lieber selbst der Aufgabe, das gräßliche, kleine Geschöpf aus seinem Kokon von Schals auszuwickeln, als sich so weit zu erniedrigen, daß er Maureen zurückholte. Sobald das Baby in der Waagschale lag, versuchte es krampfhaft, sich umzudrehen. Mr. White biß die Zähne zusammen und konzentrierte sich auf den Zeiger, während der Säugling aus Leibeskräften brüllte. Dann hob er ihn unbeholfen hoch, lud ihn auf den Armen seiner Mutter ab und trug das Gewicht auf einer Karte ein, mit dem Ergebnis, daß Mrs. Gooch triumphierend ausrief, ihre schlimmsten Befürchtungen hätten sich bewahrheitet, verglichen mit der Klinikwaage ginge die von Mr. White nicht richtig.

»Warum sind Sie so sicher, daß *meine* Waage falsch geht?« wollte Mr. White über das Geschrei des Säuglings hinweg wissen. »Vielleicht ist es die Klinikwaage.«

»Das is'ne Staatswage!« schrie Mrs. Gooch und demonstrierte damit ein rührendes Vertrauen, während sie ihren protestierenden Sprößling wieder einpackte. Mr. White murmelte, es käme ja nicht so genau auf die Unze an, wenn das Gewicht des Babys immer auf der einen oder anderen Waage festgestellt würde, eine Behauptung, die einen Strom von wüsten Beschimpfungen heraufbeschwor, welchem er nur durch einen Rückzug in seinen Raum hinter der Trennwand zu entgehen vermochte. Und das alles für einen Penny!

Maureen ging zum Mittagessen und war, als sie zurückkehrte, ebenso träge wie die Pampe aus Mehl und Talg, die den größten Teil ihrer Mahlzeit ausgemacht hatte. Sie hatte nicht nur die Preise von kleinen, ständig verlangten Artikeln vergessen, sondern schien auch die Fähigkeit verloren zu haben, Zahlen zu lesen, wenn besagte Preise deutlich sichtbar auf Etiketten und Aufklebern standen. Wo sich bestimmte Dinge befanden, die sie am Morgen noch abgestaubt hatte, war ihr jetzt ein unlösbares Rätsel, und man mußte sie zu einer Packung mit Babyschnullern in hygienischen Zellophanhüllen, die sie während der vergangenen Woche sicher mindestens sechsmal in der Hand gehabt hatte, regelrecht hinführen. Aber das war noch nicht das Schlimmste. Sie hatte einen so dumpfen, äußerst pampigen Ausdruck in den Augen, daß Mr. White sich nicht getraute, seinen Gefühlen freien Lauf zu lassen und sie wegzuschicken. Er besagte so deutlich, wie nur möglich: ›Wenn du mich noch einmal in diesen Lagerraum steckst, kündige ich‹, und Mr. White wagte nicht, sich ganz am Anfang der Husten-

und Erkältungsperiode der Gefahr auszusetzen, von seinem gesamten Personal im Stich gelassen zu werden. So fraß er seine eigene Gereiztheit in sich hinein, bediente jeden Kunden persönlich, duldete aber seine vom Essen träge gewordene Verkäuferin an seiner Seite.

Somit war Mr. White nicht in der Verfassung, Major James mit Gelassenheit gegenüberzutreten. Er tat so, als nehme er von dessen verhaßter Anwesenheit keine Notiz, und fuhr fort, einem schniefenden Gör Beechams Pillen, die früher einen Penny gekostet hatten, für dreieinhalb Pence zu verkaufen. Es schien fast, als hoffe der bedauernswerte Apotheker, er sei einer Halluzination erlegen und Major James würde, wenn er sich wieder umschaute, verschwunden sein. Aber noch während sich die schmuddelige Faust über dem Tütchen mit den Pillen schloß, hörte er die trügerisch joviale Stimme mit ihrer Leichenbitterfröhlichkeit ungeduldig sagen: »Können Sie diesen Bengel nicht dem Mädel überlassen und statt dessen mich bedienen, White? Ich habe mich extra bemüht, herzukommen, ehe Sie schließen.«

»Wir haben noch eine Stunde geöffnet«, stellte Mr. White mit einem nachdrücklichen Blick auf die Uhr fest.

»Verflixt unfreundlich, wenn es nicht mal soweit reicht, daß Sie sich um einen Stammkunden kümmern.«

»Hier ist dein Wechselgeld, Kleiner«, sagte Mr. White. »Und sei vorsichtig. Paß auf, daß du es nicht verlierst.«

»Bedienen Sie mich jetzt, White, oder bedienen Sie mich nicht? Wenn nicht, gehe ich nämlich nach Bloxton.«

Es lag Mr. White auf der Zunge, zu sagen: »Dann gehen Sie doch in Gottes Namen«, aber heraus kam: »Sie wünschen, Sir?«

»Tja, mir sind alle Medikamente ausgegangen ... Mundwasser, Verdauungspulver, der ganze Kram. Sie schreiben am besten eine Bestellung zusammen. Ich habe irgendwo eine Liste, so lang wie mein Arm. Wo habe ich sie denn jetzt hingesteckt ... Sind Sie soweit, Mann?«

Mr. Whites Füllfeder wollte nicht schreiben. Er schüttelte sie, und ein großer Klecks fiel auf das Auftragsbuch. Er wollte nach Löschpapier suchen, besann sich dann aber unter den ungeduldigen Blicken des Majors anders, riß die verdorbene Seite heraus und begann von neuem.

Der Major las die Namen von einem halben Dutzend rezeptfreier Markenarzneien herunter. Mr. White schrieb sie mit fest zusammengepreßten Lippen kommentarlos auf, bis er zum letzten Artikel kam, da gewann der Berufsstolz in ihm die Oberhand, und er sagte unüberlegt: »Dafür mache ich selbst etwas viel Besseres, zum halben Preis.«

»Mein lieber Mann, Sie glauben doch nicht, daß ich mich Ihrer liebevollen Behandlung ausliefere? Ihre üblen Tränklein sind schon im ganzen Dorf verrufen. Nein, wenn ich Gift haben will, melde ich mich schon. Haha!«

»An dem Zeug vergiften Sie sich bestimmt nicht«, sagte Mr. White und notierte grimmig Flasche Nummer sechs. »Das ist nicht einmal stark genug, um einen Bazillus zu töten, geschweige denn einen Menschen!«

»Sie sind ein gerissener Teufel, White. Ich möchte nicht wissen, wie Sie die armen Schlucker dazu bringen, Ihr Hexengebräu zu trinken. Haha! Es sind wohl diese sogenannten Anerkennungsschreiben, mit denen Sie es schaffen. Und die verfassen Sie vermutlich selbst.«

»Das nun wirklich nicht!« gab Mr. White, an seiner empfindlichsten Stelle getroffen, zurück. Der Major bezog sich auf eine Angewohnheit des Apothekers, Bestellungsbriefe für seine hausgemachten Artikel mit roten Klebestreifen unter den Glasdeckeln der Vitrinen zu befestigen, um sie zur Schau zu stellen.

»Sehen Sie sich das an«, sagte der Major und spähte kurzsichtig darauf. »›Sehr geehrter Herr, bitte schicken Sie mir eine große Flasche Zeppeline und seien Sie so freundlich ...‹ Und die gute Seele wohnt in Tooting! Wer ist das? Ihre unverheiratete Tante, was? Haha!«

»Ein Anerkennungsschreiben aus Tooting ist doch wohl genausoviel wert wie ein Anerkennungsschreiben von sonstwoher«, bemerkte Mr. White steif. »Und sie ist überhaupt nicht mit mir verwandt. Sie war zufällig in Ferien hier und kaufte eine Probeflasche von meinem Haartonikum und war zufrieden mit dem Ergebnis der Anwendung.«

»›Und seither habe ich nichts anderes mehr verwendet‹, was, White? Wahrscheinlich ist sie inzwischen so kahl wie ein Ei. Zum Kuckuck, Mann, dieser Brief ist fünf Jahre alt.«

»Sie brauchen nicht auf dem herumzuhacken, es gibt auch neuere.«

»Das sehe ich. Der hier ist ja brandneu. Das Papier ist trotzdem ziemlich gelb, und, hm, die Tinte verblaßt schon. Aus Dulwich diesmal. ›Sehr geehrter Herr, ich möchte Ihnen mitteilen, wie mich Ihr Rheumalief gutgetan hat ...‹ Na ja, seiner Grammatik hat es überhaupt nicht gut getan, wie? Verdammt, White, stehen Sie nicht herum wie eine ausgestopfte Eule. Sie wissen doch, daß ich weiter muß ... ich kann meine kostbare Zeit nicht damit verschwenden, mich in die Krankengeschichten von einem Haufen wirrköpfiger Cockneys zu vertiefen. Leute, die so einen Quatsch schreiben, brauchen mehr als eine Flasche Medizin. Die brauchen eigentlich einen Gehirnspezialisten. Da wir gerade von Spezialisten reden, ich habe hier ein Rezept für meine üblichen Tabletten. Das könnten Sie mir jetzt gleich fertigmachen, seien Sie doch so nett. Ich begreife wirklich nicht, warum zum Teufel Down sie mir nicht hundertstückweise geben will. Diese ganzen verfl– Vorschriften, man wird doch gegängelt bis in den letzten Winkel. Ich brauche die verdammten Dinger, sonst kriege ich kein Auge zu. Die ganze letzte Nacht war ich wach, weil sie mir ausgegangen waren und ich warten mußte, bis Down auftauchte. Jetzt sitzt er bei meiner Frau und trinkt Tee. Was für ein Getränk! Nur etwas für alte Weiber beiderlei Geschlechts. Kann Tee-Parties nicht ausstehen. Bin froh, wenn ich eine Ausrede finde, um mich zu verdrücken, das können Sie mir glauben. Übrigens soll ich Ihnen von Down ausrichten, daß er auf dem Rückweg nach Bloxton bei Ihrer Mutter vorbeischauen will. Da muß er sich aber ranhalten, wenn er nicht zu spät in seine Sprechstunde kommen will. Haben Sie sie?«

Der unglückliche Apotheker war durch die Summe der Ärgernisse dieses Tages über das erträgliche Maß hinaus gereizt worden, er hatte beschämt gespürt, wie ihm unter den Sticheleien seines Feindes die Tränen in die kurzsichtigen Augen traten, und war froh gewesen, daß er sich in die dunkleren Winkel seines Ladens zurückziehen und seine zuckende Nervosität verbergen konnte. Jetzt tauchte er, immer noch zitternd vor unterdrückter Erregung, wieder auf und wies die verlangten Tabletten in einer Schachtel vor, die ungefähr so groß, aber etwas dicker war als eine Halbkronenmünze.

»Gut. Wickeln Sie sie ein, dann nehme ich sie gleich mit. Noch eine schlaflose Nacht will ich nicht riskieren. Die anderen Sachen kann ja das Mädel morgen irgendwann raufbringen.«

»Ich möchte nur die Dosis draufschreiben, Sir, wenn es Ihnen nichts ausmacht. Man darf mit solchen Sachen nicht nachlässig sein.«

Der arme Mr. White beugte sich mit seiner Füllfeder geschäftig nieder, aber unter den Blicken der mürrischen Maureen und des unduldsamen Majors zuckten seine Finger nervös. Sie drückten krampfhaft gegen den Boden des Behälters, der Deckel schoß herunter, und die winzigen Tabletten prasselten wie Hagelkörner über den Ladentisch.

»Nein, nachlässig darf man mit solchen Sachen sicher keinesfalls sein«, äffte der Major unbarmherzig nach.

Erneut trübte Feuchtigkeit die Brillengläser von Mr. White. Seine bebende Hand fummelte am Rand des Ladentisches entlang, und in seiner Verzweiflung tat er etwas, was er sonst nur als letztes Mittel ansah. Er drückte die Klingel zum Haus. Mrs. White war sich nie zu gut, im Laden einmal mit anzupacken, und während der beiden Weltkriege war ihr gelegentlich gar nichts anderes übriggeblieben. Aber ihr Mann vertrat die altmodische Ansicht, der Platz einer Frau sei im Hause, und so mußte schon ein besonderer Notfall eintreten, wenn sie von ihren häuslichen Pflichten weggerufen wurde. Da sie seine Meinung zu diesem Thema aus häufigen Darlegungen gut kannte, kam sie nun im Laufschritt an. Sobald Mr. White sie in ihrer Baumwollschürze erblickte und ihr heiteres Gesicht sah, das ihn mit unerschütterlichem Wohlwollen und voller Zuneigung anstrahlte, fühlte er sich geheilt und sagte mit relativ beherrschter Stimme leise zu ihr: »Könntest du mir wohl diese Kleinigkeit abnehmen, Mutter? Mir ist mit der Arznei des Majors ein Mißgeschick passiert, und meine Augen sind auch nicht mehr das, was sie mal waren. Wenn du die Tabletten einsammeln und sie ihm einpacken könntest, dann mache ich oben und unten ein bißchen Siegellack drauf. Ich habe heute zwei linke Hände.«

Ein Blick auf sein Gesicht genügte Mrs. White, um Herr der Lage zu sein. Sie sagte: »Guten Tag, Major; sicher, mein Lieber; treten Sie bitte zur Seite, Maureen«, und fing gleichzeitig an, die winzigen Tabletten wunderbar schnell und geschickt einzusammeln.

»Tag, Mrs. White«, murmelte der Major ein wenig verlegen und lüftete seine Kopfbedeckung ein winziges Stückchen.

»War das alles, Sir?« fragte Mr. White, jetzt schon viel ruhiger geworden.

»Ja, ich glaube schon. Nein, warten Sie mal. Was habe ich doch vorher noch gesagt? Ich weiß schon ... diese Medizin. Ich brauche noch eine Dose von meinem Spezialmittel. Bin bis auf die letzte Ration runter, und ich nehme jeden Morgen im Tee so viel, wie auf einen Sixpence geht. Das ist das einzige, was gegen Rheumatismus hilft. ›Rheumalief‹, mein Gott!«

»Das deprimiert.«

»Was? Rheumatismus? Das brauchen Sie mir nicht zu erzählen.«

»Ich spreche nicht von Rheumatismus. Es führt zu Depressionen, wenn man jeden Morgen Medikamente nimmt.«

»Verdammter Unsinn. Ich bin nicht deprimiert, weil ich Medikamente nehme. Ich bin über den verfl– Zustand des Landes deprimiert.«

»Es sind Damen anwesend«, erinnerte ihn Mr. White und wies mit geschürzten Lippen auf Maureen, die gespannt jedem Wort des Majors lauschte, während ein leises Hüsteln hinter der Trennwand bekräftigte, daß sich noch ein weibliches Wesen in der Nähe befand.

»Verzeihung, Mrs. White. Ich habe ganz vergessen, daß Sie da sind. Das Mädel würde ich nicht als Dame bezeichnen. Haha! Vergessen Sie nur nicht meine Bestellung, junge Frau. Und kommen Sie an die Hintertür damit. Sie brauchen nicht zu glauben, daß jedermann an der Vordertür klingeln kann, nur weil wir in diesen verdammten demokratischen Zeiten keinen Diener mehr halten. Danke, White. Sie brauchen die Schachtel nicht zu versiegeln, ich stecke sie in meine Brusttasche. Mögen Sie nie unter Schlaflosigkeit zu leiden haben. Naja, ich glaube, das war alles. Ich wünschte, Sie würden sich Telefon legen lassen, White. Ich hätte mir viel Mühe erspart, wenn ich das Zeug bei Boots bestellt und mit dem Bus hätte raufschicken lassen.«

Ach ja, und dann wärst du um dein sadistisches Vergnügen gekommen, mein Freund, hätte Mr. White zurückgeben können, wenn er die Schikanen so weit duchschaut hätte. Er bekam jedoch trotzdem das letzte Wort.

»Ich danke Ihnen, *Mr.* James«, sagte er, und sonderbar, es ließ dem Major den ganzen Weg die Dorfstraße hinunter keine Ruhe, daß jemand seinen Rang aus dem Krieg unterschlagen hatte, weshalb er dauernd auf die Uhr sah, als würde daduch die Zeit, bis das Wirtshaus aufmachte, schneller vergehen.

»Gott sei Dank, er ist fort«, rief Mr. White aus und sah seine Frau an, während er sich mit einem nicht mehr ganz weißen Taschentuch, das wahllos zum Staubwischen wie zum Naseputzen diente, die Stirn trocknete.

»Du solltest dich von ihm nicht aus der Ruhe bringen lassen«, sagte Mrs. White. »Der arme Kerl kann doch nicht anders. Und wenn du mich jetzt nicht mehr brauchst, Daddy, dann würde ich gerne in meine Küche zurückgehen.«

»Oooch, Mr. White«, sagte Maureen, als sie mit ihrem Arbeitgeber wieder allein am Ladentisch war. »Der ist vielleicht grob. Ich finde, der verdient 'ne Lektion. Machen Sie sich mal an die Arbeit!«

»Was soll ich ihm denn antun? Soll er unter Qualen sein Leben aushauchen?«

»Meine Ma wüßte schon, wie sie's ihm mit der Rückseite von 'ner Haarbürste geben könnte«, behauptete Maureen, in Erinnerungen schwelgend.

»Pah«, bemerkte Mr. White. »Der Mann ist doch unter aller Kritik. Der ist doch nichts als ein Flegel.«

Und dem stimmte seine Verkäuferin aus vollem Herzen zu.

5

Der Salon des georgianischen Hauses von Major James hatte so harmonische Proportionen, daß er auch ohne ein einziges Möbelstück schön gewesen wäre. Mit dem Mobiliar, das dessen Vorfahren zusammengetragen hatten, strahlte er eine Wärme und Würde aus, die gut zum Spätherbst und den bronzefarbenen Chrysanthemen paßte, die er schenkte. Zwar warf das Feuer seinen hüpfenden Schein jetzt nicht mehr auf versilberte Sheffieldteller, solche Dinge waren schon längst weggepackt worden, um Arbeit zu sparen, und die Hepplewhite-Stühle hatten etwas von ihrem Glanz verloren, seit sie auf die gelegentliche Pflege von Mrs. Fred Jack angewiesen waren. Aber die Rückwand der eleganten Vitrine spiegelte immer noch getreulich Porzellan und Glas; eine Empire-Uhr tickte friedlich auf dem breiten Kaminsims, und in einer Ecke stand ein hübscher, kleiner Nußbaumsekretär. Die Einrichtung bestand aus schönen Stücken verschiedener Epochen, so daß der Raum eine ruhige Harmonie und eine anheimelnde Atmosphäre verbreitete.

Obwohl Leonora James sich von ihrem Aussehen her recht gut in ihre Umgebung einfügte, fühlte sie sich im Augenblick gar nicht wohl darin. Sie saß am Rand eines Ohrensessels und schenkte Tee ein. Ihre langen Finger, die mit der Zuckerzange spielten, zögerten über der Dose.

»Zucker... ein Stück oder zwei?«

»Du weißt genau, wieviel Zucker ich nehme, meine Liebe.« Der Doktor saß etwas tiefer, die Beine ausgestreckt, auf der anderen Seite des Kamins und betrachtete sie spöttisch. Er war glattrasiert, kleidete sich distinguiert und roch angenehm nach guter Toilettenseife und ebenso gutem Tabak.

»Gerade diese auffälligen Vertraulichkeiten«, sagte Leonora, »werden uns früher oder später verraten.«

»Du bist äußerst nervös. Ich habe gesehen, wie deine Hand beim Eingießen zitterte«, sagte Doktor Down und griff nach seiner Tasse. »Ich glaube, wir haben uns wieder einmal ein Wochenende verdient. Andreas würde mich vertreten; ich tue es für ihn ja auch. Kannst du nicht weg?«

»Das ist ganz unmöglich. Nigels Herbstferien stehen vor der Tür...«, und damit lenkte Leonora ihren Blick auf ein Portrait des zehnjährigen Nigel, das neben der Uhr auf dem Kaminsims stand. Es starrte sie mit unschuldigen, forschenden Augen an. ›Was heckst du aus?‹ schienen sie zu fragen.

»Jedenfalls«, fuhr sie fort, »ist die Lage aussichtslos. So kann es nicht weitergehen.«

»Zu diesem Schluß bin ich schon lange gekommen, meine Liebe. Du brauchst nur ein Wort zu sagen, und wir ziehen einen Schlußstrich.«

»Was! Willst du deine Praxis verlieren und deine Karriere aufgeben?«

»Ach, ganz so katastrophal ist es nicht. Ich kann anderswo neu anfangen. Das ist nicht halb so gefährlich, möchte ich sagen, als so herumzuspielen, wie wir es jetzt tun. James würde einer Scheidung zustimmen, nehme ich an. Wie es sich für einen Gentleman gehört.«

Leonoras Blick irrte wieder zu dem Portrait hinüber. Sie sagte nichts.

Der Arzt rührte sorgfältig seinen Tee um, ehe er fragte: »Ich nehme an, daß du Nigel unbedingt in deine Pläne einbeziehen willst.«

»Natürlich«, antwortete Leonora steif.

»Das habe ich befürchtet. Es kompliziert die Sache. Könntest du James nicht dazu bringen, daß er auf ihn verzichtet, ohne Schwierigkeiten zu machen? Natürlich würde man ihn nicht völlig von dem Jungen fernhalten.«

»Vincent würde Nigel niemals aufgeben. Er vergöttert ihn.«

»Dann hat er aber eine sonderbare Art, seine Zuneigung zu zeigen.«

»Du brauchst mir nicht zu sagen, daß er unerträglich ist. Und in letzter Zeit ... du glaubst nicht, daß es schlimmer geworden ist mit ihm, oder?«

»Du meinst gesundheitlich?«

Leonora nickte. »Sein Herz?«

»Er hat kein Herzleiden, das habe ich dir schon früher gesagt, und ihm sage ich es auch ständig. Die Funktion des Herzens ist gestört, und deshalb bekommt er sein Herzjagen. Durch das Trinken wird sein Zustand auch nicht besser. Das habe ich ihm ebenfalls gesagt. Er kann gerne noch einen Arzt zuziehen, wenn er damit nicht zufrieden ist. Ich kann ihn an einen Spezialisten überweisen, wenn ihn das beruhigt.«

»Er benimmt sich sehr sonderbar. Ich frage mich, ob er eine Ahnung von ... uns hat. Du weißt doch, wie es mit dem Dorfklatsch ist, und daß diese Jack hier arbeitet ... na ja, du kennst ja Mrs. Jack.«

»Du solltest sie nicht beschäftigen.«

»Mein lieber Ronald, das würde ich auch nicht, wenn ich jemand anderes bekommen könnte.«

»Und du selbst, meine Liebe, bist auch nicht gerade ein Musterbeispiel an Takt.«

»Was willst du damit sagen?«

»Nun, wir sitzen zum Beispiel hier im Feuerschein, bei brennender Stehlampe, und die Gardinen sind nicht zugezogen.«

Leonora zuckte die schmalen Schultern.

»Es ist viel besser, daß jeder unser Tête-à-tête sehen kann, wenn er will. So bleibt nichts der Phantasie überlassen.«

»Dann trink deinen Tee, Leonora. Er wird kalt.«

Kurze Zeit saßen sie schweigend da und tranken ihren Tee.

»Noch eine Tasse, Ronald?«

»Nein, ich muß los. Ich muß noch meinen Besuch beim Apotheker machen. Außerdem wird dein Mann jeden Augenblick zurücksein. Nur interessehalber, Leonora, was hat dich denn dazu bewogen, ihn zu heiraten?«

»Ich nehme an, daß er mich gefragt hat«, antwortete Leonora nach kurzer Überlegung.

»Na ja, die meisten verheirateten Frauen würden wohl die gleiche Antwort geben, wenn sie ehrlich wären.«

Der Doktor zog sich aus dem niedrigen Sessel hoch und stellte seine Tasse auf den Servierwagen zurück.

»Ronald!«

»Ja, Leo?«

»Ich bin verzweifelt. Ich muß dich alleine treffen, damit ich richtig mit dir reden kann.«

»Könntest du dich einen Abend freimachen, wenn schon kein Wochenende möglich ist?«

»Vincent hat morgen ein Logentreffen. Solange ich zu einer vernünftigen Zeit zurückkomme.«

»Gut. Dann hole ich dich an der üblichen Stelle mit dem Wagen ab. Wir könnten nach Whitfield rüberfahren und dort essen. Sagen wir halb acht. Ich rufe an und lasse einen Tisch reservieren. Ist dir das recht?«

»Ich werde kommen.«

»Und mach dir keine Sorgen. Du ruinierst dir nur dein Aussehen, mein liebes Kind. Wie sagt man doch ... am dunkelsten ist es vor dem Morgengrauen ... oder so ähnlich. Und was unsere Beziehung angeht, so bin ich sicher, daß James keinen Verdacht hegt. Dazu ist er nicht intelligent genug.«

Intelligenz hin oder her, ungefähr zwanzig Minuten später sagte Vincent James zu seiner Frau: »Du mußt deine Beziehung zum Doktor aufgeben. Im Dorf verkuppeln sie euch schon miteinander.«

»Was für ein Unsinn«, sagte Leonora ungerührt.

»So weit würde ich kaum gehen. Aber auf jeden Fall dulde ich das nicht. Verstehst du mich? Ich will kein Gerede, das auf Nigel zurückschlagen könnte. Es ist nicht schön für einen Jungen, wenn er denken muß, daß seine Mutter eine ...«

»Vincent!«

»Na schön, es tut mir leid. Ich fühle mich verdammt elend, wenn du es wissen willst. Ich werde früh schlafen gehen. Wenigstens habe ich meine Tabletten wieder. Heute nacht werde ich mich richtig ausschlafen. Morgen wird es wohl spät werden.«

»Ich habe auch nicht gut geschlafen. Könntest du mir vielleicht eine oder zwei abgeben?«

»Kommt nicht in Frage, mein Mädchen. Ich bekomme sie auf Rezept. Komische Dinger, diese Schlaftabletten. Ich halte sie gut versteckt vor neugierigen Fingern. Warum nimmst du nicht drei Aspirin? Das ist doch das übliche Mittel gegen weibliche Wehwehchen.«

»Vincent, du empfindest doch nichts mehr für mich. Warum können wir nicht zu einer Einigung kommen?«

»Darüber sprechen wir ein andermal, wenn ich besser dazu in der Lage bin. Wenn ich ehrlich sein soll, Leonora, ich ... wie hast du es ausgedrückt? ... ›empfinde‹ nur für zwei Menschen etwas. Der eine ist Nigel, der andere ... bin ich selbst. Haha!«

Im ersten Stock des Apothekerhauses hatte es der Arzt ebenfalls mit einem Egoisten zu tun. Er hatte eine Schwäche für die alte Mrs. White. In einem Beruf, der beständig Anforderungen an seine Vitalität stellte, und zwar so sehr, daß er sich oft fragte, wie viele Leben wohl von seinem eigenen zehrten, war es eine Wohltat, wenn er bei einem Patienten ein großes Reservoir an Energie fand, wo er sich seinerseits bedienen konnte. Die alte Dame wiederum behandelte ihn mit nachsichtiger Respektlosigkeit und hatte überhaupt kein Vertrauen zu ihm. Nachdem sie ihm erzählt hatte, was sie mit seinem letzten Rezept angefangen hatte, welches, ihren Worten nach, im Nachtstuhl gelandet war, berichtete sie ihm als nächstes von den Abenteuern ihres Sohnes beim Aussenden von Verwünschungen. Der Doktor lachte herzlich und machte den Vorschlag, mit ihm zusammen eine Partnerschaft einzugehen.

»White kann sie niederstrecken, und ich heile sie dann.«

»Oh, töten können Sie sie vielleicht, aber heilen nicht. Es gibt nur einen Heiler, und ich werde Ihnen sagen, wer das ist. Die Natur nämlich.«

»Und wozu, glauben Sie, sind dann Ärzte da?«

»Um junge Damen und alte Damen zu unterhalten«, sagte Mrs. White senior leise lachend.

6

Leonora schlüpfte aus der Haustür mit den dunkelblauen Füllungen, dem Messingklopfer und dem eleganten Oberlicht im georgianischen Stil in die alles verhüllende Dämmerung eines Herbstabends. Sie achtete zwar darauf, den kleinen Lichtkreis zu umgehen, den die einzelne, Wache stehende Gaslaterne warf, wußte aber, daß sie kaum Gefahr lief, beobachtet zu werden, denn wenn im Gemeindesaal nicht irgendeine Veranstaltung stattfand, konzentrierten sich die Dorfbewohner, die überhaupt ihre Häuser verließen, auf die nächste Umgebung der beiden Wirtshäuser.

Der verschwommene Mond verschwand schnell hinter einem sich verdichtenden Nebel, in dem das massige Kirchengebäude ihr gegenüber wie ein großes, vor Anker liegendes Schiff schwamm. Das Klappern ihrer Absätze schallte hohl auf den Pflastersteinen wider, das Geräusch ihrer Schritte klang doppelt und verfolgte sie ebenso unerbittlich wie ihr eigenes Gewissen, bis sie den Rand des Gehsteigs erreichte und nach links in einen dicht belaubten, totenstillen Weg einbog, wo sie vor sich nichts mehr sehen konnte als noch schwärzere Hecken und Gräben und in der Ferne ein kleines, rotes Licht, das für sie gleichzeitig Gefahr und Sicherheit bedeutete. Sie beschleunigte ihre Schritte, erreichte bald die schützende Zuflucht, den Wagen des Arztes, und hörte, die Hand auf dem Türgriff, seine beruhigend herzliche Begrüßung.

Sie war froh, als der vertraute Mief von menschlichem Atem und Zigarettenrauch sie einhüllte. Ohne etwas zu sagen, beugte sich Doktor Down herüber und legte ihr eine karierte Reisedecke um, dann drückte er auf den Starter, und sie blieben kurze Zeit in geselligem Schweigen sitzen und warteten, bis der Motor warm wurde.

Es war sonderbar, dachte Leonora wie schon oft, daß man etwas, was so unrecht war, so richtig finden konnte. Nur in Vincents Haus oder in Gesellschaft gemeinsamer Freunde kam ihr dieses Verhältnis, wie zum Ausgleich dafür, daß es nach außen hin geheimgehalten wurde, als etwas Häßliches zu Bewußtsein, und sie fühlte sich schäbig und erniedrigt. Sobald sie gemeinsam ausgingen, hatte das Physische in ihrer Beziehung nicht mehr Bedeutung als ein alter Handschuh an der Hand. Schließlich konnten sie ja als Entschuldigung anführen, daß sie sich liebten. Es war nicht nur eine flüchtige Affäre, um eine plötzliche Begierde zu befriedigen. Folge deinen Instinkten, bereichere dich durch Erfahrungen, drängte der Teufel. Befolge die Gebote, die einzige wirkliche Erfahrung heißt Disziplin, mahnte die kleine Stimme. Mit einem Mann zu schlafen, den du nur noch haßt, auch wenn er dein Mann ist, das ist Prostitution, drängte der Teufel. In guten wie in bösen Tagen, beharrte die kleine Stimme.

So ging es hin und her, und Leonora hob die schmalen Schultern unter dem Pelzmantel und seufzte.

»Was ist los, Liebste?« erkundigte sich der Doktor, während er mit der Sicherheit des geübten Fahrers schaltete.

»Ach, dieses und jenes. Wir wollen nicht darüber sprechen. Wir wollen uns amüsieren. Wir haben so wenig Gelegenheit dazu.«

»Aber ich dachte, wir wollten offen über die Tatsachen sprechen und danach zu einer definitiven Entscheidung kommen.«

»Ich habe es mir anders überlegt. Ein Gespräch wird uns nicht weiterbringen. Die Probleme müssen sich von selbst lösen. Laß uns nur für heute abend alles vergessen und einfach glücklich sein.«

»Mir ist das recht«, sagte der Arzt und drückte sacht ihren Arm. Damit sprach er nichts als die Wahrheit; es war ihm lieber, wenn sie fröhlich war. Er selbst war Materialist, und nur wenige der Bedenken, die die arme Leonora quälten, brachten ihn um den Schlaf. Seine eigenen Sorgen im Hinblick auf ihre Lage waren rein praktischer Natur.

»Leonora, schau, ein Hase!«

Das Langohr war aus dem Schatten der Hecke hervorgeschossen und rannte jetzt, von den Scheinwerfern erfaßt, wie ein Herold vor ihnen her. Der Doktor trat auf das Gaspedal, Leonora beugte sich mit geöffneten Lippen vor, aber als sie aufholten, schwenkte der Hase in die Dunkelheit zurück und überließ ihnen die im Scheinwerferlicht schimmernde Fahrbahn mit dem theatralisch gefärbten Grasrand und den Kulissen der überhängenden Bäume. Das Auftauchen dieses Märchenwesens hatte sie jedoch seltsamerweise vorübergehend aus ihren Pflichten gegenüber der Gesellschaft entlassen und sie in eine andere Welt versetzt.

Leonora fühlte sich aus den quälenden Sorgen in ihrem Inneren herausgerissen und in ein höheres Dasein gehoben, das frei von Komplikationen war. Sie warf einen Blick auf die schattenhafte Gestalt des Mannes neben ihr, und da war es, als hätte jemand das Licht am Armaturenbrett auf ein Meßinstrument gerichtet. Die Nadel zeigte unbeirrbar auf ›Ich‹. Doch obwohl sie sich der Grenzen ihres Liebhabers bewußt war, nahm sie sie ihm nicht übel, denn in diesem Augenblick der Erkenntnis sah sie auch ihre eigenen Schwächen. Ihre gesteigerte Wahrnehmungsfähigkeit griff jedoch noch weiter aus und umfaßte alles, was schön war. Sie blickte durch die von Nachtfaltern gesprenkelte Windschutzscheibe in fast magischem Entzücken an jedem Baum und Strauch. Selbst das Geräusch der Reifen auf dem Straßenschotter war Musik in ihren Ohren. Sie begann, mit ihrer anziehenden, rauchigen Stimme zu rezitieren: »Die Eule und das Kätzchen begaben sich zum Meer...« Das war ganz offensichtlich das einzige Gedicht, das sich für eine solche Gelegenheit eignete, und als sie zu »Was für ein schönes Kätzchen du doch bist« kam, stimmte Ronald ganz feierlich ein: »O ja! Was für ein schönes Kätzchen du doch bist!«

»Ja«, wiederholte er, nahm kurz die Hand vom Steuer und griff nach der ihren. »Was für ein schönes Kätzchen du doch bist!«

In dieser Stimmung erreichten sie die ›Glocke‹ in Whitfield, ein gemütliches, malerisches Gasthaus, das sie früher schon besucht hatten, und dort wartete ein gutes Dinner auf sie. Sie hatten den Speisesaal für sich allein, da die Saison vorüber war und alle Gäste, die sich zufällig hierher verirrt hatten, schon gegessen hatten und aufgebrochen waren. Die sonderbar gehobene Stimmung hielt an. Sie tranken jeder einen Sherry und zusammen eine Flasche Weißwein, und unter dem Einfluß des Alkohols wurde Leonora geistreich, oder glaubte es jedenfalls, was ziemlich auf das gleiche herauskommt. Sie lachten viel und unterhielten sich korrekt, aber offen und vertraut.

Nachdem sie noch bei Kaffee und Zigaretten verweilt hatten, gingen sie an die Bar und forderten zwei Bauern zum Pfeilwerfen heraus, wobei die Bauern, wie zu erwarten war, gewannen. Ronald gab zur Feier ihres Sieges mehrere Glas Bier aus. Er trank selbst ein Glas mit, und Leonora ein halbes, um ihren guten Willen zu zeigen, obwohl sie das Zeug haßte.

Die Bar war so gut wie leer, und als sie um halb zehn in den Hof hinaustraten, war nicht schwer zu erraten, warum. Die ganze Gegend war in Nebel gehüllt. Er schmeckte wie Kerzentalg und legte sich wie ein Würgeseil um die Kehle.

Die Laterne des Gasthauses reichte nicht weit, und sie suchten nach dem Wagen, bis Ronald mit den Schienbeinen dagegenstieß. Er setzte sich ans Steuer, und Leonara ging daneben her, um ihn einzuweisen, wenn er rückwärts auf die Straße hinausfuhr, ein Unterfangen, das durch die weibliche Unfähigkeit, beim Zurückstoßen rechts und links auseinanderzuhalten, erschwert wurde. Im ganzen fühlte Ronald sich sicherer, als sie die Tür öffnete und einstieg.

Sie kamen sich vor wie zwei Ballons, aus denen die Luft entwichen war. Der Nebel und der Gedanke an die Rückfahrt ernüchterten sie völlig. Ronald konzentrierte sich verbissen darauf, sie beide zu einer vernünftigen Zeit und ohne ein Unglück, das Erklärungen nötig machen würde, nach Hause zu bringen. Die schmalen Straßen, die ihnen früher an diesem Abend so viel Entzücken bereitet hatten, waren jetzt Todesfallen geworden, mit Gräben, die nur darauf warteten, den ersten Wagen zu verschlingen, der mit einem Rad von der Fahrbahn abkam. Ronald hatte das Seitenfenster hochgeklappt und streckte den Kopf hinaus, während er im Schneckentempo dahinkroch. Seine starken Scheinwerfer verbissen sich in den Nebel und wurden zurückgeworfen. Mit zwei Teelichtern wäre er auch nicht schlechter drangewesen.

Leonora streckte ebenfalls den Kopf aus dem Fenster, bis die kühle, feuchte Luft sie mit leisen Fingern berührte und sie ihn zurückzog und entmutigt auf die Lehne legte. Ihr Kummer hatte sie wieder eingeholt, sie hörte, ohne es zu wollen, ihrem eigenen Konflikt zu.

›Ich habe dich gewarnt‹, sagte die kleine Stimme mit selbstgefälligem Unterton. ›Du wolltest Ärger, und jetzt hast du ihn. Außerdem hast du kein Recht, Nigel in Gefahr zu bringen; absolut kein Recht.‹

›Pah!‹ gab der Gegenspieler zurück, ›du hast eine schöne Zeit gehabt, einen höchst genußreichen Abend. Was Nigel angeht, so kann niemand für einen anderen Menschen verantwortlich sein. Glaubst du, du bist die einzige Frau, die außereheliche Beziehungen hat? Was für ein Unsinn. Du bist eine unter Tausenden.‹

›Niemand kann für einen anderen verantwortlich sein‹, sagte die kleine Stimme und nahm damit das Argument des Teufels auf. ›Na schön, aber für deine eigene, unsterbliche Seele bist du voll verantwortlich.‹

»Ich kann dieses Hin und Her nicht mehr ertragen«, sagte Leonora plötzlich. »Wir müssen uns entscheiden.«

»Hm? Wie war das? Stör mich jetzt nicht, liebes Kind. Ich habe genug damit zu tun, auf der Fahrbahn zu bleiben, auch ohne daß du mich mit Gefühlsergüssen ablenkst«, antwortete Ronald verärgert. »Hoppla! Jetzt wäre ich fast im Graben gelandet.«

»Warum stellst du den Wagen nicht einfach auf den Kopf?« fragte Leonora, und ihre Stimme klang leicht hysterisch. »Wenn wir tot wären, wären wir alle besser dran.«

›Sicher?‹ murmelte die kleine Stimme.

»Was für ein blühender Unsinn!« rief der Doktor gereizt. »Es würde reichen, wenn einer von uns tot wäre, vorzugsweise James. Dann könnten die verbleibenden zwei ein wenig Frieden bekommen. Sind wir jetzt eben über etwas drübergefahren? Ein toter Ast vielleicht. Wo sind wir überhaupt? Wir müssen jetzt bald in die Nähe von Pratts Hofecke kommen. Ja, da ist der Hof, da rechts ragt er auf. Ein Gutes hat die Sache, meine Liebe. Wenn wir spät nach Hause kommen, kommt dein verehrter Gatte noch später. Weiß der Himmel, wie der Nebel auf der abschüssigen Strecke nach Bloxton ist. Wie kommt er überhaupt zurück?«

»Captain Carter nimmt ihn mit, Ronald. Ich will nicht nach Hause. Ich halte das nicht aus. Ich komme mit dir.«

»Sei doch nicht so verdammt albern, Liebling. Was würde Miss Minns denken?«

»Aber du bettelst doch schon seit einer Ewigkeit, daß ich zu dir kommen soll.«

»Ja, ich weiß. Aber nicht mitten in der Nacht. Alles hat seine Zeit. Sei nicht kindisch.«

»Ich bin nicht kindisch, ganz im Gegenteil!« sagte Leonora und fing zu weinen an. »Ich habe nicht mehr viel Zeit, dann bin ich eine alte Frau. Das ist doch kein Leben. Es ist der Tod ... der Tod des Herzens. Und du irrst dich, was Vincent angeht. Er hat mehr als einen Verdacht. Er weiß Bescheid.«

»Jetzt wisch dir doch mal die Tränen ab«, sagte der Arzt, preßte die Lippen zusammen und starrte angestrengt nach vorne. »Ich kann mich damit heute abend einfach nicht befassen.«

»Aber du hast doch gesagt ...«, weinte Leonora völlig unlogisch.

»Ja, und du hast auch gesagt ... Also, hör zu, wenn ich dich heil nach Tidbury gebracht habe, schlüpfst du ins Haus und gehst mit einer Wärmflasche und drei Aspirin sofort zu Bett. Ich habe einen besonderen Grund, das zu sagen. Warte bis morgen früh. Hast du verstanden? *Warte bis morgen früh.*«

»Ich habe verstanden«, sagte Leonora und tupfte sich die Augen ab. »Wo sind wir jetzt?«

»Ich bin nicht ganz sicher, aber ich glaube, wir kommen gerade bei Notcutt vorbei. Gütiger Himmel! Was in aller Welt ist das denn? Hört sich an wie eine Kuh!«

Er trat heftig auf Kupplung und Bremse, denn eine seltsam

geformte Gestalt, die, wie gesagt, sonderbar muhende Geräusche von sich gab, kam schwebend in Sicht. Der Arzt öffnete die Tür, spähte hinaus und sah, daß die sonderbaren Umrisse durch das Hin- und Herschwenken menschlicher Arme verursacht wurden und daß die Mißklänge aus der Kehle von Mrs. Fred Jack drangen.

»Ein Unglück kommt selten allein«, sagte er mit gedämpfter Stimme zu seiner Beifahrerin. »Das ist dieses Weib, die Jack!« und lauter: »Abend, Mrs. Jack. Was ist denn passiert? Ich dachte, Sie seien eine ... der Hund von Baskerville«, verbesserte er sich. Er stieg aus, um sich die Sache näher anzusehen.

Mrs. Jack schwebte durch den Nebel heran. Ihr Haar war triefend naß, und es sah aus, als sei sie mit Brunnenkresse bekränzt. Den Kopf ihres Hutes hatte sie verloren, die Krempe jedoch, die sich von der anderen Hälfte gelöst hatte, lag wie eine Schlinge um ihren Hals. Ihr Gesicht war mit Schlamm bespritzt. Ihr zu enger Rock war am Saum ganz dunkel, und ihre Schuhe quatschten beim Gehen. Kurzum, Mrs. Jack war im Graben gelandet.

»Huch!« sagte Mrs. Jack schaudernd. »Ich seh' da zwei Riesenaugen auf mich zukommen. Da hab' ich Ihr Auto doch glatt für den Stier von Buttlesham gehalten, Doktor.«

Damit meinte sie nicht etwa ein Wirtshaus, sondern eine Legende dieses Ortes.

»Na ja«, gab der Arzt trocken zurück, »dann haben wir uns wenigstens beide getäuscht. Aber was in aller Welt haben Sie denn hier zu suchen, mitten im Nebel, fünf Meilen von zu Hause?«

»Das is'ne gute Frage«, ächzte Mrs. Jack, »und die Antwort ist, daß ich so dumm war und zum Frauenverein von Buttlesham gefahren bin, damit mir die lernen, wie man aus 'nem alten Filzhut Schlafzimmerpantoffeln macht. Ich war nicht drauf gefaßt, daß der Nebel so dick wird. Und als ich dann grade nach Hause fahren will, steht da einer von den Lastwagen von Winches und is' mit 'ner Zapfsäule zusammengestoßen, und der Kerl am Steuer is' rausgeschleudert worden und auf den Kopf gefallen! Wir haben ihn in den Saal gebracht, und ein paar von den Frauen wollten Erste Hilfe an ihm ausprobieren, aber Lady Packard dachte, das nützt dem armen Teufel auch nichts mehr, deshalb haben sie im Krankenhaus angerufen, und die sind mit 'm Krankenwagen gekommen und ham'n mitgenommen. Und dann steig' ich endlich auf mein Rad und kriech' wie 'ne Schnecke die Straße entlang, keinen Funken Licht, bis ich an 'nen großen Stein fahre. Ich muß kopfüber über die Lenkstange gegangen sein, und dann hab' ich meine Brille verloren und bin in 'nem nassen Graben gelandet. Und da hab' ich dann gelegen und zum lieben Gott gebetet, bis er Sie geschickt hat, Doktor, und Sie sind doch sicher so nett und nehmen mich mit bis zu meinem Gartentor.«

»Und was wollen Sie mit Ihrem Fahrrad machen?«

»Das stell' ich in den Graben, da kann's nach der Brille suchen. Fred holt's dann morgen früh, eh er in die Arbeit geht. Um die Brille ist es sowieso nicht schade, und ich nehm' ja doch an, daß mir die Regierung 'ne neue geben muß wie jedem andren auch.«

»Dann kommen Sie. Ich muß weiter. Sie müssen hinten einsteigen.«

»Ich bin fürchterlich naß. Ham'Se nich ein oder zwei alte Zeitungen da, die man ausbreiten kann, sonst ruinier' ich Ihnen noch das Leder.«

»Halb so schlimm. Machen Sie sich deshalb keine Gedanken. Ich wollte nur sagen, daß ich vorne schon einen Beifahrer habe.«

»Oh, da will ich nicht stören, Doktor«, sagte Mrs. Jack und schüttelte kokett ihre triefenden Engelslöckchen. »Jetzt mal 'n Moment. Ohne meine Brille seh' ich nicht richtig.«

»Da kommt Mrs. Jack, und sie sieht aus wie eine Seejungfrau«, sagte der Doktor halblaut, ergriff ihren Ellbogen und half ihr, nicht gerade übertrieben freundlich, in den Wagen.

»Wirklich nicht, Sir«, wehrte sich Mrs. Jack entrüstet, sie hatte nämlich verstanden, sie sei völlig blau.

»Guten Abend, Mrs. Jack«, sagte Leonora, bemüht, gelassen zu erscheinen.

»Also, die Stimme kenn ich doch«, wagte sich Mrs. Jack munter vor.

»Eigentlich müßte sie Ihnen bekannt sein, schließlich hören Sie sie ja jede Woche an zwei Vormittagen«, half ihr Leonora weiter.

»Das wird doch nicht etwa Mrs. James sein?« sagte Mrs. Jack. »Also wirklich!«

»Mrs. Jack ist im Nebel vom Fahrrad gestürzt«, erklärte der Doktor und setzte sich hinter das Steuer. »Sie ist völlig durchnäßt, und wir fahren sie jetzt nach Hause.«

»Was für ein Glück, daß wir gerade hier vorbeigekommen sind. Wir waren in Whitfield bei Freunden zum Abendessen«, entschuldigte sich Leonora, ohne an das Sprichwort zu denken.

»Und das ist auch wirklich richtig so, Madam, bestimmt. Niemand hat sich einen Ausflug mehr verdient, wo Sie doch in dem großen Haus dauernd herumwerkeln müssen, und dabei sind Sie doch gar nicht so aufgewachsen, möcht' man meinen. Und für Sie gilt das auch, Doktor. Ich stell' mir vor, daß es 'ne undankbare Sache ist, wenn man sich für vier Pence pro Kopf Tag und Nacht um so viel Schmerzen und Krankheiten kümmern muß. Und der liebe Major hat sicher auch nichts dagegen, wo er doch selber auf Achse ist mit seinem kleinen Schurz.«*

»Mrs. Jack sagt, es hat in Buttlesham einen Unfall gegeben«, schaltete sich der Doktor ein, da er glaubte, Leonora könne das Geschwätz wohl nicht länger ertragen. »Der Fahrer von einem von Winches Lastwagen ist rausgeschleudert worden und auf den Kopf gestürzt. Wissen Sie, wie der Bursche hieß, Mrs. Jack?«

»Joe Black war sein Name, Doktor. Er hat vor Jahren in Tid-

* Freimaurerbekleidung, A. d. Ü.

bury gewohnt, aber dann hat er 'n Mädel aus Buttlesham geheiratet. Sie kommt immer wieder mal in den Frauenverein, aber heut abend war sie nicht da. Es heißt, sie treibt sich mit einem von den Zigeunern rum. Die wird nicht viel trauern, wenn sie Witwe wird.«

»Wahrscheinlich kommt er durch«, sagte der Doktor. »Gott sei Dank, jetzt ist es ein Stück weit klar. Vermutlich war es nur eine Gehirnerschütterung.«

»Bei dem ist es mit der Erschütterung vorbei«, sagte Mrs. Jack. »Und wenn Sie nicht grade vorbeigekommen wären, Doktor, dann hätt' ich mir wahrscheinlich 'ne Lungenentzündung geholt und wär' auch hinüber gewesen. Na ja, mich kann's nicht kalt erwischen, und Fred auch nicht. Wir haben pünktlich wie die Maurer für unsere Särge bezahlt, seit dem Tag, an dem wir uns zusammengetan haben.«

»Was in aller Welt meinen Sie denn damit, Mrs. Jack?« fragte Leonora verständnislos.

»Mrs. Jack meint«, sagte der Doktor, der besser über die Sitten auf dem Land Bescheid wußte als Leonora, die in der Stadt aufgewachsen war und für die das Land nur eine Wahlheimat war, »daß sie jede Woche in eine Versicherung einbezahlt hat ...«

»Jeden Montagvormittag ...« soufflierte Mrs. Jack.

»Eine kleine Summe ... zwei Pence vielleicht?«

»Jeder einen Penny, zwei Pence insgesamt.«

»Und deshalb wird ihr die Versicherungsgesellschaft, wenn sie stirbt, einen Sarg stellen.«

»In Blei gefaßt«, zitierte Leonora träumerisch-düster.

»Ulme mit Messingbeschlägen«, verbesserte Mrs. Jack. »Ich mag niemandem was schuldig sein. Ich zahle, was ich brauche, bis ins Grab. Und ich muß sagen, der Versicherungsmensch ist ein lustiger Kerl. Ist ja nichts dagegen zu sagen, aber ich kann nicht leugnen, daß ich mich auf die Montage freue. Sie wissen ja, wie das ist, Madam.«

»So, jetzt kommen wir vorwärts«, sagte der Doktor. »Tut

mir leid, daß ich das Fenster offenlassen muß. Wenn Sie nach Hause kommen, rate ich Ihnen, sich gleich mit einer Wärmflasche und drei Aspirin ins Bett zu legen, Mrs. Jack.«

»Ich dachte, das hättest du mir empfohlen«, sagte Leonora. »Oder gibst du allen deinen Patienten die gleichen Ratschläge?«

»Ich wer' mir 'n schönen, heißen Rum genehmigen, Doktor. Und wenn ich mir erlauben darf, Madam, wenn ich Sie wäre, würd' ich das auch tun.«

»Keine schlechte Idee«, stimmte Leonora zu, »aber ich glaube nicht, daß wir Rum im Hause haben.«

»O doch, es is' welcher da«, sagte Mrs. Jack etwas dreist. »Sehen Sie nur mal im Arbeitszimmer des Majors im Schrank nach.«

»Sie kennen uns besser als wir uns selbst«, sagte Leonora.

»Sie sind ein großartiger Autofahrer, Doktor. Bei ihm würd' ich mich immer sicher fühlen. Sie nicht, Mrs. James?«

»Bei so einem Nebel kann niemand für Sicherheit garantieren«, bemerkte der Doktor mit boshafter, nur für Leonora bestimmter Doppeldeutigkeit.

»Wie wahr, Sir. Und es ist an uns, sich in acht zu nehmen, damit wir nicht im Stand der Sünde sind, wenn wir plötzlich vom Ende überrascht werden. Stell dir vor, du hast'nen Verkehrsunfall und hast den Riß in deiner Unterwäsche nicht geflickt, hab' ich zu meiner Maudie immer gesagt.«

Der Doktor ließ seine Hupe lange aufheulen, als er in die Hauptstraße einbog.

»Und da ist die Kirche«, sagte er. »Aber das müssen Sie mir glauben. Ich fahre nicht auf die andere Straßenseite, um sie mir genauer anzusehen. Nein, wir fahren jetzt einfach weiter, bis wir eure weißen Pfosten sehen, Leo. Es wird mir nicht leid tun, wenn ich den Wagen heute in der Garage habe. Auf die Fahrt bergab freue ich mich gar nicht, das kann ich dir sagen. Na, da sind wir ja endlich.« Er beugte sich vor und öffnete die Tür. »Steig aus, Liebling.«

Er war erleichtert, daß er den größten Teil der Fahrt hinter sich hatte, und merkte daher gar nicht, daß er dieses Kosewort verwendet hatte. Mrs. Jack jedoch, die entsetzlich unbequem auf der Kante des Rücksitzes saß, entging es nicht, und sie kräuselte die Lippen. Aber ihre Gedanken bewegten sich immer noch auf traurigen Pfaden, und so stellte sie nur genüßlich fest: »Mitten in dem Tode sind wir vom Leben umfangen.«

»Genau andersherum«, verbesserte Doktor Down, während er zusah, wie Leonora nach kurzem Zögern ihren Mantel um sich raffte und aus dem Wagen stieg.

»Das ist doch völlig egal«, sagte Leonora in sonderbarem Tonfall. »Vergiß nicht, Mrs. Jack abzusetzen. Was in aller Welt würde wohl Miss Minns denken, wenn du mit ihr im Wagen nach Hause kämst? Nein, du brauchst nicht auszusteigen, Ronald. Ich komme sehr gut allein zurecht. Gute Nacht!« Sie knallte die Tür zu, und als sie abfuhren, kehrte sie ihnen den Rücken zu und suchte nach ihrem Schlüssel. Im Haus war es völlig dunkel. Der Major war noch nicht zurück. Die dummen Tränen, die sie bis jetzt zurückgehalten hatte, begannen wieder zu fließen. Sie fummelte lange herum, bis sie den Yaleschlüssel im Sicherheitsschloß hatte.

7

»Reich deinem Vater die Marmelade, Jack«, mahnte Mrs. White. »Es ist nicht schön, wenn man sich nur auf sein eigenes Frühstück konzentriert und überhaupt nicht daran denkt, was die anderen brauchen.«

So zurechtgewiesen stieß ihr Sohn das Marmeladeglas in die angegebene Richtung, daß es auf dem Teller wackelte. Mr. White senkte seinen Zeitungsschild.

»Oh, Pa«, rief Jack aus, »du bist so gelb wie ... wie ... abgeriebene Zitronenschale.« Damit hatte er einen Vergleich gefunden, der für seine Generation verständlicher war als die abgeschaffte Goldguinee. »Was ist denn nur los?«

Mr. White spürte, wie ihn scharfe Blicke aus sechs Augen durchbohrten.

»Ich fürchte, das ist wieder die Leber, Vater«, bemerkte Mrs. White.

»Du hast nicht genug Bewegung, Pa. Du hast in letzter Zeit deinen Gesundheitsspaziergang vernachlässigt. Also, wenn wir wieder einen Hund hätten, könntest du den ausführen. Ich weiß, wo es ein paar Superwelpen gibt. Natürlich keine reinrassigen, aber es heißt ja, daß Mischlinge intelligenter sind. Und dann hättest du auch einen Beschützer im Haus. Was meinst du, Ma?«

»Einen Beschützer, der Pantoffeln zerbeißt und Pfützen in die Ecken macht, brauche ich nicht«, sagte Mrs. White. »Überhaupt könnte ich nie wieder so für einen Hund empfinden wie für den alten Whiskey, und außerdem gibt es heutzutage nichts, womit man ihn füttern könnte. Und sei so nett und nenn' mich nicht Ma.«

»Du kannst Whiskey gar nicht so gern gehabt haben, wie du tust, Jack«, platzte Una leidenschaftlich heraus, »sonst würde es dir nicht im Traum einfallen, ein anderes Tier an seine Stelle zu setzen. Und du auch nicht, Mummy, sonst hättest du nicht zulassen können, daß man ihn so entsetzlich grausam behandelte. Du ... du hast es verraten, das arme Tier. Es gibt kein anderes Wort dafür.«

»Unsinn, Una. Manchmal muß man aus Mitleid grausam sein. Ich bin sicher, der arme alte Kerl hat überhaupt nicht gelitten; er ist ganz ruhig eingeschlafen, er hat nicht einmal die zweite Dosis gebraucht.«

»Er konnte nicht mehr sehen und hören, sein Fell war halb kahl und – Puh!« rief Jack aus und unterstrich seine Fähigkeit zu anschaulicher Darstellung noch dadurch, daß er sich mit zwei Fingern die Nase zuhielt.

»Das war, weil er nur Dorsch zu fressen bekam«, sagte Mrs.

White sanft. »Jedenfalls hat Dad ihm die kleine Tablette in einer Wurst gegeben, als letzten Leckerbissen. Und er hat Würstchen immer geliebt, wenn sie auch nicht mehr das sind, was sie einmal waren.« Damit stieß Mrs. White einen inbrünstigen Seufzer aus, und es war schwer zu entscheiden, ob er dem vergangenen Glanz der Würstchen oder dem dahingeschiedenen Whiskey galt.

»Ich werde es nie vergessen, nein, solange ich lebe nicht, wie er die Wurst mit seinen treuen, alten Augen vorwurfsvoll anschaute. Er wußte, daß irgend etwas damit nicht stimmte«, sagte Una entrüstet.

»Du dumme Trine, das war doch nur, weil er sie nicht richtig sehen konnte. Du weißt, daß er so blind war wie ein Maulwurf!«

»Ihr steckt alle unter einer Decke, ich nenne das absolut herzlos.«

»Schluß jetzt!« verlangte Mr. White, ließ seine Zeitung sinken und sah seine Kinder böse an. »Natürlich hat der Hund nicht gelitten. Was glaubt ihr wohl, warum wir so viele Umstände gemacht haben, warum wir einen Tierarzt geholt haben, damit der uns ein Rezept gibt? Wenn es nach mir gegangen wäre, hätte ich ihm einfach eine Prise Zyankali verpaßt.«

»Aber Daddy«, jammerte Una. »Das ist ja noch schlimmer. Du bist nicht besser als ein gewöhnlicher Mörder.«

»Warum rufst du nicht gleich nach dem Henker?« spottete Jack.

»Ihr haltet jetzt alle beide den Mund, habt ihr verstanden?« schrie der kleine Apotheker, und sein Zorn war so echt, daß seine Gattin besorgt meinte: »Ich würde dir empfehlen, deine Lebermedizin zu nehmen, mein Lieber.«

»Wenn ich einen Rat brauche, werde ich es schon sagen«, gab Mr. White wütend zurück. Mrs. White machte ein überraschtes Gesicht, und Jack zog bedeutungsvoll die Augenbrauen hoch.

»Laßt ihn doch in Frieden, ihr beiden«, verlangte Una mit

einem schnellen Wechsel ins andere Lager, den sie sich selbst nicht erklären konnte; »Ihr wißt ja nicht, wie entsetzlich es ist, wenn man dauernd gesagt bekommt, wie man aussieht. Ich finde, Daddy sieht nicht anders aus als sonst.«

Wenn er sie nicht gerade überreden wollte, Apothekerin zu werden, empfand Una eine aus Mitleid, Gereiztheit und anderen, unwahrscheinlichen Bestandteilen zusammengesetzte Zuneigung zu ihrem Vater. Als sie jetzt für ihn eintrat, zog sie damit das Gewitter buchstäblich auf ihr eigenes Haupt herab.

»Was hast du nur mit deinem Haar angefangen?« wollte ihr Bruder wissen. »Du siehst aus wie ein Yorkshire-Terrier.«

Die bedauernswerte Una hatte seit dem Aufstehen schon drei verschiedene Frisuren ausprobiert. Sie hatte mit Pfeifenreinigern geschlafen, weil sie einen wirklich spektakulären Effekt erzielen wollte. Schließlich war es ihr gelungen, direkt über der Stirn zwei ziemlich dicke Rollen festzustecken, und eine davon hatte sich aus der Verankerung gelöst, was zu dem oben beschriebenen Aussehen geführt hatte.

»Was ich mit meinem eigenen Haar mache, ist doch wohl meine Sache«, gab Una zurück und traf dabei recht gut den Tonfall ihres Idols, der Englischlehrerin.

»Ich finde, es sieht wirklich sehr hübsch aus, meine Liebe«, schaltete sich Mrs. White mit der Absicht ein, Frieden zu stiften.

»Nein. Es sieht scheußlich aus«, widersprach Una, die sich um keinen Preis besänftigen lassen wollte. »Das kommt nur davon, daß ich mir keine Dauerwellen machen lassen darf wie die anderen Mädchen. Es kostet nur dreißig Shilling, Mummy. Ich finde wirklich, du könntest es mir erlauben.«

»Nur dreißig Shilling!« wiederholte Jack. »Dafür könntest du dir auch was Vernünftiges kaufen. Die Welpen kosten nur zehn Shilling. Mum, erlaube ihr ja nicht, daß sie dreißig Shilling zum Fenster rauswirft, nur damit sie hinterher wie ein Fidschiinsulaner aussieht. Wenn sie Locken will, warum zum Teufel hat dann die Vorsehung sie nicht ihr gegeben anstatt mir?«

»Vermutlich«, sagte Mrs. White, die eine etwas philosophische Ader hatte, »weil wir im allgemeinen das bekommen, was wir nicht wollen, mein Lieber, und im ganzen gesehen ist das viel besser für uns. Sieh mal auf die Uhr, Jack, du mußt fort. Und du auch, Una, wenn du dir noch einmal durch die Haare fahren willst.«

»Ich kann nicht verstehen, warum du dir unbedingt die Zöpfe abschneiden wolltest«, schalt Jack. »Die meisten Jungen mögen Zöpfe. Wer soll dich jetzt heiraten?«

»Rede doch kein dummes Zeug. Ich will nicht heiraten. Und wer trägt heute noch Zöpfe?«

»Und das ist ganz schön blöd. Ich könnte für dreißig Shilling eine gute, gebrauchte Angelrute bekommen. Weißt du, was du bist, mein Kind? Du bist ein Opfer der ruchlosen Ausbeuter, die von der weiblichen Eitelkeit zehren. Was noch schlimmer ist, du hast nicht einmal den Mut, zu deinen Überzeugungen zu stehen. Weißt du noch, wie du dir letztes Jahr die Zehennägel lackiert und dich dann nicht getraut hast, dich im Schwimmbad sehen zu lassen?«

»Ach, verschwinde doch endlich«, flehte seine Mutter. »Und zieh deinen Regenmantel an, es fängt an zu nieseln. Hör einfach nicht auf ihn, Una. Trotzdem, dreißig Shilling sind nicht so leicht zu verdienen und zuviel, um sie zu verschwenden. Ich könnte dir die Haare doch mit Lockenstreifen eindrehen, wie damals, als du noch klein warst, was meinst du?«

Aber Una war schon dabei, das Zimmer zu verlassen, und Jack war verschwunden.

»Meine Güte«, sagte Mrs. White. »Ich wünschte, sie würden nicht schon so früh am Morgen aufeinander herumhacken. Das ist wirklich anstrengend. So, und jetzt muß ich wohl voranmachen. Ich muß zum Metzger, und zuallererst muß ich Großmutter versorgen. Ich wundere mich ohnehin, daß ich ihren Stock noch nicht gehört habe. Ich brauche noch Seife, mein Lieber. Ich habe fast keine mehr. Leg dich doch in einen von den großen Sesseln, nachdem du Maureen reingelassen hast, und überlaß ihr den Laden für eine Weile. Sie kann ja klingeln, wenn sie Schwierigkeiten hat, und heute morgen kommt bestimmt niemand; niemand von Bedeutung, meine ich, und du siehst wirklich nicht gut aus. Ich weiß nicht, woher das kommt, aber man schafft heutzutage nicht einmal die Hälfte der Arbeit. Meine Mutter schien immer genug Freizeit zu haben, und dabei hatte sie acht Kinder und hat alles selbst gebacken und gebraut. Glaubst du, daß die Zeit auch nicht mehr das ist, was sie mal war, genau wie alles andere? Ich würde auf jeden Fall eine Jahresration Backfett für ein Pfund gutes, ehrliches Schmalz hergeben. Man kann unmöglich anständiges Gebäck aus Nylon machen, oder was immer es ist. Wenn du den Schemel nimmst und die Füße hochlegst, George, tut dir das ganz bestimmt gut.«

»Schnatter, schnatter, schnatter, wie eine verdammte Gans«, stöhnte Mr. White. »Tu mir doch bitte einen Gefallen und laß mich in Ruhe. Wenn ich so überlege, war das die erste vernünftige Bemerkung, die ich seit Wochen von meiner Tochter Una gehört habe.«

Kein Zweifel, er hatte es mit der Leber, dachte Mrs. White. Sie überließ ihn sich selbst und nahm ihre täglichen Pflichten in Angriff.

Obwohl Mr. White es sich ausbedungen hatte, alleingelassen zu werden, erschien er um elf Uhr wieder, kam in die Küche und lehnte sich, noch gelber als zuvor, gegen den Türstock. Seine Frau rührte gerade einen Teig aus Mehl, Eiern und Wasser zusammen und hatte noch ein paar neue Ideen auf Lager.

»Ich habe nachgedacht«, sagte sie. »Warum gibt es eigentlich im Parlament keine Frauenpartei? Dann könnte man Getreide für Geflügel- und Rinderfutter kaufen anstatt all der Pfirsiche, Trauben und Mandarinen. Aber vielleicht würde das nicht klappen. Frauen benehmen sich so dumm, wenn sie in Komitees beieinandersitzen. Ich glaube, die Hälfte aller Probleme kommt von den Komitees. Warum sind die einzelnen Leute vernünftig, und wenn sie zusammen sind, werden sie albern?

O Gott«, rief sie aus, als sie von ihrer Arbeit aufschaute, »du siehst wirklich schlecht aus, George. Ob du wohl etwas ausbrütest?«

»Gott möge mir verzeihen«, sagte Mr. White. »Ich habe einen Menschen getötet.«

»Was, doch nicht schon wieder? Du mußt wirklich vorsichtig sein, mein Lieber. Du willst das doch nicht zur Gewohnheit werden lassen.«

»Mutter, leg um Himmels willen den Löffel hin und hör mir zu. Ich habe den Major vergiftet.«

In seiner Stimme lag eine verzweifelte Dringlichkeit, die Mrs. White so aufrüttelte, daß sie ihm ihre ungeteilte Aufmerksamkeit zuwandte. Sie ließ den Löffel los, der prompt im Teig verschwand, und wischte sich halb mechanisch die Hände an einem Geschirrtuch ab. Eine Weile herrschte in der Küche völliges Schweigen.

Endlich sagte Mrs. White langsam: »Aber ich verstehe das nicht, George. Du bist doch gewöhnlich so vorsichtig. Zu vorsichtig, habe ich mir oft gedacht. Wobei hast du denn einen Fehler gemacht – war es ein Stärkungsmittel? Vielleicht hat er noch nichts davon genommen. Ich nehme an, das können wir ohne weiteres zurückbekommen. Oh, ich wünschte wirklich, wir hätten Telefonanschluß.«

»Ich ... mir ... ist schlecht«, sagte Mr. White, dessen Farbe von Ockergelb in Grauweiß übergegangen war.

Seine Frau führte ihn schnell zu einem Küchenstuhl.

»Leg den Kopf zwischen die Knie«, forderte sie ihn auf. »So ist's gut. Und jetzt bleib so, bis der Schwindel vorüber ist.«

Sie blieb neben ihm stehen, den Blick auf die Rückseite seines Kragens geheftet, und sie sah nicht mehr dick, behäbig und zerstreut aus. Sie war hellwach und unruhig, wie ein weibliches Tier, dessen Familie von einer Gefahr bedroht wird.

Nach einer ziemlich langen Pause hob Mr. White den Kopf. Er starrte durch seine Zweischärfenbrille vor sich hin.

»Ich habe es mit Absicht getan«, sagte er.

Die kleinen Geräusche in der Küche, ein Kessel, der auf dem Herd summte, Wasser, das aus dem Hahn tropfte, das Ticken eines Weckers, wurden erschreckend wichtig, da sonst kein Wort fiel.

»Ich muß verrückt gewesen sein«, sagte Mr. White. »Ich sage dir, das kommt von diesen anderen Geschichten; der alte Wallace, der überfahren wurde, und das Kind, das sich den Knöchel verstaucht hat. Es war nicht fair. Es hat mir Flausen in den Kopf gesetzt, die ich vorher nicht hatte. Ich habe angefangen zu glauben, daß ich den Leuten wirklich etwas antun könnte – wenigstens so halb habe ich das geglaubt. Und du kennst doch den Major. Weißt du noch, wie er am Montagabend reinkam und mich auf seine gehässige Art schikaniert hat? Ich glaube, ich hätte es nicht machen dürfen. Ich habe sein Benehmen schon so oft ertragen müssen, Dutzende von Malen. Aber er redete ständig über die Anerkennungsschreiben, behauptete, sie seien gefälscht; das hat mich so wild gemacht. Oh, ich weiß, daß ich nie etwas geleistet habe, was erwähnenswert gewesen wäre. Früher hatte ich einmal ehrgeizige Pläne, aber es ist nie etwas dabei herausgekommen. Aber die Leute mögen meine Präparate wirklich, und sie tun ihnen gut. Es hat mich wütend gemacht, daß Maureen dabeistand und das alles mitanhörte; und als wir zumachten, haben wir noch darüber gelacht, und ich habe vorgeschlagen, man sollte ihn auf die schwarze Liste setzen.«

»Und warum hast du ihn dann nicht einfach totgewünscht und es damit gut sein lassen?« fragte Mrs. White so gefühllos, wie weichherzige Frauen sich oft zeigen.

»Ich ... ich ... glaubte wohl nicht genügend daran. Ich wollte sichergehen. Ich wollte vor Maureen nicht wie ein Narr dastehen. Am nächsten Tag, das war gestern – mir kommt es vor, als sei es ein Jahr her –, packte ich seine Bestellung zusammen, damit sie sie abliefern konnte, und er wollte dieses Mittel haben, du weißt schon, was er immer gegen Rheumatismus einnahm, obwohl ich ihm davon abgeraten habe. Und da dachte ich, na ja, jetzt will ich dir etwas verpassen, was dich richtig deprimiert ...«, die Stimme versagte ihm, und er konnte nicht weitersprechen.

»Ja«, flüsterte Mrs. White verängstigt, »und dann?«

»Dann dachte ich, er soll ruhig leiden, er nützt doch keinem etwas, nicht einmal sich selbst. Und dann sind da noch seine Frau und Doktor Down ... und sein Sohn, der arme kleine Teufel. Und er war ein gemeines Ekel. Er hat allen alles verdorben. Niemand mochte ihn leiden. Und ... da habe ich etwas in das Mittel getan. Einfach den Deckel abgehoben. Ich muß verrückt gewesen sein.«

»Was hast du hineingetan?« erkundigte sich Mrs. White bewundernswert ruhig.

»Ich habe zwei Gran Strychnin hineingetan.«

Jetzt war sie wirklich erschüttert. Sie keuchte entsetzt auf.

»Aber George, das ist ein schmerzhafter ... ein schrecklicher Tod! Was hast du dir nur dabei gedacht?«

»Ich wollte, daß er leidet, daß er erkennt, was Grausamkeit bedeutet. Er sollte zurückbekommen, was er anderen angetan hatte.«

»Aber du bist doch so ein gütiger Mensch, George. Du warst in deinem ganzen Leben kein einziges Mal grausam.«

»Es muß sich die ganze Zeit in mir aufgestaut haben. Ich kann es nicht erklären, Mutter. Ich war wahnsinnig. Ich kam mir vor wie Gott, der Gerechtigkeit walten läßt. Und jetzt fühle ich mich wie ein ... wie ein Mörder.«

»Hast du nie daran gedacht, daß man dich erwischen könnte?«

»Ich wußte, daß das Giftbuch in Ordnung sein würde. Bei den Rezepten bleibt mir im allgemeinen etwas übrig, ich hatte daher schon immer mehr von dem Zeug, als die Unterlagen ausweisen. Und ich habe bis vor kurzem auf ein Rezept des Arztes gegen das Herzjagen des Majors eine Strychninmischung angefertigt, dann hat er sie sich wohl anderswo geholt, denke ich mir, oder er hat sie abgesetzt. Der Mann war ein Sammelbecken für alle möglichen Medikamente, und er hat jedem, der es hören wollte, ständig von seinem Herzen erzählt.«

»George, du redest, als ob er schon tot wäre. Das ist Unsinn. Ich glaube keinen Augenblick daran. Laß mich nachdenken. Wann ist die Lieferung rausgegangen? Ach, du Dummerchen, das war doch erst gestern. Ich wage zu behaupten, daß er sie noch nicht einmal ausgepackt hat. Und so etwas wie ein Pulver... ich glaube nicht, daß er die letzte Dose schon verbraucht hat.«

»Doch, er sagte, er habe nur noch eine Ration. Und er hat es ganz regelmäßig genommen. Auf einem Sixpence. Heute müßte er mit der neuen Dose anfangen.«

»Selbst wenn, dann würde er das Gift nicht unbedingt gleich erwischen. Natürlich nicht, George. Vielleicht ist es bis auf den Boden der Dose gewandert.«

»Ich habe es obendrauf getan.«

»Ja, aber du weißt doch, wie Maureen mit Paketen umgeht. Die Dose ist bestimmt gründlich durchgeschüttelt worden. Unbedingt. Ich gehe jetzt sofort zu ihm hin, George. Sei so lieb und hol mir meinen Mantel. Ich werde mir irgendeine Ausrede einfallen lassen. Mach dir keine Sorgen. Ich erfinde schon etwas. Niemand wird Verdacht schöpfen, und wenn, dann können wir es nicht ändern. Die Hauptsache ist, daß wir die Dose in die Hand bekommen. Nur gut, daß du es mir noch rechtzeitig erzählt hast.«

»Ich wollte es dir gar nicht sagen. Aber wir haben nie etwas voreinander verheimlicht – ich wenigstens nicht. Es gibt Fälle, da hatte schon ein Sechzehntel Gran tödliche Wirkung.«

»Meine Güte, dann muß ich mich um so mehr beeilen. Und du machst dir jetzt eine schöne Tasse Tee. Das Wasser kocht schon. Einen Hut brauche ich nicht, ich lege mir meinen alten Schal um den Kopf. Und die Handschuhe sind in den Taschen. Mach dir auf jeden Fall keine Sorgen.«

Mit diesem bewundernswerten, aber schwer zu befolgenden Rat verließ Mrs. White rückwärts die Küche. Ihr Mann, der in trostlosem Schweigen dasaß, hörte, wie die Haustür hinter ihr zuschlug.

Da Mrs. White alle ihre Energie darauf richtete, das Haus von Major James so schnell zu erreichen, wie ihre Beine sie tragen wollten, hatte sie nicht viel Gelegenheit, konkrete Pläne zu schmieden. Aber zusammenhanglose Gedankenfetzen schossen ihr durch den Kopf, Dinge, die sie begriff, und andere, die sie nicht verstand. Daß George sich in einem unbedachten Augenblick zu einer Tat hinreißen ließ, die ebenso waghalsig wie grausam war, konnte sie sich vorstellen. Manch andere waren ebenso gestolpert und aus reiner Torheit in bodenlose Abgründe geschleudert worden. Mrs. White, die wie die meisten Gefühlsmenschen einen harten Kern hatte, gestand sich ein, daß der Major kein sympathischer Mensch und kein Verlust für die Gemeinschaft war. Aber daß George, als Apotheker völlig im Bilde über die Wirkung von Strychnin, selbst in einem Zustand geistiger Verwirrung ein solches Mittel verwendet haben sollte, um sich eines Tyrannen zu entledigen, das ging über ihr Begriffsvermögen hinaus. Obwohl sie mehr lief als ging, spürte sie die Kälte bis in die Knochen, nicht so sehr, weil sie an den Major dachte und daran, wie er vermutlich leiden mußte, sondern weil sie Angst um ihren armen George hatte und weil sie so wenig über ihren Mann wußte, obwohl sie geglaubt hatte, ihn durch und durch zu kennen.

Mehrere Frauen riefen ihr »Guten Morgen!« zu, und sie grüßte zurück, als seien sie alle Gestalten in einem Traum, in dem sie als einzige wirklich war. Sie kam beim Metzger vorbei, nahm mit den Augen eine kleine Lammschulter wahr, die an einem Haken hing, um später abgeholt zu werden. Strychnin! Und das war so leicht festzustellen!

Sie überquerte den Tid auf der zweiten Brücke. Jetzt näherte sie sich ihrem Ziel. An einen katastrophalen Ausgang ihrer Mission wollte sie gar nicht denken. Es war nur... wie konnte George nur... Strychnin...

Sobald sie das Haus der James sah, fiel ihr auf, daß die Jalousien heruntergelassen und die Gardinen zugezogen waren. Sie lief weiter, das Herz lag ihr wie ein Stein in der Brust, und ihr war schlecht; übel vor Angst. Ihr Schwung trug sie bis vor die blaue, getäfelte Haustür. Dort blieb sie zögernd stehen, ihr Blick wanderte zwischen den Fenstern im ersten Stock und der Messingglocke hin und her. Sie wagte nicht zu läuten. Sie wollte sich schon abwenden, als die Tür aufging und Mrs. Fred Jack wie eine Furie mit wehenden Haaren und verschwollenem Schnupfengesicht vor ihr stand.

»Ich hab' Sie an der Tür gesehen, Mrs. White«, flüsterte Mrs. Jack zischend. »Wollten Sie was Bestimmtes?«

Mrs. White mußte erst ihre Zunge anfeuchten, damit sie ihr gehorchte: »Ich wollte den Major sprechen.«

»Den kriegen Sie wohl erst wieder zu sehen, wenn Sie ins Gelobte Land kommen«, sagte Mrs. Jack. »Der arme Herr ist heute früh gestorben. Ganz plötzlich. Und der Doktor hat Mrs. James gesagt, daß sie niemand empfangen soll. Kann ich was für Sie tun, Mrs. White?«

Mrs. White nahm mühsam ihre Gedanken zusammen. Natürlich wollte sie etwas. Wenn es nicht gerade Mrs. Jack gewesen wäre, hätte sie es vielleicht riskiert, hätte sich irgendeine Ausrede zusammengebastelt. Geben Sie mir die Dose mit der Medizin ... geben Sie mir die Dose mit der Medizin, aus der der Major zum letztenmal eingenommen hat. Aber was würde Mrs. Jack von diesem ungewöhnlichen Ansinnen halten? Mrs. White redete einfach drauflos: »Wie schrecklich ... wenn ich das gewußt hätte, wäre ich nicht gekommen ... ich wollte nur eine Spende ...«

Mrs. Jack wackelte bekümmert mit dem Kopf. »Ich glaube, das Spenden wird er jetzt uns überlassen. Der arme Herr.«

»Oh, du meine Güte, dann will ich nicht länger warten«, sagte Mrs. White. »Wenn ich später vielleicht etwas für Mrs. James tun kann, sagen Sie es mir bitte.«

Ohne sich darum zu kümmern, wie Mrs. Jack ihr sonderbares Verhalten einschätzte, drehte sich Mrs. White um und lief, so schnell wie sie gekommen war, nach Hause.

Als sie dort ankam, fand sie ihren Gatten in derselben Haltung, in der sie ihn verlassen hatte. Sein Körper hatte sich nicht bewegt, aber im Geist hatte er eine beträchtliche Strecke zurückgelegt. Da er noch zu schwach war, den Folgen seiner Tat ins Auge zu sehen, hatte er, als er allein war, zuerst versucht, die Erinnerung daran in eine dunkle Ecke weit abseits von seinen gegenwärtigen Überlegungen zu verdrängen. Aber er mochte sie unterdrücken, soviel er wollte, sie kam unerbittlich wieder nach oben, als gebe es da ein Gegengewicht aus Blei, dem Blei der Schuld und der Verzweiflung.

Da es ihm nicht möglich war, seine Sünde völlig zu verbannen, erreichte er schließlich ein Stadium, in dem er sie sich zwar eingestand, aber glaubte, er habe noch rechtzeitig bereut, es würde wahrscheinlich nur zu einigen peinlichen Unannehmlichkeiten kommen und er habe nun eine Warnung erhalten, wozu er fähig sei, die er sein ganzes Leben lang nicht vergessen würde. Auf dieser gedanklichen Ebene trödelte er herum, bis er sich endlich zu einer letzten, gräßlichen Reise aufmachte, auf der er vor sich selbst ohne Einschränkung zugab, daß er das Verbrechen begangen hatte und sich nur noch der Wiedergutmachung widmen konnte.

Der Ausdruck auf dem Gesicht seiner Frau, als sie die Küche betrat und begann, Kopftuch und Mantel abzulegen, genügte, ihm die Wahrheit in ihrer ganzen Härte zu enthüllen und seine Überzeugung zu bestätigen.

Sie wich seinem Blick aus, bis er unbeholfen fragte: »Ist er...?«

Darauf nickte sie düster und fuhr sich gleichzeitig mit der Hand über die Augen, wie um dadurch besser eine Lösung für das anstehende Problem erkennen zu können.

»Dann werde ich mich am besten sofort stellen.«

»Unsinn!«

»Wie meinst du das, Mutter... wieso Unsinn?«

»So völlig egoistisch kannst du doch nicht sein.«

Mr. Whites Unterkiefer klappte in völliger Verständnislosigkeit herunter.

»Sieh mal, George«, sagte Mrs. White, »bisher hast du nur an dich gedacht, an niemand sonst. Jetzt wird es Zeit, daß du dich an deine Verantwortung erinnerst. Drei Menschen, vier, wenn man deine Mutter mitrechnet, sind vollständig auf dich angewiesen. Du kannst nicht einfach beschließen, dich zu stellen, als wäre da weiter nichts dabei. Das ist aus praktischen Gründen einfach unmöglich. Nein, wenn es zum Schlimmsten kommt, müssen wir uns durchbeißen und lügen, daß sich die Balken biegen. Was glaubst du, wie Una und Jack sich fühlen, wenn ihr Vater als geständiger... nein, kau jetzt nicht an deinen Nägeln, mein Lieber. Es gibt bestimmt jede Menge von unnatürlichen Todesfällen, die mit durchgehen, ohne daß jemand dafür zur Rechenschaft gezogen wird. Doktor Down ist sicher der Ansicht, je weniger Geschrei, desto besser. Wir müssen das Beste hoffen«, schloß sie mit grimmigem Optimismus.

Trotz ihres mollig weichen Äußeren war Mrs. White aus härterem Holz geschnitzt als Leonora James.

8

Wenn Major James an seiner eigenen Beerdigung in einer anderen Rolle hätte teilnehmen können, hätte er wohl eine widerwillige Befriedigung empfunden. Praktisch das gesamte Dorf war dabei, mit Ausnahme von George White, dem Apotheker, der den Tag in einem Zustand nervöser Erschöpfung im Bett verbrachte, was der Pfarrer, der seine gewohnten Hilfskräfte brauchte, um die ungewöhnlich große Menschenansammlung zu bewältigen, sehr beklagte. Solche Feierlichkeiten waren in Tidbury immer ein großes Ereignis, denn seine Bewohner hielten es nicht für unangebracht, an einem Begräbnis ebenso freudig Anteil zu nehmen wie an einer Hochzeit.

Jene erstere Feierlichkeit kommt auf uns alle zu, und der Tod ist unbestreitbar eine höchst demokratische Einrichtung. Auch wenn der gegenwärtige Glaubensverfall die Dorfkirchen geleert hat, gibt es auf dem Lande doch immer noch mehr natürliche Frömmigkeit als in der Stadt, und der Tod wird mit philosophischer Gelassenheit als Teil des Lebens akzeptiert. Vielleicht legen die Dorfbewohner ihre Leichen ebenso in die Erde, wie sie schlummernde Samenkörner pflanzen, mit der Erwartung, sie zu gegebener Zeit ihrer Art gemäß aufgehen zu sehen.

Zwar war es nicht zu ändern, daß die Geschäfte in Bloxton zum Leichenschmaus nichts Besseres liefern konnten als Sardinen und Kalbspastete, aber gemessen an den Umständen wurde der Major doch mit allem Prunk zu Grabe getragen. Wie um das magere Aufgebot von trauernden Familienmitgliedern wettzumachen, das nur aus zwei Personen, nämlich der Frau und dem kleinen Sohn des Toten bestand, waren viele Vertreter illustrer Körperschaften, darunter auch des Kreisrates, und eine Abordnung von Freimaurern und Rotariern erschienen; außerdem waren viele jener flüchtigen Bekannten, Zechkumpane des Majors, gekommen, um ihm ihre fragwürdige Brüderschaft bis zum Grabe zu beweisen. Auch eine ganze Reihe alter Herren waren anwesend, die weniger aus Freundschaft für den Sohn kamen, als weil sie sich dem Andenken an seinen Vater, ihren Altersgenossen, verpflichtet fühlten. Es gab Blumen in Hülle und Fülle, und die Liste der Kranzspenden füllte eine halbe Spalte im ›Advertiser‹, der auch nach dem Hinscheiden seines Herausgebers regelmäßig und ohne feststellbare Veränderung der politischen Richtung erschien.

Aufgrund seiner Schwerhörigkeit war der Pfarrer in der beneidenswerten Lage, nie etwas Schlechtes von einem seiner Pfarrkinder zu hören, und so beurteilte er den Charakter des Majors nach der Höhe der Geldspende, die seine Frau zu

Ostern übergab, und nach seinem ziemlich regelmäßigen Besuch des Morgengottesdienstes. Er richtete eine großartige Abschiedsrede an die kläglichen Überreste, was viele der Anwesenden zu der Hoffnung veranlaßte, sie würden ebenso anständig wegkommen, wenn die Reihe einmal an ihnen war. Danach sangen alle ›Abide with me‹, und Frauen, die den Major verabscheut hatten, schluchzten in ihre Taschentücher, während ihre Männer sich die Nase schnaubten und ihre Gefühle mannhaft beherrschten.

Ja, alles lief reibungslos. Es hatte nur einen Schnitzer gegeben, und den hatte außer Leonora und den Leichenbestattern niemand bemerkt. Trotzdem war er so lächerlich, daß er schon makaber war, und hätte sie beinahe in hysterisches Geschrei ausbrechen lassen. Es ist herzzerreißend, einen aufrichtig geliebten Gatten betrauern zu müssen, aber am Grabe eines ungeliebten zu stehen und Trauer zu heucheln ist bitter und demütigend ohnegleichen. Als nun Leonora, die mit gesenktem Blick am Grab stand, entdeckte, daß durch ein gräßliches Versehen ihr Gatte Vincent auf dem Sargdeckel als Nathaniel bezeichnet wurde, fand sie, das sei mehr, als ein Mensch ertragen könne, ihre Beine gaben nach, und man mußte sie zu dem geschlossenen Wagen führen. Dort wartete Nigel und unterhielt sich verlegen mit dem Fahrer über ausländische Briefmarken; man hatte es ihm nicht zumuten wollen, miterleben zu müssen, wie sein Vater der Erde übergeben wurde, aus der wir alle gemacht sind.

Leonora hatte geschwankt, ob sie ihn zum Begräbnis nach Hause kommen lassen sollte. Endlich hatten egoistische Motive sie bewogen, sich dafür zu entscheiden, denn sie hoffte im Unterbewußtsein, seinen jungen Körper als Schild zwischen sich und ihre geheimen Gedanken schieben zu können. Bisher war nicht festzustellen, daß es den Jungen belastete; er war sich der Tatsachen eigentlich noch nicht so recht bewußt geworden. Als sein Internatslehrer ihn mahnte »Kopf hoch, Junge!«, hatte er nur daran gedacht, daß er nun für den Rest des

Schulhalbjahres nach Hause fahren durfte. Er war vom Wesen her zurückhaltend und reserviert; was er sagte, gab gewöhnlich keinen Hinweis auf seine Gefühle, und er hatte sich schon immer eher zu seiner Mutter hingezogen gefühlt, der er auch im Aussehen ähnelte. In der Privatschule, die er besuchte, hatte man ihm bewundernswert gute Manieren beigebracht, und als den Leuten, die von auswärts gekommen waren, Sandwiches und Kaffee angeboten wurden, zeigte er in der gespannten Atmosphäre eine dem Anlaß entsprechende Gelassenheit, womit er sich Anerkennung verdiente und sie auch bekam. Erst als sich die Gesellschaft aufgelöst hatte und er mit seiner Mutter endlich alleine war, machte er den Mund auf, um sein anscheinend dringlichstes Anliegen offen zum Ausdruck zu bringen.

»Hör mal, Mummie«, begann er.

»Ja, mein Liebling«, sagte Leonora ein wenig zerstreut.

»Hat Daddy ein Testament hinterlassen?«

»Ja, das nehme ich an. Es wird bei den Anwälten liegen. Darüber brauchen wir uns wohl keine Sorgen zu machen.«

»Er hat mir versprochen, daß ich seine goldene Repetieruhr bekomme. Glaubst du, er hat daran gedacht, das ins Testament zu schreiben?«

»Mein lieber Nigel«, sagte seine Mutter gleichzeitig belustigt und entsetzt. »Es steht vielleicht nicht im Testament, aber du kannst die Uhr natürlich haben, wenn du sie dir wünschst.«

»Das ist gut. Es ist eine tolle Uhr. Und dann ist da noch seine ganze Angelausrüstung. Natürlich hat er mich da nicht rangelassen, als er noch lebte, aber jetzt kann er doch nichts mehr damit anfangen, oder? Ich würde sehr vorsichtig damit umgehen. Werden wir hier wohnen bleiben?«

»Das habe ich mir noch nicht überlegt. Einige Zeit jedenfalls schon noch.«

»Gut. Jack White soll mir helfen, die Sachen auszusortieren. Wenn ich sie haben kann, meine ich.«

»Natürlich kannst du sie haben. Vater hätte es so gewollt.

Nur...« Sie war versucht zu sagen – ist es nicht unnatürlich, daß du sie schon so bald willst? Aber benahm sich der Junge schließlich nicht aufrichtiger als sie selbst?

»Nur was, Mummie?« erkundigte sich ihr Sohn höflich.

»Ach, eigentlich nichts.«

»Wenn ich die Uhr also haben kann, dann gibst du sie mir vielleicht, wenn wir raufgehen. So schrecklich eilig ist es nicht. Übrigens, Mummie, müssen wir Mrs. Jack eigentlich behalten? Ich kann sie nicht leiden. Sie meckert ständig an mir herum, und sie sieht so fürchterlich aus.«

»Nun, die Frage ist, wer die Arbeit machen soll. Ich kann nicht alles selbst tun.«

»Ich könnte dir helfen. Ich mache in der Schule mein Bett jetzt auch selbst. Und ich wasche ab. Eigentlich sollten die uns etwas bezahlen, anstatt wir ihnen. Aber viele von den Müttern der anderen Jungs haben irische Hausmädchen. Das wäre doch auch etwas für dich. Sie sind ziemlich doof, aber so schlimm wie Mrs. Jack können sie gar nicht sein. Ehrlich, Mummie, ich wünschte, du würdest sie rauswerfen.«

»Vielleicht. Ja, ich werde es tun, Nigel.«

Das war ein Anfang, dachte sie. Eine großartige Idee. Sie würde Mrs. Jack fortschicken und es riskieren, sich jemand anderen zu suchen. Sie fand, daß sie es in dieser Situation nicht länger ertragen konnte, Mrs. Jack im Hause zu haben. Jedesmal, wenn sie sie sah, würde sie an diese entsetzliche Fahrt durch den Nebel denken müssen und an den nächsten Morgen, als Mrs. Jack praktisch genau in dem Augenblick zu ihrem regelmäßigen Besuch erschienen war, als Vincents Tod entdeckt wurde. Im Augenblick hatte Leonora noch keine definitiven Pläne für die Zukunft. Sie hatte niemanden, der sie beraten konnte, und obwohl sie im ersten Moment aus dem Haus hatte flüchten wollen, wußte sie doch, daß sie Nigels Lage nicht durch eine übereilte Entscheidung gefährden durfte. Eine Wohnung in London war das, was ihr entsprochen hätte, wäre sie zu bekommen gewesen, aber das war kaum das Richtige für einen Jungen in Nigels Alter. Sie wußte noch nicht, wie sie finanziell dastand, und als sie sich an den Tod von Nigels Großvater erinnerte, wurde ihr klar, daß es mindestens ein Jahr dauern würde, bis die Angelegenheiten geregelt waren.

»Glaubst du, daß wir Doktor Down jetzt noch häufig sehen werden?«

Ein eisiger Finger fuhr an Leonoras Rückgrat entlang.

»Warum fragst du?«

»Ich weiß nicht. Ich mag ihn auch nicht. Er hat Daddy besucht, weil er krank war, nicht wahr? Von uns ist aber niemand krank, deshalb braucht er auch nicht mehr herzukommen. Und falls wir krank werden, kann sich ja der alte Soapy White um uns kümmern. Weißt du, Daddy ist furchtbar plötzlich gestorben, nicht? War es nun doch sein Herz? Ich habe immer gedacht, er tut nur so. Ich hätte nie geglaubt, daß es etwas Ernstes wäre.«

»Ja, es ... war ... sein ... Herz«, bestätigte Leonora, als würden ihr die Worte einzeln herausgezogen.

»Aber er ist einfach im Schlaf gestorben. Er mußte nicht leiden, wie?«

»Das stimmt.«

Dann schwiegen sie beide und schauten ins Feuer. Die Flammen, die Nigels zarte, unentwickelte Züge mit rötlichem Schein übergossen, leuchteten nicht in sein sich gerade entfaltendes Denken hinein. Auch Leonoras Gesicht, etwas verkniffen um die Nase herum und mit einer senkrecht in die Stirn gegrabenen Falte, ließ nicht wirklich erkennen, in welcher Zwangslage sie sich befand. Vernahm sie in der Stille des Raums das Echo einer Frage, die hier einmal gestellt worden war? »Willst du Nigel unbedingt in deine Pläne einbeziehen?«

Jetzt war ihr der Weg zu Ronald Down nicht mehr nur durch die schmale Gestalt ihres Sohnes versperrt. Als sie zu beiden Seiten des Bettes standen, den Toten zwischen sich, brauchten sie sich nicht erst anzublicken, um zu wissen, daß er ihr ganzes Leben lang so daliegen würde.

»Was glaubst du, wo Daddy jetzt ist?« fragte Nigel neugierig.

»Aber Nigel, du weißt doch ... Bitte werde nicht makaber, mein Liebling.«

»Aber wo ist er wirklich?«

Die gleiche Frage war seiner Mutter an dem Morgen in den Sinn gekommen, an dem der Major gestorben war. Auf dem Bett lag offensichtlich nichts weiter als seine leere Hülle. Hatte das Kind mit seiner Frage nicht recht – wo war er? Wo war Vincent mit seinem komplizierten Innenleben, seiner chronischen Gereiztheit, seiner Unzufriedenheit, seiner Grobheit, ja, sogar seinem freudlosen Haha? Wohin war das alles wirklich verschwunden? Ihre religiösen Überzeugungen hätten ihr eine Antwort geben können, wenn sie welche besessen hätte, aber sie verfügte nur noch über ganz schwache Spuren von Glauben, ein lästiges Gewissen und Lippenbekenntnisse an eine Gottheit, der sie entsagt hatte.

Sie schüttelte ihre Gedanken ab und versuchte, einen weniger ernsten Ton anzuschlagen. »Komm, wir suchen uns in der Küche etwas zu essen. Sollen wir uns hier am Feuer Toast rösten? Wenn wir ein oder zwei Kohlestücke wegschieben, geht das sicher. Und du mußt früh zu Bett gehen. Ich werde so tun, als wärst du noch klein, werde dich schön baden und dir zur Abwechslung einmal die Ohren säubern. Also komm.«

»Gut. Und du vergißt nicht, mir die Uhr zu geben? Ich möchte sie neben meinem Bett haben. Es ist auch noch ein kleines Waschlederetui dabei.«

Nachdem sie ihn zu Bett gebracht hatte, kam ihr das Haus sonderbar still und wachsam vor. Leonora drehte das Radio an und schaltete es wieder aus. Sie war nicht in Stimmung für einen Wirtschaftsvortrag, und die Tanzmusik im Unterhaltungsprogramm war ein zu schrecklicher Hohn, dem man nicht einfach freien Lauf lassen durfte.

Immer wieder dachte sie über ihr letztes Gespräch mit

Ronald nach. Warum hatte er sich so hartnäckig auf diese elenden Schlaftabletten versteift. Ihr war vor Schreck und Angst fast übel gewesen, und doch hatte er immer wieder gefragt: »Wo sind sie?«

»Ich weiß es nicht«, hatte sie gesagt. »Ich nehme an, er hat sie weggeräumt. Aus solchen Sachen hat er immer ein großes Geheimnis gemacht.«

»Kannst du sie nicht suchen? Du weißt doch, wie die Schachtel ausgesehen hat. Sieh auf jeden Fall einmal nach.«

»Aber ich habe nicht die leiseste Ahnung«, hatte sie verzweifelt gerufen.

»Denk doch nach«, hatte er gedrängt. »Wo würde er sie wahrscheinlich hintun?«

»Ich weiß es nicht, und es ist mir auch egal. Er ist nicht an einer Überdosis Schlaftabletten gestorben. Es war sein Herz. Du hast gesagt, daß es sein Herz war.«

»Ja, ich habe gesagt, daß es das Herz war«, hatte er mit sonderbarer Betonung geantwortet.

Oder war da überhaupt keine Betonung gewesen? Bildete sie sich das alles nicht nur ein?

»Sprich jedenfalls leise«, hatte er gesagt. »Du willst doch nicht, daß Mrs. Jack hört, worüber wir reden. Welcher unselige Zufall hat sie denn heute morgen hierhergebracht?«

»Es ist Badezimmertag«, sagte Leonora heftig. »Badezimmertag!«

»Reiß dich zusammen«, hatte er gemahnt. »Also, was ist jetzt mit den Tabletten? Bist du sicher, daß du sie nicht weggelegt hast, seit du Vincent tot aufgefunden hast?«

»Natürlich habe ich sie nicht weggelegt. Warum sollte ich? Vermutlich hat er gestern nacht zuviel getrunken. Der Alkohol hat sein Herz geschädigt.«

»Vom Herzen deines Mannes hat wohl inzwischen jeder gehört«, hatte er gesagt. »Das Thema war von höchstem Interesse für ihn. Außer als Gesprächsgegenstand war es auch sonst von Bedeutung, wie du siehst. Es blieb stehen, und er starb.

Nun, Leonora, ich habe dir gesagt, du sollst bis zum Morgen warten... Wenn ich nur geahnt hätte... Nun, hinterher ist man immer klüger. Und jetzt stecke ich bis zum Hals in der Sache...«

»Was soll das denn heißen?« Sie war bleich geworden.

»Vielleicht ist Hals nicht der taktvollste Ausdruck.« Er hatte sie einen Augenblick lang mit einem frostigen Blick fixiert. »Jedenfalls werde ich alles Nötige veranlassen. Ich schicke eine Frau von Bloxton herauf. Sie heißt Smith und war früher Pflegerin. Du kannst ihr alles überlassen. Willst du dich mit dem Leichenbestatter in Verbindung setzen, oder soll ich das tun? Es sieht besser aus, wenn du es machst.«

Leonora hörte sich die Neunuhrnachrichten an, dann trieben ihre Gedanken sie nach oben. Es war sicher abstrus, aber sie hatte das Gefühl, als sei das Haus nach dem Tod ihres Mannes in den Besitz seiner Vorfahren zurückgekehrt und sie selbst sei nichts als ein unwillkommener Eindringling. Ehe sie sich in ihr eigenes Schlafzimmer zurückzog, schlich sie zu Nigel hinein, um zu sehen, ob mit ihm alles in Ordnung war, eine Angewohnheit, die sie aus seiner Babyzeit beibehalten hatte.

Der Junge lag mit weit ausgebreiteten Armen auf dem Rükken. Er hatte sich in den Schlaf geweint. Auf seiner Wange war immer noch eine feuchte Spur, und seine Lider waren vor Kummer rot und verschwollen. Seine Hand lag, mit der Handfläche nach oben, auf der Daunendecke und umklammerte die goldene Repetieruhr.

Es war, als bekäme sie plötzlich einen Stich ins Herz. In diesem Zustand der Selbstvergessenheit hatte das Kind den Jungen verdrängt, und ihr kam blitzartig der Tag seiner Geburt in Erinnerung. Sie hörte wieder die Stimme der Hebamme, die ihr sagte, sie hätte einen Sohn, und sie durchlebte noch einmal jene tiefe Freude, wie sie sie nie zuvor und auch seither nie mehr verspürt hatte. Ja, damals war er ein Teil von ihr gewesen, aber jetzt hatte er sich schon so weit von ihr entfernt, daß sie nicht einmal seine Gefühle erraten konnte, wenn er sie verbergen wollte.

Es war ganz normal, daß man jetzt, wo vielleicht das Herannahen der Sperrstunde ernüchternde Betrachtungen förderte, in beiden Dorfwirtshäusern passende Nachrufe auf den Major formulierte.

»Er hat wirklich 'ne erstklassige Beerdigung gekriegt, da kann man gar nichts sagen«, bemerkte Peter Motts, der wie gewöhnlich mit untergeschlagenen Beinen vor seinem prasselnden Feuer saß.

»Da hat er viel davon, der arme Hund«, fügte Mr. Button hinzu.

»Na ja, ich glaub' vom Leben hat er auch nie viel gehabt, nur das, was er sich aus der Flasche geholt hat.«

»Der war sich selbst der ärgste Feind, ehrlich«, sagte Davy, seines Zeichens Obst- und Gemüsehändler.

»Da steht uns kein Urteil darüber zu«, und bei diesen Worten wackelte Mr. Button feierlich mit dem Kopf.

»Da hast du 'n guten Kunden verloren, Peter.«

Der Greis, der offenbar kurz eingedämmert war, öffnete seine wäßrigen Augen und begann, in brüchigem Falsett zu singen:

»Noch ein paar Jahre zieh'n vorbei,
noch ein paar Jahreszeiten ...«

Er brach unvermittelt ab. »Wir kommen alle mal auf den Friedhof, meine Herren, die Alten wie die Jungen. Das ist eben nicht anders, und deshalb hätt' ich jetzt gern noch ein kleines Bier, wenn's nichts ausmacht, Peter.«

»Macht gar nichts aus«, sagte Peter vom Zapfhahn her. »Und wo das alles nur zu wahr ist und keiner kann's abstreiten, schlag ich vor, meine Herren, daß Sie jetzt alle 'n Glas auf Kosten des Hauses trinken. Auf, auf, her mit den Gläsern. 's geht auf zehn, und ich bin müde.«

»Was trinkst du denn, Peter?« fragte Davy, als alle versorgt waren und ihren Dank an den Wirt zum Ausdruck gebracht hatten. »Du bist doch auch nur 'n sterblicher Mensch wie wir alle.«

»Tja, ich hab' ja nun Halbtrauer«, sagte Peter und ließ damit ganz verstohlen das Gerücht wiederaufleben, das ihn zum Halbbruder des Majors machte, »da werd' ich wohl 'ne kleine Flasche Ginger Ale trinken.«

Alle waren erschüttert.

»Du willst wohl deinem Magen 'ne Überraschung bereiten?« krächzte der Alte mit zittriger Stimme.

»Mir kommt's so vor, als hätten wir erst neulich seinen Vater begraben«, sagte Ben Emmot im ›Willyum‹.

»Nach allem, was ich höre«, antwortete Miss Death, die sich nicht aus dem Haus gewagt hatte, weil sie der festen Überzeugung war, daß ein Begräbnis das nächste nach sich zieht, »war ja zwischen den Begräbnissen nicht viel Unterschied, aber wenn man die Männer ansieht, die betroffen sind, dann ist das eine ganz andere Geschichte.«

Eine weitere, feste Überzeugung von ihr war, daß kein Mann das Format seines Vaters erreicht, was letzten Endes darauf hinausläuft, daß wir uns alle aus einer Rasse von Riesen zu einer Rasse von Zwergen zurückentwickeln. Mag sein, daß darin ein Körnchen Wahrheit steckte, aber vielleicht war sie auch von der Vergangenheit so weit entfernt, daß sie ein geistiges Fernglas brauchte, um sie zu betrachten, und damit alles etwas überlebensgroß sah. Es wäre auch möglich, daß der Vater des Majors in jener längst vergangenen Zeit einem hübschen, temperamentvollen Mädchen seine Aufmerksamkeit geschenkt hatte. Wenn dem so war, so empfand sie derartige Enthüllungen nicht als angebracht und gab sich mit einer kleinen Erörterung der Eigenschaften zufrieden, die der Vorfahr besessen und die sich bei seinem Nachkommen nicht mehr gezeigt hatten.

»Aber«, schloß sie, »was kann man schon von einem Gentleman erwarten, der sich seine Eingeweide von Gin und dergleichen zerfressen läßt?«

Aus dieser Bemerkung könnte man fälschlicherweise ableiten, daß Miss Death keine Lizenz zum Alkoholausschank besaß. Tatsache war jedoch, daß Tantchen niemals Alkohol in irgendeiner Form anrührte und privat und oft auch in aller Öffentlichkeit dessen Konsum als schockierende Zeit- und Geldverschwendung anprangerte. Ja, in der Zeit der amerikanischen Einquartierung in Tidbury äußerte sie sich so energisch zum Thema Whisky, daß ein junger Amerikaner sich bewogen fühlte, ihr Vorhaltungen zu machen.

»Aber Madam«, bemerkte er sanft, »ich verstehe wirklich nicht, warum Sie das abscheuliche Zeug dann im Haus haben.«

»Es macht mir nichts aus, es an Sie zu verkaufen, junger Mann«, gab Miss Death streng zurück, »weil ich davon lebe, aber das hält mich nicht davon ab, Ihnen zu sagen, daß Sie ein Narr sind, wenn Sie es trinken.«

»Hat denn der alte Herr keinen Whisky getrunken, wenn er ihn kriegen konnte?« fragte Abraham Monk, der ein solches Versäumnis unverzeihlich gefunden hätte.

»Mr. James«, erwiderte Tantchen, wobei sie Titel und Familiennamen mit besonderem Nachdruck aussprach, »hat gutes Bier und guten Wein getrunken. Damals hielt man dort auf einen anständigen Keller, obwohl ich bezweifle, daß jetzt noch etwas davon übrig ist.«

»Ich bin ja neugierig, ob sie das Haus behält«, überlegte Ben. »Is' ja wirklich 'n großer Kasten für 'ne Frau allein und 'nen Kleinen. Da fallen sie ja richtig drin rum.«

»Er is'n komischer Kerl, der Niggler, oder wie sie'n nennen«, meinte Mr. Monk.

»Vielleicht holt sie sich den Doktor ins Haus«, sagte Ben und verfolgte damit seine eigenen Überlegungen weiter.

Tantchen kräuselte ein wenig die Lippen. Es gab bestimmte, klar definierte Grenzen dafür, wieviel Klatsch sie gestattete. Sie war durchaus nicht frei von Neugier und wollte selbst gerne wissen, was im Dorf vorging. Im allgemeinen verfuhr sie so, daß sie einen Gast so lange zum Reden ermunterte, bis sie die wichtigsten Fakten aus ihm herausgeholt hatte. Dann ging sie wie ein Dampfhammer auf ihren Informanten los und lenkte die Unterhaltung in eine andere Richtung.

An einem Ende der langen Holzbank saßen Fred Jack und seine Frau. Mrs. Jack kam nicht oft ins ›Willyum‹, sie zog die ›Krone‹ vor, und jetzt nippte sie geziert an einem Glas Stout, während Fred das Bier aus einem Zinnkrug in sich hineinschüttete. Sie waren im Schatten, denn das Licht aus der einzigen Öllampe, die vom Balken hing, drang nicht bis in die Ecken des Raumes.

Nachdem Mrs. Jack sich zimperlich mit dem Rücken ihres Baumwollhandschuhs den Schaum von den Lippen gewischt hatte, gab sie aus dem Dunkel heraus eine etwas mysteriöse Feststellung ab.

»Manche Leute haben so einiges gesehen und könnten vieles erzählen«, sagte Mrs. Jack, »wenn sie Unruhe stiften wollten.«

»Dann solltest du lieber den Schnabel halten, Frau«, mahnte ihr Gatte, der durch das Öffnen dieses speziellen Instruments schon mehr als einmal in Schwierigkeiten geraten war.

»Reden ist Silber, Schweigen ist Gold«, empfahl Miss Death knapp. Sie warf auch einen bedeutungsvollen Blick auf die Uhr, die sie immer mindestens zehn Minuten vorstellte. Sie hatte es nicht nötig, ›Letzte Bestellung, meine Herren‹ zu rufen. Ihre Gäste waren, wenn schon nicht zahlreich, so doch gut erzogen.

9

Trotz der vorzüglichen Ratschläge, die Mrs. Jack von allen Seiten erhalten hatte, konnte man sie weniger als eine Woche später in vertraulichem Gespräch mit dem Sergeant auf der Polizeiwache von Bloxton sitzen sehen. Ihre Gründe dafür, wenn man das Wort Grund in Zusammenhang mit jemandem, dem vernünftiges Denken so völlig fremd war, überhaupt gebrauchen kann, waren zweierlei. Erstens war sie erpicht darauf, berühmt zu werden, ganz gleich, auf welche Weise, und zweitens hatte Mrs. James' Entscheidung, in Zukunft auf ihre Dienste zu verzichten, sie sehr verärgert.

Geld brauchte sie nicht so dringend, denn obwohl sie nie Gelegenheit gehabt hatte, Reichtümer anzuhäufen, hatte ihr bäuerlicher Instinkt sie dazu getrieben, ihre geringen Einkünfte Jahr für Jahr zu horten, bis sie sich, Penny für Penny, fast hundert Pfund zusammengespart hatte, die sie in einer Keksdose unter einer losen Diele im Schlafzimmer verwahrte. Aber die Stellung bei Mrs. James sagte ihr sehr zu. Niemand schrieb ihr die Arbeit vor, sie konnte tun oder lassen, was immer sie für richtig hielt. Es war nicht wie beim Bodenputzen im Gemeindesaal zum Beispiel, wo das Ergebnis immer deutlich zeigte, welche Anstrengung dafür aufgewendet worden war. Sie hatte auch immer eine Pause einlegen dürfen, um sich eine Tasse Tee zu kochen und sich in der Speisekammer einen kleinen Imbiß zu suchen. Die ›Zusatzleistungen‹ waren gut, und sie hatte immer eine geräumige Tasche dabei, die sie leer hinbrachte und gefüllt wieder mitnahm. Sie bewunderte außerdem den Geschmack von Mrs. James in bezug auf Kleidung und hatte auf mehrere Stücke, die früher oder später ausgemustert werden würden, ein Auge geworfen – sie wußte sogar schon, wie man sie am besten vergrößern konnte, damit sie für ihre Figur paßten. Dazu kam, daß man im Dorf praktisch das ›Gesicht‹ verlor, wenn man einen Arbeitsplatz verloren hatte, die Nachbarn würden sicher darüber reden und sich fragen, warum, und sie würden bald eine Erklärung erfinden, die das Ansehen der Entlassenen schmälerte.

Der Sergeant hatte in diesem Jahr schon einmal eine Begegnung mit Mrs. Jack gehabt, als diese ›sich nicht mehr erinnern‹ konnte, wo sie am Markttag in Bloxton ihr Fahrrad gelassen hatte, es dann, in heller Aufregung, als gestohlen meldete und einen unbeteiligten Zuschauer des Diebstahls bezichtigte. Wenn sich der Sergeant an diese Episode erinnerte, bekam er jedes Mal einen roten Kopf, denn damals hatte er, da er die Frau noch nicht kannte, die Anklage ernst genommen. Was ihm der unbeteiligte Zuschauer hinterher an den Kopf warf, war nicht druckfähig, außerdem bekam er noch einen Rüffel vom Superintendent. Deshalb ertrug er jetzt ihre Anwesenheit mit ziemlich steifer Höflichkeit und nicht allzu freundlich, während sie ihm eine lange, weitschweifige Geschichte erzählte, in der er wenig Sinn, aber viele gefährliche Entwicklungsmöglichkeiten sah.

Da Mrs. Jack ihre Brille verloren hatte und jetzt darauf wartete, daß ›der Staat‹ ihr eine neue genehmigte, war es ihr zu gefährlich gewesen, ihr Fahrrad zu benützen. Sie hatte lieber den Bus genommen und konnte daher ihren besten Mantel und ihren besten Rock anziehen, ohne das befürchten zu müssen, was sie sehr anschaulich als ›durchsitzen‹ bezeichnete. Sie trug Schuhe, die sie drückten, und hatte eine große amerikanische Wachstuchtasche dabei, das letztjährige Weihnachtsgeschenk von Fred; auf ihrem Kopf thronte ein so frisch garnierter Hut, daß er sogar noch mit Nadel und Faden versehen war, ein Beweis dafür, daß sie wirklich unter Kurzsichtigkeit litt. Wie alle Künstler brauchte sie das Lampenfieber, um ihre beste Leistung zu erbringen; ihre Nervosität zeigte sich daran, daß sie ständig mit einer Hand den Stoffhandschuh an der anderen glattstrich. Dreimal rutschte die glatte Handtasche von ihrem Tweedrock herunter und unterbrach ihren Monolog. Der Sergeant hob sie widerwillig auf.

Aber alles geht einmal zu Ende, böse oder gut, und schließlich versiegte der Wortschwall, und der Sergeant konnte darüber nachdenken, wie er sich äußern sollte. Er räusperte sich, um sich Bedenkzeit zu verschaffen. Diesmal würde er auf seine Interessen schauen, nicht auf die von Mrs. Jack.

»Wir wollen das ganz klar festhalten«, sagte er endlich mit grimmiger Miene. »Aus dem, was Sie gesagt haben, geht hervor, daß Sie der Ansicht sind, es gäbe im Zusammenhang mit dem Ableben des verstorbenen Major James, Watergreen House, Tidbury, in dieser Grafschaft, Umstände, die eine Untersuchung durch die Polizei erforderlich machen. Ist das richtig?«

Mrs. Jack nickte mit dem Kopf, dem Hut und der Nadel samt Faden, und diese wippten weiter wie ein Nickneger.

»Mit anderen Worten, Sie glauben nicht, daß der Tod des obengenannten Herrn auf natürliche Ursachen zurückzuführen ist?«

Mrs. Jack nickte weiter.

»Daß er also ermordet wurde?«

»Das hört sich arg endgültig an, wenn Sie's so ausdrücken, Sergeant.«

»Nun, es ist ja auch eine sehr schwerwiegende Beschuldigung, Mrs. Jack, und angenommen, es gibt keine Grundlage dafür, können Sie eine Menge Schwierigkeiten bekommen. Zum Beispiel wäre es Verleumdung, wenn Sie sie außerhalb dieser Mauern wiederholen würden, und dafür könnte man Sie drankriegen.«

»Wenn ich sehe, wie direkt vor meiner Nase eine faule Sache passiert, wie man so sagt, erwarten Sie dann eigentlich von mir, daß ich den Mund halte?« rief Mrs. Jack entrüstet aus. »Ich bin keine von diesen dummen Weibern, die ständig klatschen und tratschen und ihre Nachbarn durch den Kakao ziehen. Ich meine, es ist meine Pflicht gegenüber der armen Seele, die da in der Friedhofserde liegt, sonst wäre ich zu Hause geblieben und hätte mir die Mühe und die Busfahrkarte gespart.«

»Wenn Sie das so wichtig finden, warum haben Sie es dann nicht früher gemeldet, ehe der Major begraben wurde?«

»Ich war richtig wie vor'n Kopf geschlagen, wirklich. Ich war völlig außer mir, ich mache die Hintertür auf und gehe rein, und dann ist da dieser ganze Aufstand, der Doktor ist da, und Mrs. James ist ganz aus dem Häuschen, und der arme Ehemann, ganz steif und kalt. Und wenn man sich vorstellt, daß sie am Abend vorher noch aus war, ich hab's Ihnen ja erzählt, und sich ganz allein amüsiert hat. Die haben mich rumgescheucht, ich mußte 'n Bett für die Schwester herrichten, die der Doktor von Bloxton raufgeschickt hat, damit sie den guten Mann waschen und aufbahren und Mrs. James die Nacht über Gesellschaft leisten soll. Zum Bad bin ich gar nicht gekommen, obwohl das an diesem Tag fällig war, und ich bin immer für methodisches Arbeiten, wenn's um den Haushalt geht. Ich bin mir ohne meine Brille auch ganz verloren vorgekommen, aber ein Unglück kommt selten allein, und das ist die Wahrheit. Trotzdem glaube ich, daß es die Hand des Allmächtigen war, die mich in den nassen Graben geschmissen hat, damit ich Zeugnis ablegen kann gegen die Übeltäter, und deshalb darf ich mich nicht beklagen.«

»Und Sie arbeiten jetzt immer noch für Mrs. James?«

Mrs. Jack hatte nicht genug Verstand, um die Falle zu erkennen, die ihr da gestellt wurde, aber ihr Instinkt hatte sie wohl vor der Gefahr gewarnt, denn sie sagte fast ohne Zögern: »Ich arbeit' nicht für jemand, zu dem ich kein Vertrauen habe.«

»Sie mußten aber doch eine Woche Kündigungsfrist einhalten?«

»Mrs. James wollte sich 'n Mädel aus Irland besorgen, und deshalb hat's uns beiden gepaßt.«

»Aha!« sagte der Sergeant befriedigt.

»Sie ham ja gar nichts mitgeschrieben«, beklagte sich Mrs. Jack.

»Ich kann nur Tatsachen aufschreiben«, sagte der Sergeant bedeutungsvoll.

»Isses vielleicht keine Tatsache, wenn sie und der Doktor schon seit Wochen was mit'nander haben und das ganze Dorf Bescheid weiß?«

»Dafür habe ich nur Ihre Aussage. Einen wirklichen Beweis gibt es nicht. Sie können mir keinen Briefwechsel zeigen oder Zeugen beibringen, die es bestätigen können. Und versuchen Sie das auch ja nicht«, warnte der Sergeant hastig. »Sie würden nur eine Menge Dreck aufrühren. Selbst wenn was dran wäre, würden sie wahrscheinlich nicht so weit gehen. Nein, glauben Sie mir, Sie sitzen auf einem Pulverfaß, und je eher Sie runterkommen, desto heilsamer für Sie. Suchen Sie sich eine andere Putzstelle, Mrs. Jack, und vergessen Sie Ihre Enttäuschung. In Bloxton kannten wir Major James alle. Jeder wußte, daß sein Herz nicht ganz so war, wie es sein sollte. Aber es gibt immer Leute, die unbedingt gehässig sein müssen. Es ist kein Verbrechen, wenn man mit der Frau eines anderen bei gemeinsamen Freunden zu Abend ißt.«

»Und wahrscheinlich auch nicht, wenn man sie ›Liebling‹ nennt«, unterbrach ihn Mrs. Jack bissig. »Und die war'n auch nicht bei gemeinsamen Freunden, die war'n ganz allein in der ›Glocke‹ in Whitfield. Die sind da schon öfter gesehen worden. Aber ich merke schon, ich kann sagen, was ich will. Sie sind immer für die feinen Leute. Wahrscheinlich trau'n Sie sich nicht, ihnen auf die Zehen zu treten, weil die sonst vielleicht keine Karten für den Polizeiball kaufen. Krieg' ich jetzt mein Fahrgeld für den Bus, oder krieg' ich's nicht?«

»Zu einem solchen Zweck kann ich keine öffentlichen Gelder verwenden, Madam.«

»Ich hab' in der Sonntagszeitung gelesen, daß tausend Pfund Belohnung für Informationen geboten werden, die zu einem Mörder führen, und ich krieg' nicht mal mein Busgeld. Da hab' ich meine Arbeit liegenlassen, um wertvolle Hinweise zu geben, und das ist der Dank. Ich sag' Ihnen was, Sergeant. Wenn ich in Tidbury sehen würde, wie ein Kerl dem anderen die Kehle durchschneidet, keinen Finger würd' ich rühren, das können Sie mir glauben.«

»Das müssen wir riskieren, Madam«, sagte der Sergeant mit philosophischer Gelassenheit und hielt ihr die Tür auf.

Obwohl der Sergeant Mrs. Jack gegenüber sehr bestimmt aufgetreten war, konnte er ihr Gefasel doch nicht so ganz als bedeutungslos abtun. Er wollte mit dem in Tidbury stationierten Constable sprechen und wartete, bis der kam, um Bericht zu erstatten.

Constable Purvis, der am Rand des Dorfs in einem Bungalow mit geriffelten Dachziegeln wohnte, war ein Mann mit rosigem Gesicht, der eher dafür bekannt war, daß er in seiner Freizeit ungewöhnlich großes Gemüse züchtete, als dafür, daß er im Dienst Verbrecher fing.

»Ich hatte heute morgen eines von Ihren Schäfchen hier, Bert«, sagte der Sergeant, als Purvis in seinem Zimmer war.

»Wer mag das wohl gewesen sein, Sergeant?« fragte Bert nicht übermäßig interessiert.

»Diese Frau, die Jack.«

»Ach, *die*!« sagte Bert. »Ich dachte mir schon, ich hätte sie in ihren Sonn- und Feiertagskleidern rumscharwenzeln sehen. Macht sie wieder wegen irgendwas Theater, wie üblich?«

»Tja, Sie brauchen es nicht rumzuposaunen, aber sie wollte wegen dem Tod von Major James was ins Rollen bringen. Wo Rauch ist, ist auch Feuer, sagt man, und ich wollte einfach wissen, ob da was dran sein könnte. Ma Jack hat natürlich nicht viel aus mir rausgekriegt.«

»Hoffentlich haben Sie ihr ordentlich heimgeleuchtet, Sergeant.«

»Ich hab' getan, was ich konnte«, gab der Sergeant zu. »Sie sind dort ansässig. Warum ist sie nicht zu Ihnen gekommen?«

»Die hat schon gewußt, warum. Hat sie Ihnen verraten, daß sie in Watergreen rausgeflogen ist?«

»Na, sowas dachte ich mir schon. Wenn nicht mehr dahinter ist, brauchen wir nicht weiterzumachen.«

»Hat sie was Genaueres gesagt?«

»Nur angedeutet, daß Mrs. James und der Doktor sich recht gut verstehen. Ist da was Wahres dran?«

»Geredet wird darüber, Sergeant. Und wer kann ihr denn in ihrer Lage 'n Vorwurf machen? Es muß nicht gerade ein Honiglecken gewesen sein mit dem Major. Jedenfalls«, schränkte Bert ein, »hat er eher zu viel am Bier und zu wenig am Honig geleckt, könnte ich mir vorstellen. Er war alles in allem ein richtiger Sauertopf.«

»Jetzt ist er tot, der arme Teufel. Den Toten soll man nichts Böses nachsagen, Bert.«

»Schon, aber es kann ihnen ja nichts mehr anhaben, oder? Ich find's schlimmer, wenn solche Weiber wie die Jack ohne rechten Grund die Lebendigen schlechtmachen. Wenn man nicht irgendein Steckenpferd hat, so wie ich, kann das Leben auf dem Dorf verflixt öde werden, und wenn jede Frau, die sich woanders nach'n bißchen Abwechslung umsieht, ihren Alten gleich um die Ecke bringen wollte, wär' der Friedhof wohl schon überfüllt.«

»Da mag schon was dran sein«, stimmte der Sergeant zu. Dann fuhr er in amtlicherem Ton fort: »Nein, in der Mehrzahl der Fälle lassen sie die armen Kerle lieber am Leben, damit sie die Rechnungen bezahlen. Liebhaber übernehmen keine Verantwortung, sonst wären sie nicht, was sie sind. Na, Bert, schon mit dem Umgraben fertig?« und damit gingen sie auf angenehmere Themen über. Erst als sie sich verabschieden wollten, kamen sie noch einmal auf Mrs. Jack zurück.

»Sie halten die Augen offen, Bert«, mahnte der Sergeant den Constable. »Wie Sie sagen, wahrscheinlich ist überhaupt nichts dahinter. Aber wir dürfen uns nicht überrumpeln lassen. Bei einer Frau wie der Jack weiß man nie, wie man dran ist.«

»Ganz richtig, Sergeant.« Purvis blieb einen Augenblick lang völlig unbeweglich stehen, dann verzog sich sein rotes Gesicht zu einem entwaffnenden Lächeln, und er sagte: »Die alte Katze von ihr war schon so oft beim Wildern, daß es nicht zu zählen ist. Würd' mich gar nicht überraschen, zu hören, daß es sie jetzt mal erwischt hat.«

Während Mrs. Jack eifrig damit beschäftigt war, Ratschläge zu mißachten, war George ebenso fieberhaft auf der Suche danach. Er hatte eine Woche unter ständigen Gewissensqualen gelebt und seine Arbeit völlig automatisch erledigt, aber sein Gehirn hatte trotzdem Zeit gefunden, sich mit vergangenen Ereignissen zu beschäftigen und ohne Hoffnung auf Erfolg nach einer Möglichkeit zu suchen, vor ihnen zu flüchten. Da der Major sicher unter der Erde lag, bestand natürlich die Chance, der gerichtlichen Bestrafung zu entgehen, aber was nützte ihm das, wenn er sich selbst von seiner Schuld nicht freisprechen konnte?

Maureen vernachlässigte das Abpacken von Präparaten; sie stand selig und ohne getadelt zu werden am Ladentisch, verkaufte die kleinsten Packungen von rezeptfreien Markenarzneien und sündigte auch in anderer Weise unzähligemale gegen kaufmännische Grundsätze. Aber was waren das für Vergehen, gemessen an der Sünde dessen, der sich anmaßte, ein Urteil über ein bestimmtes Individuum zu fällen und ihm dabei sogar das Recht auf Leben abzusprechen? George White war nicht aus dem Stoff, aus dem man Mörder macht, und niemand erkannte das jetzt klarer als er selbst. Er wurde von den heftigsten Gewissensbissen gequält.

Er war so überdreht, daß er eines Abends, beim Schein des Gaslichts, sogar Halluzinationen hatte; er dachte, er hätte die Ladenglocke gehört, und sein alter Feind stünde, in seiner Tweedmütze und seinem Tweedmantel, wieder vor ihm. Das Sonderbarste daran war, daß er, als er sich einbildete, ihn dastehen zu sehen, ein überwältigendes Bedürfnis verspürte, nach vorne zu stürzen und ihn wie einen Bruder zu umarmen. Und das nicht nur, weil die Wiederauferstehung des Majors einem Alptraum ein Ende gemacht hätte.

Die Sache ging tiefer. Wie ein deftiger Streit manchmal die Luft von all den ungesunden Dünsten reinigt, die zwischen zwei Menschen aufsteigen, so hatte die Vernichtung seines Peinigers den Apotheker von seiner Feindseligkeit befreit, und er war nun fähig, den Major als Mitmenschen anzuerkennen, wodurch Verständnis und Mitgefühl in ihm erweckt wurden. Zur Selbstbeobachtung gezwungen, fand er Entschuldigungen für den Major, während er für sich selbst danach suchte. Bei seiner Selbstprüfung entdeckte er jene Ähnlichkeit zwischen sich und dem Major, die diesen zu seinem Todfeind hatte werden lassen. Er hatte ihn gefürchtet; die Empfindung, die die Schikanen und die Überheblichkeit des Majors in ihm ausgelöst hatten, war Angst, nicht Zorn. Jetzt, da er seine Überlegenheit bewiesen hatte, wenn auch zu einem entsetzlichen Preis, konnte er auf ihn hinunterschauen, ihm vergeben und verzeihen. Dieses schmerzliche Herausschälen der Wahrheit ging natürlich nicht innerhalb eines Augenblicks vor sich, aber seine Nächte waren so lang wie Jahre.

Dann lag er neben seiner Frau in dem großen Doppelbett, wußte, daß auch sie nicht schlief, fand aber nicht die Kraft, die Wand aus Gedanken beiseitezuschieben, die sie trennte. Er fragte sich hin und wieder mit Unbehagen, ob Mutter wohl wegen dieses einen Fehltritts erwartete, daß er sie erwürgte. Sie würde ihn nie wieder bitten, ihr ein Stärkungsmittel zuzubereiten, soviel war sicher.

Schließlich ging George White ins Pfarrhaus, um mit dem Pfarrer zu sprechen. Am Sonntag zuvor war er nicht zur Kirche gegangen; es war ihm unmöglich gewesen. Er hatte seine religiösen Gewohnheiten, die ihm von seiner Mutter eingepflanzt worden waren, eher aus Anständigkeit denn aus Frömmigkeit beibehalten. Erst jetzt, nachdem er gegen seinen Glauben verstoßen hatte, wurde ihm dessen Existenz so richtig bewußt. Und selbst in diesem Stadium kam er eher zum Pfarrer, um sich Rat zu holen, als um zu beichten. Aber als er den Pfarrer darum bat, antwortete der nur freundlich: »Ja, nicht wahr?« weil er dachte, George spräche vom Wetter, wie es bei seinen Pfarrkindern so üblich war. Der Apotheker war erbärmlich nervös, aber er gab nicht auf und sagte immer und immer wieder: »Major James ... Major James.«

»Ach ja«, unterbrach ihn der Pfarrer übermäßig laut, denn er hörte sich selbst nicht genug, um die Lautstärke seiner Worte regulieren zu können, obwohl er es soweit wie möglich vermied, zu schreien. »Schon gut, mein Lieber. Das war nicht zu ändern. Ich weiß, daß Sie gekommen wären, wenn Sie es hätten ermöglichen können. Wir sind im großen und ganzen sehr gut zurechtgekommen, wirklich sehr gut. Die arme Mrs. James war ganz außer sich. Es war hauptsächlich die Schuld des Bestattungsunternehmens. Die hatten mehr Arbeit, als sie bewältigen konnten, deshalb haben sie dem alten Nicholson einiges zum Gravieren gebracht, und der schafft das wirklich nicht mehr. Sehr verwirrt... sehr verwirrt... Das Ergebnis war, daß unser armer Freund unter dem falschen Taufnamen beerdigt wurde, nämlich als Nathaniel. Natürlich wurde es im Kirchenbuch richtig eingetragen. Trotzdem war es etwas peinlich. Macht irgendwie den Eindruck, als segelte er unter falscher Flagge.«

»Es handelt sich um den Tod des Majors«, begann Mr. White mit einer Lautstärke, die Tote hätte aufwecken können, was vor dem verblaßten Chintz und den vornehmen Möbeln des pfarrhäuslichen Salons äußerst unpassend wirkte.

»Ja, ja, sehr traurig. Wirklich, so ein guter Mann, und hinterläßt eine trauernde Witwe und ein weinendes Kind. Ich nehme an, er hat sich überanstrengt. Und Sie müssen auch auf sich achten. Sie sehen nicht so aus, als sollten Sie schon aufstehen. Es hat mir so leid getan, als ich von Ihrer Unpäßlichkeit hörte. Ich fürchte, wir haben nicht mehr die Widerstandskraft, die wir eigentlich bräuchten.«

Es ging über die menschliche Kraft, unter solchen Umständen hinauszuschreien: ›Ich habe ihn getötet.‹ Mr. White kratzte sich mit dem Zeigefinger am Daumen, bis er blutete, und sagte kläglich: »Ich bin in großen Schwierigkeiten...«

Obwohl er diese verzweifelten Worte relativ leise sprach, hörte der Pfarrer sie seltsamerweise. Er blickte George White aufmerksam an, und was er sah, beunruhigte ihn.

Er überlegte einen Augenblick, dann sagte er: »Ich bin sehr schwerhörig, und daher kann ich, wie ich fürchte, meine

Pflicht gegenüber meinen Pfarrkindern nicht so ganz erfüllen, denn wie soll ich raten, wenn ich nicht richtig hören kann, in welchen Schwierigkeiten sie sich eigentlich befinden? Es ist nicht Stolz, was mich davon abhält, eines dieser raffinierten kleinen Geräte zu verwenden, die mit einer in der Brusttasche verborgenen Batterie verbunden sind. Bis jetzt waren es die Kosten – aber ich höre, daß sich das nun geändert hat, und ich bin dabei, etwas zu unternehmen. Trotzdem glaube ich, mein lieber George, daß sich das noch einige Zeit hinziehen wird, und wenn ich mir Ihr Gesicht so ansehe, habe ich nicht den Eindruck, daß Ihr Anliegen einen Aufschub duldet. Ich empfehle Ihnen daher, aufzuschreiben, welches Ihr Problem ist, ich werde mich dann sofort damit befassen. Bis dahin werde ich tun, was mir trotz meines Gebrechens möglich ist. Ich werde für Sie beten.«

Er schenkte seinem Kirchenältesten sein besonderes Lächeln, eine Mischung aus Güte und Demut, und half ihm auf die Beine.

»Gehen Sie nach Hause, mein Lieber, und schreiben Sie es auf, wie es Ihnen in den Sinn kommt. Ich versichere Ihnen, daß mich grammatische Fehler, falls solche vorhanden sein sollten, überhaupt nicht stören. Und darf ich Sie daran erinnern, daß Gott nicht taub ist wie sein Diener? Fassen Sie sich ein Herz, George!«

Der Apotheker nahm seinen Hut und stolperte aus der Tür. Wie konnte ein Mensch sich ein Herz fassen, wenn er sich schon das Herz eines anderen genommen hatte?

»Lieber Herr Pfarrer«, schrieb George. *»Ich bin für den Tod von Major James verantwortlich, denn ich habe ihm mittels seiner üblichen Medizin, die an sich schon einen gräßlichen Geschmack hat, Strychnin verabreicht. Ich habe das nicht aus Versehen getan, sondern ich glaube, man nennt es ›in böser Absicht‹. Ich möchte mein Verhalten nicht entschuldigen, weil ich jetzt begreife, daß es da nicht viel zu ent-*

schuldigen gibt. Er war kein guter Mensch, aber das bin ich auch nicht, und dasselbe gilt für viele andere. Er hat mich immer gereizt und über meinen Beruf oder, wenn man will, mein Gewerbe gespottet. Das hat mich sehr gekränkt, besonders, weil es das einzige ist, was ich kann, und ich glaubte bisher immer, es habe doch einige Bedeutung. Aber jetzt weiß ich, daß diese Bedeutung nicht sehr groß war, nur, um mir meine Selbstachtung zu bewahren, mußte ich glauben, daß es wichtig war. Es gab noch andere Ereignisse, die zu dieser Tat geführt haben und mit denen ich Sie nicht belästigen möchte, da es nur Kleinigkeiten waren, aber ich meine, sie hatten schon etwas damit zu tun. Ich glaube, es waren Versuchungen des Teufels.

Ich bereue ehrlich, was ich getan habe, denn ich sehe jetzt, nachdem es zu spät ist, daß ich mit dieser Sache auf dem Gewissen nicht leben kann, selbst wenn sie niemals herauskommen sollte . . .«

Als George so weit gekommen war, legte er den Füllhalter nieder und stützte lange die Stirn in die Hände. Dann überlas er den letzten Satz noch einmal sorgfältig, nahm das Blatt Papier und riß es in der Mitte durch. Er stand auf und zog wieder seine Straßenkleidung an. Mit dem Hut in der Hand ging er in die Küche, wo Una über ihren Hausaufgaben saß und Mrs. White bügelte.

»Ich will nach Bloxton hinunter, Mutter«, sagte er. »Es kann etwas später werden, aber du brauchst dir keine Sorgen zu machen.«

Sie stellte das Eisen ab und sah ihn an. Dann fuhr sie sich mit der Zunge über die Lippen.

»George . . . du wirst doch keine Dummheiten machen?«

»Ich werde tun, was ich tun muß«, sagte er schlicht. »Und niemand kann mich aufhalten.«

Er verließ die Küche und trat durch die Haustür. Una hob den Kopf von ihrem Buch. Mrs. White wandte sich wieder ihrer Wäsche zu und plättete und faltete mit vorgetäuschter Gelassenheit. Aber in ihrem Gesicht war etwas, das nicht zum Fragen ermunterte.

In ihren kühnsten Träumen hätte sich seine Tochter keine so phantastische Szene ausmalen können wie diese: George White, der am Schreibtisch in der Polizeiwache stand und dem erstaunten diensthabenden Constable erklärte: »Ich bin gekommen, um mich wegen Mordes an Major Vincent James, ehemals Watergreen House, Tidbury, zu stellen.«

10

Der Tod von Vincent James begann jetzt auch in höheren amtlichen Kreisen Interesse zu erregen, und schließlich stattete der örtliche Polizeichef, ein Mann mit dem Namen Glubb (der aufs Haar zu ihm paßte), Doktor Down einen Besuch ab. Er brauchte nicht weit zu gehen, denn das Haus des Doktors, ein häßlicher grauer Kasten, stand an der High Street. Glubb verhörte seine Opfer am liebsten ganz überraschend, weil er glaubte, die besten Ergebnisse zu bekommen, wenn sie unvorbereitet waren; aber in diesem Fall war er gezwungen, einen Termin zu vereinbaren, denn der Arzt war vom Gesundheitszustand seiner Patienten, der sich offenbar verschlechtert hatte, seit die Behandlung kostenlos war, stark in Anspruch genommen. Glubb wurde in das private Wohnzimmer des Arztes geführt, einen Raum, der kaum mehr Bequemlichkeit aufwies als seine Praxis. Die Möbel wurden zwar von Miss Minns, seiner Haushälterin, makellos saubergehalten, wirkten aber so, als seien sie aus rein funktionellen Erwägungen auf Versteigerungen zusammengekauft worden. Sogar die Schnittblumen in der Vase rochen leicht antiseptisch.

Der Doktor, gutaussehend und männlich attraktiv wie immer, bat den Superintendent, ihn zu entschuldigen, er müsse noch einige Papiere ordnen, und Glubb stand unbeholfen da, den Hut in der Hand, seine Selbstsicherheit schwand, und er war in Gefahr, ebenso kleinlaut zu werden wie jeder Mittelklassepatient, der das neue System in Anspruch nehmen wollte. Schließlich blickte der Doktor auf, wurde sich anscheinend mit einem Ruck seines Besuchers bewußt und sagte: »Setzen Sie sich doch, mein lieber Mann! Und erzählen Sie mir, inwiefern ich gegen die Vorschriften verstoßen habe, oder ist es etwa schon wieder Zeit für den Polizeiball?«

»Ich werde Sie nicht lange aufhalten, Sir«, sagte Glubb und setzte sich an die Kante eines harten, ingwerfarbenen Stuhls. »Es handelt sich um den verstorbenen Major James von Watergreen House, Tidbury, der, glaube ich, ein Patient von Ihnen war.«

»Das ist richtig.«

»Ich habe außerdem Veranlassung, anzunehmen« (er war sich völlig sicher, da er es erst vor kurzem nachgeprüft hatte), »daß Sie einen Totenschein für ihn unterschrieben haben.«

»Auch richtig«, stimmte der Arzt zu.

»Nun, ich möchte Ihre Zeit nicht unnötig in Anspruch nehmen, Sir, aber es haben sich Umstände ergeben, die offizielle Ermittlungen notwendig machen. Um es geradeheraus zu sagen, ich möchte Sie fragen, ob bei Ihrer Feststellung, die Todesursache sei Herzversagen, die Möglichkeit eines Irrtums besteht.«

»Kein Mensch ist unfehlbar«, sagte der Doktor fröhlich. »Andererseits verfüge ich über eine gewisse Erfahrung, mein berufliches Ansehen ist wohl auch nicht schlechter als bei anderen. Ich würde sagen, wenn ich einen Fall über einige Zeit hinweg betreut habe, können Sie sich auf mein Urteil völlig verlassen.«

Der Superintendent fuhr sich mit der Zunge über die Lippen und unternahm einen neuen Versuch.

»Es gibt also keinen Anhaltspunkt dafür, daß der Major, sagen wir, zum Beispiel an einer Strychninvergiftung gestorben ist?«

»Du lieber Gott, nein. Nicht den geringsten! Ich hätte gedacht, das wüßte sogar ein Laie. Strychninvergiftung ist äußerst schmerzhaft, während der Major ganz bequem im Schlaf gestorben ist.«

Während der Superintendent düster darüber nachsann, ob irgendeine Todesart bequem sein könne, fuhr Doktor Down fort: »Ohne einem Toten etwas Schlechtes nachsagen zu wollen, der Tod des Majors wurde durch seinen Alkoholkonsum beschleunigt, Alkohol war für einen Mann mit seinem Herzleiden praktisch Gift. Ich weiß nicht, ob es Ihnen bekannt ist, aber am Abend vor seinem Tod traf er sich mit einer Reihe von Freunden und trank zweifellos mehr, als er beabsichtigt hatte, ohne wirklich volltrunken zu sein. Es war die Nacht, in der dieser gräßliche Nebel aufkam, er fuhr mit Captain Carter in dessen Wagen nach Tidbury zurück, und der Captain setzte ihn vor seiner Haustür ab. Als ich Carter zufällig traf, bezeichnete er diese Fahrt als ›Alptraum‹, und ich kann mir das gut vorstellen, da ich ja selbst im Nebel unterwegs war. Das Endresultat der Kombination aus Trinken und dieser Fahrt ist absolut nicht überraschend. Jemand will Sie auf den Arm nehmen, Superintendent. Ich betreue ein oder zwei Leute im Dorf, und wenn ich raten müßte, würde ich sagen, das ist einer der Späße von Mrs. Jack, einem wohlbekannten Dorforiginal.«

Glubb wurde rot.

»Habe ich recht?«

»Hm, nein, Sir. Ich kann mich wohl darauf verlassen, daß alles, was ich hier sage, vertraulich behandelt wird?«

»Oh, unbedingt. Ein Arzt gewöhnt sich so daran, die Geheimnisse seiner Patienten zu wahren, daß er bei normalen, gesellschaftlichen Anlässen genausogut taubstumm sein könnte. Reden Sie nur, mein Lieber.«

»Es ist George White, der Apotheker. Er ist ein netter, ruhiger, bescheidener, kleiner Bursche, der Inbegriff der Sanftmütigkeit, das habe ich jedenfalls gehört.«

»In der Tat«, stimmte der Arzt zu. »Ich hätte geglaubt, er

wäre der letzte, der einen Mitmenschen denunzieren würde. Man lernt nie aus.«

»Oh, so ist das nicht, Sir. Er sagt, er hat es selbst getan. Er behauptet, er sei verantwortlich für den Tod des Majors.«

Der Doktor begann zu lachen, und er lachte lange und laut. Glubb dachte, er würde nie wieder aufhören. Endlich zog er ein Taschentuch heraus und wischte sich die Tränen aus den Augen.

»O Gott, entschuldigen Sie, Superintendent. Aber das ist zuviel. Aber da kann ich Sie jedenfalls beruhigen. Ich betreue unter anderem Whites alte Mutter, und sie hat mir alles erzählt. Offenbar hat White, der, wie andere sanftmütige Menschen auch, gelegentlich höchst blutdürstige Reden führt, eines Tages einer bestimmten Person den Tod gewünscht. Durch einen seltsamen Zufall kam diese Person am gleichen Nachmittag bei einem Verkehrsunfall ums Leben. White ist leicht zu beeindrucken, und er glaubte tatsächlich, das hätte etwas mit seinem Wunsch zu tun, da sei sozusagen sein Wille am Werk gewesen. Dann war da noch so eine alberne Sache mit einem Kind, das sich auf seine Beeinflussung hin den Knöchel verstauchte. Sie sehen, es paßt alles zusammen. White mochte den Major nicht; der Kerl hat ihn gnadenlos drangsaliert. Das gibt es oft, wenn der eine ein Tyrann und der andere ein Schwächling ist. Ich nehme an, George hat ihn zur Hölle gewünscht, und als er starb, zog George den Schluß, er sei irgendwie dafür verantwortlich gewesen.«

»Sie meinen, George White ist nicht ganz bei Trost?«

»Keineswegs. Aber wir neigen alle dazu, manchmal seltsame Vorstellungen zu entwickeln. Ein bißchen labil ist er vielleicht. Er bräuchte mal Urlaub in Margate.«

»Mag ja sein«, gestand Glubb zu. »Aber...«, er hielt inne, um ernst und feierlich mit seinem Zeigefinger zu drohen, »er hatte alles parat, auf Punkt und Komma. Er hat ausdrücklich von Strychnin gesprochen.«

»Durch so eine Kleinigkeit würde ich mich nicht beunruhigen lassen«, empfahl der Arzt. »White ist schließlich Apotheker; er kennt die unerfreulichen Erscheinungen einer Strychninvergiftung genau. Wahrscheinlich war er der Ansicht, daß das ein passender Abschluß der Karriere des Majors sein könnte, und von da war es nur noch ein kleiner Schritt, bis er glaubte, er hätte seine Theorien in die Tat umgesetzt. Sie wissen doch sicher besser als ich, wie jedesmal, wenn ein Mord bekannt wird, eine ganze Reihe von labilen Personen auftritt, die behaupten, persönlich dafür verantwortlich zu sein, und wie sie manchmal ihre Behauptungen mit wirklich verblüffenden Indizien stützen. Und doch rechtfertigt ihr Allgemeinzustand es nicht, sie als unzurechnungsfähig zu erklären. In solchen Fällen hört man sich die Berichte wohl verständnisvoll an und weist dann den Leuten die Tür. Habe ich recht?«

»Mehr oder weniger.«

»Dann nehmen Sie eine Zigarette und entspannen Sie sich, Superintendent.«

»Ich rauche nicht«, sagte Glubb mit düsterer Miene. »Ich kann es mir nicht leisten.«

»Aber die bezahle doch ich.«

»Tut mir leid, Sir. Bei mir heißt es alles oder nichts. Es fällt mir nur noch schwerer, wenn ich eine nehme. Und jetzt zu der Sache, über die wir eben sprachen. Wenn das stimmt, was Sie sagen, ist George White eher Ihre Sache als die meine. Aber ich muß in dieser Angelegenheit irgend etwas unternehmen. So, wie die Sache sich darstellt, ist er ein geständiger Verbrecher.«

»Ich brauche Ihnen sicher nicht zu sagen, wie Sie Ihre Arbeit zu machen haben, Superintendent, genausowenig wie umgekehrt«, sagte der Arzt mit einem listigen Blick auf Glubb. »Ich würde jedoch vorschlagen, daß Sie bei Ihren Ermittlungen zuerst einmal seinen Strychninvorrat mit seinem Giftbuch vergleichen. Mich persönlich würde es überraschen, wenn Sie noch weitergehen müßten. Wie behauptet er denn, das Strychnin in die Nahrung des Majors eingeführt zu haben?«

»Indem er es unter sein spezielles Medikament mischte, Sir.«

Das schien den Arzt zu amüsieren. »Nun, dann können Sie doch wahrscheinlich die Dose beschlagnahmen und den Inhalt analysieren lassen, nehme ich an«, sagte er. »Aber ich bin völlig sicher, Sie werden feststellen, daß das Ganze ein Windei ist. Andererseits müssen Sie mit George vorsichtig umgehen. Er ist ein netter kleiner Kerl, und ich möchte nicht, daß er den Rest seiner Tage in einer Klapsmühle verbringt. Tatsache ist, daß er sich nie normal entwickeln durfte, weil seine Mutter eine so dominierende Persönlichkeit ist. Ich finde die alte Schachtel ganz lustig, aber für eine empfindsame Natur wie George ist sie tödlich. Ihr Enkel Jack dagegen weiß, wie er sie zu nehmen hat, und ihn vergöttert sie. Wenn Sie die Sache mit George und seinem Wahn zu Ihrer Zufriedenheit geregelt haben, könnten Sie es mir mitteilen, dann greife ich ein und verordne ihm Urlaub. Dem Geschäft würde es nichts schaden, wenn es vierzehn Tage geschlossen bliebe, sonst kann er sich ja einen Vertreter nehmen.«

»Ich halte Sie auf dem laufenden«, versprach Glubb. »Ich fürchte, ich habe Ihre Zeit sehr in Anspruch genommen.«

»Überhaupt nicht, mein Bester. Es war mir ein Vergnügen, Ihnen behilflich sein zu können, das versichere ich Ihnen.«

Offenbar regte ein derartiges Vergnügen die Schweißdrüsen zu gesteigerter Tätigkeit an, denn als der Superintendent gegangen war, zog Doktor Down sein Taschentuch heraus und wischte sich sorgfältig seine intelligente Stirn und seinen Hals unter dem Kragen ab. In seinem erwählten Beruf hatte er schon oft bluffen müssen, aber seine heutige Leistung verdiente seiner Ansicht nach zumindest eine ehrenvolle Erwähnung.

Inzwischen war George White, sehr zu seiner Überraschung und mit einem etwas unbehaglichen Gefühl, frei und ohne Handschellen in seinen Laden zurückgekehrt. Nachdem er seinen folgenschweren Entschluß gefaßt hatte und standhaft nach Bloxton marschiert war, stellte dies einen beträchtlichen

Spannungsabfall dar. Mrs. White stellte keine Fragen, und jene beiden miteinander verknüpften Themen, Mr. Whites prophetische Fähigkeiten in bezug auf Unglücksfälle und der Tod des Majors, waren offenbar in die schlichten Annalen der dörflichen Geschichte eingegangen. Es vergingen zwei Tage, in denen nicht mehr passierte, als daß sich das jüngste Kind von Mrs. Ben Hoggs eine Perle in die Nase steckte. Aber am dritten Tag fuhr eine kleine blaue Limousine vor der Apotheke vor, und ihr entstiegen Superintendent Glubb und ein großer Polizeiconstable und betraten das Geschäft. Mr. White spürte, wie sein Herz hämmerte, aber er schaffte es, die beiden Vertreter von Gesetz und Ordnung in sein Allerheiligstes zu bitten, während Maureen, die Augen vor Neugier und Angst weit aufgerissen, zurückblieb, um sich um den Verkauf zu kümmern.

»Ach ja«, sagte Glubb. »Nun, Mr. White, nach unserem kleinen Gespräch neulich habe ich mir überlegt, daß ich gerne Ihr Giftbuch nachprüfen würde, und Ihren Vorrat von – äh – einer bestimmten Substanz. Ich werde beides jetzt mitnehmen, wenn Sie keine Einwände haben, und nachdem wir Gelegenheit hatten, alles zu kontrollieren, bekommen Sie die Sachen zurück. Würden Sie sie mir vielleicht übergeben?«

»S-sicher«, erklärte Mr. White bereitwillig. »Das Giftbuch bewahre ich in der untersten Schublade dieses Sekretärs auf, hinter Schloß und Riegel, wie Sie sehen.« Er zog einen eindrucksvollen Schlüsselbund aus seiner Gesäßtasche. »Ja, da ist es. Und die Gifte sind im Schrank, ebenfalls unter Verschluß. Im allgemeinen ist die Nachfrage dafür nicht sehr groß.«

»Das sehe ich«, sagte Glubb nach einem Blick ins Giftbuch.

»Ich verkaufe ungern gefährliche Chemikalien, wenn es nicht unbedingt sein muß. Ich sage lieber, ich hätte einen bestimmten Artikel, der gerade verlangt wird, nicht vorrätig.«

»Sehr richtig.«

»Was das Strychnin angeht«, fuhr Mr. White nervös fort, »so werden Sie keine Abweichungen zwischen der verfügbaren und der im Buch aufgeführten Menge feststellen. Es ist so ...«, hier lockerte er seine Krawatte mit einem Finger, »daß ich manchmal von einer bestimmten Substanz mehr habe, als hier angegeben ist.«

»Aha!« sagte Glubb. »Das ist aber ziemlich sonderbar, nicht wahr, Mr. White?«

»Ja, wirklich. Ich fürchte, ganz zufriedenstellend ist es nicht. Zu meiner Rechtfertigung muß ich aber hinzufügen, daß es dazu leicht kommt, wenn man regelmäßig Rezepte ausführt.«

»Und Sie können die Abweichung nicht erklären?«

»Ich fürchte, es gibt keine, Sir.«

»Nein, das meinte ich nicht. Ich meinte ... na gut, lassen wir das. Was jetzt die Dose mit diesem Medikament angeht, Mr. White ... übrigens, könnten wir uns nicht irgendwo unterhalten, wo wir ungestörter sind? Ich möchte nicht, daß das Mädchen uns belauscht, ich muß ihr vielleicht hinterher unabhängig davon ein paar Fragen stellen.«

»Vielleicht kommen Sie einfach weiter ins Haus. Im Wohnzimmer ist wahrscheinlich niemand, und Maureen kann mich rufen, wenn sie einen schwierigen Kunden hat.«

»Das wäre mir sehr angenehm, Mr. White. Nehmen Sie das Giftbuch und die Flasche, Davis. Sie setzen sich am besten damit in den Wagen. Wir wollen nicht, daß irgendwelche Kinder damit verschwinden. Schockierend, diese Fälle, wenn Ärzte ihre Medikamente verlieren ... reine Schlamperei, meiner Ansicht nach. Nach Ihnen, Mr. White.«

Im Wohnzimmer des Apothekers schlug der Superintendent einen etwas weniger amtlichen Ton an.

»Jetzt erzählen Sie mir doch noch einmal in Ihren eigenen Worten«, sagte er, »was am Montag nachmittag, nachdem der Major Ihren Laden verließ, genau geschehen ist.«

»Nun ...« Mr. White zögerte. »Ich glaube, Maureen, das ist das Mädchen, sagte so ungefähr, der Major sei ein unangenehmer Mensch, der eine Lektion verdiene. Vermutlich war das für mich das Stichwort, und als ich dann sein Zeug zusammenstellte ...«

»Augenblick mal. Damit das ganz klar ist. Was war das andere Zeug, wie Sie es nennen?«

»Verschiedene rezeptfreie Arzneimittel, die er bestellt hatte. Ich mache Ihnen eine Liste davon. Ich glaube, ich habe sie noch alle im Kopf.«

»Und wann haben Sie die zusammengepackt?«

»Am nächsten Tag, und Maureen hat sie nach ihrer Mittagspause hingebracht. Ich habe ein festes Paket gemacht. Das ist so üblich, wenn etwas ins Haus geliefert wird. Das Mädchen trägt nicht gerne Ware aus, aber es bleibt ihr natürlich nichts anderes übrig. Es gehört zu ihren Aufgaben.«

»Natürlich.«

»Ja... wie ich schon sagte, ich stellte die Sachen zusammen und kam ins Nachdenken... und so ist es dann passiert«, endete der arme George lahm. Er schlug die Hände vors Gesicht.

Glubb beobachtete ihn nicht ohne Mitgefühl. Dann sagte er mit barschem Wohlwollen: »Tja, alter Freund, vielleicht ist es nur ein böser Traum, wie? Sie sind ein bißchen überarbeitet – brauchen mal 'ne Pause. Raus aus der gewohnten Umgebung. Bis ich meine Ermittlungen abgeschlossen habe, müssen Sie aber noch hierbleiben, das wird jedoch nicht allzu lange dauern, das kann ich Ihnen versprechen. Wenn Sie nichts dagegen haben, möchte ich jetzt gerne mit dem Mädchen sprechen. Schicken Sie sie hier rein. Ich werde sie nur ein paar Minuten brauchen. Ihnen rate ich, sich keine Sorgen zu machen. Überlassen Sie es uns, in dieser Sache die Wahrheit auszugraben. Wenn Sie sich einer Straftat schuldig gemacht haben, dann kriegen wir Sie schon, keine Angst.«

»Das ist sehr freundlich von Ihnen, Sir«, stammelte Mr. White. »Und ich werde Ihnen die Waren aufschreiben, die Mr.... Major... James bestellt hat, während Sie mit Maureen sprechen.«

»Schon gut, mein Kind, ich fresse Sie nicht«, sagte Glubb zu Maureen. Das schien Maureen ein wenig zu beruhigen, aber nicht völlig. Sie sah heute schlampiger aus denn je, weil sie mit ihrer Kittelschürze an einem Nagel an einer Holzkiste hängengeblieben war.

Glubb wollte nicht, daß seine Aktivitäten im ganzen Dorf herumposaunt wurden, deshalb überlegte er kurz und scharf, ehe er sagte: »Es gibt da eine kleine Unklarheit wegen einiger Waren, die Major James am Tag vor seinem Tod hätten geliefert werden sollen. Sie haben den Major wohl vom Sehen gekannt?«

»Jaa, ich hab'n gekannt«, stimmte Maureen zu, und nach dieser Aussage fiel ihr die Kinnlade kraftlos herunter.

»Besonders gern mochten Sie ihn wohl nicht, was?«

»Den hat keiner nicht gemocht«, sagte Maureen offen.

»Sie erinnern sich, daß er am Montagabend kurz vor Geschäftsschluß in den Laden kam?«

»Hm – jaa.«

»Was wollte er?«

»Er wollte seine normalen Schlaftabletten, und er war richtig grob, wie er halt immer war.«

»Das gehört nicht zur Sache. Hat er sie gleich mitgenommen?«

»Hm – jaa.«

»Und Sie haben eine Bemerkung über sein Benehmen gemacht, nachdem er gegangen war?«

»Ich hab' gesagt, daß ich nicht weiß, wie Mr. White es mit ihm aushalten kann.«

»Und am nächsten Tag haben Sie ein Paket mit Waren, die der Major bestellt hatte, in sein Haus gebracht?«

»Nein, ich hab' dem Major nie keine Waren nicht geliefert.«

»Jetzt denken Sie mal genau nach. Es war nach Ihrer Mittagspause.«

»Ich hab' an diesem Tag niemand keine Waren nicht geliefert.«

»Sind Sie da absolut sicher?«

»Hm – jaa«, sagte Maureen mit trotzig glühendem Gesicht.

Glubb überlegte. Er nahm sich vor, von hier zum Haus des Majors zu gehen, wo man Maureens Aussage zweifellos widerlegen oder bestätigen würde. Er sah keinen Grund, das Verhör noch weiter fortzusetzen, besonders, weil er die Gerüchtemühle im Dorf nicht in Gang setzen wollte. Er hatte den Eindruck, als würde sich Doktor Downs Einschätzung der Situation wahrscheinlich als richtig herausstellen.

»Das ist dann o. k.«, sagte er. »Und jetzt gehen Sie lieber wieder an Ihre Arbeit. Und nehmen Sie sich in acht«, fügte er noch hinzu. Mit dieser Ermahnung und einem Nicken entließ er sie. Er fragte sich, wie George White wohl mit seiner, allem Anschein nach fiktiven, Liste vorankam.

Glubb hatte Glück und traf Leonora zu Hause an. Strychnin und Giftbuch befanden sich noch immer in der Obhut des Constable, und der Superintendent tischte Mrs. James eine phantastische Geschichte auf, um seine Anwesenheit in ihrem Haus zu rechtfertigen, die ihn selbst kaum überzeugte. Er wollte wissen, ob die Waren, die der verstorbene Gatte von Mrs. James am Montagabend vor seinem Tod bestellt hatte, jemals geliefert worden seien.

»Aber soweit ich weiß, gab es gar keine Waren«, erklärte Leonora verwirrt. »Mein Mann war ausgegangen, er verließ das Haus unmittelbar nach dem Lunch, aber ich war den ganzen Nachmittag hier, und es ist bestimmt niemand an der Tür gewesen. Es sei denn, man hätte sie einfach irgendwo hingelegt...«

»Dürfte ich wohl einen kurzen Blick auf den Arzneischrank des Majors werfen?« fragte Glubb schüchtern.

»Selbstverständlich. Aber er hatte nicht eigens einen Schrank dafür. Er hatte nämlich so viele Flaschen und Tiegel, daß praktisch sein ganzes Ankleidezimmer voll davon war. Ich habe nichts angerührt. Wahrscheinlich hätte ich den Inhalt wegschütten sollen, aber ich bin noch nicht dazugekommen. Sie können gerne alles durchsehen, wenn Ihre Probleme damit gelöst werden können.«

»Das ist sehr freundlich von Ihnen, Madam.«

Er folgte Leonora nach oben, die Liste des Apothekers fest in der Hand.

Trotz Leonoras Warnung war er nicht gefaßt auf die Ansammlung von Medikamenten, die sich seinen Blicken darbot. Solch ein Sortiment hatte er noch nie gesehen.

»Ich sehe sie einfach mal durch, Madam, wenn Sie gestatten«, sagte er.

»Ich lasse Sie dabei allein«, sagte Leonora. »Sie finden mich unten, wenn Sie fertig sind. Mein Mann glaubte sehr fest an die Wirksamkeit von Medikamenten.«

›Wem sagst du das‹, dachte der Superintendent. Sich selbst überlassen arbeitete er sich durch die aufgeführten Artikel, aber da er von einer Sorte zwei Flaschen und von einer anderen gar keine fand, war das Ergebnis nicht besonders erhellend. Er entdeckte zwei Dosen des fraglichen Medikaments, eine leer, die andere etwa zu einem Viertel voll; die nahm er beide an sich. Er steckte sie in seine geräumige Tasche und hoffte, daß die entstandene Ausbuchtung außer ihm niemand bemerken würde. Dann stapfte er wieder die Treppe hinunter, entschuldigte sich bei Mrs. James für die Ungelegenheiten, die er ihr bereitet hatte, und erklärte, er sei nun zufriedengestellt und durchaus in der Lage, alleine hinauszufinden. Als er sich in die blaue Limousine gezwängt hatte, machte er noch eine Bemerkung, ehe er sich, wie er es in Gegenwart von Untergebenen gewohnt war, in Schweigen hüllte.

»Wenn ich sehe, was der Bursche seinen Eingeweiden ständig zugemutet hat«, sagte er, »wundert mich nur, daß er so lange durchgehalten hat.«

Die Whites waren an diesem Abend gerade mit dem Essen fertiggeworden, da klopfte es, und eine unerwartete Besucherin stand vor der Tür, Maureens Mutter, ausgerüstet mit einem kleinen Vulkanfiberkoffer, als wolle sie über Nacht bleiben. Jack und Una saßen noch am Tisch, und da Maureens Mutter immer wieder den Wunsch äußerte, mit Mr. White ›privat‹ zu sprechen, führte Mrs. White sie in das Zimmer, in dem ihre Tochter an diesem Tag schon ihre Unterredung mit Superintendent Glubb geführt hatte. Als Mrs. White sich diskret zurückziehen wollte, um die beiden allein zu lassen, hielt Mrs. Webb sie mit einem verzweifelten: »Bleiben Sie doch, Madam. Vielleicht können Sie mir ja helfen« zurück.

Sie wirkte tatsächlich so, als ob sie ein wenig Hilfe nötig hätte, sie schien ganz außer sich und zeigte Spuren einer vor kurzem überstandenen Balgerei.

»Ich weiß gar nicht, wo ich anfangen soll, Mr. White, wirklich. Ich schäme mich so, ich, die ich immer so stolz drauf war, 'ne anständige Frau zu sein, die ihre Familie richtig im Griff hat. Na ja, auch wenn sie so groß is' wie ich, 'ne ordentliche Tracht Prügel hab ich ihr verpaßt. So 'ne Ohrfeige hab' ich ihr gegeben, und recht geschieht ihr. ›Ich hab' nicht gelogen, Ma‹, sagt sie zu mir. ›Und wie kommst du dann dazu, daß du im Hinterhof Sachen vergräbst?‹ will ich wissen. Und dabei hätt' ich sie ja überhaupt nicht gesehen, Sir, wenn ich nicht den Gartenweg hätte runtergehen müssen, Sie wissen schon, wohin. Richtig dunkel war's, und da seh ich 'n Gespenst und laß 'nen Schrei los, der Tote aufgeweckt hätte. ›Maureen‹, sag' ich zu ihr, ›was willst du bloß mit dem ollen Spaten, buddelst rum wie am Strand, jetzt, mitten in der Nacht?‹ Und sie sagt drauf: ›Misch dich da nicht ein, Ma, kümmer' dich um deinen eigenen Kram.‹ ›Und wem sein Kram ist es denn, wenn nicht meiner, wenn meine Tochter im Finstern in der Erde rumbuddelt?‹ frag' ich, und eh sie weiß, wie ihr geschieht, die Schnellste ist sie ja grade nicht, hab ich ihr die Sachen weggenommen. ›Willst du sagen, daß du'n Dieb bist, Maureen?‹ sag' ich streng zu ihr, und da fängt sie zu flennen an und sagt, die Sachen gehören keinem, und wenn, dann 'ner Leiche auf'm Friedhof, und was die damit anfangen kann? Und dann is' alles rausgekommen, Sir, und so wie's aussieht, hat Maureen ihre Pflicht vernachlässigt. Sie hat gesagt gekriegt, sie soll 'n Haufen Sachen nach Watergreen House raufbringen, zum armen Major James, der jetzt tot und begraben ist, am Dienstag, nachdem sie ihr Dinner gehabt hat. Und was macht sie, sie treibt sich in der Zeit mit einem von den Jungs rum und meint, sie kann die Sachen ja später abliefern, wie sie grade Lust dazu hat. Aber dazu kommt's nicht mehr, weil's den Major plötzlich erwischt, und jetzt steht sie mit den Sachen da und weiß nicht, was sie machen soll. Dann kommt auch noch der Polizist daher und fragt, ob sie sich erinnert, daß sie das Paket ausgetragen hat, und sie streitet's ab. Und dann wird's ihr mulmig, sie will nicht zu Ihnen gehen, Mr. White, und reinen Tisch machen, wie sich's gehört, sondern was macht das dumme Ding, sie will die Beweise für ihr Verbrechen loswerden, sozusagen, und will sie vergraben ...«

Begreiflicherweise hatten Mr. und Mrs. White diese Tirade sprachlos angehört. Mrs. Webb verstand ihr Schweigen als Verurteilung, nahm einen neuen Anlauf, um ihre irregeleitete Tochter zu verteidigen, und fuhr mit glühendem Eifer fort: »Verdient hat sie's ja eigentlich nicht, daß man sie auch noch entschuldigt, aber sie ist halt noch jung, Mr. White, ungefähr so alt wie Ihre Tochter, Madam, und die jungen Dinger sind halt einfach dumm. Wenn Sie ihr noch 'ne Chance geben, Mr. White, garantier' ich Ihnen, daß Sie keine Schwierigkeiten mehr mit ihr haben. Ich hab' die Sachen auch abgeputzt, und es is' ihnen überhaupt nichts passiert. Ich hab sie alle hier in meinem kleinen Koffer.«

Damit stellte sie das Köfferchen auf den Tisch, öffnete es und gab sechs Flaschen und eine Dose mit Medizin zur Ansicht frei.

Mr. White war dieser Situation offensichtlich nicht gewachsen, deshalb nahm Mrs. White die Sache in die Hand und sagte, während sie die Sachen nacheinander aus dem Koffer nahm und auf den Tisch stellte: »Ich danke Ihnen sehr für das, was Sie getan haben, Mrs. Webb. Wir sind sehr froh, daß wir die

Sachen wiederhaben, und unter den gegebenen Umständen wird Mr. White sicher über Maureens Verhalten hinwegsehen. Ich habe keinen Zweifel, daß es ihr eine Lehre sein wird, und ich glaube, daß sie schon genug gestraft ist.«

»Bestimmt«, erklärte ihre Mutter zufrieden.

»Mr. White und ich werden noch darüber sprechen, aber ich glaube, Sie sagen zu Maureen am besten gar nichts mehr, sondern schicken sie morgen früh wie gewöhnlich zur Arbeit.«

»Da bin ich Ihnen aber wirklich dankbar, Madam«, sagte Mrs. Webb. Sie hatte sich etwas beruhigt und wäre aus purer Erleichterung am liebsten in Tränen ausgebrochen. »Ich kann das bißchen Lohn so gut brauchen, und wenn sie ihre Stellung verliert, dann will ihr Pa wissen, warum, und zwar ganz genau.«

»Jetzt ist es ja gut. Sie brauchen sich keine Sorgen mehr zu machen«, sagte Mrs. White und merkte dabei, daß auch ihre Stimme ein wenig zittrig klang. »Ich bringe Sie durch den Flur hinaus. Sehen Sie, ich habe den Koffer wieder zugemacht.« Und damit faßte sie Mrs. Webb am Ellbogen und geleitete sie energisch zur Tür; keine von beiden schien bemerkt zu haben, daß Mr. White bei diesen Entscheidungen weder Einwände erhoben noch sich einverstanden erklärt hatte.

Als Mrs. White ins Zimmer zurückkam, fand sie ihn ziemlich in dem gleichen Zustand, in dem sie sich von Mrs. Webb verabschiedet hatte. Sie nahm die Dose an sich und ließ ihn allein, damit er sein Gleichgewicht wiederfinden konnte.

Später, als die Kinder zu Bett gegangen waren, leerte sie den Inhalt der Dose in den Warmwasserspeicher in der Küche. Sie hatte fast erwartet, eine dicke, bläuliche Rauchwolke zur Decke aufsteigen und darin einen schrecklichen Geist erscheinen zu sehen. Aber bis auf ein schwaches Zischen geschah überhaupt nichts.

11

Leonora fand das Haus gegenwärtig zu unheimlich für den kleinen Nigel und hatte deshalb den Jungen für eine Woche zu seiner Patentante ans Meer geschickt, ehe er in die Schule zurückkehren sollte. Aber obwohl sie jetzt ihr eigener Herr war, hatte sie sich bisher nicht mehr mit dem Doktor in Verbindung gesetzt. Sie war zu der Ansicht gekommen, daß die Kluft zwischen ihnen die Kluft zwischen Schuld und Unschuld war, die man mit Verständnis erkennen und vielleicht sogar überbrücken, aber niemals überschreiten konnte. Das Verlangen, das sie früher nach ihm verspürt hatte, war verschwunden, und an seine Stelle trat eine sonderbare Gleichgültigkeit. Da er keinen Versuch machte, sie zu sehen, war sie geneigt zu glauben, daß er ebenso empfand.

Aber der so wenig überzeugend getarnte Besuch des Superintendent und sein Herumstöbern im Medikamentenvorrat ihres Gatten verwirrte und beunruhigte sie. Sie hielt es für ihre Pflicht, Kontakt mit Ronald aufzunehmen, und da sie nur ganz unbestimmte Vorstellungen von Polizeimethoden hatte und Glubb für fähig hielt, die Telefonleitung anzuzapfen, glaubte sie, es sei das beste, im Haus des Arztes anzurufen und ihn zu bitten, er möge sie besuchen, sobald er könne.

Ronald meldete sich selbst, und seine Stimme klang ablehnend, fand sie. Er zögerte und sagte, er habe schrecklich viel zu tun.

»Ist es denn unbedingt notwendig?« fragte er.

»Ja, ich glaube schon«, sagte sie unsicher.

»Nun, dann komme ich natürlich. Am besten vielleicht heute nachmittag?«

»Ungefähr zur Teezeit?«

»Gegen vier. Ich will keinen Tee. Ich bleibe nicht lange.«

Sie entschied trotzdem, es sei unhöflich, ihm keinen Tee anzubieten, und als er kam, hatte sie alles auf einem Tablett bereitgestellt, und der Kessel kochte auf dem Gasherd. Sie war auch flüchtig mit einem Staublappen durch den Raum gegangen. Es war ein Vergnügen, ohne die Hilfe von Mrs. Jack auszukommen, aber der Staub sammelte sich trotzdem an. Besitztümer sind nichts als Fallstricke und Illusionen, dachte sie. Wir vergeuden unser Leben damit, daß wir ihnen zu Diensten sind, anstatt sie uns.

Ronald sah so elegant aus wie immer, benahm sich aber weniger ungezwungen, als sie ihn in Erinnerung hatte. Er berührte kaum die Hand, die sie ihm zur Begrüßung entgegenstreckte. Er ließ seinen Hut in der Halle und folgte ihr in den Salon.

»Worum geht es?« fragte er kurz.

»Ich dachte, du müßtest es wissen«, sagte Leonora und wandte sich von ihm ab, um völlig unnötig im Feuer herumzustochern. »Ich hatte einen Besuch von Superintendent Glubb aus Bloxton.«

»Teufel noch mal.« Gereiztheit und ein Hauch von Besorgnis schwangen in seiner Stimme mit. »Was wollte er wissen?«

»Wissen wollte er eigentlich nicht direkt etwas. Er hat mir ein Ammenmärchen aufgetischt über ein Paket, das angeblich von Whites Apotheke geliefert worden sein soll. Dann hat er gefragt, ob er sich Vincents Arzneischrank ansehen dürfe.«

»Das ist aber sonderbar...«, sagte Down. »Du kannst ruhig erfahren, daß er vorher schon bei mir gewesen ist. Er hatte eine komische Geschichte über den armen George White zu erzählen. Aber ich wüßte zu gerne, ob da nicht noch mehr dahintersteckte. So etwas habe ich die ganze Zeit befürchtet. In einem Dorf reden die Leute eben, das ist der Haken. Ich wollte mir schon gratulieren – na ja, nicht so wichtig... Willst du einen Rat von mir, Leonora?«

»Ich wollte sicher sein, daß wir beide wissen, wie wir dran sind. Daß ich nicht etwas Falsches gesagt habe«, fügte sie schüchtern hinzu.

»Vielleicht regst du dich völlig umsonst auf«, erklärte der Arzt.

»Das Gewissen macht jeden zum Feigling«, zitierte Leonora und stieß mit ihrem schmalen Fuß nach einem Stück Kohle auf dem Rost.

»Hat er dich nach den Schlaftabletten gefragt?«

»Nein.«

»Gefunden hast du sie wohl nicht?«

»Ich habe dir doch schon gesagt, daß ich keine Ahnung habe, wo sie sein könnten. Ist das wirklich wichtig? Wenn du meinst, daß sie da sein sollten, könntest du mir dann nicht eine neue Schachtel besorgen, die genauso aussieht?«

»Leonora! Du mußt den Verstand verloren haben.«

»Wir müssen beide den Verstand verloren haben. Darüber will ich jetzt nicht sprechen. Ich will nur wissen, was ich sagen soll, wenn sie anfangen, sich zu erkundigen, wo wir an diesem Abend waren. Wir müssen beide die gleiche Geschichte erzählen.«

»Da Mrs. Jack sie ja auch kennt, brauchst du dir darüber wohl keine Gedanken zu machen, meine Liebe. Du brauchst nur die reine Wahrheit zu sagen. Wir haben nichts zu verbergen ... jedenfalls bei dieser Gelegenheit nicht«, setzte er noch hinzu.

»Und bei den anderen Gelegenheiten?«

»Darüber brauchst du dir, glaube ich, keine Sorgen zu machen. Wir waren ziemlich weit weg und reisten unter falschem Namen, wenn du dich erinnerst. Ich glaube nicht, daß die Derrys aus London so leicht aufzuspüren sind.« Das klang fast spöttisch, und sie dachte:

›Hey, derry, derry down! Was war das alles billig. Ja, genau das war es, billig. Und doch hat es uns damals so viel Spaß gemacht.‹

Um ihre gemischten Gefühle zu verbergen, sagte sie: »Gut, das wäre also erledigt. Jetzt werde ich den Tee machen.«

»Ich habe dir doch gesagt, daß ich keinen Tee will.«

»Aber du mußt Tee mit mir trinken«, sagte sie mit gezwungener Lebhaftigkeit. »Ich bestehe darauf.«

Sie verschwand in der Küche. Als sie mit der Teekanne zurückkam, starrte er verdrossen aus dem Fenster. Sie schenkte zwei Tassen Tee ein. Aber diesmal tat sie Zucker hinein, ohne sich vorher zu erkundigen, ob er welchen wolle. Sie gab ihm die Tasse in die Hand.

»Jetzt habe ich den Löffel vergessen«, sagte sie und ging in die Küche zurück, um ihn zu holen. Als sie wiederkam, stand er anders als vorher. Jetzt starrte er nachdenklich auf das Teetablett. Als sie eintrat, fuhr er schuldbewußt zusammen. Dann hielten sie beide ihre Tassen in der Hand, aber keiner schien es mit dem Trinken sehr eilig zu haben. Sie hob die Tasse an die Lippen, dann dachte sie plötzlich: ›Was hatte er da am Tablett zu suchen? Als ich hinausging, stand er am Fenster. Was hat ihn zum Tablett gezogen?‹ Sie hob die Augen und sah, daß er sie seltsam anblickte, als wolle er ihre geheimsten Gedanken ergründen. ›Was war ich doch für eine Närrin, daß ich ihn hergebeten habe‹, dachte sie, und echtes Entsetzen durchflutete sie, das durch seine angenehm männliche Erscheinung nicht geringer wurde.

»Trink deinen Tee, Leo«, mahnte er.

»Ich bin nicht besonders durstig. Ich hatte nach dem Lunch schon eine Tasse.«

»Was einmal geschah, kann wieder geschehen«, murmelte er.

Leonora fühlte, wie sich ihr die Härchen im Nacken aufstellten. »Warum trinkst du denn nicht?« parierte sie. »Habe ich ihn nicht süß genug gemacht?«

Er rührte nachdenklich um. »Wie geht es denn Mrs. Fred Jack so?«

»Ich weiß es wirklich nicht. Sie arbeitet nicht mehr hier.«

»Oh, sie hat dir gekündigt?«

»Ich habe ihr gekündigt.«

Er zog die Augenbrauen hoch. »War das wirklich klug?«

»Das habe ich mir nicht überlegt. Nigel mochte sie nicht, und da haben wir beschlossen, sie wegzuschicken.«

»Frauen wie Mrs. Jack sind gefährlich. Das habe ich dir schon öfter gesagt. Vielleicht sind alle Frauen gefährlich, was?«

»Inwiefern?«

»Wenn es um die Erfüllung ihrer Wünsche geht, gibt es für sie kein Hindernis. Und doch sind sie unbeständig, launenhaft...«

»Ich weiß nicht, wovon du sprichst.«

»Ich dachte, du liebst mich, Leo, und bis vor kurzem glaubtest du das wohl auch selbst. Die Schwierigkeit war nur, daß du uns beide haben wolltest – Nigel und mich. Aber man weiß, daß Liebe über Nacht in Haß umschlagen kann, die beiden liegen dicht beieinander. Und jetzt, nein, Leonora, ich habe beschlossen, meinen Tee nicht zu trinken. Aber ich sehe gerne zu, wie du den deinen trinkst...«

Ihre Augen wurden groß und begannen zu funkeln, und sie stand mit ihrer Teetasse in der Hand da wie gelähmt. Dann ließ sie sie fallen. Der Tee spritzte über den Teppich, und das feine Porzellan zerbrach in drei zackige Scherben.

»Warum hast du das getan?« fragte er.

Sie starrte ihn nur an, reglos vor Entsetzen, und plötzlich veränderte sich sein Ausdruck. Verwirrung zuckte über sein Gesicht, gefolgt von echtem Erstaunen.

»Meine Güte, Leonora, ich glaube, du meinst, ich hätte etwas hineingetan!«

Sie gab keine Antwort, wich nur vor ihm zurück.

»Du hast es gedacht! Gib es zu!«

»Was einmal geschah, kann wieder geschehen«, parodierte sie ihn flüsternd.

»Aber... du willst doch wohl nicht behaupten, daß du glaubst, ich sei für den Tod deines Mannes verantwortlich? Leonora! Leonora! Sieh mich an!«

Seine Stimme zitterte.

»Doch! Ach, du Dummchen! Du kleines Dummchen. Ich sage dir, ich dachte, du wärst es gewesen. Ich war überzeugt, du hättest ihm alle Tabletten auf einmal gegeben. Dann muß er es selbst getan haben. Oh, das ist doch zu albern. Ich habe dich behandelt wie Mata Hari, die schöne Spionin. Schau, Leonora, ich tue Buße, schau!«

Er nahm seine Tasse, die jetzt schnell abkühlte, und leerte sie bis auf den Grund. »Zum Wohl, meine Liebe! Und, zum Donnerwetter, ich würde dir gerne eine neue Tasse machen, als Ersatz für die, die du verschüttet hast. Verdammt, das ist das einzige, was dich in meinen Augen freisprechen konnte. Das ist köstlich, Leonora! Köstlich. Lach doch darüber.«

»I-ist er d-denn an den T-tabletten gestorben?« stammelte Leonora.

»Er ist an einer Überdosis Betäubungsmittel gestorben. Das war sonnenklar. Und als du mir dann die Schachtel nicht geben wolltest...«

»Aber ich konnte die Schachtel doch wirklich nicht finden. Er hat sie versteckt. Ich bin sicher, daß er sie versteckt hat. Ich habe ihn gebeten, mir ein paar Tabletten zu geben, verstehst du. Und er wollte nicht. Ich glaube, er wußte, daß ich ziemlich verzweifelt war...«

»Und ich wußte das auch. Deshalb war ich ja so sicher... Und obwohl ich wußte, daß du wirklich allen Grund dazu hattest, konnte ich dir nicht verzeihen, daß du mich da mit reingezogen hast, wie ich dachte. Ich meine – mein berufliches Ansehen. Aber selbst wenn ich gewußt hätte, daß es Selbstmord war, bezweifle ich, ob ich etwas anderes getan hätte. Es hätte endlosen Stunk gegeben. Aber ich hätte vielleicht anders empfunden. Und es gab keinerlei Anzeichen für so etwas; keinen Brief, kein Glas neben dem Bett...«

»Er könnte sie im Bad eingenommen haben«, sagte Leonora langsam. »Er mußte sie mit Wasser schlucken, und dazu hätte er das Zahnputzglas dort benützen können.«

»Und die Schachtel im Bad gelassen?«

»Nein, als du nach der Schachtel fragtest, habe ich sofort dort danach gesucht. Irgendwo muß sie jedenfalls sein.«

»Ja, verschluckt kann er sie nicht haben. Wie du sagst,

irgendwo muß sie sein. Aber vermutlich leer. Selbst das wäre jedoch ein Zeichen dafür, daß er sie selbst genommen hat. Weißt du, Leo, wir sind noch nicht aus dem Schneider, keineswegs. Ich habe den Totenschein unterschrieben. Und der verdammte George White! Wenn er sich nicht solches Zeug eingebildet hätte, hätten wir nichts zu befürchten. Ich hoffe nur zu Gott, daß sie den Kerl jetzt nicht wieder ausgraben wollen!«

»Ronald!«

»Was habe ich denn jetzt angestellt?«

»Du hörst dich so ... so ... gefühllos an.«

»Nun, er hat mir nichts bedeutet. Und dir auch nicht, wenn du ehrlich bist.«

»Er ist Nigels Vater. Und ich wußte es zwar nicht, aber Nigel hing an ihm. Es gab ... Beweise dafür.«

Sie sagte ihm nicht, was das für Beweise waren. Sie fand, der Kummer eines kleinen Jungen sei heilig und geheim zugleich.

»Ich bin vielleicht gefühllos, aber für kaltblütigen Mord bin ich nicht zu haben. Wie bist du nur auf einen solchen Verdacht gekommen?«

»Es war das, was du im Wagen sagtest. Du sagtest, ich solle bis zum nächsten Morgen warten. Und als ich dann am nächsten Morgen in sein Zimmer ging, da lag er da und war tot. Oh, es war entsetzlich!«

»Aber ich meinte doch nur, daß es für alles eine bestimmte Zeit gibt und daß im dichten Nebel nicht der richtige Augenblick sei, um Luftschlösser zu bauen. Aber das ist typisch Frau, so unvernünftig zu denken. Ich hatte dir genügend Gelegenheit gegeben, mit James zu brechen. Es ist mir einfach auf die Nerven gegangen, daß du es plötzlich mitten im Nebel machen wolltest. Ich weiß nicht, was du jetzt vorhast, aber das Trauerjahr werden wir auf jeden Fall abwarten müssen. Es wäre unklug, unter den gegebenen Umständen früher zu einer Entscheidung zu kommen.«

»Du brauchst dich keineswegs verpflichtet zu fühlen.«

»Nun, mein liebes Kind, in den kommenden Wochen müssen wir uns natürlich aus dem Weg gehen, ganz gleich, was geschieht. Aber vorausgesetzt, es geht alles gut vorbei, was ich bei allen Göttern hoffe, sehe ich keinen Grund, warum wir zu einem späteren Zeitpunkt nicht eine gemeinsame Zukunft haben sollen. Ich will mich jedenfalls nicht drücken.«

In seinen Worten klang eine Spur von Selbstgefälligkeit mit.

Leonora schauderte. »Nun, ich schon«, sagte sie offen. »Ich kann dir ebensogut gleich hier und jetzt sagen, Ronald, daß ich die Absicht habe, mein Leben als zufriedene Witwe zu verbringen, falls ich der Schlinge des Henkers entgehe.«

»Du sagst, daß ich gefühllos bin, mein Kind, aber ich finde, du nimmst auch kein Blatt vor den Mund.«

»Ich sehe allmählich klar, wie die Dinge liegen. Ich dachte, es sei richtig, dich herzuholen und zu warnen, damit du auf der Hut bist, und um herauszufinden, wie ich mich deiner Ansicht nach verhalten sollte. Ich habe nämlich erkannt, daß unsere ... unsere Beziehung größtenteils meine Schuld war. Ich glaube, es ist fast immer die Schuld der Frau. Ich war einsam und schrecklich unglücklich, und du warst genau die Medizin, die ich brauchte. Aber man braucht ja eine Medizin nicht bis in alle Ewigkeit zu nehmen«, stellte sie fest und verzog dabei schmerzlich die Lippen.

»Der Teufel soll mich holen!« rief Ronald aus. »Du hast mich also nur ausgenützt! Darauf läuft es doch hinaus.«

»Wir haben uns gegenseitig ausgenützt, glaube ich, und jetzt bekommen wir insofern den verdienten Lohn dafür, als wir recht gute Aussichten haben, gemeinsam auf der Anklagebank zu landen. Weißt du, ich war mir meiner eigenen Unschuld so bewußt und von deiner Schuld so überzeugt, daß ich nicht gemerkt habe, was ein Blinder sehen mußte, daß wir nämlich beide das gleiche Motiv zu haben scheinen, und ich auch noch eine unvergleichliche Gelegenheit.«

»Dann willst du unsere kleine Episode also auf jeden Fall als beendet betrachten?«

»Ich betrachte sie als Episode«, sagte sie ruhig.

»Dann wissen wir, woran wir sind. Aber wir sind doch hoffentlich keine Feinde?«

»Natürlich nicht, Ronald. Wir sind Leidensgenossen. Komm, geben wir uns die Hand darauf.«

Als er seine wohlgeformte Hand ausstreckte, schob sich sein Mantelärmel zurück, seine Armbanduhr wurde sichtbar und erinnerte ihn daran, wieviel Zeit verstrichen war.

»Beim großen Scott!« sagte er. »Ich muß schleunigst zurück, sonst komme ich zu spät zur Sprechstunde. Soll ich dir aufräumen helfen, Leo? So eine Bescherung!«

»Das ist noch gar nichts, verglichen mit der anderen Bescherung, in der wir stecken. Nun, mein Lieber, das ist wirklich nicht schlimm. Ich werde sehr gut alleine damit fertig. Ob ich mit der anderen Sache ebensogut fertig werde, wird man sehen müssen.«

»Mach dir jedenfalls jetzt noch keine Sorgen. Vielleicht kommt es nie dazu.«

»Wegen einer polizeilichen Untersuchung mache ich mir auch keine Sorgen. Es gibt nur eine Sache, die mich beunruhigt.«

»Und die wäre?«

»Nun, siehst du, daß Vincent sich selbst das Leben genommen hat, erledigt in einer Hinsicht alles, aber in anderer Hinsicht nicht. Die Frage ist doch – warum hat er es getan? Und auf diese spezielle Frage brauchen wir nicht lange nach einer Antwort zu suchen. Ich will nicht sagen, daß wir ganz alleine die Schuld daran hatten. So versessen auf Bestrafung bin ich nicht. In unserem Fall gab es das, was man mildernde Umstände nennt. Bei Vincent ist vor langer Zeit etwas kaputtgegangen. Vielleicht zwischen den beiden Kriegen. Er hat den Bezug zu der einen Sache verloren, die für ein völlig normales Leben unerläßlich ist. Nenne es, wie du willst; ein Gefühl für Ausgewogenheit, für Proportionen; den normalen Instinkt, mit dem man die Höhen und Tiefen des Lebens ausgleicht. Dagegen gab es kein Mittel. Er lernte mich kennen und heiratete mich. Nigel wurde geboren ... das änderte immer noch nicht das geringste. Oh, du mußt solche Tage auch schon erlebt haben! Wenn es das Schicksal auf dich abgesehen zu haben scheint, wenn alle Begegnungen mit anderen Menschen katastrophal verlaufen, wenn alles, was sie zu sagen haben, von Bosheit durchtränkt scheint ... Nun, für Vincent waren alle Tage so. Er entwickelte eine Technik, um damit umzugehen; er wurde überheblich und aggressiv, was offensichtlich alles nur noch schlimmer machte. Er flüchtete sich in den Umgang mit Menschen, die unter ihm standen, und bezahlte ihnen sogar die Getränke, damit sie ihm positiv entgegenkamen. Da hast du es! Menschen, die an der Kante stehen, brauchen nur noch einen zusätzlichen Schubs, um abzustürzen. Den haben wir ihm gegeben. Deshalb ist es eigentlich bedeutungslos, ob er selbst für die eigentliche Tat verantwortlich war. Wie immer das Urteil lauten mag, falls es überhaupt soweit kommt, das Endergebnis ist das gleiche. Wir sind verdammt schuldig. Wir sind Mörder.«

»Mein liebes Kind, das ist nun wirklich krankhaft übertrieben. Ich rate dir dringend, dir das aus dem Kopf zu schlagen. Was du wirklich brauchst, ist Luftveränderung, aber unter den jetzigen Umständen wäre es vielleicht nicht klug, sofort etwas zu unternehmen. Geh an die frische Luft, sooft du kannst. Spiel doch öfter mal eine Runde Golf.«

Er musterte sie mit einem geschulten Blick, fand aber in ihrem Verhalten keine Hysterie. Die Krise, in der sie sich befand, schloß er etwas zögernd, hatte ihr Aussehen eigentlich verbessert. Bisher hatte sich in ihrem Gesicht, wenn sie untätig war, gewöhnlich Unzufriedenheit gespiegelt, aber jetzt drückte es Kraft, Ergebenheit und Entschlossenheit aus.

Sein Interesse an ihr lebte wieder auf und verdrängte seine Sorge um sich selbst, und er sagte ziemlich verlegen: »Bist du sicher, daß es keinen Sinn hat? Ich hänge wirklich an dir, Leo. Ich verstehe nicht, warum wir in einer anderen Umgebung, etwas später, nicht durchaus glücklich miteinander werden sollten. Was Nigel angeht, so ist er doch zwei Drittel der Zeit in der Schule.«

Aber sie lächelte nur und erwiderte: »Ich glaube, es wäre kein glückverheißender Anfang für das Wagnis einer Ehe, wenn keiner sich getraut, sich vom anderen eine Tasse Tee machen zu lassen.«

Irgend etwas an diesen Worten reizte sie beide zum Lachen. Die Gleichartigkeit ihrer Auffassungen, vielleicht die gleiche Charakterschwäche, hatte es ihnen gefährlich leicht gemacht, sich ineinander zu verlieben. Sie brachen gleichzeitig und spontan in Gelächter aus.

In dieser freundlichen Stimmung trennten sie sich.

12

George Whites erste Reaktion auf das Eingreifen der Vorsehung zu seinen Gunsten war gewaltige Erleichterung. Die Vorsehung neigt dazu, sich unwahrscheinlicher Werkzeuge zu bedienen; und daß jemand anders eine läßliche Sünde begehen mußte, um ihn von seiner Todsünde zu befreien, fand er deshalb nicht merkwürdig, weil es ihm gar nicht in den Sinn kam. Bald darauf geschah mit diesem Bündel gemischter Motive, aus denen sich ein Mensch zusammensetzt, etwas noch Merkwürdigeres, jedenfalls bahnte es sich an. George fühlte sich anfangs wunderbar leicht und heiter, ein Gemütszustand, der sich immer gut mit zeitweiliger Freiheit von Schuld verträgt, aber dann trieb er unbewußt in ein Gefühl des Verlustes, der Desillusionierung hinein und empfand wirkliche Verärgerung darüber, daß man ihn seiner neu entdeckten Möglichkeiten beraubt hatte.

Zum erstenmal in seinem Leben hatte sich George White in ziemlich vorgerücktem Alter davon überzeugen können, daß auch er im Weltenplan Einfluß besaß; es mochte auf bedauerliche Weise dazu gekommen sein und war vielleicht nicht allen unbedeutenden Menschen überall im Lande zu empfehlen, trotzdem war dadurch in ihm der Instinkt wachgeworden, der das Recht jedes Menschen auf seine eigene Persönlichkeit durchsetzen will.

Als sich diese neue Identität nun aufzulösen drohte, klammerte George sich mit aller Kraft daran fest, obwohl sie ihn beinahe in einen schrecklichen Tod geführt hätte. Ein eigenes Geschäft ist ein unerbittlicher Zuchtmeister, es sei denn, der Besitzer ist einer jener fröhlichen, aber verantwortungslosen Menschen, die einen Zettel an die Türe heften und damit ganz trocken und ohne weitere Erklärung ihre Abwesenheit verkünden; der Apotheker mußte also zumindest körperlich weiterhin hinter seinem Ladentisch stehen, auch wenn sein Geist in ungewohnten Gefilden umherschweifte.

Er grübelte. Im Leben hatte ihn der Major nie so verfolgt wie jetzt im Tode. Sein visuelles Gedächtnis lieferte ihm das Bild seines ehemaligen Feindes in allen Einzelheiten, bis er ihn jederzeit in voller Lebensgröße heraufbeschwören konnte. Er wiederholte das letzte Gespräch, das sie miteinander geführt hatten, bis er es fehlerlos Wort für Wort hätte hersagen können. Er kannte jeden Ton der Stimme seines Feindes und hätte dessen freudloses ›Haha‹ so getreulich wie ein Echo wiedergeben können. Nur seine Einstellung ihm gegenüber veränderte sich. Er lernte einzusehen, was ja niemandem erspart bleibt, daß diejenigen, die man haßt, aus demselben Stoff gemacht sind wie man selbst, auch wenn die Fehler an unterschiedlichen Stellen auftreten. Schließlich führten seine Überlegungen dazu, daß er seine Schuldgefühle wieder auferstehen ließ, und am Mittwochnachmittag, an dem das Geschäft stets früher geschlossen wurde, vertraute er nach seinem Mittagsschläfchen seiner Frau an, er sei insgeheim davon überzeugt, auch ohne Strychnin für den Tod des Majors verantwortlich zu sein.

»Ich habe nachgedacht, Mabel«, sagte er, während er sich den Schlaf aus den Augen rieb, »und bin zu dem Schluß gekommen, daß doch etwas dran sein muß. In einer Hinsicht mag vielleicht bewiesen worden sein, daß ich dem armen alten James nichts angetan habe, aber ich bin völlig sicher, daß ich irgendeinen bösen Einfluß auf ihn ausgeübt haben muß. Schließlich waren da diese anderen, völlig unerklärlichen Fälle, und auf dem Kieker hatte ich den armen Kerl schon, auch wenn ich es nicht so direkt gesagt habe. Und es bestand wirklich nicht der geringste Grund, warum er plötzlich auslöschen sollte wie eine Kerze. Da bleibt einem doch die Luft weg.«

»Wenn jemandem die Luft weggeblieben ist, dann dem Major«, sagte Mrs. White ungewöhnlich gereizt. Sie hatte sich im stillen in letzter Zeit nicht wenig Sorgen über die Verfassung ihres Gatten gemacht. »Ich wäre heilfroh, wenn du es dir endgültig aus dem Kopf schlagen würdest, daß du irgendeine okkulte Macht über deine Mitmenschen besitzt. Das ist doch nichts als blanker Unsinn. Bei solch dummem Geschwätz kommt nichts anderes heraus, als daß es andere Leute auf Ideen bringt, die sie vorher nicht hatten.«

»Was soll das denn nun wieder heißen?« fragte Mr. White völlig verdutzt.

»Ach, nichts Bestimmtes wahrscheinlich«, antwortete Mrs. White ausweichend.

»Aber du mußt dir doch etwas dabei gedacht haben.«

»Ich will vermutlich nur sagen, daß es an sich schon böse und unrecht ist, anderen Böses zu wünschen. Man weiß nie, was man damit anrichtet.«

»Als ich damals etwas über ihn sagte, war nur Maureen dabei, sonst niemand.«

»Ja, ich weiß. Aber auf diese Weise kriegt man am ehesten ein handfestes Ergebnis, wenn man jemandem den Tod wünscht.«

»Meinst du etwa«, sinnierte Mr. White mit der Miene eines Menschen, der soeben auf eine ganz neue und anregende Idee gekommen ist, »es könnte irgendwie die Möglichkeit bestehen, daß das Schicksal des Majors von anderer Hand besiegelt wurde?«

»Nein, nein, natürlich nicht«, rief Mrs. White, entsetzt über die unerfreuliche Weiterführung eines Gedankens, den sie selbst angeregt hatte. »Das war nur so dahingesagt. George, bitte, laß dir nicht diesen Floh ins Ohr setzen. Der Mann war sich selbst sein ärgster Feind. Das habe ich dich oft und oft sagen hören.«

»Willst du damit andeuten, ich hätte ihn auf die Idee gebracht, er solle sich selbst das Leben nehmen?«

»Also wirklich, George!« rief seine Frau, die jetzt mit ihrer Geduld am Ende war.

»Da waren natürlich die Schlaftabletten«, grübelte Mr. White. »Gefährlich sind die Dinger ja... und er hatte eine ganze Schachtel voll. Aber ich will dir etwas sagen, Mutter«, fuhr er lebhafter fort, »es ist ziemlich offensichtlich, daß er nicht Selbstmord begangen hat. Niemand bestellt sich Medikamente, wenn er glaubt, er kann sie hinterher gar nicht einnehmen. Bei Salzsäure ist das etwas anderes. Übrigens, Mabel, ich frage mich, ob Doktor Down wohl daran gedacht hat, die restlichen Tabletten an sich zu nehmen: Diese jungen Männer sind gerne ein bißchen fahrlässig. Die Vorstellung, daß die Witwe sie noch im Hause hat, gefällt mir nicht, ganz abgesehen von dem kleinen Jungen, wenn er daheim ist. Ich muß ihn daran erinnern.«

»Genau«, sagte seine Frau. Ihr fiel ein, daß sie zum Tee noch Scones* backen wollte, und mit dieser Entschuldigung brach sie das Gespräch ab. Als sie die Scones zum Auskühlen auf ein Kuchengitter gelegt hatte, erschien der Apotheker in der Küche und redete weiter, als ob es keine Unterbrechung gegeben hätte.

»Weißt du, Mutter«, sagte er, »es gab überhaupt keinen Grund dafür, daß der Major so plötzlich gestorben ist.«

»George, das ist doch Unsinn. Es war allgemein bekannt, daß er ein schwaches Herz hatte.«

»Ja, aber es war nicht diese Art von Herzschwäche. Oh, ich weiß, daß du von meinen Fähigkeiten keine allzu hohe Mei-

* brötchenähnliches Buttergebäck, A. d. Ü.

nung hast...«, seine Stimme bebte richtig vor Selbstmitleid, »aber so viel Verstand habe ich doch noch, daß ich aus den Rezepten, die der Arzt schreibt, seine Diagnose herauslesen kann.«

»George, ich wünschte, du würdest einen langen Spaziergang machen«, sagte seine Frau.

»Warum, Mabel?«

»Weil dieses ganze Gerede einfach morbid ist und weil du an die frische Luft gehörst, damit du es vergißt. Und was deinen Verstand angeht, so spukt dir offenbar der Major darin herum.«

»Ich verfolge eben gerne alles bis zum Ende«, sagte ihr Gatte stur.

»Dann geh bis ans Ende des Gartens!« schrie Mrs. White, »mach die Tür auf und geh hinaus auf den Feldweg.«

Sie konnte sich nicht erinnern, seit dem ersten Jahr ihrer Ehe jemals so aufgebraust zu sein.

Ein wenig schmollend schlüpfte Mr. White in seinen Regenmantel und schickte sich an, ihren Rat zu befolgen. Das Gartentor lag hinter der Jauchegrube und den üblichen Nebengebäuden und führte auf einen kaum benützten, auf einer Seite mit dichtem Dornengestrüpp bestandenen, kalkigen Weg hinaus, der schließlich in einen ebenso unbenützten Kalksteinbruch mündete. Und wem sollte Mr. White auf dem gewundenen, bergauf führenden Pfad schon begegnen, wenn nicht Mrs. Fred Jack, die auf der Suche nach den kostenlosen Früchten des Herbstes war. Was sie zu finden hoffte, war nicht leicht zu erraten, denn für Brombeeren und Schlehen war es zu spät und für Nüsse zu früh. Sie trug einen barettartigen, randlosen Hut, eines ihrer weniger anspruchsvollen Modelle, und zwängte sich, einen leeren Korb schwenkend, durch die Hecke.

»Ich hab' da'n bißchen Zucker und denk' mir, ich such' mir was dazu«, teilte sie Mr. White mit. »Aber ich glaub', die Jungs war'n schon früher da. Diese verflixte Teufelshecke! Ich bin ganz voller Kratzer.«

»Was macht der Finger, oder war es der Daumen?« erkundigte sich Mr. White, der sich undeutlich erinnerte, daß Mrs. Jack wegen irgendeines entlegenen Teils ihres Körpers einmal seinen Rat gesucht hatte.

»Der is' wieder ganz heil«, sagte Mrs. Jack und hielt ihn ihm ganz dicht vor den Augapfel. »Seh'n Se'n sich nur an. Der war ganz scheußlich vereitert, und alles bloß wegen dem Splitterboden im Gemeindesaal.«

»Ja, jetzt erinnere ich mich. Das sah nicht schön aus. Ich dachte, Sie müßten zum Arzt gehen, um ihn aufschneiden zu lassen.«

»Dem komm' ich nicht in die Nähe«, erklärte Mrs. Jack mit Nachdruck. »Ich trau' ihm nicht über den Weg, und das is' die reine Wahrheit.«

»Na, na«, mahnte Mr. White.

»Da können Se ruhig ›Nana‹ machen, Sir, aber ich hab' meine Gründe. Ich bin keine, die bloß schnattert, damit geschnattert ist.« Und nach dieser schamlosen Falschaussage trat sie zurück und richtete ihre Augen gen Himmel.

Innerhalb der vier Wände seines Geschäfts hätte Mr. White sie unverzüglich zum Schweigen gebracht, aber im Freien war auch er nicht frei von einer gewissen Neugier.

So konnte er es nicht lassen, sie ein wenig aus der Reserve zu locken, indem er sanft fragte: »Was hat der Doktor denn getan, daß er so schlecht bei Ihnen angeschrieben ist, Mrs. Jack?«

»Ach du meine Güte, da müssen Sie noch fragen! Er und dieses Flittchen, diese Mrs. James, die haben doch dauernd was miteinander gehabt. Noch am Abend, eh's ihren armen Mann erwischt hat, hab ich sie getroffen, in seinem Auto, und das is' gestanden. Ich bin keine, die was sucht, wo nichts ist«, fuhr Mrs. Jack tugendsam fort, »aber Autos sind zum Fahren da.«

»Ganz recht«, pflichtete ihr Mr. White steif bei, da er nicht den Wunsch hatte, noch weitere Enthüllungen zu provozieren. Wenn er sich an den Nebel erinnert hätte, wäre der Umstand, daß der Wagen des Doktors in statischem Zustand entdeckt worden war, nicht von solcher moralischer Bedeutung gewesen.

»Sagen Sie mir ja nicht«, sagte Mrs. Jack mit einem wilden Funkeln in ihren brillenlosen Augen, »daß da nichts dabei war. Ich weiß Bescheid. Die hätten ja nichts lieber gemacht, als mich am Straßenrand stehenzulassen, kann ich mir denken, aber das ham se sich in ihrer Schlechtigkeit doch nicht getraut. Sie ham mich auf'n Rücksitz verfrachtet und vor mein eigenes Gartentor gefahren, und dauernd hieß es Mrs. Jack hin und Mrs. Jack her, man hätt' meinen können, ich wär' Lady Packard persönlich. Und ich bin dagesessen und rumgeschüttelt worden, aber vormachen ham die mir nichts können, Mr. White. Die ganze Nacht hab' ich mit mir gekämpft, und Fred hat noch gesagt: ›Was soll denn das, Mädel – wirf dich doch nicht dauernd im Bett rum‹, aber ich hab' gesagt: ›Das is' mein Gewissen, Fred, das läßt mich nicht in Ruh.‹ Und in der Früh steh' ich auf und zieh' mich an und geh' nach Watergreen in die Arbeit, und ich hab' mir ganz fest vorgenommen, daß ich dem Major erzähle, wie die zwei ihn zum Narren gehalten und ihm noch dazu Hörner aufgesetzt haben. Aber wie ich hinkomme, ist der arme alte Mann schon zu seinem Schöpfer gegangen. Und Mrs. James war da, weiß wie ein Gespenst, und da hatte sie auch allen Grund dazu. Und der Doktor hat ihr persönlich die Hand gehalten und mich angefahren, ich soll 'n Bett herrichten für die Frau, die er von Bloxton schicken will, damit sie sich um die Aufbahrung kümmert. Ich war ganz von den Socken, Mr. White, und das kann Ihnen auch Ihre liebe Frau erzählen, weil sie grade an diesem Morgen an die Tür gekommen ist und sammeln wollte.«

Während der ganzen langen Rede von Mrs. Jack war Mr. White stehengeblieben, sein Unterkiefer hing kraftlos herab, und sein Verstand, der nur zu gerne glauben wollte, was sie sagte, hetzte hinter ihren zusammenhanglosen Feststellungen her. Jetzt riß er sich so weit zusammen, daß er langsam sagte: »Es kam alles sehr plötzlich. Eine traurige Geschichte.«

»Traurig!« schnaubte Mrs. Jack. »Für gewisse Leute war das 'n Grund zum Jubeln. Also ich glaub' nicht, daß die Leute so im passendsten Moment sterben. Nehmen Sie doch mal Freds alte Tante, die gestorben ist, als man mit dem Spaten nicht in die Erde reinkam vor lauter Eis und Schnee, oder meinen Vater, der is' gestorben, als seine ganzen Enkelkinder wegen Masern in Quarantäne waren. Sie können mir nicht erzählen, daß die Leute zur richtigen Zeit sterben, es sei denn, man hilft 'n bißchen nach.«

»Mrs. Jack, wenn Sie wirklich glauben, daß mit dem Tod des Majors etwas nicht in Ordnung war, dann müssen Sie zur Polizei gehen.«

»Und genau da bin ich gewesen, mein lieber Mann, und keiner von denen hat das mindeste davon wissen wollen. Bis nach Bloxton bin ich runter, auf eigene Kosten, wohlgemerkt, und hab' dem Sergeant alles erzählt. Und was hat der gesagt? Ich soll meinen Mund halten, das war alles. Sowas nennt sich Gerechtigkeit! Wenn Sie mich fragen, der dürfte höchstens mitten auf der Straße stehen und den Verkehr noch schlimmer machen.«

»Haben Sie mit Bert Purvis gesprochen?«

»Mit *dem*!« In dem Pronomen lag ein Übermaß an Geringschätzung. »Der kann ja nich' mal meine arme, alte Katze finden, die ich seit 'ner Woche vermisse. Sie ham Timmie wohl auch nich' geseh'n, Mr. White?«

Mr. White, der wie das übrige Dorf Timmie als berüchtigten Wilderer kannte, hätte durchaus eine Vermutung bezüglich des Verschwindens der Katze wagen können. Aber er wußte nicht direkt etwas, und so versagte er es sich taktvollerweise, das Offensichtliche anzudeuten.

»Tja, Sie müssen Ihren Weg gehen und ich den meinen«, sagte er. »Ich wünsche Ihnen einen guten Tag, Mrs. Jack. Was das andere angeht, was Sie beunruhigt, vielleicht sollte ich mich einmal darum kümmern. Es ist nicht klug, über solche Dinge zu sprechen, aber wenn Sie es mir überlassen möchten, werde ich dafür sorgen, daß die Sache gründlich untersucht wird.«

»Auch *Ihnen* einen guten Tag, Mr. White«, rief Mrs. Jack mit heuchlerischem Eifer. »Ich bin Ihnen dankbar für das Angebot. Gott sei Dank gibt es auch noch gute Menschen, sage ich, und die anderen kann der Schinder holen. Jetzt kann ich wieder ruhig schlafen.«

Mit völlig ausgeleiert herunterhängendem Rock stürmte sie den Weg hinunter, stolperte über die überwucherten Kalkfurchen, schwang aber fröhlich ihren leeren Korb, denn ein Gespräch mit einem Mitmenschen war ihr lieber als die Zwiesprache mit der Natur. Der Apotheker hingegen setzte seine einsame Wanderung bergauf fort. Als er jedoch das Ende seines Weges erreicht hatte, kehrte er dem Wind den Rücken zu, lehnte sich gegen den alten Bretterzaun, der den Steinbruch umgab, und dachte über das nach, was sie ihm gesagt hatte.

Von seinem Standort aus sah er das Dorf wie ein hübsches Spielzeug unter sich ausgebreitet, und vielleicht war es diese Höhe, die Gefahr, die in hochgelegenen Orten liegt, die ihm das Gefühl von Überlegenheit und die trügerische Sicherheit eingab, er könne die einzelnen Teile da unten verschieben, wie er wolle. Obwohl er gewöhnlich keinem Wort, für das sich Mrs. Jack verbürgte, auch nur einen Funken Glauben geschenkt hätte, war er im Augenblick so sehr aus dem Gleichgewicht, daß er ihre vertraulichen Mitteilungen für nicht weniger als ein Wunder hielt. Sie eröffneten ihm eine Möglichkeit, sich den Glauben an die eigene Wichtigkeit zu erhalten. Er war allmählich völlig überzeugt davon, daß es beim Tod von Major James nicht mit rechten Dingen zugegangen war. Aber er konnte noch keineswegs schlußfolgern, was geschehen war.

Gerüchte über die Affäre zwischen Mrs. James und dem Arzt gingen im Dorf schon lange um; wahrscheinlich schon, ehe die Affäre überhaupt angefangen hatte. Dorfnasen riechen einen Skandal immer gern im voraus. Mrs. James langweilte sich und wurde vernachlässigt, und der Doktor sah gut aus und war galant, aber das allein machte noch keinen von beiden zum Mörder. Nein, trotz seiner gegenteiligen Versicherungen hatte Mr. White den heimlichen Verdacht, daß jene Schlaftabletten dem Major einen Hinterausgang aus dem Leben gezeigt hatten. Vielleicht hatte er geglaubt, er würde seine Pülverchen und Stärkungsmittel noch brauchen; dann mochte er zu der Überzeugung gelangt sein, es lohne sich wohl kaum, nur aus diesem Grunde am Leben zu bleiben. Man konnte seine Meinung ändern, das wußte George. An einem Tag hatte er dem Major den Tod gewünscht, am nächsten Tag hatte er sich gewünscht, er möge noch am Leben sein, und beide Wünsche waren völlig aufrichtig gewesen. Wahrscheinlich wurde das Verhalten des Majors durch die Umkehrung desselben Verfahrens erklärt.

Ich muß es herausfinden, sagte sich George. Sonst werde ich nie wissen, ob ich nun schuld war oder nicht. Angenommen, ich besitze wirklich diese Macht, Mitmenschen allein durch Gedanken zu entfernen, wenn es mir beliebt. Der Glaube kann Berge versetzen, sagt man. Angenommen, ich habe den Glauben? Wenn das so ist, kann man ihn auch noch zu ganz anderen Zwecken einsetzen als zur Beseitigung unerwünschter Individuen. Man kann ihn für fast alles einsetzen ... zum Heilen zum Beispiel. Und er dachte an all die eitrigen Daumen und wunden Hinterteile und anderen kleineren Beschwerden, bei deren Heilung er mitgeholfen hatte, und fragte sich, ob diese Heilungen den Umschlägen, dem Rizinusöl und dem Zink zu verdanken waren oder einfach dem Glauben.

Vielleicht konnte er seine Heilkraft auch auf so schreckliche Krankheiten wie Schwindsucht und Krebs ausdehnen. Vielleicht brauchte er, anstatt Flaschen mit Rheumalief zu verkaufen, die nur leicht schmerzlindernd wirkten, nur seine Hände aufzulegen ...

Er nahm den Hut ab und ließ sich den Wind durch das Haar

wehen – in seine Phantasie, die im Moment so aufgebläht und kurzlebig war wie ein Luftballon, hatte er schon hineingeblasen.

Aber angenommen, dachte er und kehrte damit wieder zum Major zurück, angenommen, Vincent James wurde tatsächlich getötet, ermordet, umgebracht, vorsätzlich, von einer oder mehreren bisher noch nicht bekannten Personen. Was dann? Wenn er diese Sache gründlich untersuchte, wäre das nicht eine Wiedergutmachung für seinen eigenen, versuchten Anschlag auf das Leben des Majors?

Am bittersten an der ganzen traurigen Geschichte bedauerte er, daß sein geplantes Opfer für keine Erklärung und keine Entschuldigung mehr zu erreichen war. George White war wie so manche andere Leute, die nach einem endgültigen Zwist einen überwältigenden Drang unterdrücken müssen, dem sich entfernenden Gegner nachzurufen: Komm zurück, komm zurück, laß uns noch einmal darüber reden, laß es uns noch einmal genauer besprechen. Der Major war jedoch den Blicken völlig entschwunden, und seinem Gegner blieb nur noch übrig, sich die Buße aufzuerlegen, deren Ausführung ihm das größte Vergnügen bereiten würde.

Der Apotheker setzte sich energisch den Hut wieder auf und begann langsam und nachdenklich den Berg hinunter zurückzugehen. Dabei entwickelte er einen Feldzugsplan.

Er ging am Gartentor vorbei mit der Absicht, den Rundgang vor seiner eigenen Haustür zu beenden, und als er am Ende des Fußpfads auf die Straße trat, sandte ihm das Schicksal genau die Person in den Weg, mit der er aufgrund seines soeben gefaßten Entschlusses sprechen wollte. Diese Person war niemand anders als Leonora James, die an dieses Ende des Dorfes gekommen war, um einen Brief an Nigel einzuwerfen. Ihr war plötzlich die goldene Repetieruhr eingefallen, und nachdem sie an allen wahrscheinlichen und unwahrscheinlichen Stellen danach gesucht hatte, war sie zu dem Schluß gelangt, er habe sie mit zur Schule genommen. Da die Uhr von beträchtlichem Wert war und sie einige Erfahrung mit dem forschenden Geist – und den neugierigen Fingern – des durchschnittlichen Schuljungen hatte, fürchtete sie für das gute Stück und hatte ihn in ihrem Brief gebeten, es per Einschreiben zurückzuschicken, ehe ihm ein nicht wiedergutzumachender Schaden zustieß.

Sie verspürte kein Bedürfnis, mit George White zusammenzutreffen, besonders, da dieser nicht wie sonst höflich den Hut lüftete und sich dann verdrückte, sondern es auf ein Gespräch abgesehen zu haben schien.

Nach den notwendigen Höflichkeitsfloskeln, aus denen sie etwas über einen ›tragischen Verlust‹ und ›nur die Zeit kann heilen‹ heraushörte, fuhr er ernsthaft fort: »Ich wollte schon länger mit Ihnen sprechen, Mrs. James. Hoffentlich nehmen Sie es mir nicht übel, was ich jetzt sagen will, aber mir ist eingefallen, daß Ihr Gatte – Ihr verstorbener Gatte, muß ich wohl sagen – ein ziemliches Sortiment von Arzneimitteln haben muß. Ich wollte Ihnen vorschlagen, die noch nicht geöffneten zurückzunehmen und Ihnen die Kosten zu erstatten, wenn Ihnen das recht wäre. Für mich ist das praktisch kein Unterschied, und ich dachte, Sie wären vielleicht froh, sie auf diese Weise loszuwerden, anstatt sie auf andere Art zu beseitigen.«

»Ich wollte sie in den Abfluß schütten«, gestand Leonora, »aber ich hatte so viel zu tun und bin bisher noch nicht dazugekommen.«

»Wenn Sie nichts dagegen haben«, drängte der Apotheker voll Eifer, »ich habe im Augenblick weiter nichts vor – Sie wissen ja, es ist mein freier Nachmittag –, wenn es Ihnen also paßt, könnte ich Sie zu Ihrem Haus begleiten und mich der Sache gleich annehmen. Wenn Ihnen damit geholfen wäre, meine ich. Ich könnte die Medikamente aussortieren, die man am besten wegschüttet, und die mitnehmen, die noch ungeöffnet sind.«

»Das ist wirklich sehr freundlich von Ihnen«, sagte Leonora ohne allzu große Begeisterung. Andererseits sah er in seinem kleinen Regenmantel so sanftmütig und harmlos aus, sie wußte auch, daß Vincent ihm in der Vergangenheit so übel mitgespielt hatte, daß sie es nicht übers Herz brachte, abzulehnen. Ein leichtes Unbehagen quälte sie – was hatte doch Ronald noch über George White gesagt? Sie wußte es nicht mehr, glaubte aber irgendwie, er sei für den Besuch des Superintendent verantwortlich gewesen. Vielleicht war es besser, ihm seinen Willen zu lassen. Sie sagte: »Ganz, wie Sie wünschen, Mr. White. Ich habe nichts Besonderes vor, und was du heute kannst besorgen ...« Hier brach sie unvermittelt ab, denn diese Redensart schien ihr kaum passend für den Anlaß zu sein. Sie fuhr fort: »Ich möchte nicht, daß Sie deshalb Auslagen haben, aber ich bin froh, wenn die Sachen weggeschafft werden. Wäre es nicht besser, wenn Sie sie zum halben Preis zurücknähmen?«

»Das kann ich nicht gut machen, Mrs. James. Es sind alles Markenartikel. Keine Sorge, ich werde sie alle bald wieder verkauft haben. Nur um die Sachen, die ich selbst herstelle, machen die Leute einen Bogen, obwohl sie weitaus besser sind als die anderen. Ich kann es mir eben nicht leisten, so viel Reklame zu machen wie die großen Konzerne.« Er trottete jetzt neben ihr her.

»Sie haben eben kein Vertrauen zu einem Einheimischen, Mrs. James. Aber sie kaufen jeden Mist, wenn sie den Namen nur oft genug zu sehen bekommen. Es braucht nicht einmal eine originelle Werbung zu sein. Nein, es ist nur das ständige Berieseln. Man kann die Leute zu allem bringen, wenn man sie nur lange genug berieselt.«

Diese Philosophie hörte sich für Leonora fast bedrohlich an.

»Ich finde die Vorstellung beunruhigend«, sagte sie. »Aber ich will nicht leugnen, daß sie wahr ist.«

»Ich habe Ihre Putzfrau, Mrs. Fred Jack, oben am Weg getroffen, sie hat nach Schlehen gesucht, das nehme ich jedenfalls an, obwohl die Zeit dafür natürlich schon lange vorbei ist. Die Leute im Dorf machen Wein daraus. Was für ein gräßliches Zeug.«

»Sie arbeitet nicht mehr für mich«, sagte Leonora. »Ich habe kurz nach dem Tod meines Mannes auf ihre Dienste verzichtet.« Dann fragte sie beiläufig: »Hat sie ihre neue Brille schon? Ich hätte gedacht, sie könnte ohne Brille nicht einmal einen Strauch sehen, geschweige denn eine Schlehe.«

»Das ist komisch. Jetzt, wo Sie davon sprechen, glaube ich nicht, daß sie eine Brille trug. Irgend etwas an ihr kam mir seltsam vor – seltsamer als sonst, meine ich. Aber sie hat mich einwandfrei erkannt. Ich wundere mich immer wieder, wie wenige von diesen Landfrauen auch nur die leiseste Ahnung haben, zu welcher Jahreszeit man die gewöhnlichsten Blumen und Früchte in den Hecken findet.«

»Mutter Brose müssen Sie da ausnehmen. Vincent sagte immer, es gäbe kein Kraut und keine Pflanze, die die alte Frau nicht identifizieren könne.«

»Und sie kennt auch alle ihre Eigenschaften. Mit der richtigen Ausbildung wäre sie eine ausgezeichnete Apothekerin geworden.«

Bei der Vorstellung, wie die alte Mutter Brose Vorlesungen besuchte, konnte Leonora ein Lächeln nicht unterdrücken, aber ihr Begleiter fuhr ganz ernsthaft fort: »Dagegen wäre ja nichts einzuwenden, wenn sie ihre Mittelchen nur zum Wohle der Menschen anwenden würde. Aber sie hat schon so manches Dorfmädchen zugrunde gerichtet. Kräuter und Heilpflanzen sind ja manchmal durchaus am Platze; ein Kräuterkissen ist ein gutes Mittel gegen Schlaflosigkeit. Ich habe mich oft gefragt, warum der Major es nicht einmal damit versucht hat.«

»Er hatte auch für Mutter Brose nicht viel übrig. Er hat getan, was er konnte, um ihre Hütte als abbruchreif erklären zu lassen. Es ist ein entsetzliches Loch, glaube ich.«

»Ich möchte den Kopf nicht hineinstecken. Aber es herrscht reger Betrieb da. So einige von ihren Sünden möchte ich nicht auf dem Gewissen haben.« George dachte im Augenblick nicht daran, daß er selbst genügend eigene hatte.

Er fuhr fort: »Vor ihr hat ihre Mutter in der Hütte gelebt, und im Dorf erzählt man sich, daß ihre Großmutter als Hexe ertränkt wurde und daß man ihre Leiche mit einem Pfahl durchs Herz am Kreuzweg von Buttlesham vergraben hat.«

»Was ist aus ihren Männern geworden?« fragte Leonora.

»Es gab keine«, erklärte Mr. White etwas naiv.

Seine Feststellung reizte Leonora zum Lachen, und sie ließ sich ihre Belustigung auch anmerken. George stimmte schuldbewußt in das Gelächter ein. Er hatte momentan vergessen, daß er einem Verbrechen auf der Spur war, und da er noch unter dem kleinen Zank mit seiner Frau litt, hatte er die Unterhaltung mit einer jüngeren, ansehnlichen Frau, die gesellschaftlich ein wenig über ihm stand, wirklich genossen. Seinetwegen hätte der Spaziergang gerne noch länger dauern können, aber Leonora schloß schon die Tür von Watergreen House auf.

Als sich der Apotheker dem Flaschensortiment des Majors gegenübersah, fiel ihm seine Rolle wieder ein, und er betrachtete die eindrucksvollen Formationen streng durch seine Zweischärfenbrille.

»Es wundert mich nur, daß der Major nicht selbst ein Geschäft, gegenüber von mir, aufgemacht hat«, gestattete er sich zu bemerken. Aber sein sanfter Tonfall nahm der Bemerkung alles Unangenehme.

»Ich weiß, es sind viele.«

»Wenn ich etwas bekommen könnte, um dies hineinzutun – einen Einkaufskorb für die Sachen, die ich mitnehmen will, und vielleicht einen Waschkorb für die zum Wegwerfen, dann lasse ich die Hausmittel hier, und auch alles, was vielleicht einmal für den jungen Nigel Verwendung finden könnte. Wie geht es ihm übrigens, Mrs. James?«

»Nach allem, was ich höre, scheint er wohlauf und guter Dinge zu sein. Ihr Junge wächst ja so schnell. Und das Mädchen ist bildhübsch. Sie sind sicher stolz auf die beiden«, sagte Leonora, der anderer Leute Kinder gleichgültig waren, die aber wußte, daß es die Eltern positiv aufnahmen, wenn man eine gute Meinung über ihren Nachwuchs äußerte. Ihr selbst erging es nicht anders.

Sie ging nach unten, um nach Körben zu suchen.

Als sie zurückkam, sah sie, daß George sich seines Regenmantels und seiner Jacke entledigt hatte und ganz in seinem Element war. Er entschuldigte sich für seine Hemdsärmel und sortierte eifrig weiter, bis er die Schafe von den Böcken getrennt hatte. Eine solche Aufgabe, die eine Atmosphäre des scheinbar Bedeutsamen schuf, ohne übermäßige geistige Anstrengungen zu erfordern, war ganz nach seinem Geschmack. Nachdem er einen vollen Korb hinuntergetragen und den Inhalt von mehreren Dutzend Flaschen mit, wie man gestehen muß, beträchtlichem Genuß in den Küchenausguß geleert hatte, faßte er Mut und sagte zu Leonora: »Die Schachtel mit den Schlaftabletten, die ich ein oder zwei Tage vor dem Tod Ihres Mannes zusammengepackt habe, ist mir nicht untergekommen. Der größte Teil davon müßte noch übrig sein, und es ist gefährlich, so etwas herumliegen zu haben. Aber vielleicht hat der Doktor daran gedacht, sie mitzunehmen?«

Leonora zögerte, und dieses Zögern war fatal. Sie stand da und starrte seine hängenden Schultern und das glänzende, blaue Futter seiner Weste an. Selbst ihr kamen die Worte falsch vor, als sie antwortete: »Ja, Sie können beruhigt sein, der Doktor hat sich darum gekümmert.« Es war nicht die Wahrheit, aber es war auch kaum eine Lüge.

Er wandte sich schnell, eine Flasche in der Hand, vom Ausguß ab und fixierte sie durch seine Augengläser mit einem sonderbar durchdringenden Blick.

Leonora ließ sich von ihrer Impulsivität mitreißen. Es kam ihr unbeschreiblich schäbig vor, daß sie versucht hatte, einen Menschen zu täuschen, den sie für so völlig arglos hielt.

»Hören Sie, Mr. White«, sagte sie, »das stimmt nicht ganz. Ich glaube, daß mein Mann die Schachtel aus Sicherheitsgründen irgendwo versteckt haben muß. Ich habe sie noch nicht entdeckt, aber sobald ich sie finde, bekommen Sie sie sofort.«

Dieses Angebot hielt sie für ungefährlich. Sie fuhr fort: »Gewöhnlich hatte er sie auf seinem Nachttisch, aber an dem Morgen, als ich ihn ... tot auffand, war sie bestimmt nicht da. Auf dem Tisch stand nur der versilberte Kerzenleuchter mit dem Kernhaus einer Birne und einer halbvollen Schachtel Streichhölzer darauf.«

George wußte die Früchte eines visuellen Gedächtnisses zu schätzen, da er selbst über ein solches verfügte, und dieses sonderbare Konglomerat klang irgendwie überzeugend, deshalb antwortete er, in einem Punkt zufriedengestellt: »Den Kerzenleuchter habe ich oben gesehen. Mama hat genau den gleichen mit dem kannelierten Teller, nur bei ihrem fehlt die Lichtputzschere. Ich hätte es gar nicht weiter erwähnt, aber die Tabletten werden nur auf ärztliches Rezept abgegeben, und dank meiner Ausbildung habe ich einen gesunden Respekt vor gefährlichen Medikamenten. So, das wäre alles, glaube ich. Die leeren Flaschen würde ich gerne haben, wenn Sie sie also nicht brauchen, schicke ich gleich morgen früh, oder wann es Ihnen sonst paßt, das Mädchen herüber, um sie abzuholen. Ich werde sie Ihnen vergüten. Wenn Sie mir freundlicherweise einen von den Körben leihen, nehme ich die anderen Sachen gleich jetzt mit nach Hause. Sobald ich mir die Hände gewaschen habe, notiere ich mir die Preise und schicke Ihnen die ganze Summe in bar.«

»Ich möchte wirklich nicht, daß Sie mir etwas dafür bezahlen, Mr. White«, sagte Leonora eindringlich. »Es wäre mir viel lieber, wenn Sie sie als Gegenleistung für den Gefallen annehmen würden, den Sie mir erwiesen haben.«

»In meinem Beruf kann ich es mir nicht leisten, irgendwelche Verpflichtungen zu haben«, sagte Mr. White.

13

Superintendent Glubb rief Doktor Down an. Seine Stimme klang verdrießlich und resigniert.

»Was die kleine Angelegenheit angeht, über die wir neulich sprachen«, begann er geheimnisvoll, »so sieht es aus, als könnten Sie recht gehabt haben.«

»Was war das noch?« erkundigte sich der Doktor nach einer kurzen Pause, in der er seine Gedanken zu sammeln und von seinem letzten Patienten und dessen Beschwerden zu lösen suchte.

»In Zusammenhang mit unserem gemeinsamen Freund, der in einem nicht sehr weit entfernten Dorf lebt«, klärte ihn Glubb mit einem Übermaß an amtlicher Vorsicht auf. »Ich habe den Inhalt einer blauen Flasche und ein bestimmtes Buch zur Untersuchung gegeben.«

»Und?« fragte der Arzt gereizt.

»Das eine deckte sich vollkommen mit dem anderen. Ich habe auch den Inhalt einer Dose aus der Wohnung von, Sie wissen schon, wen ich meine, analysieren lassen, und es wurden darin keinerlei fremde Substanzen entdeckt. Wie ich schon sagte, es sieht also so aus, als sei unser Freund aus dem Schneider und nur ein Opfer seiner eigenen Phantasie geworden.«

»Was habe ich Ihnen gesagt!« rief der Doktor. »Aber vielen Dank, daß Sie mich informiert haben. Wie geht es denn jetzt weiter?«

»Ich kann die fraglichen Gegenstände nur noch zurückgeben und die Sache fallenlassen. Das heißt, wenn Sie es für vertretbar halten, daß er weiterhin die Verantwortung für das trägt, was er in seinem Schrank hat.«

»O ja, ich glaube, Sie brauchen diesbezüglich keine Bedenken zu haben. Aber wissen Sie, was ich tun werde? Ich komme heute nachmittag ins Dorf hinauf, weil ich den Pfarrer wegen eines Hörgeräts aufsuchen muß, das er sich anschaffen möchte. Bei dieser Gelegenheit werde ich bei White vorbeischauen, angeblich, um seine alte Mutter zu verarzten, aber ganz nebenbei auch, um ihm zu empfehlen, er soll Urlaub machen und sich entspannen. Dabei kann ich mir ein besseres Bild von seinem genauen Zustand verschaffen, und ich werde Sie dann später anrufen und Ihnen sagen, was ich davon halte.«

»Das ist sehr freundlich von Ihnen, Doktor. Ich warte also noch ab, bis ich von Ihnen höre. Unter uns gesagt, ich bin froh, wenn ich die ganze Geschichte vom Hals habe.«

Nicht froher als ich, dachte der Doktor. Sobald George Whites kleine Eskapade einmal beigelegt war, konnte der Major ungestört in seinem Grab ruhen und der Doktor in seinem Bett. Er hätte sich selbst nicht als sensiblen Menschen bezeichnet, aber die ganze Sache hatte ihn in einem Ausmaß erschüttert und verstört, wie er es bis dahin nicht für möglich gehalten hätte.

Er verabschiedete den Superintendent mit einem flotten ›bye-bye‹, einer Formel, die dem würdigen Mann eine Grimasse entlockte, legte auf und wandte sich seinem nächsten Patienten zu, dessen Leiden er schnell in die gleiche Kategorie einordnete wie das von George White, als hauptsächliche Folge einer hyperaktiven Phantasie.

Trotz ihrer literarischen Kost traf er die alte Dame, Georges Mutter, in gewohnter, geistiger Frische an. Auf ihrer Patchworkdecke lagen zwei Bibliotheksbücher, die unmöglich jemals halten konnten, was ihr Titel und ihr Einband versprachen.

»Was lesen Sie nur für blutrünstiges Zeug«, bemerkte er, während er flüchtig darin herumblätterte.

»Mir gefällt es«, sagte Mrs. White senior und betrachtete ihn mit Augen, die so rund und glänzend waren wie saure Stachelbeeren. »Es hält mich jung.« Sie lachte gackernd. »Was sind schon ein paar Schmerzen, verglichen mit einer Einladung beim Herzog, bei der die Gäste einer nach dem anderen weggeputzt werden?«

»Eskapismus«, stellte der Doktor fest. »Und dabei fällt mir etwas ein. Ich habe mir vorgenommen, ein paar Worte mit Ihrem Sohn zu sprechen, wenn ich gehe. Ich finde, er ist nicht ganz auf dem Damm. Er braucht Luftveränderung, sonst steuert er uns vielleicht noch auf einen Nervenzusammenbruch zu. Würden Sie mir helfen, ihn zu überreden? Ich bin sicher, daß er alles tut, was Sie ihm empfehlen. Er hat wohl schon ziemlich lange keine richtige Pause mehr gemacht. Diese Einmannbetriebe können sehr aufreibend sein, das weiß ich.«

»Sie finden, daß George schlecht aussieht?«

»Finden Sie selbst das nicht?«

»Ich weiß nicht, was los ist«, quengelte die alte Dame. »Ich dachte, ich kann in George lesen wie in einem Buch, sogar noch besser, weil ich nie mit einem überraschenden Ausgang gerechnet hätte. Aber in letzter Zeit benimmt er sich sehr sonderbar. Wirklich sehr sonderbar. Sie wissen, Doktor, daß George mich mein ganzes Leben lang nur enttäuscht hat. Oh, er ist ein gutmütiger, freundlicher Kerl; er meint es gut, aber er war immer so langweilig. Schon als kleiner Junge war er nie frech, hat mir nie widersprochen. Das ist nicht normal. Ich habe ihn herumkommandiert und böse, bittere Sachen gesagt – nur, um ihn mal in Rage zu bringen. Aber er hat immer still dagestanden wie ein geduldiger Karrengaul, der den Kopf senkt, aber nie mit der Hinterhand ausschlägt. ›Ja, Mama‹ und ›Nein, Mama‹ und ›Ganz wie du willst, Mama‹. Ich sage Ihnen, es war zum Verzweifeln. Als er dann heiratete, dachte ich bei mir: Jetzt wird endlich ein Mann aus ihm, jetzt kriegen wir was zu sehen. Aber, bei meiner Seele, er hätte ebensogut mit seiner Kusine Tee trinken können. Mabel ist wirklich sehr gut zu mir, aber sie ist, verflixt noch mal, kein bißchen anders als er. Ich habe Sachen zu ihr gesagt, bei denen sie mir eigentlich ein Tablett voll Geschirr hätte nachwerfen müssen. Aber nein, keinen einzigen Teller. Nur liebevolle Freundlichkeit und Beherrschung, ein Wunder, daß ich noch nicht wahnsinnig geworden bin. Sie können sich nicht vorstellen, wie aufreibend es ist, mit den beiden unter einem Dach zu leben.«

»Das ist das erste Mal, daß sich jemand bei mir über zu viel Freundlichkeit beschwert«, stellte der Arzt trocken fest. Bei sich dachte er: Das ist doch wohl der Gipfel. Da sitzt dieser alte Weibsteufel da, hat ihr ganzes Leben lang auf ihrem Sohn rumgetrampelt und beklagt sich jetzt, weil er nicht zurückgeschlagen hat. Aber ein gewisses Mitgefühl für das alte Mädchen konnte er doch nicht unterdrücken. Er verstand sie.

»Aber Moment mal!« unterbrach ihn die alte Dame voller Stolz. »Haben Sie in letzter Zeit mal meinen Enkel Jack gesehen? Bitteschön, das ist ein Junge. Er besorgt mir diese Bücher. Kommandiert mich herum, der freche junge Dachs. Läßt sich von der Alten nichts gefallen. Na ja, der hat mein Blut in sich. Ich wünschte, sein Großvater hätte ihn noch sehen können. Aber was hat der andere in den Adern? Wahrscheinlich eine Büchse von dieser Trockenmilch.«

»Was ist im ersten Krieg mit George passiert?« fragte der Doktor, weil er gern gewußt hätte, ob es diesem vielleicht zufällig einmal gelungen war, den Argusaugen seiner Mutter zu entkommen.

»Er hatte Plattfüße!« schnaubte der alte Dragoner. »Plattfüße!« Vor lauter Entrüstung mußte sie husten.

Doktor Down wartete ab, bis der Anfall vorüber war, dann sagte er: »Nun, im Augenblick ist er, glaube ich, ein kranker Mann, und ich werde ihm die Ostküste empfehlen. Ich verlasse mich darauf, daß Sie mich unterstützen.«

»Na schön«, murrte sie. »Solange er sich's leisten kann, wird es ihm wohl nicht direkt was schaden. Aber warum irgend jemand im Winter an die Ostküste fahren sollte, kapiere ich nicht. Eines ist jedenfalls sicher, den Pier wird er sich nicht runterstürzen. Wenn er selbstmordgefährdet wäre, hätte ich ihn schon längst dazu getrieben.«

Der Doktor war geneigt, ihr zuzustimmen.

Er dachte, er hätte die Schlacht gewonnen. Wenn die alte Dame einverstanden war, daß George Ferien machen sollte, brauchte man nur noch die Fahrkarte zu kaufen, davon war er überzeugt. Wenigstens so lange, bis er George darauf ansprach. Er hätte ihm nie so viel entschlossenen Widerstand zugetraut.

»Sie sehen so aus, als wären Sie nicht ganz auf der Höhe, White«, bemerkte er zu dem Apotheker, als er ihn in seinem Verschlag hinter der Rezeptausgabe aufstöberte. »Ihre Mutter macht sich Ihretwegen Sorgen. Eine Nase voll Seeluft würde Ihnen bestens bekommen. Sie leben doch hier in der Nähe der gesündesten Küste Englands, warum verschwinden Sie nicht für ein oder zwei Wochen und härten sich für den Winter ab? Sonst haben Sie überhaupt keine Abwehrkräfte gegen Erkältungen und Grippe und so weiter. Wir haben doch von unserem Beruf her genug Erfahrung, um vernünftige Vorsichtsmaßnahmen zu treffen, meine ich.«

»Einige von uns zweifellos«, sagte George geheimnisvoll.

»Nun, wie wäre es?«

»Ich kann das Geschäft nicht allein lassen. Ich habe keinen qualifizierten Mann, dem ich die Verantwortung übertragen könnte.«

»Dann besorgen Sie sich jemanden, mein Lieber. Oder, noch einfacher, sperren Sie den Laden zu.«

»Ich kann es mir nicht leisten, meine Kunden im Stich zu lassen.«

»Sie können es sich nicht leisten, mit Ihrer Gesundheit Raubbau zu treiben.«

»Ich bin völlig gesund.«

»Wenn Sie völlig gesund sind, dann bin ich kein Arzt.«

George zuckte mit den Achseln, mehr an Grobheit hatte er in seinem ganzen Leben noch nicht zustandegebracht.

»Sie werden Ihre Sturheit noch bereuen«, sagte der Arzt etwas verschnupft.

»Ich werde im Augenblick niemandem den Gefallen tun, Tidbury zu verlassen. Und niemand wird mich dazu bringen, meine Meinung zu ändern. Ich habe entdeckt, daß ich genausoviel Willenskraft besitze wie andere Leute. Eher mehr...«, fügte er zuversichtlich hinzu. »Übrigens, Doktor, dabei fällt mir ein, wissen Sie, was aus den restlichen Schlaftabletten geworden ist, die Sie dem verstorbenen Major James verschrieben haben?«

Durch den trotzigen Ton, den der Apotheker angeschlagen hatte, in Alarmbereitschaft versetzt, verzog der Doktor keine Miene und antwortete ruhig: »Natürlich weiß ich das. Ich habe sie selbst mitgenommen.«

»Der Major hatte vermutlich nur vier genommen, zwei in der ersten Nacht und zwei in der nächsten.«

»Genau. Aber ich verstehe nicht ganz, was Sie das angeht.«

Die beiden Männer fixierten sich. George sagte nicht: ›Ich glaube, Sie lügen.‹ Trotzdem schwebten die Worte zwischen ihnen. Statt dessen rief er Maureen und begann, ihr einige ganz unnötige Anweisungen zu erteilen.

Nach dieser Abfuhr blieb dem Arzt nichts anderes übrig, als sich mit so viel Würde zurückzuziehen, wie er aufbringen konnte. Die vorhergehende Besprechung mit dem Pfarrer war schon anstrengend genug gewesen, auch ohne diesen zusätzlichen Ärger. Der Pfarrer hatte ganz besonders schlecht gehört, und jedesmal, wenn der Doktor geschrien hatte: »Sie müssen uns Zeit lassen«, hatte der Pfarrer »Auf Kosten der Staatskasse!« verstanden und aufreizend beharrlich immer wieder geantwortet: »Das ist wirklich sehr freundlich. Und wann wird es fertig sein?«

Als der Doktor die Dorfstraße hinunterfuhr, entging der Hund der Witwe Varley dem Tod wirklich nur um Haaresbreite. Wäre er von besserer Rasse oder von geringerer Intelligenz gewesen, er wäre sicher umgekommen.

Was der Doktor dem Superintendent über Georges Geisteszustand zu berichten wußte, klang nicht besonders beruhigend. Das sollte es auch nicht. Diese fixe Idee, die der Apotheker da an den Tag legte, mochte ganz unbegreiflich sein, aber sie erfüllte ihn mit Unbehagen. Wenn man seine Glaubwürdigkeit nicht gründlich erschüttern konnte, bestand die Gefahr, daß er zu einer Bedrohung ersten Ranges wurde, und wenn es galt, entweder George den Wölfen vorzuwerfen oder selbst gefressen zu werden, hatte der Doktor kaum eine Wahl. Damit brachte er den armen Glubb in ein Dilemma. Dieser kam nach einigem Überlegen zu dem Schluß, er habe nicht das Recht, allein auf den bloßen Verdacht hin, daß der Apotheker ein wenig meschugge sei, Georges Strychninvorrat weiterhin einzubehalten.

Im Verlauf seiner Dienstzeit hatte er schon bei der Hälfte der Einwohner von Bloxton Grund zu der gleichen Annahme gehabt; und das Stadium der Unzurechnungsfähigkeit hatte George White sicher noch nicht erreicht. Ja, im ersten Teil ihres Gesprächs fand Glubb ihn sogar äußerst vernünftig. Er schloß das Strychnin weg und ließ keinerlei Überraschung oder Gefühlsregung erkennen, als Glubb ihm mitteilte, der Inhalt der Flasche stimme mit dem Giftbuch überein. Er schien ein eher ruhiger Mensch zu sein, aber das war auch das einzige, was Glubb feststellen konnte.

»Also dann, Mr. White«, sagte Glubb mit dick aufgetragener Onkelhaftigkeit. »Wir sind zufrieden, und Sie hoffentlich auch.«

»Nein, das bin ich nicht«, sagte George scharf. Maureen war nicht im Laden, sie trug Ware aus, und da auch keine Kunden anwesend waren, hatten sie keinen Grund, sich in verschwörerischem Flüsterton zu unterhalten.

»Wie meinen Sie das, Mr. White?« fragte Glubb ratlos.

»Sie wollen die Angelegenheit doch wohl nicht auf sich beruhen lassen, Superintendent?«

»Nun ja«, sagte Glubb verärgert, »Sie wollen doch sicher nicht weiter an Ihrer Behauptung festhalten, Sie hätten Major James vergiftet, trotz aller Gegenbeweise.« In seiner Stimme lag so viel echte Entrüstung, daß Mr. White der Gedanke kam, wenn es ihm nächstens einfiele, einen Mord zu begehen, würde er sich am besten dadurch verteidigen, daß er der Polizei alles gestand.

»Nein«, gab er zu. »Das werde ich nicht tun, weil ich jetzt weiß, daß ich es nicht getan habe. Ich habe mich geirrt.«

Glubb knurrte: »Verdammt alberner Irrtum, wenn Sie mich fragen, White. Für diese Art von Scherzen habe ich gar nichts übrig.«

»Oh, ein Scherz war das keineswegs, glauben Sie mir.«

»In diesem Fall«, sagte Glubb mit düsterer Eindringlichkeit, »würde ich mir an Ihrer Stelle die ganze Sache einfach aus dem Kopf schlagen, nachdem die Nachforschungen nun abgeschlossen sind.«

»Ich würde meinem Gewissen zuwiderhandeln, wenn ich das täte. Nein, ich möchte Sie bitten, beim Innenministerium die Genehmigung für eine Exhumierung des Majors einzuholen.«

»Mein lieber Mann, Sie sind wohl verrückt geworden«, sagte Glubb zutiefst überzeugt.

»Das wird sich ja herausstellen.«

»Wenn dazu erst Ihr Verlangen erfüllt werden muß«, sagte der Superintendent grimmig, »dann können Sie bis zum Jüngsten Tag darauf warten. Man gräbt nicht nur so zum Spaß Leute aus, und überhaupt möchte ich gerne wissen, was Sie in der Leiche des Majors zu finden hoffen.«

»Das kann ich nicht genau sagen.«

»Das können Sie also nicht genau sagen«, äffte Glubb ihn nach. Dann änderte er seine Taktik und schlug einen festen, aber nicht schroffen Ton an, den er im Umgang mit einem leicht Verrückten für angemessen hielt. »Jetzt hören Sie mal gut zu, White. Was Sie brauchen, ist ein richtiger Urlaub. Sie müssen Ihren Laden zumachen und eine Weile aus dem Dorf weg.«

»Sie werden mich nicht aus dem Dorf vertreiben, da können Sie machen, was Sie wollen.«

Da haben wir's, Verfolgungswahn, stöhnte Glubb bei sich.

»Niemand will Sie vertreiben, es ist doch nur zu Ihrem Besten, mein Lieber. Wenn Sie darauf beharren, hierzubleiben, und von diesen törichten Vorstellungen nicht loskommen, landen Sie irgendwann noch in einer Heilanstalt, und das ist dann nicht angenehm.«

»Ich kann mir denken, daß es gewisse Leute oder jedenfalls eine gewisse Person gibt, die es vielleicht gerne sähe, wenn man mich in einer Anstalt hospitalisieren würde.«

›Hospitalisieren‹ war ein ziemlich langes Wort für den Superintendent.

»Sie sollten jedenfalls vorsichtig sein, sonst kommen Sie in Schwulitäten«, ermahnte er den Apotheker.

»Und Sie werden bezüglich des Todes von Major James nicht weiter ermitteln?«

»Das werde ich nicht, und wenn Sie noch einen Funken Verstand im Kopf haben, vergessen Sie, daß der Major jemals existiert hat. Guten Morgen, Mr. White.«

»Guten Morgen, Superintendent. Ich werde tun, was ich für meine Pflicht halte.«

»Bei dem ist ganz klar 'ne Schraube locker«, bemerkte der Superintendent zu seinem Fahrer.

»Ja, Sir«, stimmte der Fahrer pflichtschuldigst zu.

Als die rundliche Mrs. White nach dem Lunch hinaufging, um das Tablett der alten Dame zu holen, sagte die Mama in aufsässigem Tonfall: »Mabel, mir scheint, da hat sich der Grieß am Topfboden angesetzt. Er hat verbrannt geschmeckt.«

»Wir haben das gleiche gegessen«, antwortete Mrs. White. »Wenn es dir nicht geschmeckt hat, hättest du es eben stehenlassen sollen.«

Die alte Dame machte ein überraschtes Gesicht, und sie hatte auch allen Grund dazu. Es kam wirklich sehr selten vor, daß die gute Mabel sich so benahm. Da mußte etwas ernstlich schiefgelaufen sein.

»Nun, ich wollte mich nicht beklagen«, sagte die alte Dame nicht ganz aufrichtig. »Ich wollte es nur erwähnen. Du bist anscheinend nicht so recht in Form. Gestern hast du den Zukker im Milchreis vergessen.«

»Gelegentlich vergessen wir alle etwas. Manche Leute vergessen sogar, dankbar zu sein.«

Sie war wirklich außer sich, ganz ohne Zweifel.

»Ein Sohn ist verpflichtet, sich um seine betagten Eltern zu kümmern«, sagte die Mama steif. »Das erfordert keine Dankbarkeit. Bedenke doch nur, was ich für ihn getan habe, als er noch klein war.«

»Du hast nichts getan, was du nicht tun wolltest, Mutter. Ich glaube, wenn du George anders behandelt hättest, hätte ich jetzt nicht so viele Schwierigkeiten mit ihm.« Und an dieser Stelle überraschte sie ihre Schwiegermutter damit, daß sie völlig unerwartet in Tränen ausbrach.

»Meine liebe Mabel«, sagte die Mama plötzlich mitfühlend. »Was ist denn nur los? So durcheinander habe ich dich nicht mehr erlebt, seit Una unterwegs war.«

»Selbst den Kindern fällt es schon auf, daß er sich komisch benimmt.«

Das stimmte. Erst an diesem Morgen hatte Jack in seiner bildhaften, aus verschiedenen Quellen gespeisten Ausdrucksweise vertraulich gefragt: »Welche Laus ist denn Pop über die Leber gelaufen?« Und Una hatte ihn ab und zu neugierig angestarrt und sich vorübergehend von der Beschäftigung mit ihrem eigenen, faszinierenden Ich ablenken lassen.

»Es ist doch wohl keine andere Frau?« fragte die Mama und leckte sich, bildlich gesprochen, die Lippen.

»Wie kannst du nur so etwas sagen? George würde nie eine andere Frau ansehen, solange ich lebe«, und das weißt du genau, du alte Hexe, fügte sie bei sich hinzu. »Nein! Das hier, und das, ist schuld daran«, schluchzte sie und packte dabei den reißerischen Lesestoff der Mama. »Du und Jack, ihr solltet solches Zeug nicht lesen. Ich verstehe nicht, wie sich die Leute trauen, so etwas zu schreiben. Sie begreifen nicht, welche Verantwortung sie haben, sonst würden sie es nicht tun. Ich komme mir vor, als lebte ich zwischen einem von diesen abscheulichen Einbänden«, schluchzte sie ganz fassungslos.

»Jetzt nimm dich doch zusammen, Mabel. Hol dir einen Schluck Wasser von meinem Waschtisch. Und rede um Himmels willen verständlich. Inwiefern kann meine Lektüre George durcheinandergebracht haben? Er liest doch nie etwas anderes als ›Der Apotheker und Drogist‹.«

»Ach, das weiß ich ja«, schniefte Mrs. White und putzte sich die Nase. »Aber auf etwas mußte ich die Schuld doch schieben. Es tut mir leid, daß ich dich wegen dem Grieß angefahren habe. Er war ja angebrannt. Ich kann mich nicht aufs Kochen konzentrieren. Ich mache mir solche Sorgen wegen George.«

»Was ist denn nun wirklich mit George los?« wollte seine Mutter wissen. »Er ist anders als sonst, das stimmt. Der Doktor hat erst gestern nachmittag von ihm gesprochen. Er sagte, er sähe recht spitz aus und brauche eine Luftveränderung oder so etwas. Ich sagte, ich würde ihn wegschicken. Und das werde ich auch, wenn es zu seinem Besten ist.«

»Ich wünschte, du würdest es tun«, sagte Mabel. »Das würde ihn auf andere Gedanken bringen.«

»Von welchen Gedanken soll es ihn denn wegbringen?«

Mrs. White zögerte. Sie hatte nicht die Absicht, Georges Mutter etwas von dessen, ganz milde ausgedrückt, erster Unüberlegtheit zu erzählen. Aber sie sah keinen Grund, warum die alte Dame nicht von den späteren Entwicklungen erfahren sollte, und so sagte sie vorsichtig: »George hat es sich in den Kopf gesetzt, daß Vincent James keines natürlichen Todes gestorben ist.«

»Na und, was macht das schon aus? Er ist gestorben, und das kann man nur einmal.«

»Genau das sage ich auch, Mama, aber George bildet sich ein, er sei so eine Art Detektiv. Seit dem Tag, als er Wallace vom ›Advertiser‹ den Tod gewünscht hat und der arme Bursche von einem seiner eigenen Autos überfahren wurde, ist er nicht mehr derselbe. Ich habe ihn Dutzende von Malen zurückgewünscht, aber das ist nur so gesagt. Ich möchte nicht, daß er in ein Leichentuch gehüllt zurückkommt, obwohl ich wirklich glaube, daß sein Geist uns seither ständig verfolgt.«

»Wen hat George denn als Mörder an dem armen Major in Verdacht?«

»Ich weiß es nicht genau, aber ich glaube, das Rennen läuft zwischen dem Doktor und Mrs. James.«

»Kopf an Kopf!« kommentierte die Mama mit makabrem Vergnügen.

»Es ist niederträchtig, ich kann es nicht anders nennen«, sagte Mrs. White schaudernd. »Oh, ich weiß, was im Dorf über den Doktor und Mrs. James geredet wird. Aber die Hälfte davon ist wahrscheinlich nur Klatsch. Sie hatte ein schreckliches Leben mit ihrem Mann. Ich finde, man kann es ihr wirklich nicht verübeln.«

»Mabel, du überraschst mich«, sagte Mrs. White senior. »Es gibt keine Entschuldigung, wenn eine verheiratete Frau sich mit einem anderen Mann einläßt. Jedenfalls nicht, wenn sie erwischt wird«, setzte sie noch hinzu. »Aber wenn du dir sonst keine Sorgen um George machst, dann kannst du sofort damit aufhören. Ich hole ihn mir rauf und sage ihm, was ich von dem ganzen Unsinn halte, und dann werden wir mit seinen kleinen Spielchen bald ein Ende machen. Das wäre ja gelacht! Sag ihm, ich möchte ihn nach Ladenschluß sprechen. Er kann mir das Abendessen raufbringen.«

»Vielen Dank, Mama. Ich werde sehen, ob ich dir als Entschädigung für den Grieß etwas Feines zurechtmachen kann.«

»Nierchen auf Toast hätte ich gerne«, greinte die Mama. Ihr verrunzeltes, kleines Puppengesicht nahm den bockigen Ausdruck eines verzogenen Kindes an. »Ich mag Nierchen auf Toast so gerne. Man möchte doch meinen, daß sie die Nierchen für die alten Damen aufheben. Die haben doch sonst nicht mehr viel vom Leben.«

Sie mußte sich mit einer überbackenen Käseschnitte zufriedengeben. Aber auch die mundete ihr, und da sie einen Magen hatte, wie ihn der Volksmund den Pferden zuschreibt, plagten sie keine Sorgen um die Zukunft. Sie stocherte genüßlich in ihren Zähnen herum, sie hatte immer noch ihr eigenes, fast vollständiges Gebiß, als ihr Sohn, wie befohlen, eintrat.

»Nun, George«, sagte sie.

»Nun, Mama?«

»Was höre ich da, du spielst Sherlock Holmes? Du solltest dich schämen.«

Mr. White preßte die Lippen zusammen. Er antwortete nicht.

»Du wirst das vergessen und für zwei Wochen in Urlaub fahren. Du kannst dir aus diesem ›Der Apotheker und Drogist‹, in den du ständig die Nase reinsteckst, jemanden raussuchen, der dich vertritt. Ich habe beschlossen, dir zehn Pfund von meinem Postsparbuch zu geben. Du mußt mir das Formular zum Ausfüllen bringen.«

George äußerte sich immer noch nicht.

»Damit müßtest du auskommen können«, sagte seine Mutter scharf. »Es ist Nachsaison, und du kannst dir eine hübsche, ruhige Pension suchen, wo das Essen genießbar ist. Du hast ja hoffentlich genügend Grips im Kopf, um zu wissen, wie ein anständiges Bett aussieht. Du mußt die Decken zählen und die Matratze befühlen. Wenn es eine Wollmatratze ist, gehst du anderswo hin.«

»Ich habe nicht vor, zu verreisen«, sagte Mr. White.

»Es geht nicht darum, was du vorhast. Die Frage ist, was am besten für dich ist.«

»Das ist sehr freundlich von dir, Mama, aber in diesem besonderen Fall weiß ich, was am besten für mich ist. Kein Komplott, ganz gleich, wie raffiniert ausgetüftelt, wird mich in nächster Zeit aus diesem Dorf bringen. Wenn der Doktor dich bearbeitet hat, damit du mich zum Wegfahren überredest, bestätigt das nur einen bestimmten Verdacht, den ich geschöpft habe.«

»Unsinn, George. Wenn ich es nicht besser wüßte, würde ich sagen, du bist tatsächlich an meine Bücher gegangen.«

»Du willst doch wohl nicht sagen, daß du immer noch diese schrecklichen Kriminalromane liest«, sagte Mr. White und nahm einen in die Hand. »Ich werde Jack sagen, daß er dir keine mehr aus der Bücherei holen darf. Ich glaube nicht, daß das der richtige Lesestoff für eine alte Dame ist. Sie sind morbid. Was du brauchst, ist ein Liebesroman von einer weiblichen Schriftstellerin oder eine nette Familiengeschichte, an der du lange zu lesen hast.«

Nachdem er diese Bombe gezündet hatte, bemächtigte er sich hastig des Tabletts, gab der Mama einen flüchtigen Kuß und verließ das Zimmer, ehe sie sich richtig erholt hatte.

14

Leonora erhielt einen Brief von ihrem Sohn, in so schlechter Schrift und mit so vielen Fehlern, daß sie den Wert des angeblichen Fortschritts in den Unterrichtsmethoden wieder einmal ernstlich in Zweifel zog. Nachdem er ihr seine Wünsche auseinandergesetzt hatte, die von ›einem grosen Packett‹ bis zu seiner Fahrradlampe und einem Paar Sockenhaltern reichten, antwortete er wie folgt auf ihre Anfrage bezüglich der goldenen Repetieruhr: »Wegen der Ur hast du dich ser geteuscht. Wenn du in das Gehaimfach oben in Faters komote schaust, findest du sie ganz o. k. Immer so gewesen. Haha! Dein dich lihbender Son.«

Dieser kindische Ausruf erinnerte die Witwe schmerzlich an den verstorbenen Major und verursachte ihr Übelkeit. Sie folgte jedoch Nigels Anweisungen und begab sich nach oben, um seine einfache Aussage nachzuprüfen. Sie hatte die Existenz der Geheimschublade, einer schmalen Aushöhlung, die über die ganze Länge der Kommode ging und von einem Streifen Einlegearbeit völlig verdeckt wurde, ganz vergessen. Das Fach war zu niedrig, um als Versteck von besonderem Nutzen zu sein, und sie hatte auch keine Ahnung gehabt, daß Nigel davon wußte, viel weniger noch, daß er es bedienen konnte. Wie die meisten derartigen Mechanismen war auch dieser ganz naheliegend, wenn man ihn kannte. Sie öffnete die echte Schublade, steckte die Finger hinein, drückte auf die Feder, und der falsche Einlegestreifen schoß heraus und traf sie an der Brust. Ja, es stimmte genau. Da lag die Uhr, und da lag auch eine kleine, runde Schachtel mit Schlaftabletten. Leonora griff ganz zaghaft nach der Schachtel, als fürchte sie, gebissen zu werden, und öffnete sie. Sie schien fast voll zu sein. Die kleinen Dinger waren schwierig zu zählen.

Erst kam sie auf neunzehn, dann auf zwanzig. Das würde stimmen. Vincent hatte die Schachtel zwei Nächte in seinem Besitz gehabt, und er war gewohnt, jeden Abend zwei Tabletten einzunehmen. Aber wenn das so war, dann hatte er gar keine tödliche Dosis genommen! Sie wußte, daß die Schachtel nur zwei Dutzend Tabletten enthalten hatte. Vincent hatte sich dauernd beklagt, daß ihm der Arzt nie mehr auf einmal verschreiben wollte. Ronald konnte sich doch bei der Bestimmung der Todesursache nicht getäuscht haben! Sie setzte sich auf die Bettkante, um darüber nachzudenken. Zuerst empfand sie ein Gefühl der Euphorie. Nun war doch alles in Ordnung. Ihr und Ronald konnte man auf keinen Fall die Schuld für das geben, was geschehen war, sie waren nicht einmal moralisch dafür verantwortlich. Auf die Erleichterung folgte Verwirrung. Die Puzzlestücke mochten ihre Form geändert haben, aber ein Puzzle blieb es doch immer noch. Ronald mochte als Mensch nicht unbedingt bewundernswert sein, aber er wurde allgemein als fähiger Arzt angesehen. Natürlich wollte er keine Anzeichen für eine Betäubungsmittelvergiftung finden, es wäre ihm viel lieber gewesen, wenn er sie nicht gesehen hätte. Warum sollte er sich dann geirrt haben? Und wenn es nicht die

Tabletten waren, was hätte sonst die gleiche Wirkung hervorrufen können?

Ihre erste Regung war, ans Telefon zu stürzen. Der nächste Gedanke legte ihr Vorsicht nahe. Sie mußte sich das erst durch den Kopf gehen lassen, sich vergewissern, was sie tat, und übrigens auch, was Ronald getan hatte. Eine Sekunde lang schoß ihr der phantastische Gedanke durch den Kopf, daß er vielleicht daran interessiert sein könnte, sie zu erpressen.

Unschlüssigkeit quälte sie, sie stand auf und schlenderte ziellos zur Schublade hinüber. Sie enthielt weiter nichts, außer, in der hintersten Ecke, ein Päckchen mit vergilbten Umschlägen, die mit einer Schnur zusammengebunden waren. Zerstreut hob sie es auf; zuerst glaubte sie, die Handschrift zu kennen, dann dämmerte ihr plötzlich, daß es ja ihre eigene war. Es war ein Päckchen mit Briefen, die sie im Anfangsstadium ihrer Bekanntschaft an Vincent geschrieben hatte. Es wäre ihr unangenehm gewesen, sie noch einmal lesen zu müssen, aber sie stand da und hielt sie tief bewegt in der Hand.

Durch die Tatsache, daß Vincent ihre Briefe aufbewahrt hatte, wurde sein späteres Verhalten ihr gegenüber natürlich nicht weniger verwerflich, aber sie wurde eindringlich an den Augenblick erinnert, als sie ihren anscheinend so kaltschnäuzigen Jungen gefunden hatte, wie er, um seinen Vater trauernd, eingeschlafen war. Wie wenig wir doch voneinander wissen, dachte sie, und wie sollten wir miteinander auskommen, wenn wir unsere innersten Gefühle so ängstlich verbergen, vielleicht sogar vor uns selbst? Sie setzte sich wieder auf das Bett, auf dasselbe Bett, in dem Vincent lebend und tot gelegen hatte, und dachte darüber nach, daß dieser tote Gegenstand ihrem Gatten seit Jahren näher gewesen war als sie, und dann weinte sie sich aus, was ihr sehr guttat. Danach schloß sie die Geheimschublade mit der Uhr, den Tabletten und den Briefen, ging nach unten und schrieb einen kurzen Brief an Ronald, in dem sie ihn bat, sie einmal zu besuchen, wenn er es einrichten konnte.

Inzwischen arbeitete George White verbissen an seiner selbstgestellten Aufgabe, fest entschlossen, den Grund für das vorzeitige Ableben des Majors herauszufinden. Er war jetzt überzeugt, die Ursache zu kennen.

Sein nächster Schritt war, Verbindung mit Captain Carter aufzunehmen, in dessen Wagen der Major in der verhängnisvollen Nacht von Bloxton heraufgekommen war. Captain Carter, ein pensionierter Offizier, führte das Leben einer alten Jungfer. Er wohnte in einem winzigen Häuschen an der Straße von Tidbury nach Buttlesham, das bis zur stilisierten Tanne sehr an eine Illustration von Arthur Rackham erinnerte. Das einzige, was nicht ins Bild paßte, war die verzinkte Badewanne des Captains, die, wenn sie nicht gebraucht wurde, an der Außenwand seiner Behausung hing und in der er, trotz fast unvorstellbarer Schwierigkeiten, allmorgendlich ein Bad nahm.

Normalerweise wäre George mit dem Captain, abgesehen von den Geschäften über den eigenen Ladentisch hinweg, nicht zusammengekommen. Das gesellschaftliche Leben auf dem Dorf vollzieht sich in streng getrennten Bahnen, und Tidbury war keine Ausnahme von dieser Regel. Aber George und der Captain hatten etwas gemeinsam: Sie waren beide gute Schachspieler. Von Natur aus und von ihrer Ausbildung her (der Captain war in der Königlichen Artillerie gewesen) hatten sie die gleiche präzise und systematische Denkweise.

Der Captain konnte sich stundenlang damit vergnügen, in Zeitungen und Zeitschriften Schachprobleme zu studieren. Er spielte auch auf Postkarten mit einem Freund Fernschach, aber es gab ohne Zweifel Zeiten, zu denen er einen Gegner aus Fleisch und Blut bevorzugte. Er und George waren gleich stark, eine Bedingung, durch die ihre gemeinsamen Spiele für beide von höchstem Interesse waren. Aus diesem Grund übersah Captain Carter die Tatsache, daß George ein kleiner Ladenbesitzer war, und George hätte gegenüber einem Schachspieler von etwas niedrigerem gesellschaftlichem Rang ähnliche Zugeständnisse gemacht. So funktioniert die Demokratie in einem Dorf. Wie die Dinge lagen, war es kein Problem, sich für einen Abend mit dem Captain zu verabreden, und in dessen winzigem Wohnzimmer, umgeben von sanft schimmernden Pokalen und Trophäen, Zeugnissen der Schießkunst des Gastgebers, saßen sich die beiden Männer jetzt am Schachbrett gegenüber.

»Haben Sie in letzter Zeit überhaupt gespielt?« erkundigte sich der Captain, während er mit andächtiger Sorgfalt die Figuren aufstellte. Es war ein hübsches Spiel aus rotem und weißem Elfenbein, herrlich geschnitzt, aber ein wenig zu überladen für den Apotheker, der die Farbe störend fand und mit seinen eigenen Figuren aus schwarzem und naturfarbenem Holz besser zurechtkam.

»Ich habe mit Jack ein oder zwei Partien gespielt, aber er ist nicht so besonders.«

»Das ist komisch«, überlegte der Captain. »Ich hätte ihn für einen hellen Burschen gehalten. Wie er mein Radio wieder in Gang gebracht hat, das hat mich sehr beeindruckt. Ich verstehe von dem verdammten Ding gar nichts.«

»Ja, wenn Sie ihm ein paar Maschinchen geben, die er auseinandernehmen und wieder zusammensetzen kann, dann ist er in seinem Element«, gab Jacks Vater widerwillig zu. »Aber das ist nicht Wissenschaft, wie Sie oder ich sie kennen. Ich selbst hasse das Radio. Ich schalte es nie ein, außer zu den Nachrichten.«

»Ich halte nichts von den Wettergelehrten. Der alte Abraham oben von der Farm könnte die doch noch mit verbundenen Augen schlagen. Wenn ich jemals einschalte, dann lande ich offenbar immer mitten in einem albernen Gesellschaftsspiel, oder eine Frau kreischt sich die Kehle aus dem Leib. Wenn es wirklich etwas gibt, was sich anzuhören lohnt, ein Pferderennen oder einen großen Boxkampf, dann sind die verdammten Batterien leer. Aber wahrscheinlich fühlt man sich so weniger von der Zivilisation abgeschnitten«, fügte der Captain skeptisch hinzu. »Welche Hand möchten Sie?«

George tippte auf die ihm nächste und bekam Weiß, was ihm lieber war. Er machte seinen Eröffnungszug. »Haben Sie auch gespielt?« fragte er beiläufig.

»Och, ein- oder zweimal im Klub«, antwortete der Captain und meinte damit den Klub der Konservativen in Bloxton, wo er natürlich Mitglied war. »Und ich hatte auch eine Partie mit dem Pfarrer, aber der spielt überhaupt nicht gut. Man möchte meinen, durch seine Schwerhörigkeit könnte er sich besser konzentrieren, aber er ist so zappelig wie ein altes Huhn. Und der Bursche schwelgt richtig im Verlieren. Strahlt über das ganze Gesicht, wenn man ihn mattsetzt.«

Der Apotheker schnalzte ob dieses Zeichens von Anormalität mitfühlend mit der Zunge.

Unterhaltung war nicht erwünscht, solange das Spiel im Gange war, und George war ein zu begeisterter Spieler, um sich ablenken zu lassen. Aber als sie zwei hart umkämpfte Partien ausgefochten und jeder eine gewonnen hatten, ein sehr befriedigendes Ergebnis, das sie beide in gute Laune versetzte, unterbrachen sie eine Weile, um eine kleine Stärkung zu sich zu nehmen. Während sie Kekse aßen, die der Captain gebacken, und Kaffee tranken, den der Captain gekocht hatte, beides war ausgezeichnet, räusperte sich George die Krümel aus der Kehle und steuerte sein Ziel an.

»Traurige Geschichte, das mit dem Major«, begann er. »Erst ein oder zwei Tage vor seinem Tod war er noch bei mir im Laden.«

»Das ist noch gar nichts«, trumpfte der Captain auf, wie George es vorausgesehen hatte. »Ich habe ihn genau in der fraglichen Nacht in meinem Wagen von Bloxton mitgenommen. Ich war der letzte, der den armen Kerl lebend gesehen hat. Wir hatten eine Freimaurerversammlung, und dann gingen wir noch zusammen in den Klub. Ich weiß nicht, was er ursprünglich für Vorkehrungen getroffen hatte, um nach Hause zu kommen. Vermutlich hatte er ein Bahnhofstaxi bestellt, das ihn abholen sollte. Jedenfalls, als er gehen wollte, war der

Nebel aufgekommen, so dick wie Watte, und der Taxifahrer hatte wohl praktischerweise alles vergessen und war schlafen gegangen. Der Major hatte reichlich getankt, und ihm schien alles ziemlich egal zu sein, aber er konnte nicht die ganze Nacht im Klub bleiben, und der Verwalter war wohl recht erleichtert, als ich anbot, ihn mitzunehmen. Ich mußte ja sowieso bei ihm vorbei. Aber wissen Sie, ich war ja auch ziemlich lustig, und ich hatte nicht die leiseste Ahnung, was das für eine Suppe war, sonst wäre ich vielleicht nicht so entgegenkommend gewesen. Noch einen Keks?«

»Gern, danke. Sie sind köstlich. Ich sage meiner Frau immer, daß Apotheker eigentlich gute Köche sein müßten, aber ich glaube, Ihnen könnten sie nicht das Wasser reichen.«

»Ach, ich beschäftige mich gern in der Küche. Ich mache auch ausgezeichneten Curry. Und meinen Weihnachtskuchen hätten Sie sehen sollen! Natürlich heißt es, wir werden bald ans Stromnetz angeschlossen, aber ich koche viel lieber mit Gas.«

Das Gespräch schien zu sehr ins Kulinarische abzugleiten, und George beeilte sich, es auf den ursprünglichen Gegenstand zurückzulenken.

»Nebel ist eine scheußliche Sache«, warf er ein.

»Wie recht Sie haben. Ehrlich gesagt, White, es ist komisch, aber ich glaube, ich wäre in dieser Nacht überhaupt nicht nach Hause gekommen, wenn ich nicht ein bißchen beschwipst gewesen wäre. Ich hatte die Scheinwerfer an, aber stellenweise konnte man nicht mal den Straßenrand sehen. Ich steckte den Kopf aus dem Fenster und fing an zu singen, Gott weiß, warum. James hatte das Stadium erreicht, wo er praktisch schlief, deshalb hatte es keinen Sinn, ihn um Hilfe zu bitten, sonst hätte ich ihn rausgeschickt und ihn vorneweggehen lassen. Glücklicherweise überfuhren wir nichts und landeten auch nicht im Graben. Ich denke oft, wenn man einiges intus hat, fährt man mehr mit Instinkt als sonst was, und ich kenne die Straße natürlich wie meine Hosentasche. Trotzdem muß es halb zwölf gewesen sein, als ich ihn aufweckte und ihn vor seiner eigenen Haustür aus dem Wagen schob.«

»Hat sich Mrs. James keine Sorgen gemacht?«

»Sie war wohl schon schlafen gegangen. Außer in der Halle brannte nirgends Licht. Ich weiß noch, daß ich es durch das Oberlicht gesehen habe. Wahrscheinlich lassen sie es immer brennen. Ich sah jedenfalls, daß er gut reinkam, nachdem er am Schloß rumgefummelt hatte, und die Treppen muß er auch raufgekommen sein, weil sie ihn am nächsten Morgen in seinem Bett fanden.«

»War er an dem Abend guter Laune?«

»Ja, wohl schon. Für seine Verhältnisse, meine ich. Warum?«

»Ich dachte nur so. Er wirkte oft trübsinnig, und er starb so unerwartet, daß ich mich gefragt habe, ob da nicht vielleicht etwas dahintersteckte.«

»Ich bin sicher, daß er sich nicht selbst umgebracht hat, wenn Sie darauf hinauswollen, mein Freund. Er war manchmal ziemlich niedergeschlagen und launisch, wie Sie sagen, aber abgesehen von ein paar Drinks zuviel hat der sich völlig normal gefühlt. Wir hatten uns noch zum Schießen verabredet. Er war ein verdammt guter Schütze, was immer man sonst von ihm halten mochte. Und man trifft keine Verabredungen, wenn man so etwas im Sinn hat. Außerdem hätte der Doktor das geschnallt. Ist ein heller Kopf, dieser Down. Hat mich von meinen chronischen Verdauungsbeschwerden geheilt. Verdanke ihm 'ne Menge. Noch eine Tasse Kaffee?«

»Danke. Vermutlich hat er sich einfach übernommen. Er hat nicht zufällig erwähnt, was er an diesem Tag getan hatte?«

»Was er am Vormittag machte, weiß ich nicht, aber am Nachmittag war er auf den Feldern draußen gewesen. Dadurch sind wir auf das Schießen gekommen. Er war bei Druckett drüben und hat ein oder zwei Vögel runtergeholt.«

»In dem Gelände geht es sich stellenweise recht schlecht, besonders da, wo die Stoppeln untergepflügt sind. Könnte das Herz belasten, wenn es schon ein bißchen angeknackst ist.«

»Oh, ich denke, eine medizinische Erklärung wird es schon geben. Er wollte nie Abstinenzler werden, und jetzt liegt er auf der Bahre und kriegt nichts mehr...«

Dieser Scherz, den selbst der hartgesottene Captain als ein wenig geschmacklos empfand, veranlaßte ihn, schnell das Thema zu wechseln. »Nun, was ist? Auf zum Entscheidungsspiel? Ich räume nur schnell die Tassen weg.«

»Soll ich Ihnen beim Spülen helfen?« schlug der Apotheker schüchtern vor.

»Kommt nicht in Frage. Damit vergnüge ich mich, wenn Sie fort sind. Hilft mir, die Zeit zu vertreiben. Wunderbares Zeug, dieses neue Spülmittel. Petroleumderivat, nehme ich an.«

Zwei Tage vergingen, ehe sich der Doktor bei Leonora sehen ließ. Dann wirkte er ein wenig zerstreut.

»Hör mal, mußt du denn ständig nach mir schicken?« fragte er, offenbar ohne sich bewußt zu sein, daß sie ihn erst zweimal gerufen hatte. »Ehrlich gesagt, ich halte das wirklich nicht für ratsam. White ist immer noch auf dem Kriegspfad und geht bestimmt keinen Schritt von seiner Ladentür weg. Er ist zwar ziemlich übergeschnappt, aber deshalb ist er doch nicht weniger gefährlich.«

»Was ist denn eigentlich mit White?« erkundigte sich Leonora. »Ich wollte dich neulich schon danach fragen, aber dann sind wir auf etwas anderes gekommen, und ich habe es vergessen.«

»Er spinnt einfach ein bißchen«, sagte der Doktor ausweichend und mit professioneller Zurückhaltung. »Er hat es sich leider in den Kopf gesetzt, beträchtliches Interesse an dem Schlaftablettenvorrat deines verstorbenen Mannes zu bezeigen.«

»Genau darüber wollte ich mit dir sprechen«, sagte Leonora. »Ich habe sie gefunden.«

»Was?«

»Ja, die Schachtel war in einer Geheimschublade im Ankleidezimmer versteckt. Ich wäre nie auf die Idee gekommen, gerade dort nachzusehen, aber Nigel hat mir geschrieben, daß er dort seine Uhr aufbewahrt hätte. Ich hole sie dir jetzt.«

Als sie mit der Schachtel zurückkam, strich der Doktor wie ein gereizter Leopard im Zimmer herum.

»Eines verstehe ich nicht«, fuhr sie fort, »es sind nämlich noch zwanzig übrig.«

»Unsinn, mein liebes Kind. Du mußt dich verzählt haben.«

Sie sah ihm zu, wie er selbst nachzählte. Er bekam einundzwanzig heraus, und sie wußte, daß das nicht stimmen konnte, aber es kam nahe genug an die fragliche Zahl heran.

»Aber verflixt noch mal«, sagte er verwirrt. »Was hat er dann genommen? Selbst wenn er drei auf einmal genommen hätte, hätte das bei weitem nicht ausgereicht, ihn ins Jenseits zu befördern.«

»Getäuscht kannst du dich wohl nicht haben?« tastete sich Leonora schüchtern vor. Er sah sie mitleidig an.

»So ein Trottel bin ich nicht«, sagte er. »Hatte er sonst noch irgendein Schlafmittel zur Hand? Sehen wir uns einmal seine Flaschen an.«

Leonora legte erschrocken die Hand an den Mund. »Das geht nicht. Sie sind nicht mehr da. Ich habe sie George White überlassen. Er hat das meiste in den Ausguß geschüttet.«

Mindestens eine Minute lang war er sprachlos. Dann sagte er beleidigt: »Glaubst du, daß das wirklich empfehlenswert war?«

»Ich habe mir das nicht weiter überlegt. Ich habe ihn im Dorf getroffen, und da hat er es mir vorgeschlagen. Ich wußte noch, daß du etwas über ihn sagen wolltest, und dachte, man müsse ihm vielleicht seinen Willen lassen.«

»Meine liebe Leo! Frauen sind doch zu töricht! Nun, jetzt ist nichts mehr zu ändern. Es ist ein Rätsel ... ein völliges Rätsel ... und ich sehe keine Lösung. Alles war noch verständlich, als die Tabletten fehlten, aber jetzt, wo sie aufgetaucht sind, wird die ganze Sache unbegreiflich. Ich frage mich ... ich frage mich wirklich, ob dieser verdammte Apotheker nicht vielleicht doch die Finger im Spiel hatte. Aber mir sind die Hände gebunden. Ich kann nichts tun, ohne mich selbst zu belasten. Ich will zwar nicht mithelfen, George in eine Nervenheilanstalt zu bringen, aber vielleicht kommt es noch so weit. Es ist wirklich eine gräßliche Bescherung. Ich wünschte bei Gott, ich wäre da nie mit reingezogen worden.«

»Es tut mir leid«, sagte Leonora. »Ich kann es auch nicht erklären. Aber ich dachte, ich müßte es dir doch sagen.«

»Schon gut. Ich nehme die verdammten Tabletten jedenfalls mit. Ich habe White schon gesagt, daß ich das getan hätte.«

»Und ich habe ihm gesagt, ich könne sie nicht finden ...«, platzte Leonora einigermaßen bestürzt heraus.

»Wann war das?«

»An dem Tag, als er die Medikamente wegräumte. Ach ja, es war Mittwoch, als er geschlossen hatte.«

»Und ein oder zwei Tage danach hat er mich gefragt, was damit passiert sei, und ich sagte ihm, ich hätte sie mitgenommen. Kein Wunder, daß er so ungläubig dreinschaute. Dieser George hat es wirklich faustdick hinter den Ohren, und raffiniert ist er auch. Er hatte allen Grund, James zu hassen, aber wenn er wirklich daran beteiligt gewesen wäre, ihn zu beseitigen, wäre er doch wohl nicht so versessen darauf, so viel Staub aufzuwirbeln. Es sei denn, er ist wirklich übergeschnappt, was ich bezweifle. Verdammt, Leo, jetzt sitzen wir schön in der Tinte. Na ja, wir müssen eben das Beste hoffen.«

»George White meint es doch bestimmt nicht böse. Er ist so ein sanftmütiger kleiner Mann.«

»Crippen war auch ein sanftmütiger kleiner Mann. Gerade diese sanftmütigen kleinen Männer machen doch immer den Ärger im Leben. Wenn sich ihre Hemmungen einmal lockern, dann gnade uns Gott. Da habe ich es lieber mit einem richtigen alten Drachen wie Georges Mutter zu tun, da weiß man wenigstens genau, woran man ist. Übrigens, Leo, nimm in Zukunft bitte keine Verbindung mit mir auf, wenn es nicht unbedingt nötig ist. Es ist viel sicherer, keinerlei Kontakt zu haben. Für uns beide.«

»Wenigstens«, sagte Leonora, »bleibt uns jetzt die zusätzliche Verwicklung erspart, uns gegenseitig verdächtigen zu müssen.«

»Ich glaube nicht, daß uns das vor Gericht sehr viel nützen würde«, sagte der Doktor grimmig.

15

Miss De'Ath vom ›William and Mary‹ (im engeren Bekanntenkreis ›Tantchen‹ genannt) machte einen feierlichen Besuch bei ihrer alten Busenfreundin, Mrs. White senior. Seit Miss Death, wie sie sich zu nennen beliebte, ihren achtzigsten Geburtstag hinter sich gebracht hatte, verließ sie die Zuflucht des ›Willyum‹ nur noch selten. Sie hielt nicht allzu viel von frischer Luft, und durch das hermetisch verschlossene Fenster der Schankstube konnte sie soviel von der Landschaft sehen, wie sie wollte. Ihre Kunden, die auch ihre Freunde waren, kamen dorthin, um ihr ihre Aufwartung zu machen, und diejenigen, die es nicht taten, konnte sie durchaus entbehren. Die Bedenken der Gastgeberin, die man unversehens überrascht und die sich fragt, ob der Gin wohl reichen wird, und bedauert, daß die Sherryflasche in der Anrichte leer ist, kannte sie nicht. Tantchen war in der glücklichen Lage, jedem Gast freundlich das Getränk offerieren zu können, das ihm am liebsten war, und ihm gleichzeitig mitzuteilen, welchen Schaden er von seiner Zecherei zu gewärtigen haben würde.

Aber Mrs. White senior war bettlägerig, und in ihrem Fall war Tantchen bereit, eine Ausnahme zu machen. Sie waren gemeinsam jung gewesen, zwei Mädchen von beträchtlichem Temperament und hoher Intelligenz, nicht so sehr ihrer Zeit wie allen Zeiten voraus, wie es charakterstarke Frauen eben sind. Sie wußten Dinge voneinander, die der kleine Rest ihrer

Altersgenossen nur dunkel ahnte und die, in ihren alten Herzen fest verschlossen, für eine enge, vertraute Beziehung zwischen ihnen sorgten, so selten sie auch zusammenkamen.

Ehe Miss Death die Dorfstraße überquerte, traf sie Vorbereitungen großen Stils. Sie zog zwei weitere Unterröcke an und ein Kleid, das sie als ihr ›schwarzes Bombasin‹ bezeichnete, dazu einen Schal aus Brüsseler Spitze und eine große Topasbrosche, die sie aus dem Sortiment in ihrer Schmuckschatulle ausgewählt hatte. Ihre Füße steckte sie in Galoschen, und den Kopf krönte ein schwarzer, üppig mit Jettstein verzierter Hut, der noch aus grauer Vorzeit stammte. Das Angebot ihrer Nichte, sie über die Straße zu führen, lehnte sie ab, sie verschmähte auch die Hilfe eines Stocks und bewaffnete sich statt dessen, für den Fall, daß das Wetter sich als unfreundlich erweisen sollte, mit einem Schirm, dessen Griff so knorrig war wie sie selbst.

Sie schritt, wenn auch unglaublich langsam, so doch mit großer Würde einher, die nur ein wenig durch ein Gefolge von Dorfgören im Vorschulalter beeinträchtigt wurde, welche sich diesen Spaß nicht entgehen lassen wollten. Tantchen hielt sich so gerade, als habe sie einen Stock verschluckt, und ignorierte ihre Anwesenheit. Ihre Nichte beobachtete die Prozession durch einen Spalt in den Vorhängen aus Nottinghamspitze. Sie hatte vor, Tantchens seltene Abwesenheit dazu zu benützen, ein wenig in den Schätzen der alten Dame zu kramen.

Tantchen hatte in einem Korb ein paar Eier mitgebracht, ein etwas zweifelhaftes Geschenk; denn ihre Hühner waren ebenso große Individualisten wie sie selbst und versteckten die Eier gerne an den ausgefallensten Orten, so daß sie manchmal erst geraume Zeit später von der Nichte entdeckt wurden. Außerdem hatte Tantchen eine halbe Flasche Brandy dabei.

Mrs. White senior war entzückt über den Besuch. Sie hatte Freudentränen in den blanken, kleinen Augen, als ihre

Schwiegertochter Miss Death heraufführte, und Mabel eilte davon, um den Tee auf dem Tablett anzurichten, damit sie die beiden alten Damen dann alleine lassen konnte.

»Nun, Agnes ...«, sagte Mrs. White senior.

»Nun, Nelly ...«

Als Mrs. White sich mit der Koseform ihres Taufnamens angesprochen hörte, die schon so lange niemand mehr verwendet hatte, begannen ihre runzligen, blutleeren Lippen zu zittern.

»Du siehst sehr gut aus für dein Alter«, bemerkte Miss Death ruhig. »Wirklich sehr gut.«

»Ich bin genauso alt wie du«, gab Mrs. White zurück. »Ich weiß also nicht, was du damit sagen willst.« Über ihrer rechtschaffenen Entrüstung vergaß sie ganz ihre Rührung, was ohne Zweifel Miss Deaths Absicht gewesen war. Als das Teetablett kam, hatten die beiden ihren alten Umgangston wiedergefunden, und die Unterhaltung ging munter hin und her. Tantchen hatte ihrer Freundin ein paar besonders saftige Klatschgeschichten aus dem Dorf zum besten gegeben, und die alte Mrs. White hatte sie mit ihrer lebhaften Phantasie noch übertrumpft, wenn ihr die Fakten nicht ausreichten.

»Wer möchte denn einschenken?« fragte Mabel freundlich.

»Ich schenke natürlich ein«, sagte die alte Mrs. White.

»Ich kann mir vorstellen, daß Sie es recht schwer mit ihr haben«, warf Miss Death ein. »Nelly war schon immer eigensinnig.« Sie lächelte, und die beiden Damen sahen sich mit gegenseitigem Respekt an. Sie schauten durch die lächerliche Verkleidung der Gegenwart, die ausgetrocknete Haut, die Runzeln, das sich lichtende, flaumige Haar und sahen darunter den alterslosen Geist, dessen sie sich bewußt waren.

Beim Tee vertraute Mrs. White senior Miss Death an, welche Sorgen sie mit ihrem Sohn hatte. Ohne sich aus dem Schutz des ›Willyum‹ herauszurühren, war diese genau über George Whites Verhalten informiert, die einzige Lücke in ihrem Wissen war die Episode mit dem Strychnin, von der außer George und seiner Frau immer noch niemand Kenntnis hatte. Man konnte sich darauf verlassen, daß der Nachrichtendienst immer auf dem allerneuesten Stand war, und was Mrs. Fred Jack auf dem Weg zu Mr. White gesagt und was Mr. White Mrs. Fred Jack geantwortet hatte, war, mit einigen Ausschmückungen, unverzüglich zum Allgemeingut geworden.

»Er benimmt sich so eigenartig«, sagte Mrs. White senior. »Er bringt die Familie in schlechten Ruf. Er hat die alberne Vorstellung, daß Vincent James keines natürlichen Todes gestorben ist, und sieht es jetzt als seine Aufgabe, das Wieso und Warum herauszufinden. Ich mag nichts lieber als eine gute Detektivgeschichte«, gestand Mrs. White, »aber alles sollte bleiben, wo es hingehört. Man spielt sich nicht in seinem eigenen Dorf als Detektiv auf, sonst ist bald der Teufel los.«

»Wie ich das sehe, ist am Tod des seligen Major James gar nichts Rätselhaftes dran. Er hatte ein schwaches Herz und hat es durch Alkoholkonsum übermäßig strapaziert.«

»Der Brandy wird mir sehr schmecken, meine Liebe«, entgegnete ihre Freundin, vom Thema abweichend. »George sagt, Vincent James hätte nicht die Art von Herzbeschwerden gehabt, bei denen man plötzlich stirbt. Er sagt, er ist Apotheker und muß es wissen.«

»Warum kannst du George nicht raten, die Finger davon zu lassen? Der junge James war mit seinem Vater nicht zu vergleichen, aber jetzt ist er tot. Laßt ihn doch in Frieden ruhen.«

»Du glaubst doch wohl nicht, daß ich einverstanden bin, wenn er sich so aufführt und uns alle zum Narren macht«, fragte Mrs. White etwas hitzig.

»Nun, dann mach doch deinen Einfluß auf ihn geltend«, empfahl Tantchen, die Lippen zusammenpressend. »Der war doch immer groß genug.«

»Genau das sagt der Doktor auch. Er möchte, daß ich George dränge, in Urlaub zu fahren.«

»Wenn du dir in deiner eigenen Umgebung nicht entkommen kannst, wird es dir anderswo nicht besser ergehen. Ich halte nichts von all dem modernen Getue um Ferien und so. Und auch noch bezahlte Ferien, so einen Unsinn habe ich doch noch nie gehört.«

»Der Dickschädel will sowieso nicht fahren, weil er es sich in den Kopf gesetzt hat, daß der Doktor mehr weiß, als er sollte, und ihn aus dem Weg haben will.«

Tantchen entwirrte das Durcheinander von Pronomina ohne Schwierigkeiten.

»Wenn da irgendwas faul wäre, würde der Doktor natürlich mit drinhängen. Er mußte doch den Totenschein unterzeichnen.«

»Der Doktor ist mir egal«, sagte Mrs. White energisch. »Der ist nicht von gestern und kann gut auf sich selbst aufpassen. Das können Männer immer. Aber ich denke an die arme Mrs. James. Ich möchte nicht, daß sie Unannehmlichkeiten bekommt. Sie hatte schon genug Ärger, solange sie an diesen James gefesselt war. Ich sage nur, sie hat sich vielleicht nicht so benommen, wie sie sollte, aber es ist durchaus verständlich, wenn sie über die Stränge geschlagen hat.«

Miss Death nickte. Das starke Band des Verstehens zwischen diesen beiden alten Frauen machte es unnötig, sich noch weiter über die Eigenschaften von Leonora James auszulassen. Die beiden erkannten sie als eines jener seltenen Exemplare, ein freies, menschliches Wesen, als jemanden ihres eigenen Schlags, der vielleicht im Leben Fehler machen mochte, aber das Zeug dazu hatte, aus Erfahrungen zu lernen, wenn er nicht allzu hart angefaßt wurde. Sie waren beide klug, und da sie ein Leben lang ihre Mitmenschen studiert hatten, das einzige Betätigungsfeld für ihren scharfen Verstand, hatten sie sich, was ihre lieben Nächsten anging, eine beträchtliche Menschenkenntnis erworben.

Das Doppelkinn von Mrs. White senior schwabbelte unheilverkündend, und ihre Lippen begannen wieder zu zittern.

»Mir sagt niemand etwas«, wimmerte sie in senilem Selbstmitleid.

»Komm, komm, Nelly«, mahnte Miss Death, so forsch sie konnte. »Das ist Unsinn, und das weißt du auch.«

»Na, wen sehe ich denn schon, wo ich wegen meiner Beine ans Bett gefesselt bin? Da, wo du bist, ist ein ständiges Kommen und Gehen. Wie redet man im Dorf darüber? Du mußt es mir sagen, Agnes, wenn du meine Freundin sein willst.«

»Einige reden so und andere anders«, parierte Tantchen. »Aber wenn ich nicht mehr bestimmen kann, was in meinem eigenen Haus gesprochen wird, dann ist es Zeit, den Laden dichtzumachen.«

»Das weiß ich. Aber was sagen sie denn nun?«

»Wenn du es wirklich wissen willst«, sagte Miss Death, »es herrscht allgemein die Ansicht, daß George ein bißchen übergeschnappt ist.«

Eine Greisenträne lief an Nellys Nase hinunter.

»Ja«, fuhr ihre Freundin unerschrocken fort. »Und wenn das stimmt, dann ist es deine Schuld. Du hast ihn nie fair behandelt. Als Kind hast du an ihm rumgenörgelt, und als Junge hast du an ihm rumgenörgelt. Du hast ihm nie eine Chance gelassen, sich auf seine Art zu entwickeln. Immer hast du den Daumen draufgehalten. Nie hast du ein gutes Haar an ihm gelassen, obwohl er dir all die Jahre ein Heim gegeben hat.«

»Aber ich halte doch so große Stücke auf ihn!« Die Krokodilstränen liefen schneller.

»Dann hättest du das auch sagen sollen, damit alle Welt es hören kann. Er war nicht der Typ Sohn, den du dir gewünscht hast. Du wolltest einen Tollkopf wie den jungen Jack. Und deshalb hast du George nicht in Frieden gelassen. Das hat mir schon oft auf der Zunge gelegen. Oh, ich weiß, daß er jetzt ein richtiger Umstandskrämer ist, und eine Witzfigur noch dazu. Sie nennen ihn schon seit Jahren Soapy, aber schuld daran bist du. Du kannst ruhig in dein Taschentuch schniefen, ich hätte meine Seele dafür gegeben, irgendein Kind zu haben, wenn es nur zwei Augen, eine Nase und einen Mund hatte und mit zwei Beinen auf der Erde stand. Und sieh mich an – unfruchtbar wie ein Kleiderständer. Vincent James hätte mein Sohn sein können, aber es war eben so, in Tidbury konnte ein Gentleman damals doch keine Gastwirtstochter heiraten. Nein, aber ein Flittchen von Tänzerin in einem Londoner Musical konnte er heiraten. Und das Ergebnis ist ja allgemein bekannt.«

»Peter Motts soll auch James' Sohn gewesen sein, aber nicht aus dem heiligen Ehestand.«

Miss Deaths von feinen Falten überzogenes Gesicht nahm eine gelbliche Färbung an.

»Ja«, gab sie zu, »aber Peter Motts ist nicht mit mir verwandt. Wenn James mit mir verheiratet gewesen wäre, hätte er nicht in fremden Gärten gewildert, das kann ich dir versichern.«

Die beiden alten Damen waren wieder in der Vergangenheit und hackten aufeinander ein wie kratzbürstige junge Mädchen. Aber bald machte die Gegenwart ihre Rechte wieder geltend.

»*Du* glaubst doch nicht, daß George übergeschnappt ist, Agnes, oder?« erkundigte sich seine Mutter und wischte sich die Augen; ihre Gefühle gingen nicht sehr tief, und ihre Tränen trockneten genauso schnell, wie sie gekommen waren.

»Wenn, dann ist er nicht der einzige«, entgegnete Miss Death, die sich mühsam von alten Kränkungen losreißen mußte.

»Das ist mir kein großer Trost, Aggie, das muß ich schon sagen.«

»Ich meine nicht, daß er nicht der einzige ist, der übergeschnappt ist«, erläuterte Tantchen. »Ich meine, daß er nicht der einzige ist, der glaubt, daß man bei Vincent James' Abgang aus dieser Welt nachgeholfen hat. Bei weitem nicht.«

»Wer glaubt das denn noch?«

»Diese Mrs. Jack.«

»Ach, *die*! Ich dachte, du redest von jemand Vernünftigem.

Trink doch noch eine Tasse Tee, Agnes. Die Kanne ist noch voll, und dein Tee muß kalt sein.«

»Wenn du nur ein wenig draufgießt ... vielen Dank.«

»Ob ich wohl einen Tropfen Brandy in meinen bekommen könnte, meine Liebe? Nur einen Teelöffel voll. Das würde mich aufheitern«, behauptete Mrs. White senior schmeichelnd.

»Wenn du eine gute Tasse Tee mit dem gräßlichen Zeug verderben willst, bringe ich dir nie wieder eine halbe Flasche mit.«

Die arme Nelly schrumpfte in ihrem gestrickten Bettjäckchen zusammen.

»Könntest du nicht ein Wörtchen mit George reden? Damit er zur Vernunft kommt?«

»Ich habe immer die Erfahrung gemacht, daß es nur eine Menge Ärger bringt, wenn man mit jemandem ein Wörtchen redet«, sagte Tantchen, »aber wenn es dir am Herzen liegt, und das tut es, wie ich sehe, dann werde ich es mir überlegen, wenn ich wieder zu Hause bin, und sehen, was ich tun kann. Es ist ja nicht so, als ob der Major ein besonderer Freund von George gewesen wäre.«

»George ist aus dem Gleis, seit er diesen Wallace da unten in Bloxton totgewünscht hat.«

»Ja. Davon hat man mir erzählt. Maureen Webb sagt, daß er den Major auch totgewünscht hat. So einen Unsinn habe ich im Leben noch nicht gehört. Das ist doch wirklich nur dummes Geschwätz.«

»Vielleicht ist aber doch etwas dran, Aggie.«

»Wenn das so wäre, Nelly, dann hättest du es sicher als erste zu spüren bekommen.«

»Ich habe George gleich zu Anfang gesagt, er soll dieses Spielchen ja nicht bei mir probieren.«

Miss Death begann zu lachen, etwas, was sie seit Jahren nicht mehr getan hatte. Ihr Korsett knarrte wie ein Schiff auf hoher See, und sie mußte ihre Teetasse abstellen. Ihr homerisches Gelächter steckte die alte Frau im Bett an, die leichter zu erheitern war. Sie begann krampfhaft zu kichern. Ihre Lustigkeit hatte eigentlich etwas Erschreckendes an sich. Sie war grotesk, fast makaber. Aber was immer ein Außenseiter an Traurigem und Erbärmlichem darin hätte sehen können, die beiden merkten davon nichts. So hatten sie vielleicht vor sechzig Jahren, als junge Mädchen, auf dem Dorfanger gelacht.

Als Mabel, die Schwiegertochter, hereinkam, um das Tablett zu holen, war sie überrascht, sie in solcher Verfassung vorzufinden.

»Meine Güte, ihr seid aber guter Laune!« rief sie aus.

Miss Death wurde schlagartig ernst. Ihre Freundin im Bett war gefährlich rot im Gesicht. Sie selbst, nachdem sie aufgehört hatte zu lachen, fühlte sich so, als wäre sie von einem Hurrikan erfaßt worden.

Sie sagte: »Ich glaube, ich bin wirklich lange genug geblieben. Du mußt dich jetzt ausruhen, Nelly, keine Aufregungen mehr. Mach dir keine Sorgen. Hast du verstanden? Ich gehe jetzt. Vielleicht wären Sie so freundlich, mir um die Treppenbiegung herum Ihren Arm zu geben, Mabel. Aber lassen Sie mich erst meinen Hut richten.«

»Sie ist so gut wie ein Stärkungsmittel«, sagte Mrs. White senior erschöpft. »Es war wunderbar, daß du hier warst, Aggie. Ich kann mich an keinen Nachmittag erinnern, an dem ich mich mehr amüsiert hätte.«

Miss Death hatte sich heruntergebeugt, um in den Spiegel schauen zu können, jetzt richtete sie sich wieder kerzengerade auf und sah Nelly an. Sie bedauerte ihre unverblümten Worte; ihren scharfen Augen entging nicht, daß diese dumme Geschichte mit George, dieser kleine Schock, ausgereicht hatte, um ihre Freundin den ersten Schritt bergab, dem Grab entgegenzuführen. Schon waren Anzeichen der Auflösung erkennbar, ein schwacher Hauch von Verfall lag in der Luft. Nun ja, alles Fleisch ist sterblich, und sie hatten sich besser gehalten als so manche andere.

Sie neigte nicht zu Überschwenglichkeiten, aber jetzt beugte sie sich nieder, um das alte Gesicht auf den Kissen zu küssen, das für sie immer noch das Gesicht eines Mädchens war, bockig und eigensinnig.

Als die alte Mrs. White wieder allein in ihrem Zimmer unter der Patchworkdecke lag, fuhr sie sich mit der Zungenspitze über die runzligen Lippen, um diesen Kuß auszukosten. Er schmeckte nach Abschied.

Miss De'Ath vom ›Willyum‹ hatte recht. Im Dorf war man sehr geteilter Meinung über den Tod des Majors. Superintendent Glubbs Besuche mit dem Polizeiwagen in George Whites Geschäft blieben nicht unbemerkt, und auch sein Auftauchen in Watergreen House setzte die Zungen in Bewegung. George hatte nie zuvor so viel zu tun gehabt, die Nachfrage nach Abführmitteln, der billigsten und nützlichsten Ware, mittels derer man seine Neugier befriedigen konnte, stieg stetig an. Leonora, die glaubte, ihre Zweifel gingen sie allein etwas an, stellte bestürzt fest, daß die Gespräche am Ladentisch verstummten, wenn sie dazukam. Behäbige Dorfmatronen, die gewöhnlich von ebenso behäbigen Gemeinplätzen nur so strotzten, nickten und winkten ihr nicht mehr lächelnd zu, sondern gingen auf die andere Straßenseite, als hätten sie etwas Dringendes zu erledigen. Bauernjungen, die sie sonst mit einer halbherzigen Geste der rechten Hand gegrüßt hatten, starrten sie nun mit unverschämten Kuhaugen an. Ein ganzer Schwarm von Dorfkindern, die verschwanden, sooft sie den Kopf in ihre Richtung drehte, schien sie ständig zu verfolgen. Watergreen House kam ihr immer leerer vor. Einmal begann sie, einen Koffer zu packen, dann gab sie es auf, stellte sich an eines der großen, schön proportionierten Fenster und blickte nachdenklich auf das feindlich gesinnte Dorf hinaus.

Der junge Jack kam mit seinem neuen Rennrad von der Schule in Bloxton nach Hause gefahren und bremste mit den Füßen, um sich kameradschaftlich zu einer Gruppe seiner bäuerlichen Freunde zu gesellen, die um einen Wegweiser herumstanden. Una wollte jetzt, da sie in höhere Kreise vorgedrungen war, nichts mehr mit den Dorfmädchen zu tun haben, aber Jacks Lebensphilosophie war breiter angelegt. Selbst er spürte jedoch, daß etwas nicht stimmte. Es lag nicht an dem hartnäkkigen Schweigen, die Jugendlichen aus East Anglia sind nicht für spontane Redseligkeit berühmt. Ein paar ›Ähs‹ und ein oder zwei trockene, leicht humorvolle Bemerkungen, mehr konnte man nicht erwarten. Es war die Art des Schweigens, seine Feindseligkeit.

»Tja, ich muß dann wohl weiter«, sagte Jack endlich, ohne sich darüber aufzuregen. »Ich muß für Pa was erledigen.«

»Äh – dein Dad. Der is' doch bekloppt.« Der Sprecher war ein grobschlächtiger Rüpel, halb Junge, halb Mann, der erst vor kurzem die Schulbank mit dem Kuhstall vertauscht hatte.

»Da! Halt mal mein Fahrrad«, sagte Jack, der im Handumdrehen abgestiegen war. »Und jetzt sag das noch mal.«

»Dein Dad is' bekloppt«, wiederholte der Junge ungerührt.

Jacks Faust traf seine Nase. Aber so leicht war die Sache nicht beizulegen. Der Junge hatte Kräfte wie ein junger Stier. Geistig war Jack ihm weit überlegen, aber in Auseinandersetzungen wie diesen, wo von der Faust bis zum Stiefel alles erlaubt ist, zählt die rohe Kraft. Die beiden gingen aufeinander los, daß die Fetzen flogen, während die anderen im Kreis herumstanden, nicht, um einen fairen Kampf zu sehen, denn den gab es nicht, sondern um beide Parteien mit unflätigen Bemerkungen anzufeuern. Das heißt, mit Ausnahme des einen Jungen, der das Fahrrad hielt. Der nützte die Gelegenheit, um auf der Straße eine Proberunde zu drehen. Der Kampf wogte hin und her, wurde unterbrochen, um einen Lastwagen vorbeizulassen, und flammte dann mit neuer Begeisterung wieder auf. Unter den Zuschauern kam es zu ein oder zwei kleineren Plänkeleien, die den Hauptkampf ein wenig verdeckten. Endlich hatte Jack seinen Gegner am Boden und versetzte ihm obendrein noch ein paar Fußtritte. Der Junge mit dem Fahrrad kam zufällig gerade in diesem Augenblick zurück, Jack nahm es ihm ab und stieg hastig auf, ehe sein Gegner sich wieder vom Boden aufrappeln konnte. Von einem sicheren Sieg konnte man nicht gerade sprechen. Ja, Jack, der aus Leibeskräften strampelte, während das Blut auf seine Lenkstange tropfte, vernahm hinter sich auf der Straße Geschrei und Getrampel. Er zog es vor, erst zurückzuschauen, als es nur noch von ferne zu hören war. Er schlich sich von hinten ins Haus und hoffte, ungesehen in sein Zimmer zu gelangen. Unglücklicherweise war Una ein wenig früher nach Hause gekommen und begegnete ihm auf der Treppe.

»Also wirklich, Jack White«, begann sie. »Du hast gerauft. Du siehst ja widerlich aus!«

»Halt den Mund!« zischte ihr Bruder wütend. Er drängte sich an ihr vorbei. Neugierig wie die meisten Frauen folgte ihm Una in sein Zimmer.

»Jetzt steh nicht rum und gaff mich an!« verlangte Jack. »Du könntest mir ein Handtuch holen.«

»Wasch dich lieber vorher ab. Du willst doch nicht, daß das saubere Handtuch ganz voll Blutflecken wird. Warte mal einen Augenblick, ich hole Watte.«

Jack betrachtete sich in einem kleinen, fleckigen Spiegel. Das Bild, das ihm die getrübte Oberfläche zeigte, war nicht sehr erfreulich.

Wasser wirkte jedoch Wunder.

»Was hast du bloß gemacht?« fragte Una, während sie die schlimmsten Stellen abtupfte.

»Ich habe die Familienehre verteidigt, wenn du es wirklich wissen willst.«

Mit einem damenhaften Aufseufzen drückte Una ihre Zweifel aus.

»Es ist aber so. Ted Youall hat gesagt, Dad sei bekloppt ... ich bitte dich!«

»Na, und wer hat den kürzeren gezogen?«

»Ich bin hier, nicht?« sagte Jack, ohne genauer darauf einzugehen. »Andererseits, es stimmt ja, oder?«

»Was?«

»Daß er bekloppt ist. Der alte Knabe. So 'nen Wirbel wegen Major James zu machen. Ich will ja nur sagen, was hat er davon? Es geht ihn doch nichts an, oder? Findest du nicht auch, daß er sich gerade in letzter Zeit ziemlich sonderbar aufführt?«

»Ach, ich weiß nicht. Ich finde, Eltern sind sowieso komisch. Sie können nicht anders. So, ich glaube, wenn du nicht direkt ins Licht gehst, sieht man nicht viel. Du sagst am besten, du bist von deinem Fahrrad gestürzt.«

»Das ist eine Idee. Hör mal, U, wir können da nichts machen, oder?«

»Ich kann mit meiner Englischlehrerin darüber sprechen, wenn du willst. Sie um Rat fragen.«

Die Bemerkung, die Jack daraufhin von sich gab, ist nicht druckfähig.

16

Am Sonntagmorgen gab sich George White der friedlichen Beschäftigung hin, in der Kirche den Sammelbeutel herumzureichen. Während die Gemeindemitglieder nach ihren Silber- und Kupfermünzen kramten, merkte man einigen deutlich an, daß sie sich ungewöhnlich stark für ihren Kirchenältesten interessierten. George war sich bewußt, daß er von mehreren Augenpaaren scharf gemustert wurde, und spürte, wie er rot wurde. Er dachte, er habe vielleicht noch einen Klecks Rasierseife im Ohr oder zeige sonst eine menschliche Schwäche, Anlaß genug, die ohnehin nicht allzu sehr auf die religiöse Erbauung gerichtete Aufmerksamkeit auf sich zu ziehen. Der reguläre Organist fehlte wegen einer Erkältung, und da der Pfarrer an diesem Tag noch schlechter hörte als sonst, waren er und der Vertreter des Organisten nicht in der Lage, ihre Darbietungen zu koordinieren. Nicht, daß das einen der beiden gestört hätte; jeder fühlte sich schließlich im Recht. Schwierigkeiten hatten hauptsächlich die Gläubigen, denn sie mußten sich entscheiden, zu welcher Seite sie gehören wollten.

Der Beginn der Sammlung zeigte jedoch an, daß der Gottesdienst fast vorüber war, und George richtete es so ein, daß ihn seine Pflichten so lange in der Sakristei festhielten, bis die Klatschbasen durch die Vorhalle und das Friedhofstor hinausgeströmt waren, ein Vorgang, der mindestens zehn Minuten in Anspruch nahm, da es niemand eilig hatte. Man mußte sich nach diversen Gebrechen erkundigen, Bemerkungen austauschen und neue Kleider bewundern. Man mußte sich auch an seiner Rechtschaffenheit erfreuen, an jenem angenehmen Gefühl der Befriedigung und Tugendhaftigkeit, das dem Kirchenbesuch folgt und nicht zu verachten ist. Als George schließlich auftauchte, hatte sich die Herde zerstreut; er ging auch nicht auf sein übliches Glas Stout in die ›Krone‹, sondern eilte nach Hause. Er war nicht in Stimmung für die Gesellschaft seiner Mitmenschen.

Miss Deaths offene Worte seiner Mama gegenüber mochten vielleicht keine dauerhafte Wirkung erzielt haben, aber ein vorübergehendes und außergewöhnliches Resultat brachten sie doch. Als George nach seinem Mittagsmahl und einem Schläfchen hinaufging, um seinen wöchentlichen Termin bei seiner Mutter einzuhalten, stellte er fest, daß seine Anwesenheit nicht erwünscht war. Sie hatte das Familienalbum bei sich und wollte sich allein unterhalten.

»Geh lieber hinaus und mach einen Spaziergang, George«, empfahl sie ihm. »Es ist ein herrlicher Tag, und da wäre es eine Schande, im Haus zu hocken und Trübsal zu blasen.«

Ihr Sohn machte den Mund auf, um zu protestieren, und schloß ihn wieder, ohne etwas gesagt zu haben. Es wäre nicht taktvoll gewesen, sie auf die vielen schönen Nachmittage hinzuweisen, an denen er dazu verurteilt gewesen war, oft wiederholten Familiengeschichten zu lauschen, der persönlichen Version der alten Mrs. White von ›A la recherche du temps perdu‹. Und um der Wahrheit die Ehre zu geben, er hatte vielleicht die Ketten der Sohnespflicht schon zu lange getragen, so daß er nun, als sie ihm abgenommen wurden, wie so mancher andere freigelassene Sklave kaum wußte, was er mit seiner Freiheit anfangen sollte. Mag sein, daß er gar nicht frei war, daß man nur die Kette etwas länger ließ, denn ohne ihren Anweisungen zu widersprechen, ging er ebenso geduldig, wie er heraufgekommen war, wieder hinunter und zog sich seine festen Wanderschuhe an.

Una und Jack waren schon fort, um ihrem eigenen Zeitvertreib nachzugehen, aber Mrs. White beobachtete ihn mit stummer Angst, als er seine Hausschuhe an ihren Platz an einer Seite des Kamingitters zurückstellte. Die Welt hatte offensichtlich aufgehört, sich zu drehen. Sie überlegte, ob sie bei ihrer Schwiegermutter Erkundigungen einziehen sollte, aber als sie die Haustür zufallen hörte, verließ sie der Mut, und sie kehrte mit einem Seufzer zu ihrer Frauenzeitschrift zurück, um sich damit zu trösten, denn die Marionetten darin taten in großartiger Stetigkeit jede Woche genau das, was man von ihnen erwartete.

Sobald George das Haus verlassen hatte, machte er sich forsch und entschlossen, um arglose Zuschauer zu täuschen, zu einem völlig ziellosen Spaziergang auf. Der Einfluß seines Unterbewußtseins lenkte seine Schritte zu dem Feldweg, der quer über Drucketts Farm führte. Der Tod des Majors beschäftigte ihn immer noch sehr stark, und vielleicht hatte er die vage Vorstellung, er verfolge eine Spur, indem er den gleichen Weg nahm, den Vincent James, nach Aussage von Captain Carter, am Nachmittag vor diesem Ereignis eingeschlagen hatte. Was immer ihn trieb, es war nicht stark genug, um ihn auf den schweren Lehmboden zu führen, wo der Major seine Fasanenhähne geschossen hatte; offenbar hatte ihn das Unterbewußtsein davor gewarnt, daß er danach wahrscheinlich seine Schuhe selbst würde putzen müssen.

Es war ein schöner Tag. Dicke Schäfchenwolken wurden in raschem Tempo von einem frischen Wind herumgeblasen, der stark genug war, die Liebespärchen abzuschrecken, diese waren nun dazu verdammt, in kühlen Salons auf Kunstledersofas herumzusitzen und sich nur durch die Glut ihrer Leidenschaft warmzuhalten. Inzwischen zerrten nur noch ein paar trockene Blätter raschelnd an ihren Fesseln, die Landschaft nahm die schokoladenbraune Tönung des Winters an. Ein Hauch von Grün färbte den Himmel, der Horizont erweiterte sich ständig und umschloß immer ausgedehntere Fluren. George White schritt mit hochgeschlagenem Mantelkragen aus, als hielte er sich für den einzigen lebenden Menschen.

Als er sich plötzlich beim Namen gerufen hörte, blieb er unvermittelt stehen, und vorübergehend verließen ihn all seine Kräfte. Aus einer solchen Leere heraus hatte der Ruf etwas Erschreckendes; in seiner sonderbaren Verfassung sah er darin alle Anzeichen einer übernatürlichen Aufforderung, Rechenschaft abzulegen. Er war mehr als erleichtert, als er erkannte, daß die Stimme aus dem finsteren Antlitz von Mutter Brose drang, das hinter einer Weißdornhecke auftauchte. Er merkte, daß er, ohne es zu wollen, an ihre baufällige Behausung gekommen war, die in einem ungepflegten, keilförmigen Obstgarten lag.

Die Hütte befand sich am anderen, breiteren Ende des Obstgartens und wurde von krummen, verhutzelten Obstbäumen, die jetzt häßlich kahl und nackt waren, teilweise verdeckt. Das Grundstück mit seinem groben Gras, den Spuren sporadischen Anbaus und einem einsamen grünen Wäschepfahl war von einer Dornenhecke begrenzt und wurde bis zu einem baufälligen Aborthäuschen hin immer schmäler. Genau an dieser Stelle, im Winkel der Hecke, hob Mutter Brose den Kopf mit dem schlotternden Hut. Wie ihre Hütte wurde auch sie zum Teil von der Natur verborgen; ihre Tudorlumpen hoben sich kaum von den Farben ihrer Umgebung ab. Als sie sich jetzt aufrichtete, sah sie nicht viel besser aus als eine alte Vogelscheuche; ihr sackartiges

Geward war mit Knochen gefüllt anstatt mit Stroh, das war aber auch schon der größte Unterschied.

Wie von ihrem eigenen Auftauchen als Hanswurst aus der Schachtel erheitert, grinste die alte Hexe George an und entblößte dabei einen zahnlosen Gaumen, während er, der vergessen hatte, daß die Rückseite ihres Obstgartens an Drucketts Grund grenzte, von einem Fuß auf den anderen trat. Seine Einstellung gegenüber Mutter Brose war zwiespältig. Einerseits tat ihm das arme Wesen leid, sie führte ein Leben, das man keinem Schwein zugemutet hätte, denn die meisten Schweine hatten bessere Ställe und mehr zu fressen. Gleichzeitig empfand er widerwillige Bewunderung für ihr Können.

Ohne jemals eine Zeile gelesen zu haben – er bezweifelte, daß sie überhaupt lesen konnte –, kannte sie jede Pflanze in der Gegend und wußte, wo sie nützlich und wo sie schädlich war; in seinen Augen keine geringe Leistung. Zweifellos hatte jemand sie unterwiesen; solches Wissen wurde von Generation zu Generation weitergegeben, aber außerdem besaß sie noch etwas, ein angeborenes Talent. Und was hatte sie davon? Nicht genug, um ein sauberes Hemd zu kaufen. Wofür arbeitete sie also, wofür suchte und braute und destillierte sie? Sie mußte wohl von einem echten Verlangen nach reinem Wissen und nach Macht beseelt sein... das gleiche, nicht faßbare Motiv veranlaßte ihn, an seinen Spezialpräparaten herumzumischen, die gleiche Triebkraft führte bei größeren Geistern zu bedeutenden wissenschaftlichen Entdeckungen. Darüber hinaus bildete er sich ein, sie empfinde einen widerwilligen Respekt für ihn, wie er Angehörigen eines verbündeten Berufsstandes vorbehalten sein mochte. Sie sprach immer mit ihm, wenn sie sich begegneten, eine Höflichkeit, die sie nicht jedem erwies.

Trotzdem mußte er sich in diesem Augenblick, als er sie so vor sich sah, eingestehen, daß ihn selten jemand mehr abgestoßen hatte. Er bemerkte erschrocken, daß sie unter dem schlotternden Filzhut ziemlich kahl war. Was für eine Chance für

›Zeppiline!‹ Die einzigen Haare, die sie hatte, wuchsen ihr unter dem Kinn. Sie sah so böse aus wie eine alte Hexe und würde sich wahrscheinlich ebenso widerlich und gleichzeitig schmeichlerisch gerissen benehmen. Aber als sie schließlich sprach, sprangen ihr keine Kröten aus dem Mund.

Sie sagte nur: »Das bläst ja ganz or'ntlich.« Worte, die auch von jedem anderen Dorfbewohner hätten kommen können.

»Ja, wirklich«, stimmte der Apotheker zu.

»Wollt Ihr nich'n Augenblick reinkommen?« forderte sie ihn auf.

»Nein, danke«, antwortete George hastig. Er konnte Mutter Brose nur im Freien ertragen, wo der Wind den säuerlichen Geruch ihrer Kleidung in die riesige Kehrichtschaufel des Himmels fegte.

Sie schien gekränkt. »Ihr denkt wohl, daß is'n armseliger Trümmerhaufen, was?«

Das war eine Feststellung, der er nicht widersprechen konnte. Er sah durch die kahlen Äste der Obstbäume genug davon, um sagen zu können, daß die Hütte nur stehenblieb, weil sie nicht einstürzte. Ratten waren am Reetdach gewesen, das fast bis auf den Boden reichte. Es sah aus wie ein großes, zerzaustes, vom letzten Jahr übriggebliebenes Vogelnest. In den niedrigen Fensterrahmen waren Scheiben zerbrochen und die Löcher mit Lumpen zugestopft. Die Hintertür neigte sich wie betrunken nach einer Seite. In seinem Rücken pfiff der Wind.

»Mich hält sie noch aus«, kreischte Mutter Brose über den Wind hinweg.

»Das glaube ich auch.«

»Major James sagt, sie muß eingerissen werden. Er sagt, sie is' dreckig und 'ne Schande. Aber ihn hat sie auch überlebt.«

George Whites neue Einstellung gegenüber dem Major, sein Wunsch, seinem alten Feind um jeden Preis Gerechtigkeit widerfahren zu lassen, veranlaßte ihn zu dem Einwand: »Das war nicht der Major allein. Das war die Kreisverwaltung.«

Eine Körperschaft war für Mutter Brose ein böhmisches Dorf, und sie beharrte stur: »Das war der Major selber. Er und noch so'n Kerl, die sin immer gekommen und ham rumgeschnüffelt, obwohl sie das gar nichts angegangen hat. Aber der Major hat dahintergesteckt. Der hat den jungen Burschen mitgezogen.«

»Das war wahrscheinlich jemand von der Baupolizei«, erklärte George geduldig.

»Ham sich den Mund fußlig geschwafelt wegen dem Abwasserkanal«, kreischte Mutter Brose. »Bin doch nicht die einzige, die kein' Kanal hat.«

»Wann war das?« fragte George.

»So mitten im Hochsommer.«

»Tja, wissen Sie, selbst wenn sie Ihr Haus abgerissen hätten, wären Sie trotzdem nicht ohne ein Dach über dem Kopf dagestanden. Die hätten Sie in eines von den neuen Häusern der Gemeinde gesetzt.«

Mutter Brose spuckte in die Hecke, um damit äußerst knapp ihre Ansichten über das Thema Gemeindewohnungen zum Ausdruck zu bringen. Es war nur gut, daß sie nicht gegen den Wind spuckte.

»Ich muß weiter«, sagte George, den es allmählich bis ins Mark fror.

»Wartet noch 'n Moment«, drängte Mutter Brose. »Ich hol Euch 'n schönen, roten Apfel. Ich hab schönes Obst, obwohl man meinen möchte, die alten Bäume tragen nichts mehr.«

»Nein, bemühen Sie sich doch nicht«, protestierte George. Es war das letzte, was er wollte, aber sie hastete schon zur Hütte zurück. Er fand sich damit ab, zu warten und seinen Dank in angemessener Weise auszudrücken. Bald kam sie heraus und polierte den Apfel unterwegs an ihrer zerlumpten Schürze. Sie reichte ihn ihm triumphierend über die Hecke hinweg. Es war ein schöner Apfel, und wenn er nicht zugesehen hätte, wie er poliert wurde, wäre er vielleicht in Versuchung geraten, ihn zu essen. Er steckte ihn in seine Tasche.

»Jetzt gehen Sie aber wieder rein«, empfahl er ihr. »Sonst holen Sie sich in der Kälte noch den Tod.«

»Da braucht's mehr als 'ne Mütze voll Wind, um mir's Licht auszublasen, mein' ich.«

George entschied sich, das nicht für müßige Prahlerei zu halten, verabschiedete sich von ihr, drehte sich gegen den aufkommenden Sturm und kehrte nach Hause zurück.

Bei seiner Rückkehr entdeckte er, daß man noch mehr körperliche Betätigung von ihm verlangte. Mutter hatte gestern einen Kuchen gebacken, der als ›quid pro quo‹ für die halbe Flasche Brandy zum ›Willyum‹ hinübergebracht werden sollte. Sie wollte, daß er rechtzeitig zum Tee bei Miss Death eintraf, außerdem, aber davon ließ sie nichts verlauten, sollte George auf Befehl der Mama auf diese Weise Tantchen Gelegenheit geben, zu seinem eigenen Besten mit ihm zu reden.

Tantchen war nicht besonders begeistert, daß man ihr ihre Verpflichtungen bis an die Türschwelle nachtrug. Nun, wer ist das schon? Aber sie hatte sich nach einem erfrischenden Schläfchen gerade gewaschen und hergerichtet, deshalb machte sie ziemlich gute Miene zum bösen Spiel, zumal als Beigabe ein wirklich vielversprechender Kuchen mitgeliefert wurde.

»Meine Nichte, die könnte keinen solchen Kuchen backen, nicht einmal, wenn es um ihr Leben ginge«, bemerkte sie, während sie ihn aus der Serviette auswickelte.

»Mutter ist eine sehr gute Köchin«, stimmte George, voll Stolz auf die Fähigkeiten seiner Frau, zu.

»Ich verstehe nicht, wie sie noch Zeit dazu findet, bei all der Lauferei, die sie wegen der armen Nelly hat. Setz dich doch, George, ich hole nur schnell einen Teller. Ich habe mich schon seit einer Ewigkeit nicht mehr mit dir unterhalten. Du beehrst wohl eher die Konkurrenz.«

»Ich trinke nicht viel, nur hin und wieder mal ein Glas Stout.«

»Kluger Mann. Na ja, die ›Krone‹ hat bessere Gäste, als ich

sie heutzutage zu sehen kriege. Ich kann es dir nicht übelnehmen, wenn du dort verkehrst. Heute mir, morgen dir, wie man so sagt. Früher war es mal andersherum, die Landarbeiter in der ›Krone‹ und die vermögenden Leute im ›Willyum‹. Du hast dich ja noch gar nicht hingesetzt, George.«

»Entschuldigen Sie, Miss Death, aber ich möchte nicht bleiben.« Der Apotheker sprach Miss Death nie so an, wie sonst allgemein üblich. »Ich habe heute nachmittag einen ziemlich langen Spaziergang gemacht und bin aufgehalten worden.« Er erzählte ihr, wie ihn Mutter Brose mit Beschlag belegt hatte, und gab das Gespräch mit ihr wieder, was die alte Dame sehr belustigte. Am Ende zog er als Beweis den Apfel hervor.

»Wenn man ihn schält, ist er vielleicht gar nicht schlecht«, vermutete Tantchen. »Aber meine Zähne werden mit Äpfeln heutzutage nicht mehr fertig. Behalte ihn und gib ihn Jack. Einem Jungen hat ein bißchen Schmutz noch nie geschadet.«

»Ja, aber Una würde ihn wohl auch nicht wollen.«

»Nein, sie ist zu heikel. Aber es sind beides brave, wohlerzogene Kinder, und das ist mehr, als man von so manchen anderen sagen kann. Sie machen dir Ehre. Gib nur acht, daß sie das auch von dir sagen können. Was höre ich da über dich, George? Im Dorf scheint man dich ja zur Zeit aufs Korn genommen zu haben.«

»Ich verstehe nicht, was Sie damit meinen.«

»Komm, George. Erzähl mir nicht, daß du nicht weitgehend für den ganzen Klatsch und Tratsch über den armen Major James verantwortlich bist. Niemand würde Fred Jacks Frau auch nur im geringsten beachten, wenn du sie nicht unterstützen würdest. Ich bin nur eine alte Frau, und ich will gar nicht so tun, als ob ich etwas verstünde, aber hier, direkt vor meiner Nase, wird eine Menge geplappert, und ich bin nicht schwerhörig wie der Pfarrer. Man weiß nie, wo so etwas aufhört, und die Wogen gehen allmählich schon ziemlich hoch. Warum hältst du dich da nicht raus, George? Wenn an der Sache etwas faul ist, dann wird sich die Polizei früher oder später schon drum kümmern.«

»Das wird sie eben nicht!« rief George entrüstet aus. »Die wollen keinen Finger rühren. Die denken nicht einmal daran, die Leiche zu exhumieren, was alles klarstellen würde, so oder so.«

»Ich glaube nicht, daß dadurch etwas klargestellt würde. Nur wenn man sicher beweisen könnte, daß er eines natürlichen Todes gestorben ist.«

»Da! Sehen Sie, Sie glauben es ja selbst nicht.«

»Ich glaube weder das eine noch das andere. Ich kenne deine Familie seit langen Jahren, und das einzige, was mir am Herzen liegt, George, ist das Wohl meiner Freunde. Ich weiß, daß du den Mann verabscheut hast, als er noch lebte. Warum also jetzt, wo er tot ist, das ganze Geschrei und Getue?«

George gab keine Antwort.

»Es ist doch wohl kaum denkbar, daß du einen Groll gegen den Doktor oder Mrs. James hegst, oder?«

»Gütiger Himmel, nein!«

»Wenn du so weitermachst, wird es nicht lange dauern, bis du sie aus dem Dorf vertrieben hast.«

»Wenn sie unschuldig ist, wird sie auch nicht weggehen.«

»Unsinn, es sind nicht immer die Schuldigen, die davonlaufen. Wenn jemand schuldig ist, dann ist er häufig auch verstockt. Es sind eher die Weichen und Unschuldigen, die Fersengeld geben.«

»Alle Indizien deuten in diese Richtung«, sagte George hartnäckig. »Es gibt Dinge, über die ich nicht sprechen kann. Aber ich komme der Sache ständig näher. Am Ende werde ich es herausfinden.«

»Und dann ist der Mann vielleicht an Herzversagen gestorben.«

»Das glaube ich nicht.«

Miss Death ließ ihre Reservetruppen aufmarschieren. Soweit sie sehen konnte, hatte sie auf George nicht den geringsten Eindruck gemacht. Es war so, wie sie gleich gesagt hatte. Wenn man den Leuten ins Gewissen redete, machte man sie sich nur zum Feind, ohne ihr Verhalten oder ihre Ansichten ändern zu können.

»Nun, George, ich hoffe doch, daß keiner von uns beiden ein Narr ist. Aber selbst wenn du wegen des Majors recht hättest, selbst wenn er keines natürlichen Todes gestorben wäre, mußt du gerechterweise zugeben, daß der Doktor und Mrs. James nicht die einzigen Verdächtigen sind. Der Mann war im Dorf nicht beliebt. Ich habe nie ein gutes Wort über ihn gehört. Nimm zum Beispiel Peter Motts. Er hat ständig bei mir über ihn geschimpft. Der Major ging immer in die ›Krone‹, betrank sich dort sinnlos, und Peter wagte nicht, ihm die Bedienung zu verweigern, weil er fürchtete, er könnte sich hinterrücks an ihm rächen. Ich sage dir, Peter hat ihn gehaßt, und jetzt erzähl' mir nicht, daß er ihm nicht etwas ins Glas hätte tun können, ohne daß jemand es bemerkt hätte.«

»Es ist aber zuviel verlangt, wenn ich Peter Motts als Mörder verdächtigen soll. Peter könnte doch genausowenig jemanden ermorden wie ich ...«, hier brach George unvermittelt ab. Ihm war soeben sein eigenes kleines Spiel mit dem Feuer eingefallen.

Die Unterbrechung blieb Tantchen nicht verborgen. Bis zu diesem Augenblick hatte sie George selbst nie als mögliche Antwort auf sein selbstgestelltes Rätsel ›Wer tötete den Major?‹ in Betracht gezogen. Sie kannte ihn, seit er ein Baby war, und man bringt ein Kind, das man bei unzähligen Gelegenheiten bedauert hat (ohne daß man versucht hätte, sich einzumischen) nicht mit solchen Erwachsenengeheimnissen wie Mord in Verbindung. Ebensogut hätte sie ihre Nichte verdächtigen können, drogensüchtig zu sein. Aber sie konnte nicht leugnen, daß das eine mögliche Erklärung für sein sonderbares Verhalten sein könnte. Der menschliche Geist war ein höchst fragwürdiger Kunde, und sie hatte sich oft genug Geständnisse von Betrunkenen angehört, um zu wissen, daß seine verborgenen Irrfahrten nicht immer hübsche Geschichten ergaben. Was war, wenn George, der sein ganzes Leben lang unterdrückt worden war, wegen irgendeiner Schikane von Vincent James plötzlich die Nerven verloren hatte? Und wenn er, nachdem er nun sein Ziel erreicht hatte – was eigentlich nicht allzu schwierig gewesen sein konnte, wenn einem eine Apotheke zur Verfügung stand –, die Sache nicht auf sich beruhen lassen konnte, sondern die Augen aller Welt auf das lenken mußte, was geschehen war? Konnte denn jemand so absolut sicher sein, daß in einer exhumierten Leiche etwas zu finden war, wenn er es ihr nicht selbst eingegeben hatte?

Tantchens Blut war ohnehin schon dünn und kalt, aber jetzt lief es noch dünner und kälter durch ihre Adern. Sie wies diese Vorstellung entschlossen von sich. Über so etwas wollte sie nicht nachdenken. Sie suchte willkürlich nach einer Eingebung, und dabei fiel ihr Blick auf den großen, runden, rosigen Apfel, der zwischen ihnen auf dem Tisch lag.

»Und wie wäre es mit Mutter Brose?« wollte sie wissen. »Der Major war nicht gerade einer ihrer Lieblinge. Er hatte es darauf abgesehen, ihre Hütte abreißen zu lassen, und das wäre nicht unbedingt verfrüht, auch wenn einige Leute meinen, es hätte noch Zeit, bis das alte Mädchen unter der Erde ist. Ich habe selbst gehört, wie sie hier in dieser Stube sagte, sie wünschte, seine Seele möge verfaulen. Ich finde so etwas nicht sehr schön.«

»Gelegenheit ist eine schöne Sache, und ich habe nie gehört, daß die beiden miteinander Tee getrunken hätten.«

Die Atmosphäre heiterte sich auf. Die Vorstellung, daß Mutter Brose und Major James zusammen Tee tranken, war so lächerlich, daß einem dabei das Herz leichter werden mußte.

»Nun komm, George, wenn du schon unbedingt Detektiv spielen willst, mußt du auch deinen Verstand gebrauchen. So eine Kleinigkeit würde Mutter Brose nicht abschrecken, nicht, wenn sie sich etwas in den Kopf gesetzt hätte. Sie würde eine Wachspuppe von ihm machen und Stecknadeln und Nadeln hineinstecken. Sie hätte ihm auch einen vergifteten Apfel geben können, wie es die Stiefmutter bei Schneewittchen gemacht hat«, schlug Miss Death vor, wobei sie sich eher auf die Brüder Grimm als auf Walt Disney bezog.

»Wollen Sie behaupten, daß mein Apfel vergiftet ist?«

»Rund und rosig genug sieht er ja aus. Aber ich glaube nicht, daß sie sie alle vergiftet.«

»Das ist ja sonderbar«, sagte George, »aber jetzt, wo Sie davon sprechen, spukt mir da etwas von einem Apfelkernhaus im Kopf herum. Nein, es war ein Birnenkernhaus. Ach ja, jetzt erinnere ich mich. Mrs. James sagte, im Kerzenleuchter des Majors hätte eines gelegen.«

»Du führst ja anscheinend seltsame Gespräche mit Mrs. James«, sagte Tantchen trocken. »Trotzdem, da haben wir es doch. Ich will dir noch einen kleinen Hinweis geben. Mutter Brose hat außer Äpfeln auch noch andere Früchte in ihrem Garten. Zufällig weiß ich, daß sie sehr gute Birnen hat. Ein bißchen rätselhaft sind sie ja – niemand weiß, wie sie heißen, nicht einmal der Vorarbeiter in der Baumschule. Ich habe sie sonst noch nirgendwo gesehen, und der Baum ist so alt wie die Hügel hier. Offensichtlich ist Mutter Brose die Richtige. Wundert mich, daß du da nicht schon früher draufgekommen bist. Und sie wäre kein Verlust für die Gemeinde.«

Arme, alte Mutter Brose, dachte sie, während sie George durch ihre Nottinghamer Spitzenvorhänge nachsah. Jetzt hat er etwas, worüber er sich den Kopf zerbrechen kann. Die alte Hexe hatte wahrscheinlich mehrere ungeborene Kinder auf dem Gewissen, überlegte Miss Death wehmütig. So war das Leben. Einige Leute gaben sich alle Mühe, etwas zu zerstören, wofür andere viel geben würden. Trotzdem, es war ein Unterschied, ob man einen Embryo tötete oder einen ausgewachsenen Mann. Sie holte ein Messer und schnitt sich ein schönes Stück von dem Kuchen ab, ehe sie ihn vor ihrer Nichte versteckte.

17

Miss Death hatte viel Zeit zum Nachdenken. Seit den Tagen der amerikanischen Einquartierung, als sie alle Hände voll zu tun gehabt hatte, gleichzeitig Getränke auszuschenken und zur Abstinenz zu mahnen, waren ihre Einnahmen auf magere ein oder zwei Pfund pro Woche geschrumpft. Bier war teuer, und die Landarbeiter waren arm; diejenigen, die regelmäßig Branntwein verlangten, konnte sie an ihren zehn Fingern abzählen. Diese Situation bereitete ihr keinen Kummer, im Gegenteil, sie war ganz zufrieden damit. Sie war von keiner Brauerei abhängig, und ihre Ausgaben waren ebenso gering wie ihr Einkommen. Ein paar Groschen hatte sie auf der Bank, für Notfälle, und es gab niemanden, für den sie hätte sparen müssen.

Nachdem sie sich damit abgefunden hatte, mehrere Räume in dem weitläufigen, alten Haus abzuschließen, machte sie es sich bequem und überließ die Hausarbeit ihrer Nichte. Es blieb ihr gar nichts anderes übrig, denn sonst hätte sie nie mit ihr zusammenleben können. Es trieb Miss Death zur Raserei, wenn sie die Arbeitsweise ihrer Nichte mitansehen mußte; viel besser war es, wenn sie nur die Ergebnisse sah, nicht aber die Mittel, mit denen sie erreicht wurden. Schon die Art, wie die Nichte Kartoffeln kochte, brachte Tantchen in Wut, aber sie war so vernünftig, einzusehen, daß sie nicht allein im ›Willyum‹ leben konnte. Zum Beispiel kam sie mit dem Küchenherd nicht mehr zurecht, es war viel besser, wenn sie nur über die Mengen von Kohle zu schimpfen brauchte, die ihre Nichte verfeuerte. Sie konnte auch den schweren, eisernen Einmachtopf nicht heben, in dem das Hühnerfutter gekocht wurde.

An den Tagen, an denen die Brauerei lieferte, hatten die beiden Frauen Harry, den Straßenarbeiter, als Helfer, aber Tantchen brauchte außerdem jemanden ihres eigenen Geschlechts, der die alltäglichen Dinge wie Einkaufen, Saubermachen und Kochen erledigte. Es gab manche Tage, schlimme Tage, an denen nur ihr eiserner Wille die alte Dame soweit aufrecht hielt, daß sie den üblichen Beschäftigungen nachgehen konnte, an denen schieres Durchhaltevermögen nötig war, um herumzugehen, Bier zu zapfen, Flaschen zu öffnen und mit den Gästen zu plaudern, wie diese es erwarteten. Feuchtes Wetter war ihr schlimmster Feind, und sie klopfte immer auf das Barometer in der dunkelgrünen Halle, um im voraus Bescheid zu wissen, wenn es kam.

Als das ›Willyum‹ erbaut wurde, gab es noch keine Dämmschichten, und so zeigten die gekalkten Wände in der Küche gelegentlich immer größer werdende, schmutziggelbe Kreise; dann trockneten die Flecken wieder und blätterten ab. Ein starrer Gesichtsausdruck und ein bissiger Unterton in Tantchens Bemerkungen waren sichere Zeichen dafür, daß sie unter rheumatischen Schmerzen litt. Aber sie ertrug ihre Beschwerden mit stoischer Gelassenheit. Rheumatismus ist ein Gebrechen der Landbevölkerung, und nur wenige alte Leute blieben davon verschont.

In dieser Woche war sie glücklicherweise völlig frei davon. Ohne von Schmerzen geplagt zu werden, saß sie aufrecht auf ihrem harten Stuhl und beschäftigte sich, dazwischen immer wieder in der Zeitung lesend, in Gedanken mit dem Rätsel um George White und Vincent James. Es war ein Thema, an dem sie ein echtes, persönliches Interesse hatte, nicht nur wegen ihrer Freundschaft zu der alten Mrs. White, sondern auch, weil sie das Andenken an Vincents Vater treu in Ehren hielt. Den Blick auf ihre glänzenden Zinnkrüge geheftet, überprüfte sie noch einmal mit aller Sorgfalt, was sie wußte, und fügte die Bruchstücke zusammen, so gut sie konnte. Tantchen war sehr bewandert in Sprichwörtern und Redensarten, und ›Wo Rauch ist, ist auch Feuer‹ war für sie unter diesen Umständen eine unvermeidliche Feststellung.

George hatte absolut recht gehabt, als er ihr vorhielt, auch sie glaube nicht, daß der Major eines natürlichen Todes gestorben sei. Aber ihre Ansicht beruhte eigentlich weniger auf logischen

Überlegungen als auf einem Gefühl; die Methode, mit der sie an das Thema heranging, hatte etwas mit der eines Wünschelrutengängers gemeinsam, der mit seiner Astgabel in der Hand dasteht und von seinen Erkenntnissen überzeugt ist, obwohl er sich nicht bewußt ist, wie er dazu kommt.

Miss Death hatte nicht viel für Doktor Down übrig und hätte ihm durchaus zugetraut, daß er dem Major Gift verabreichte, wäre sie nicht ebenso sicher gewesen, daß er um keiner Frau auf der Welt willen seine Karriere aufs Spiel setzen würde. Leonora James war ihr sympathisch, und sie sprach sie von jeglicher Beteiligung an dem Verbrechen, sei es als Täterin oder als Komplizin, frei, wenn auch nur, weil sie auf ihren Jungen Rücksicht zu nehmen hatte. Wenn man sie von ihm reden hörte, wenn man hörte, wie voll ihre Stimme tönte, wenn sie über irgendeinen mutwilligen Streich klagte, wußte man sofort, daß sie ihn vergötterte.

Mrs. Fred Jack war zu dumm, um jemanden zu vergiften, es sei denn, aus Versehen. Tantchen hatte zu viele faustdicke Lügen von ihr gehört, um irgendwelchen Aussagen von ihr Glauben zu schenken, die nicht von einem zweiten Zeugen bestätigt wurden. Der Engel, der über die Sünden Buch führt, hat bei Mrs. Jack sicher einen schweren Stand, dachte Tantchen. Wenn ein Lügner keine Ahnung hat, wann er lügt, wie soll man das vermerken? Bei diesem Gedanken zuckte Tantchen schuldbewußt zusammen, denn er erinnerte sie an Peter Motts, dem sie selbst ganz spontan böse Absichten auf das Leben des Majors unterstellt hatte, um eine falsche Spur zu legen. Natürlich war es eine völlig abwegige Vorstellung, daß Peter auch nur das Geringste damit zu tun haben sollte. Er war viel zu gutmütig und viel zu phlegmatisch dafür. Er geriet seiner Mutter nach und hätte überhaupt nicht existiert, wenn sie nicht die gleichen Charakterzüge gehabt hätte. Er war ein netter Kerl, der Peter, und Tantchen mochte ihn gern. Obwohl er so tat, als konkurriere er mit ihr, ging er oft bei ihr aus und ein, half mit, gab Ratschläge und warnte vor unangenehmen

Gästen. Er war es, der Tantchens Einkommenssteuererklärungen ausfüllte, sonst wäre sie vielleicht schon lange im Gefängnis gelandet, denn sie hätte am liebsten alle Formulare in den schwarzen Bleischlund ihres Küchenherds geworfen.

Strich man diese vier Verdächtigen von der Liste, so blieben nur George selbst und Mutter Brose übrig, wobei George weit an der Spitze lag. Aber Miss Death schob den Gedanken an George beiseite, und dabei stieg in ihrem Gedächtnis ein Bild von Mutter Brose auf, wie sie in ihren dunklen, schmutzigen Kleidern am anderen Ende des Tisches auf der Bank saß und sagte: »Da steckt dieser Major James dahinter, seine Seele soll verfaulen!«

Tantchen hatte das als ›nicht sehr schön‹ bezeichnet. Jetzt ging sie noch weiter. Es war schockierend und furchtbar. Mutter Brose hatte, als wisse sie insgeheim schon vorher, daß sich bald die Würmer an dem armen Vincent James gütlich tun würden, mit ihrer Rachsucht auch am Grab nicht haltgemacht. Selbst Satan konnte nichts Schlimmeres tun.

Kaum war Tantchen in ihren Überlegungen so weit gekommen, da erblickte sie – Wenn man vom Teufel spricht! – das Gesicht von Mutter Brose, das unter der abscheulichen Kopfbedeckung durch die Fensterscheibe zu ihr hereinspähte. Ihr Herumfuchteln und ihre Bewegungen mit Mund und Daumen ließen keinen Zweifel daran, daß die Alte Einlaß begehrte. Es war nach halb, und Miss Deaths Nichte hatte die Wirtshaustür verschlossen und verriegelt und sich dann auf den Weg gemacht, um den Nachmittagsbus nach Bloxton zu erwischen, wo sie einige zusätzliche Einkäufe machen wollte. Zeit hatte für Mutter Brose keine Bedeutung; sie aß, wann sie wollte, oder vielmehr, wann sie konnte; wenn die Vordertür verschlossen war, ging sie eben hintenherum. Tantchen stand steif auf und ging zur Küchentür. Sie war nicht besonders begeistert, von Mutter Brose heimgesucht zu werden, aber sie hatte großes Vertrauen in das unergründliche Wirken der Vorsehung. Sie ließ sie ein.

Mutter Brose unterzog die Küche einer gründlichen Musterung und bezeigte Interesse an einer Mahlzeit aus Corned Beef, Essigfrüchten und einem Stück Apfelkuchen, die auf dem Tischtuch angerichtet war.

»Is' das Euer Mittagessen?« fragte sie mit ihrer heiseren Stimme.

»Ja«, stimmte Miss Death zu. Wie Mutter Brose hielt sie sich nicht an geregelte Essenszeiten, aber aus einem anderen Grund. Manchmal widerte das Essen sie an, und sie hatte kein Verlangen danach, dann verspürte sie wieder, wie eine werdende Mutter, sonderbare Gelüste nach bestimmten Speisen. Wenn das Essen stehengeblieben wäre, hätte sie vielleicht zur Teezeit ein wenig daran geknabbert, aber so sah sie eine Gelegenheit, das Ganze loszuwerden.

»Sie können es haben«, sagte sie. »Ich gebe es in eine Pastetenschüssel. Ich kann mich mit Corned Beef nicht anfreunden. Für mich schmeckt es wie zerkauter Bindfaden.«

»Ich mag ganz gern mal 'n Bissen«, sagte Mutter Brose und mahlte voll Vorfreude mit den Kiefern. »Das wird mir schmekken. Ich hab' Euch die Kräuter für Euer Rheuma gebracht.«

»Das ist sehr freundlich«, sagte Tantchen und nahm, nicht allzu begeistert, eine braune Papiertüte entgegen. Sie hatte die Absicht, sie in den Küchenherd zu stecken, sobald die Spenderin gegangen war. »Ich kann Gott sei Dank sagen, daß ich dieses Jahr bisher nicht sehr damit geplagt war. Aber noch haben wir nicht Winter. Dann rede ich vielleicht anders. Ich hole Ihnen ein Glas Bier.«

Sie ließ Mutter Brose in der Küche zurück und ging in die Schankstube. Dort kam ihr ein seltsamer Gedanke. Sie stellte den Bierkrug ab, den sie schon in der Hand hatte, ging statt dessen an den Wandschrank und holte eine Flasche Gin heraus. Damit und mit einem kleinen Glas kehrte sie in die Küche zurück. Mutter Brose lief das Wasser im Mund zusammen. Sie hatte an diesem Tag noch nichts gegessen, und da stand sie nun und starrte Tantchens Kuchenstück an. Aber es wäre ihr genausowenig eingefallen, es hier im Hause anzurühren, wie sie daran gedacht hätte, auf den Mond zu fliegen, ja, eher noch weniger, da sie doch eine alte Hexe war. Sie würde es in einer Pastetenform mitnehmen und zu Hause hinunterschlingen; das war etwas anderes. Aber trinken konnte sie in Gegenwart von Miss Death, ohne sich etwas dabei zu denken. Als sie den Gin sah, leuchteten ihre schwarzen Augen in den tiefen Höhlen auf.

Tantchen mußte eine Erklärung für ihre verschwenderische Großzügigkeit abgeben.

»Ich habe heute Geburtstag«, sagte sie. Sie fragte sich, wieso Mrs. Fred Jack so viel Vergnügen daran finden konnte, die Wahrheit zu verdrehen. Ihr war dabei unbehaglich zumute.

»Ich weiß nicht genau, wie alt ich bin«, sagte Mutter Brose, »aber wohl keine zwanzig mehr.« Sie gackerte heiser. »Wenn ich jetzt 'n Gaul wär', wär das ganz einfach. Ich glaub, wenn ich noch mehr Backenzähne verliere, muß ich Brei essen wie 'n Baby.«

»Es heißt, man kann jetzt auf Kosten des Steuerzahlers ein schönes künstliches Gebiß kriegen.«

»Ich glaub, das hätte nicht viel zu beißen«, sagte Mutter Brose gelassen. Sie ließ die Ginflasche nicht aus den Augen. Schnaps war etwas Seltenes für sie, gewöhnlich nur an Weihnachten zu bekommen, wenn ein großzügiger Fremder im Wirtshaus eine Runde ausgab. Und selbst dann konnte es geschehen, daß Tantchen in ihrer eigenmächtigen Art bestimmte, Bier sei auch genug; sie mochte es nicht, wenn ihre Gäste geschröpft wurden. Aber heute schenkte sie ruhig und großzügig ein. »Einen Tropfen Wasser dazu, oder?« fragte sie und ging zum Hahn.

»Nur nicht ersäufen!« sagte Mutter Brose ängstlich.

»Es ist ja wohl so«, sagte Miss Death und reichte ihr das Glas. »Mit der einen Hand geben sie's, und mit der anderen nehmen sie's einem wieder weg. Da geben sie Ihnen ein neues Gebiß und reißen Ihnen das Haus über dem Kopf ab.«

»Das machen sie jetzt nicht mehr«, sagte Mutter Brose mit behäbiger Sicherheit und betrachtete dabei die unschuldige, farblose Flüssigkeit in ihrem Glas, wie ein Büchersammler eine seltene Erstausgabe betrachten mochte. »Ah, das is' was Feines«, sagte sie und schmatzte mit den Lippen. »Auf Eure Gesundheit. Irgendwas stimmt da nicht. Ihr habt Geburtstag, aber ich krieg was zu trinken.«

»Abscheulicher Fusel«, sagte Miss Death und schüttelte sich vornehm.

»Ihr wißt nicht, was Euch entgeht, sonst würdet Ihr sowas nie sagen. Mutters Ruin, so nennen sie's. Mutter Broses Ruin, und wie ihr das schmeckt!«

Sie nahm genüßlich noch einen Schluck.

»Sie brauchen nicht zu sparen. In der Flasche ist noch mehr.«

Mutter Brose schaute ihre Wohltäterin neugierig an. Sie kannte Tantchen als großzügig, aber nicht als so großzügig, daß sie doppelte Ginportionen ausgab. Halb verhungert, wie sie war, hatte der Alkohol jedoch ihren Geist schon etwas abgestumpft, und sie war gerne bereit, Wunder hinzunehmen, ohne lange zu fragen. Tantchen besaß andererseits so viel Anstand, daß sie sich schämte. Es war, als würde man ein kleines Kind hereinlegen. Aber dann bekam sie eine Duftwolke von Mutter Broses Kleidung in die Nase und tröstete sich damit, daß das Opfer ja viel weniger darunter litt als sie selbst. Wenn nichts dabei herauskam, und die Chancen standen eher dafür, war nichts weiter passiert, als daß die alte Sünderin einen kleinen Schwips hatte, ein Zustand, über den sie selbst sich am allerwenigsten beklagen würde. Von Berufs wegen hatte Miss Death eine lange Erfahrung mit den Auswirkungen des Alkohols auf verschiedene Personen. Einige wurden fröhlich, einige verfielen in Melancholie, manche wurden schweigsam und andere redselig. Mutter Brose gehörte zu den letzteren. Aber ihre Mittel waren so knapp, daß die Gelegenheiten, bei denen ihr ihre Zunge einen Streich spielen konnte, vergleichsweise selten waren und sich auf hohe Feiertage wie Weihnachten, Jubiläen, Krönungen und Siegesfeiern beschränkten. Miss Death unterdrückte einige schwache Bedenken und füllte Mutter Broses Glas nach, ohne noch einmal zum Wasserhahn zu gehen.

»Woher wissen Sie denn, daß man Ihre Hütte nicht abreißen wird? Ich dachte, das sei alles schon fest beschlossen. Hat man Ihnen einen Brief geschickt?«

Es war ihr völlig klar, daß die alte Hexe nicht lesen konnte und das nicht zugeben wollte. Sie hatte ihr in der Schankstube oft genug die Zeitung gegeben und sie auf bestimmte Abschnitte hingewiesen, nur um mit boshaftem Vergnügen zusehen zu können, wie die Alte das Blatt verkehrt herum hielt und so tat, als studiere sie es konzentriert. Ihr einziger Anhaltspunkt dafür, welche Seite nach oben gehörte, waren die Bilder. In diesem Punkt war Mutter Brose empfindlich, und wenn sie einen Brief bekam, was wahrscheinlich nur ein- oder zweimal im Jahr geschah, ging sie damit zum Pfarrer, weil sie wußte, daß der ihre Unwissenheit vertraulich behandeln würde. Er füllte auch alle Formulare für sie aus, die mit dem Bezug ihrer Rente zu tun hatten, denn sie war zwangsläufig auch im Schreiben nicht sehr geübt. Tatsächlich beschränkten sich ihre Fähigkeiten in dieser Richtung auf das Schreiben ihres Namens, das hatte ihr ihre Mutter in jenen längst vergangenen Tagen beigebracht, als sich die Schulbehörde noch nicht für den regelmäßigen Schulbesuch der Kinder interessierte.

»Nein, das haben sie nicht, die Schweinehunde«, sagte Mutter Brose, die bei Alkoholkonsum auch dazu neigte, ausfallend zu werden. Allmählich stieg ihr eine hektische Röte in die mageren Wangen. »Aber jetzt, wo der Major tot und begraben is', werden sie sich, denk' ich, den Kopf nicht über so 'ne kleine, olle Hütte zerbrechen, wo er sie doch nicht mehr dran erinnert. Glaub' ich einfach nicht.«

Es würde mindestens eine halbe Flasche kosten, dachte Tantchen. Eine halbe Flasche, ob sich das lohnte?

»Haben Sie George White in letzter Zeit mal getroffen?« fragte sie, das Thema wechselnd.

»Am Nachmittag mal«, gab Mutter Brose zu. »Er is' auf dem Weg dahergekommen, der an meinem Garten vorbeigeht. Richtig elend hat er ausgesehen. Ich hab' ihm 'n Apfel gegeben, damit er wieder lustiger wurde, aber er hatte ja schon Bauchweh.«

»Das war nett von Ihnen. Hatten Sie dieses Jahr eine gute Ernte?«

»Wollt Ihr 'n paar? Ihr könnt kriegen, soviel Ihr wollt.«

»Ich hätte gerne ein paar von Ihren Spezialbirnen, wenn Sie welche entbehren können.«

Mutter Brose wurde von einem Schluckauf überrascht, sagte: »'tschuldigung!« und hielt sich ihre Klaue vor den Mund.

»Spezialbirnen is' richtig!« sagte sie dann sehr bedeutungsvoll. Aber was für eine Bedeutung? – das war das Problem.

Tantchen fragte scharf: »Warum sagen Sie das so? Wieso sind sie speziell?«

»Na ja, Willyums sin's nich, und 'ne andre Sorte auch nich. Richtig saftig sin' se. Da kommt keine andre Sorte ran.«

Tantchen nahm einen neuen Anlauf.

»George White ist in Schwierigkeiten«, sagte sie.

»Das is'n Ding«, lallte Mutter Brose ganz verblüfft. Für sie konnten ›Schwierigkeiten‹ nur eine ganz bestimmte Bedeutung haben.

Tantchens schmale Lippen zuckten. Manche Leute mochten George White zwar für ein altes Weib halten, aber daß er diese Art von Schwierigkeiten hatte, war wohl doch nicht anzunehmen.

»Einige Leute meinen offenbar, er hätte den armen Vincent James vergiftet.«

»Dann sin' die Leute blöd. George White könnte doch nich' mal 'ne Fliege vergiften. Ich auch nich', so 'n armes, kleines Tierchen.«

»Aber wenn etwas Größeres als eine Fliege Ihnen schaden wollte, wären Sie vielleicht nicht so pingelig, was?«

»Ich glaub', ich geh' jetzt lieber.«

»Dann noch einen auf den Weg«, drängte Tantchen und schenkte ein. »Ich weiß nicht, was ich von George halten soll. Er ist der einzige im Dorf, der so viel weiß, daß er jemand aus dem Weg räumen könnte, ohne daß eine Seele es merkt.«

»Das isser wirklich nich'«, sagte Mutter Brose in betrunkener Entrüstung.

»Wer denn noch?«

»Und wenn ich Euch jetzt erzähl', daß ich 'n um die Ecke gebracht hab', dann glaubt Ihr mir das nich', wie?«

»Nein, das glaube ich nicht.«

»Na ja, ich war's aber doch. Und ich kann's sogar beweisen.«

Jetzt war die Katze aber gründlich aus dem Sack. Und nachdem es passiert war, hätte niemand entsetzter sein können als Tantchen, obwohl sie doch mitgeholfen hatte, die Schnur aufzumachen. Sie stand da, als könne sie ihren Ohren nicht trauen, und starrte die alte Sünderin an, die ihr Ginglas an sich drückte.

Endlich sagte sie, jede Silbe deutlich betonend: »Das ist aber niederträchtig – einem Menschen das Leben zu nehmen.«

Mutter Brose sah zwei Miss Deaths mit streng zurückgekämmtem Haar und fadendünn zusammengepreßten Lippen, und beide blickten sie mißbilligend an. Als sie sich so zurechtgewiesen hörte, begann sie zu schniefen.

»Ich hab ihm ja nich' direkt das Leben genommen«, wandte sie ein. »Ich hab ihm nur 'ne Birne gegeben. Was er damit gemacht hat, war doch seine Sache.«

»Und was wäre passiert, wenn er sie einem unschuldigen Kind geschenkt hätte?«

»Sowas macht der nicht, das hab' ich gewußt«, sagte Mutter Brose mit schlichter Überzeugung. »So 'ne freigebige Natur hatte der nicht. Ich wußte, daß er sie runterschlingen würde, wenn er allein war. Der konnte zu 'ner Birne nicht nein sagen, genausowenig wie sein Vater.«

»Was haben Sie reingetan?« fragte Miss Death, bei der die Neugier die Oberhand über das Mißfallen gewann.

»Das braucht Euch nich' zu kümmern. In die Euren tu' ich nichts rein.«

»Hoffentlich nicht. Wissen Sie, wie man das nennt, was Sie getan haben? Die Polizei würde es Mord nennen.«

»Ich werd's ihnen nich' erzählen. Wenn 'ne Birne gegessen is', isse weg.«

Sie hatte recht, dachte Tantchen. Es war nichts mehr da, was von dem Verbrechen erzählen konnte, nichts als ein Kernhaus auf einem Kerzenteller, das schon lange in einem Mülleimer gelandet war. Keine Flaschen, keine Pillendosen, keine leeren Phiolen; nur ein Kernhaus auf einem Kerzenteller. Aber etwas verstand sie immer noch nicht.

»Woher haben Sie denn gewußt, daß er an diesem Tag zu Ihrem Haus kommen würde?«

»Ich hab' immer noch gute Augen«, sagte Mutter Brose. Im Augenblick stimmte das nicht so ganz, denn sie waren sehr verschleiert. Aber gewöhnlich sah sie so scharf wie ein Falke. Sie hatte ihre Augen nie dadurch überanstrengt, daß sie über Gedrucktem brütete oder im Kino saß. »Ich hab 'n schon gesehen in seinem Mantel und seiner Mütze, da war er noch mehr als 'n ganzes Feld weit weg. Der war nicht zum Verwechseln. Ich dachte, er will mir sagen, daß ich raus muß. Hat nicht lang gedauert, ihm 'ne Birne herzurichten. Ich hab' flinke Hände.« Sie wich Miss Deaths vorwurfsvollem Blick aus und fügte als weitere Entschuldigung hinzu: »Er hat doch dauernd gejammert, daß er nich' schlafen kann. Immer wieder hab' ich ihm angeboten, ich mach' ihm eins von meinen Kräuterkissen... wahrscheinlich hab' ich zuviel rein. Hab' nicht dran gedacht, daß der Mond im Abnehmen war.«

Obwohl Mutter Brose zu tief ins Glas geschaut hatte, entging ihr nicht, daß sie keinen guten Eindruck machte. Sie verlor sich in brummelnde Selbstgespräche. »Selber hat er sein großes, altes Haus, warum muß er dann immer bei mir rumschnüffeln? Mich hält's noch aus, hab' ich ihm gesagt. Und so wird's auch sein, verlaßt Euch drauf.«

»Sowas, da bringt man einen Mann in den besten Jahren um, nur wegen einer verlausten, rattenverseuchten Lehmkate! Sie sollten sich schämen, Sie schlechte, alte Vettel!«

Mutter Brose begann, rührselig zu flennen. Sie mochte es nicht, wenn sie ausgeschimpft wurde. »War ja nicht nur deswegen. Die hatten die Köpfe zusammengesteckt, er und der andere junge Kerl. Die wollten mich einbuchten. Hab' ich mit meinen eigenen Ohren gehört, ganz deutlich. ›Sanatorium‹ ham 'se sich ständig zugeflüstert. Da hab' ich genau gewußt, was da im Busch is'. Ich wollt' nich' in 'ne Irrenanstalt. Das wär mein Tod. Ich hätt'n ja vielleicht noch davonkommen lassen, aber das war zuviel.«

Nach Tantchens Auffassung war Mutter Brose damit auf den einzigen, mildernden Umstand gestoßen, den man für ihre verwerfliche Tat finden konnte. Zwar konnte man die alte Hexe verdammen, weil sie den Wert eines Menschenlebens geringer eingeschätzt hatte als eine dreckige Hütte, aber persönliche Freiheit war etwas Heiliges, und wer sich daran verging, tat es auf eigene Gefahr. Alle alten Menschen, und besonders die auf dem Lande, haben eine gesunde Angst vor Anstalten. Miss Death hätte Mutter Brose nicht als verrückt eingestuft, nicht einmal nach dem, was sie heute gehört hatte. Schrullig mochte sie sein, ein bißchen rappelig im Kopf vielleicht, aber wenn man jeden, der als exzentrisch gelten konnte, gleich in Gewahrsam nehmen wollte, dann sähe es für viele schlecht aus. Und überhaupt, was ging es denn Vincent James an, ob Mutter Brose völlig durchgedreht war? Dann ging Tantchen plötzlich ein Licht auf, und sie atmete tief ein.

»Sie dummes, altes Ding«, sagte sie, weil ihr kein anderer Ausdruck einfiel, mit dem sie ausdrücken konnte, was sie empfand, »die haben nicht von ›Sanatorium‹ gesprochen. Die sprachen von ›sanitär‹! ›Sanitäre Verhältnisse‹.«

»Sanatorium oder sanitär«, murmelte Mutter Brose verstockt. »Für mich is' eins wie das andre.«

Oft schon hing die Entscheidung über Leben und Tod von einem Ja oder einem Nein ab. Aber nur in East Anglia konnte es dabei auf den Unterschied zwischen zwei solchen Worten ankommen.

Als die Nichte von Miss Death mit dem Bus von Bloxton zurückkam, hatte sie etwas zu erzählen.

»Stell dir vor, Tantchen«, sagte sie. »Ich hab' die alte Mutter Brose gefunden, sie war in 'nen Stechpalmenbusch gefallen. Und wie ich sie rausziehen will, fängt sie an zu fluchen, schlimmer als 'n Seemannspapagei. Weiß der Himmel, wer ihr das Geld gegeben hat, aber ich glaube, die war total voll!«

18

Wenn die ehrbaren Hausfrauen des Dorfes ängstlich darauf bedacht waren, Leonora James aus dem Weg zu gehen, so war Leonora ebenso ängstlich darauf bedacht, George White aus dem Weg zu gehen. In letzter Zeit kam er ihr vor wie die Personifizierung des Verhängnisses, das sie über sich hereinbrechen fühlte; ihre Angst vor ihm wurde durch seine sanftmütige Wesensart fast noch verstärkt. Er war wie eine weiche, unbeirrbar vorwärtskriechende Schnecke, die ihr Ziel allein durch ihre träge Beharrlichkeit erreichen würde. Glücklicherweise mußte sie nicht in seinem Laden einkaufen. Aspirin, dieser Tröster der Frauen, das sie inzwischen wie Süßigkeiten aß, war ebenso leicht in Bloxton zu beschaffen. Ja, sie verbrachte den größeren Teil ihrer Zeit in Bloxton. Dort drückte sie sich vor den Geschäften herum und betrachtete desinteressiert flauschige Unterhosen oder aufgehängte Mistgabeln und Spaten.

Sie verweilte beim Kaffee und später beim Lunch in Polly

Anns Restaurant; sie versteckte sich sogar in der stickigen Dunkelheit des einzigen Kinos, wo sie sich alte Western ansah, die für Jungen in Nigels Alter geeignet waren, und Liebesdramen für noch jüngere Mädchen. Sie entdeckte, daß sie eigenartigerweise überhaupt keine Freunde hatte. Vincents flegelhaftes Benehmen und ihre Affäre mit dem Arzt hatten jede Frau abgeschreckt, die ihr vielleicht sympathisch gewesen wäre. Dieser Mangel war ihr früher nie aufgefallen; jetzt hätte sie viel darum gegeben, wenn sie ihre Probleme einem verständnisvollen Zuhörer hätte anvertrauen können. Sie war isoliert und allein.

Manchmal schwebte ihre Hand zögernd über dem Telefon, während sie überlegte, wo sie sich zum Tee einladen oder sonst an einem kleinen gesellschaftlichen Ereignis teilnehmen könnte. Sie hatte seltsame, unglaubliche Anfälle, bei denen sie den Drang verspürte, schreiend auf die Dorfstraße hinauszulaufen.

Wenn sie im Haus war, rauchte sie ununterbrochen. Am Abend versperrte sie die Türen und ging mit einem Buch zu Bett. Sie wechselte das Schlafzimmer und schlief in Nigels Bett, wie um sich von seiner Abwesenheit trösten zu lassen, wenn ihr schon seine Gegenwart versagt blieb. Zweimal hörte sie die Glocke läuten, öffnete aber nicht. Beim zweitenmal wurde noch einmal geschellt. Sie stieg aus dem Bett, schlich auf Zehenspitzen zum Fenster und sah, als sie von der Seite durch die schützende Gardine spähte, den gebeugten Rücken von George White, als dieser gerade enttäuscht wegging.

Für Georges Geschmack ging es zu wenig voran. Nachdem seine Absicht, weitere Gespräche mit Leonora zu führen, an zwei Abenden hintereinander vereitelt worden war, schärfte er eines Morgens kurz nach zehn Uhr der völlig verdutzten Maureen ein, nichts Lebensgefährliches zu verkaufen, ließ den Laden in ihrer Obhut und machte sich auf den Weg nach Watergreen House. Ahnungslos öffnete ihm Leonora die Tür. Als sie ihn sah, verließ sie aller Mut, aber sie machte keinen Versuch mehr, ihm zu entkommen. Sie hatte getan, was sie konnte, um sich zu drücken; jetzt, wo das nicht mehr möglich schien, winkte sie ihn mit einer schwachen, resignierenden Handbewegung in die Halle.

George zögerte, drehte seinen Hut hin und her und hatte Mühe, einen Anfang zu finden.

»Ist irgend etwas nicht in Ordnung, Mr. White?« half ihm Leonora. »Vielleicht die Flaschen ...« Sie brachte den Satz nicht zu Ende, da er offensichtlich sinnlos war. Was konnte mit einer Flasche nicht in Ordnung sein, außer ihrem Preis? Und den hatte Mr. White selbst festgesetzt.

»Nein, es sind nicht die Flaschen. Und ich kann mich auch nicht lange aufhalten, weil ich das Mädchen alleine im Laden gelassen habe. Aber, ehrlich gesagt, ich mache mir Sorgen wegen dieser verschwundenen Schlaftabletten. Ich fürchte ständig, sie könnten in falsche Hände gelangen.«

»Dann wird es Sie beruhigen, wenn ich Ihnen sage, daß sich die Schachtel gefunden hat«, erklärte Leonora. »Ich hatte vor, es Ihnen mitzuteilen, aber es war so viel zu tun, und da habe ich es wohl leider vergessen. Ich bin ganz zufällig darauf gestoßen. Sie lag in einer Geheimschublade im Ankleideraum meines Mannes.«

Die Worte kamen langsam und schleppend heraus. Noch nie hatte sich die Wahrheit so unwahrscheinlich angehört, fand sie.

»Das ist gut. Da fällt mir ein Stein vom Herzen«, sagte George mit scheinheiligem Überschwang. »Dann könnten Sie sie mir jetzt vielleicht geben, und ich nehme sie mit, nur zur Sicherheit.«

»Oh, aber ich habe sie Doktor Down gegeben, als er hier war. Ich wußte, daß sie besser aus dem Haus kam, wegen der Unfallgefahr, und ich dachte, es sei gleichgültig, wer von Ihnen beiden sie hatte.«

»Haben Sie sie aufgemacht?«

»Ja, das habe ich. Ich wußte zuerst nicht, was es war.«

»Sie erinnern sich nicht zufällig, wie viele Tabletten noch übrig waren?«

»Zwanzig«, sagte Leonora. »Ich habe sie gezählt.« Und das kannst du dir jetzt hinter den Spiegel stecken, setzte sie in Gedanken ungewohnt derb hinzu.

George rieb sich die Wange. »Das ist eine komische Sache«, sagte er, »aber es gibt da ein kleines Rätsel, aus dem ich einfach nicht klug werde. Die Geschichte des Doktors deckt sich offenbar nicht mit Ihrer Geschichte, Mrs. James. Ich will ja nicht unhöflich sein, aber Tatsache ist, daß der Doktor mir schon einige Zeit, ehe Sie die Schachtel gefunden haben, mitgeteilt hat, er hätte sie an sich genommen. Ich will Ihnen wirklich nicht lästig fallen, aber das geht mir nicht aus dem Kopf. Einer von Ihnen muß sich geirrt haben. Es ist ja nicht so wichtig ...«

»Doch, es ist wichtig«, platzte Leonora heraus. »Es ist sogar sehr wichtig. Sie sagen praktisch, daß Sie mir nicht glauben. Ich begreife Ihr Verhalten nicht, Mr. White. Soweit ich weiß, habe ich Ihnen nie etwas getan. Und doch herrscht im Dorf eine schreckliche Atmosphäre, die mich todunglücklich macht, und ich glaube, daß daran großenteils Sie schuld sind. Warum behandeln Sie mich so? Das läuft ja fast auf eine ... Verfolgung hinaus. Ich bin in solchen Dingen nicht sehr bewandert, aber ich glaube, daß ich Anspruch auf Schutz habe. Es muß doch ein Gesetz gegen verleumderische Behauptungen geben.«

»Wenn Sie es wagen, sich darauf zu berufen, ja, so ein Gesetz gibt es«, stimmte Mr. White zu. Er hatte seinen Finger sanft aber gnadenlos auf den wunden Punkt gelegt.

»Es macht Ihnen wohl gar nichts aus, eine wehrlose Frau zu drangsalieren?«

Sie merkte gar nicht, wie melodramatisch das klang.

»Wissen Sie, es gibt einen Ausweg«, schlug der Apotheker vor. Es wäre ungerecht, zu sagen, daß ihm das alles Vergnügen bereitete, aber peinlich war ihm dieses Gespräch auch nicht.

»Sie müssen mir nur aufrichtig sagen: ›Ich bin ehrlich davon überzeugt, daß mein Mann eines völlig natürlichen Todes gestorben ist.‹ Ich bin bereit, Ihnen das zu glauben.«

Leonora schwieg. Eine schöne, dicke Lüge, und sie war gerettet; ein Versuch zu kneifen, und sie war verloren. Sie war verloren.

»Dafür müßte der Totenschein doch wohl Beweis genug sein.«

»Das sollte er jedenfalls, das gebe ich zu.«

»Wenn Sie Zweifel haben, dann sollten Sie sich am besten an den Arzt wenden, der ihn unterzeichnet hat.«

»Glauben Sie, daß man mich dort freundlich aufnehmen würde? Sie kennen den Doktor besser als ich, Mrs. James.«

Diese Anspielung war so niederträchtig, daß Leonora schroff zurückgab: »Wenn Sie damit nicht zufrieden sind, dann gehen Sie doch, verdammt noch mal, zur Polizei!«

Sie begriffen beide, daß sie an einem toten Punkt angelangt waren. George würde nicht mehr zur Polizei gehen, er wußte, daß das keinen Zweck hatte. Und Leonora würde nicht um Schutz bitten; sie hatte zuviel Angst davor, was sie damit alles in Bewegung setzen konnte. Es war wie ein Patt im Schach, stellte George fest.

Er fragte fast kleinlaut: »Haben Sie je an die Möglichkeit gedacht, daß sich Ihr Gatte in einer plötzlichen Depression selbst das Leben genommen haben könnte?«

»Wenn es über die Todesart irgendeinen Zweifel gegeben hätte, hätte ich das vielleicht getan. Aber es gab keinen Anlaß, dergleichen in Betracht zu ziehen.«

»Der Gedanke ist mir nämlich schon öfter gekommen«, fuhr George fort, ohne auf ihre Antwort zu achten. »Sehen Sie, Mrs. James, glauben Sie nicht, daß ich den Moralapostel spielen will. Vielleicht ist der Dorfklatsch in der letzten Zeit nicht allzu freundlich mit Ihnen umgegangen. Sei dem, wie es wolle. Ich möchte an diese Geschichte mit einer anderen Einstellung herangehen, mit wissenschaftlichen Untersuchungsmethoden. Falls der Major, als er von seiner Zecherei in Tidbury zurückkam, sich bedrückt fühlte und ganz spontan den Entschluß faßte, ein Ende zu machen, so hatte er das Mittel dafür zur Hand: die Schlaftabletten. Wenn Sie sagen, daß in der Schachtel noch zwanzig Stück waren, sind Sie dann absolut sicher, daß Sie sich nicht geirrt haben? Lassen Sie sich Zeit und denken Sie genau nach, ehe Sie antworten.«

George war überzeugt, ganz professionell und wie es im Buche stand vorgegangen zu sein. Das einzige, was nicht stimmte, war die unmittelbare Reaktion.

»Nein, ich habe mich nicht geirrt!« rief Leonora. »Mein einziger Irrtum bisher war, daß ich Ihnen gestattet habe, sich hier hinzustellen und so mit mir zu sprechen. Das ist eine pure Unverschämtheit, und wenn Sie nicht innerhalb von zwei Minuten das Haus verlassen, rufe ich Bert Purvis an und bitte ihn, hierherzukommen und Sie in Gewahrsam zu nehmen. Mein Mann hat immer gesagt, Sie seien ein Idiot, und ich bin inzwischen der Meinung, er hatte recht. Und jetzt gehen Sie bitte!«

Sie hatte sich aufgerichtet, und ihre Augen funkelten wütend. George verlor seinen ganzen Elan, all seine aufgesetzte Wichtigtuerei fiel in sich zusammen, die Vergangenheit bekam ihn wieder am Wickel, und anstatt einschüchternd zu wirken, ließ er sich selbst einschüchtern.

»Verzeihen Sie mir, wenn ich Sie gekränkt habe, Mrs. James«, begann er.

»Gehen Sie!« wiederholte Leonora. »Gehen Sie!«

»Jawohl.« Er schlich hinaus. Manchmal sind sogar Detektive nicht gegen Demütigungen gefeit.

Leonora stellte zu ihrer Überraschung fest, daß sie nach dieser Willensanstrengung an allen Gliedern zitterte. Das Herz schlug ihr in der Brust wie ein Motor, der sich festzufressen drohte. Der Raum war ihr zuwider, und sie ging hinaus, aber es dauerte nicht lange, bis sie merkte, daß ihr das ganze Haus ein Greuel war. Sie schätzte, daß Mr. White nun genügend Zeit gehabt hatte, in sein Geschäft zurückzukehren, warf sich einen

Mantel über und folgte ihm hinaus an die frische Luft. Entrüstung und Erregung beschleunigten ihre Schritte; sie wußte kaum, wohin sie ging, und erst als sie schon mitten im Dorf war, kam ein neues Gefühl über sie. Ganz plötzlich wurde sie sich ringsum einer Feindseligkeit bewußt, der sie sich törichterweise nackt und ungeschützt ausgesetzt hatte. Nur ein oder zwei Leute waren auf der Straße, niemand war in ihrer unmittelbaren Nähe, aber sie hatte den starken Eindruck, von einer Böswilligkeit umzingelt zu sein, vor der sie flüchten mußte. Sie sah sich nach Beistand um und erblickte neben sich die offene Tür des ›Willyum‹ in ihrem verschimmelnden Stuckrahmen.

Die ganze Vorderseite des Wirtshauses vermittelte den Eindruck beschaulichen Verfalls, vom bemoosten Ziegeldach bis zu den freiliegenden Holzteilen. Das Schild, das an einer schmiedeeisernen Stange sanft hin und her schwankte, mochte einmal die Züge von William und Mary getragen haben; jetzt waren die königlichen Gesichter zu blassen Farbklecksen ausgebleicht. In diesen Zufluchtsort zog Leonora sich zurück. In dem behaglichen, dunklen Eingang, der zu gleichen Teilen nach Feuchtigkeit, Bier und Messingpolitur roch, zögerte sie, dann klopfte sie schüchtern an die kleine Glasscheibe, die die Schankstube vom Flur trennte. Die Luke öffnete sich, und Miss Death streckte den Kopf heraus.

»Guten Morgen, Miss Death«, sagte Leonora. »Ich ... ich würde gerne etwas trinken, wenn es Ihnen nichts ausmacht.«

Dies war das erste Mal, daß sie in eine der beiden Dorfkneipen ging, und Miss Death zollte ihr dafür Respekt. Tantchen hatte sich nie mit der Anwesenheit von Damen im Wirtshaus anfreunden können. Sie wußte, daß diese Unsitte neuerdings allgemein akzeptiert wurde, aber deshalb billigte sie sie doch nicht. Dorffrauen – na ja; weibliche Sonderlinge in Pullover und Kordhosen – vielleicht; aber richtige Damen – nein, nicht einmal im Salon. Jetzt sagte sie:

»Möchten Sie, daß ich Sie im Nebenzimmer bediene?«

»Ich würde viel lieber da drin bei Ihnen bleiben, wenn Sie nichts dagegen haben«, antwortete Leonora.

Tantchen schloß die Klappe und erschien an der Tür zur Schankstube. »So früh am Vormittag kommt wahrscheinlich sonst niemand«, sagte sie beruhigend. »Treten Sie nur ein, und herzlich willkommen, Mrs. James.«

Sie war sicher, daß Mrs. James einen guten Grund für ihren Besuch hatte, und als sie das Gesicht ihrer Besucherin bei besserer Beleuchtung sah, beeilte sie sich zu fragen: »Was darf ich Ihnen geben? Möchten Sie einen Schluck Brandy?«

Leonora schüttelte den Kopf. »Davon wird mir übel.«

»Ich weiß, was Sie möchten. Ich habe eine Flasche sehr guten Sherry. Den hebe ich für Leute auf, die etwas davon verstehen. Setzen Sie sich, nehmen Sie den Stuhl mit den Armlehnen.«

Leonora sank auf den harten Holzsitz wie auf königlichen Samt. »Es gefällt mir hier«, bemerkte sie schlicht. »Was für ein schöner Raum.«

Ganz gleich, wie sehr man zugunsten von Miss Deaths Schankstube voreingenommen sein mochte, einen ästhetischen Genuß konnte sie nicht vermitteln, denn trotz ihrer guten Proportionen war sie ausgesprochen häßlich. Aber Tantchen freute sich über das Kompliment, und es war ehrlich gemeint. In den massiven, gelben Möbeln, in der Reihe von Zinnkrügen, dem Ofenschirm mit dem Blumenmuster, dem Stich von dem trunksüchtigen Mönch, ja, sogar in der Metzgerpalme und der Öllampe sah Leonora eine Solidität, die sie bewundernswert fand. Dieser Raum war der richtige Rahmen für Tantchen, und sie gab ihm das, was auch er ihr gab, eine Garantie für Stabilität und Zuverlässigkeit, die noch aus viktorianischer Zeit stammte.

»Bitte schön«, sagte Tantchen. »Probieren Sie ihn einmal, und sagen Sie mir, was Sie davon halten.« Sie reichte Leonora den Sherry in einem besonderen Glas mit englischem Schliff, das ihren Günstlingen vorbehalten war.

»Trinken Sie nicht mit, Miss Death?«

»Vielen Dank, aber mich müssen Sie bitte entschuldigen, Mrs. James. Ich rühre keinen Alkohol an. Aber ich trinke ein trockenes Ginger Ale mit, um Ihnen Gesellschaft zu leisten. Und wie steht es mit Zigaretten? Ich kann Ihnen gerne eine Schachtel holen.«

Durch Miss Deaths Stube und unter ihrer Freundlichkeit ruhiger geworden, nippte Leonora an ihrem Glas, und ihre Nervosität ließ nach. Tantchen ging langsam und leise herum, stellte ihrem Gast einen Aschenbecher und eine Schachtel Streichhölzer hin, regulierte den Ölofen und schenkte sich schließlich ihr trockenes Ginger Ale ein, von dem sie sich für den Rest des Tages nichts als Blähungen erwartete. Leonoras Wangen bekamen wieder Farbe; es war unverkennbar, daß sie sich entspannte.

»Das ist ein seltsames altes Haus«, sagte Miss Death und setzte sich mit raschelnden Unterröcken. »Keine modernen Annehmlichkeiten, wie man sie in London hat. Aber meinem Vater war es recht so, und davor seinem Vater, und mir ist es auch recht. Wenn ich nicht mehr bin, werden sie wohl damit machen, was sie wollen. Viele kleine Tische mit Glasplatten reinstellen, kann ich mir denken, und diese Stühle, wie nennt man sie noch? Welshman's Looms? Ich finde, sie sehen aus wie angemalte Körbe.«

»Ich kann mich nie entscheiden, welche schlimmer sind, diese Sorte oder die aus Stahlrohr mit rotem Leder.«

»Sie mögen also den ländlichen Stil, Mrs. James?«

»Ich mag den ländlichen Stil, aber bei der ländlichen Bevölkerung bin ich mir nicht so sicher, Anwesende ausgenommen, wie man so sagt.«

»Es dauert lange, bis man sie kennt. Unser Pfarrer zum Beispiel hat sein ganzes Leben bei uns verbracht und nimmt uns nicht allzu ernst. Aber nach Buttlesham hat man einen neuen Mann geschickt, direkt aus einer Pfarrei im East End, und den haben seine Pfarrkinder innerhalb eines Jahres ins Grab gebracht. Armer Mann. Er dachte, er bekäme hier einen ruhigen Posten. Wollte es allen recht machen, wirklich, und hat dabei nur alle verärgert. Er machte für die einen auf hochkirchlich und für die anderen auf reformiert-puritanisch, und nur ein einziges Mal ist es ihm gelungen, eine anständige Gemeinde zusammenzubringen, und das war bei seinem eigenen Trauergottesdienst. Nein, man darf sich nicht alles so sehr zu Herzen nehmen.«

»Das hört sich wunderbar an«, sagte Leonora, »aber ich bezweifle, ob der Rat so leicht zu befolgen ist.«

»Ich finde, es ist immer einfach, Ratschläge zu geben, und schwer, sie zu befolgen. Sie finden es wohl recht einsam in Watergreen House, seitdem Ihr Sohn fort ist?«

»Ich überlege, ob ich es aufgeben und nach London ziehen soll«, sagte Leonora. ›Ja‹, dachte sie, ›das ist das einzig Richtige. Ronald wage ich nicht anzurufen, und George White macht mir angst, er ist wirklich unerträglich. Ich werde einfach die Tür zuschließen und verschwinden, und es ist mir egal, ob ich jemals wiederkomme.‹

»So machen sie es alle, die jungen Leute«, sagte Tantchen ruhig. »Es hat etwas mit der Reformation zu tun, sagte jedenfalls der Pfarrer, mit der Einzäunung des Gemeindelandes. Ich bin kein Gelehrter, deshalb kann ich das sicher nicht bestreiten, obwohl ich nie verstanden habe, warum der junge Archie Monk wegen so uralter Geschichten in einer Garage in Camden Town arbeiten will. Er sieht jedenfalls aus wie ein Gespenst, wenn Gespenster schmutzige Fingernägel haben können. Für die Jungen ist Landluft immer noch das Beste, Mrs. James.«

»Was hilft einem die Gesundheit, wenn man unglücklich ist, nicht wahr, Miss Death?«

»Es ist schwierig, genau zu bestimmen, was Unglück ist«, behauptete Tantchen. »Genauso schwierig, wie zu bestimmen, was Glück ist. Sie würden den alten Abraham Monk nicht als unglücklich bezeichnen, oder? Aber die meisten Leute würden sagen, daß er ein elendes Leben geführt hat. Nichts als schwere Feldarbeit, Brot und Käse zu essen und eine undichte Hütte, wo er nachts seine rheumatischen Knochen hinlegen konnte. Und Ihnen empfehle ich jetzt noch ein Glas von dieser Medizin, Mrs. James.«

»Der Sherry ist wirklich großartig.«

»Das sagen alle. In welchem Teil von London wollten Sie denn nun wohnen, Mrs. James?«

»Ach, ich weiß nicht. Ich werde mir irgendwo eine Wohnung suchen, in Kensington vielleicht. Aber ich rechne damit, daß es schwierig sein wird, eine zu finden.«

»Man fragt sich, warum die Leute unbedingt in Schichten übereinander leben wollen«, sinnierte Miss Death. »Soviel ich gehört habe, kann man riechen, wenn der Nachbar Kohl kocht. Und der junge Archie Monk hat mir erzählt, daß er sein Radiogerät gar nicht braucht, er kann von früh bis spät alle Programme hören, ohne Gebühren bezahlen zu müssen. Seine arme Frau muß den Kinderwagen im Lift nach unten bringen und alle Windeln in der Wohnung trocknen. Aber trotzdem gefällt es ihnen. Sie müssen für so ziemlich alles Schlange stehen, sagt er, und der Fisch ist schon nicht mehr frisch, wenn er in die Geschäfte kommt.«

»Sehr verheißungsvoll hört sich das nicht an.«

»Für einen Besuch hin und wieder ist London ganz schön, um ins Theater zu gehen und ein wenig in die Schaufenster zu gucken. Wenn ich aber dort wohnen müßte, würde ich mich noch lieber in der Gosse einquartieren. Aber jeder nach seinem Geschmack.«

»Es ist so schwer, ohne Haushaltshilfe in Watergreen House zu leben.«

»Meiner Ansicht nach ist es ein Haus, das junges Blut braucht«, sagte Tantchen. »In Watergreen House wohnen die James schon so lange wie die Deaths im ›Willyum‹. Ich bin die letzte in der Familie, ich kann also nichts daran ändern, aber Sie haben noch Ihren Jungen, der weitermachen kann. Tradition ist eine großartige Sache, es gibt in dieser Hinsicht nichts Besseres.«

»Haben Sie je das Gefühl gehabt, daß jedermann Sie haßt und daß das Leben sich nicht lohnt?« wollte Leonora wissen.

»Jedesmal, wenn ich Verdauungsbeschwerden habe«, antwortete Miss Death prompt.

Ein leichtes Lächeln stahl sich in Leonoras Mundwinkel.

»Mrs. James«, fuhr Tantchen ernsthaft fort, »ich bin eine alte Frau, obwohl ich mich deshalb nicht für ein Orakel halte. Aber ich sitze jahrein, jahraus hier und habe den Trost in flüssiger Form vor meiner Nase, und in dieser Lage kriege ich verhältnismäßig viel an Geständnissen zu hören. Ich bin der festen Überzeugung, daß niemand im Leben ungeschoren davonkommt, es sei denn, er ist einfältig geboren oder stirbt früh. Früher oder später kriegen wir das alle zu spüren, und wie wir uns dann verhalten, das macht uns zu dem, was wir sind. Sie beißen die Zähne zusammen und stehen es durch, und wenn sich die Umstände ändern – und sie können gar nicht anders –, dann sind Sie hinterher ein stärkerer und klügerer Mensch geworden. Wenn Sie aber kapitulieren und davonlaufen, dann werden Sie in alle Ewigkeit davonlaufen. Ich sage ›Sie‹, aber das ist nur so eine Redensart, ich spreche von den Leuten ganz allgemein.«

Leonora hatte ihr aufmerksam zugehört. Jetzt sagte sie: »Sie behaupten, die schlimmen Zeiten hätten nur eine bestimmte Dauer, aber woher weiß man denn, wie lange sie dauern werden?«

»Sie dauern selten länger, als ein Mensch es ertragen kann«, antwortete Miss Death. »Darauf können Sie sich verlassen.«

Leonora trank ihren Sherry und drückte ihre Zigarette aus. Sie stand auf.

»Ich habe unser Gespräch sehr genossen«, sagte sie. »Jetzt muß ich bezahlen und zu meiner Arbeit zurückkehren.« Sie gab Miss Death das Geld, diese nahm es würdevoll entgegen und legte es in eine Schublade.

»Es ist Ihnen vielleicht aufgefallen, daß ich nicht gefragt habe: ›Wieviel bin ich Ihnen schuldig?‹« fügte Leonora mit einem Anflug von Schüchternheit hinzu. »Ich habe so eine Ahnung, als wäre es vielleicht mehr, als ich bezahlen kann.«

19

Miss Death befand sich in einem Dilemma. Durch Anwendung unkonventioneller Methoden war es ihr (ganz schmerzlos) gelungen, sich gewisse Informationen zu beschaffen. Die Schwierigkeit war, daß sie jetzt, nachdem sie diese Informationen hatte, nicht so recht wußte, was sie damit anfangen sollte. Es stand ihr natürlich frei, George White holen zu lassen und ihm von ihren Entdeckungen zu berichten, aber sie bezweifelte, daß er ihr glauben würde. Die Menschheit neigt dazu, zu glauben, was sie glauben will. George wußte, wo ihre Sympathien lagen, und er würde ihre Aktivitäten vielleicht als gerissenen Schachzug auffassen, um ihn von seiner Spur abzubringen. Sobald Mutter Brose nüchtern geworden war, würde sie wieder so verschlossen sein wie eine Auster, und es war auch nicht zu erwarten, daß eine zweite Anwendung von Gin noch einmal das gleiche Ergebnis erzielen würde. Solche Dinge geschehen selten zweimal.

Aber sie mußte etwas tun. Im Augenblick hatte sie Leonora vielleicht den Rücken gestärkt, aber sie hatte genügend Erfahrung, um zu wissen, daß nichts so schnell verblaßt wie moralische Belehrungen. Wenn Leonora wieder ins Grübeln kam, würde sie wahrscheinlich doch noch an Londoner Häusermakler schreiben, trotz alter Fische und der Belästigung durch andere Mieter.

Auf jeden Fall mußte sie George hieb- und stichfeste Beweise vorlegen können. Mit diesem Vorsatz holte sie sich ein Blatt liniertes Kanzleipapier und einen Federhalter mit Waverleyfeder, und da keine Gäste anwesend waren, setzte sie sich hin, um ihr Gespräch mit Mutter Brose niederzuschreiben, soweit sie es noch im Gedächtnis hatte. Kaum hatte sie die Feder in die Tinte getaucht, als sie eine großartige Idee hatte. Es war eine dieser wirklich echten Erleuchtungen, die, vollständig und perfekt, wie ein Blitz aus dem Nichts kommen.

Aber wie so viele Erleuchtungen erforderte sie aufwendige Vorarbeiten. Tantchens Feder kratzte geduldig über das Papier; sie strich aus, verbesserte, hielt inne, um zu überlegen. Glücklicherweise hatte der Rheumatismus nie ihre Finger befallen; in diesem Fall hätte sie ihre Aufgaben als Wirtin nicht mehr erfüllen können, denn um Getränke auszuschenken, braucht man eine ruhige Hand. Tantchens Handschrift hätte direkt aus einem Schönschreibheft stammen können. Sie war das Ergebnis mühsam im Kindesalter geübter Schnörkel und dicker und dünner Striche, wobei der Federhalter direkt über die rechte Schulter zeigen mußte. Als sie einen ihren Vorstellungen entsprechenden Rohentwurf angefertigt hatte, nahm sie ein neues Blatt Papier und machte sich an die Reinschrift. Sie war gerade damit fertig geworden und löschte sie sorgfältig ab, als der erste Landarbeiter kam, um zu seinem Käsebrot ein kleines Bier zu trinken. Ohne auffällige Eile legte sie das Resultat ihrer morgendlichen Beschäftigung in eine Schublade und wandte sich ihren Berufspflichten zu.

Gegen Ende ihres einfachen Mittagessens sagte sie zu ihrer Nichte: »Wenn du mit dem Abwasch fertig bist, möchte ich, daß du zur alten Mutter Brose hinüberläufst. Sie hat mir ein paar von ihren Spezialbirnen versprochen. Sag ihr, sie soll sie heute nachmittag selbst vorbeibringen, dann wird alles richtiggemacht. Ich habe heute vormittag mein Testament geschrieben, das kann sie mir dann auch gleich bezeugen.«

Die Nichte ließ fast einen Teller fallen.

»Aber sie kann doch nicht lesen.«

»Das braucht sie auch nicht«, sagte Miss Death ein wenig grimmig.

Die Nichte überlegte. Der Sache mit Tantchens Testament hatte sie schon allen Scharfsinn gewidmet, den sie besaß. Ohne ihr Wissen war Miss Death eines Tages, als es ihr noch nicht so unüberwindliche Schwierigkeiten bereitete wie heute, allein das Haus zu verlassen, mit dem Bus nach Bloxton gefahren, hatte ihren Anwalt aufgesucht und ihr Testament bei ihm hinterlegt. Tantchen war Geschäftsfrau genug, um zu wissen, daß ein richtiges Testament eine Menge Schwierigkeiten erspart. Sie hatte ihrer Nichte so viel hinterlassen, daß diese keine Not zu leiden brauchte, aber sie hatte nie gewollt, daß sie das ›Willyum‹ bekam. Das ließ ihr Stolz nicht zu. Sie hatte verfügt, daß es verkauft werden sollte und daß der Ertrag dem Pfarrer zu übergeben sei, der ihn zum Wohle der Dorfbewohner verwalten sollte. Sie hatte ihn dazu um sein Einverständnis gebeten, und er hatte widerstrebend zugestimmt. Sie wußte, daß seine Schultern breit genug waren für diese Last, und er würde ja auch nicht alles hören können, was man über ihn sagen würde. Nur eines machte ihr ein wenig Sorgen, daß er vielleicht vor ihr gehen würde. Für den Fall seines Todes hatte sie als nächsten Erben Peter Motts bestimmt, aber obwohl er recht geschäftstüchtig war, wußte sie, daß er bei weitem nicht so gut für diese Aufgabe geeignet war wie der Pfarrer. Miss Death hielt nichts von Trusts und Komitees; ihr waren Einzelpersonen lieber. Sie hatte überlegt, ob sie die Anweisung hinterlassen sollte, ihren Körper zu verbrennen, aber das Krematorium war fünfzig Meilen entfernt, und sie kam zu der Ansicht, daß in diesem Punkt doch niemand auf ihre Wünsche Rücksicht nehmen würde, deshalb unterließ sie es. Tot ist tot, ob nun begraben oder verbrannt, so lautete jedenfalls Tantchens Schlußfolgerung.

Die Nichte wußte nichts von der Existenz dieses Testaments, und so hatte sie befürchtet, Tantchen sei entschlossen, ohne ein solches zu sterben; da sie nur äußerst entfernt verwandt waren, etwa auf der Stufe von Großkusinen zweiten Grades, war sie sich gar nicht sicher, wie sie dabei abschneiden würde. Sie stand jedoch so unter dem Pantoffel der alten Dame und hatte solche Angst, ihr Mißfallen zu erregen, daß sie nicht den Mut fand, darauf hinzuweisen, es sei nun vielleicht doch an der Zeit, testamentarische Verfügungen zu treffen. Nun war das Werk auch ohne eine solche Andeutung vollbracht worden. Sie warf einen verstohlenen Blick auf Tantchen, weil sie dachte, das alte Mädchen fühle sich vielleicht etwas flau, aber Miss Death wirkte so munter wie immer. Ja, so munter, daß die Nichte sich schuldig fühlte, weil sie fürchtete, ihre geheimsten Gedanken seien sichtbar geworden und bereiteten Tantchen ein stilles Vergnügen.

»Möchtest du nicht lieber jemanden, der ein bißchen mehr Achtung genießt?« fragte sie hastig, um ihre Verwirrung zu verbergen. Sie versprach sich keinen Genuß von einem Besuch bei Mutter Brose, und er störte auch ihre Pläne für den Nachmittag.

»Wenn ich sage, Mutter Brose, dann meine ich auch Mutter Brose«, fuhr Miss Death sie an. »Ich bin noch durchaus bei klarem Verstand. Jetzt sieh zu, daß du mit dem Abwasch fertig wirst, und dann zieh deinen Mantel an und setz deinen Hut auf.«

»Schon gut, Tantchen. Du brauchst dich deshalb wirklich nicht aufzuregen. Ich tue ja genau, was du willst.«

»Wie nett von dir«, antwortete Miss Death bissig. »Ich werde mich jetzt eine halbe Stunde auf mein Bett legen. Und du brauchst gar nicht erst in der Schankstube herumzustöbern, ob du vielleicht etwas findest. Du erfährst noch früh genug, was drinsteht, wenn ich unter der Erde bin.«

Die Wangen der Nichte waren leicht gerötet, aber sie beherrschte sich und hielt den Mund. Da das Testament jetzt geschrieben war, lag es ihr fern, seine Unterzeichnung verhindern zu wollen.

Es dauerte nicht lange, bis sie sich umgezogen hatte und auf dem Fahrrad unterwegs zu Mutter Broses Hütte war. Als sie von der Hauptstraße abbog, stieg sie nicht ab, sondern fuhr rüttelnd und holpernd über den ausgefahrenen, mit Gras überwachsenen Weg, der zu Mutter Broses Tür führte. Glücklicherweise war die Alte zu Hause; sie hätte auch weiß Gott wo sein können, denn sie hatte nichts als schlechte Angewohnheiten. Trotzdem war sie alles andere als begeistert davon, sich auf der Stelle zum ›Willyum‹ zu begeben.

»Ich weiß genau, was sie will«, sagte sie. »Ich bring' sie morgen hin, 'n schönen Korb voll.«

Wenn Miss Death ›heute nachmittag‹ sagte, dann meinte sie nicht ›morgen‹. Die Nichte biß sich auf die Unterlippe und verlegte sich auf gutes Zureden.

»Tantchen sagt, es soll alles richtiggemacht werden.«

Mutter Brose spitzte die Ohren. Visionen einer neuerlichen Ginorgie stiegen vor ihren Augen auf.

»Ich komm' dann später rüber.«

»Machen Sie sich lieber gleich auf den Weg. Sie hat's nicht gerne, wenn man sie warten läßt. Kommen Sie zur Tür, ich laß' Sie dann rein.«

»Ich werd's nich' vergessen, Fräuleinchen. Nur keine Aufregung. Auf dem Weg da bin ich zu Fuß fast so schnell wie Ihr mit dem Rad.«

Damit mußte die Nichte sich zufriedengeben. Sie hatte keine Lust, sich in Begleitung von Mutter Brose sehen zu lassen, und so bestieg sie ihr Fahrrad und fuhr zum Wirtshaus zurück.

Sie hatte ihre Bedenken, aber sie wußte schließlich nicht, welch ein starkes Druckmittel da am Werk war. Sie spähte dauernd aufgeregt aus der Hintertür. Ihr wurde sehr viel leichter ums Herz, als sie Mutter Brose erblickte, die unter dem Gewicht eines sogenannten Fischkorbs schwankend daherkam.

»Treten Sie nur ein«, sagte sie. »Setzen Sie sich erst mal, damit Sie wieder zu Atem kommen, ich sage Tantchen, daß Sie da sind.«

Sie klopfte an die Schlafzimmertür. »Tantchen, die alte Mutter Brose ist da.«

»Gut, ich bin in fünf Minuten unten.«

Miss Death ließ sich von dem großen Himmelbett hinunter, spritzte sich aus einem Krug mit Rosenmuster eiskaltes Wasser ins Gesicht und ordnete ihr Haar, ehe sie leise die Treppe hinabstieg. Sie fand Mutter Brose und ihre Nichte in nicht sehr trauter Zweisamkeit beisammen. Die Nichte, die ebenso reinlich wie einfältig war, was einiges heißen will, litt in der Nähe der Kleidung der alten Frau Höllenqualen.

»Sie haben die Birnen also mitgebracht, wie ich sehe«, sagte Miss Death, ohne darauf einzugehen, daß sie ja danach geschickt hatte. »Das ist sehr freundlich von Ihnen. Was schätzen Sie, wieviel Pfund es sind?«

»Das geht bei mir nicht nach Gewicht«, sagte Mutter Brose. »Für zwei Shilling könnt Ihr sie haben.«

»Einverstanden.« Ein Zweishillingstück wechselte den Besitzer. »Nachdem Sie jetzt hier sind, wäre ich Ihnen dankbar, wenn Sie mir einen kleinen Gefallen tun könnten. Ich möchte Sie gerne als Zeugin für mein Testament haben, wenn es Ihnen nichts ausmacht. Wir gehen in die Schankstube. Da habe ich alles, was dazugehört. Es dauert nur ein paar Minuten.«

»Ihr meint, ich soll meinen Namen drunterschreiben?«

»Richtig. Meine Nichte hier glaubt, es ist höchste Zeit, daß ich ein Testament mache. Wir sind nicht mehr die Jüngsten, und manchmal müssen wir früher als erwartet unsere Koffer packen. Dann sollte alles geordnet sein, damit die Anwälte nicht alles in die Finger kriegen. Also, kommen Sie. Bringen wir es hinter uns. Schwanken und Zögern hat noch niemandem was genützt.«

Sie ging voran in die Schankstube. Als sie an die Tür kamen, nahm sie den Schlüssel aus der Tasche ihrer Alpakaschürze. Die Nichte begriff, für wen all diese Vorsichtsmaßnahmen getroffen worden waren, und errötete.

»Solche Dinge darf man nicht herumliegen lassen, damit jeder reinschauen kann«, verkündete Miss Death.

»Ich soll meinen Namen genauso druntersetzen wie in meinem Rentenbuch, oder?« fragte Mutter Brose, um sicherzugehen, daß sie richtig verstanden hatte.

»Genau. Man braucht zwei Zeugen, um sicherzustellen, daß alles ehrlich zugegangen ist. Den einen sollen Sie machen, und den anderen meine Nichte hier.«

Sie waren inzwischen in der Stube, und Tantchen war dabei, die Requisiten bereitzulegen, das Löschpapier und ihre Blätter. Niemand war überraschter als sie, als ihre Nichte plötzlich in Tränen ausbrach.

»Aber Mädchen, was in aller Welt ist denn jetzt los?« wollte sie völlig verdattert wissen. »Sag nur nicht, du regst dich auf, weil ich den Weg allen Fleisches gehen muß. Ich werde dir noch lang genug ein Dorn im Auge sein.«

»Daaaaas . . . ist es nicht!« schluchzte die Nichte.

»Was in aller Welt ist es denn dann?«

»Ich habe gehört, daß die, die den Zeugen machen, nichts erben dürfen«, weinte die Nichte. »Und nach allem, was ich die ganzen Jahre für dich getan habe. Ich finde, da hab ich mir 'ne Belohnung für meine liebevolle Fürsorge verdient. Das is' nicht fair, wirklich nicht.«

Miss Death war eine kluge alte Frau, und sie dachte, sie hätte ihre Vorbereitungen mit aller Schläue getroffen. Aber die Klugen werden oft von den Einfältigen irregemacht, und an eine solche Entwicklung hatte sie nie gedacht.

»Jetzt sei nicht albern und führ' dich nicht so auf«, mahnte sie. »Natürlich habe ich Vorsorge für dich getroffen, dummes Mädel. So schlecht bin ich doch nicht, daß ich so was nicht tun würde, obwohl man, was die liebevolle Fürsorge angeht, geteilter Meinung sein könnte.«

»Na schön«, sagte die Nichte schniefend, »ich weiß jedenfalls, daß ich das nicht unterschreiben darf, sonst krieg' ich keinen Penny zu sehen. Außerdem sieht das überhaupt nicht aus wie ein Testament, das muß auf blauem Papier geschrieben sein und oben große Ringelschnörkel haben.«

»Unsinn!« sagte Miss Death energisch, »solange es deutlich lesbar in meiner Handschrift geschrieben ist, ist es völlig in Ordnung. Aber wenn ich es mir überlege, hast du mit der Unterschrift vielleicht recht. Jetzt läufst du raus und holst Harry, den Straßenarbeiter, als zweiten Zeugen. Ich weiß, daß er gleich unten an der Straße an der Hecke arbeitet. Das hat er mir erzählt, als er hier war und sein Bier getrunken hat.«

Die Nichte wischte sich mit dem Taschentuch die Tränen ab, und ihr Gesicht heiterte sich auf.

»Ich bin gleich wieder da«, sagte sie. »Ich hol' ihn sofort.«

Der Gedanke, ihren Namen schreiben zu müssen, hatte Mutter Brose Unbehagen bereitet. Gewöhnlich brauchte sie dazu sehr lange und mußte sich stark konzentrieren.

»Und wo muß ich da hinschreiben?« erkundigte sie sich ängstlich. Das einzige, was sie mit der akademischen Prüfung versöhnte, die ihr bevorstand, war die Belohnung in Gin, die, wie sie annahm, folgen würde.

»Gleich da unten auf das Blatt. Hier, sehen Sie es sich nur an. Es heißt ja, man soll nie was unterschreiben, was man nicht vorher durchgelesen hat. Sie können von mir aus ruhig sehen, wo mein Geld hingeht, aber ich will nicht, daß meine Nichte was davon mitkriegt.«

Ohne Bedenken reichte sie Mutter Brose die engbeschriebenen Blätter, und die nahm sie und hielt sie so dicht wie möglich vor die Augen. In dieser Stellung blieb sie ein paar Minuten lang und machte dabei ein schlaues Gesicht.

»Das ist doch gerecht, oder?« erkundigte sich Miss Death.

Mutter Brose nickte feierlich mit dem Kopf und gab die Blätter zurück.

»Vielleicht sollten Sie lieber schon mit dem Unterschreiben anfangen, ehe die beiden zurückkommen. Dann haben Sie reichlich Zeit. Wie ist eigentlich Ihr Vorname? Ich bin ziemlich sicher, daß ich ihn noch nie gehört habe.«

»Malie mit A«, sagte Mutter Brose. »Ich werde A. Brose hinschreiben. Das andere ist 'ne richtig harte Nuß.«

»Ja, das ist schon in Ordnung.«

»Is' das die Feder, die ich nehmen muß?«

»Genau.«

Mutter Brose beäugte sie ängstlich, als fürchte sie, sie könne beißen, dann griff sie danach.

»Hierher, an diese Stelle.«

»Muß es auf der Zeile stehen oder dazwischen?«

»Wie Sie wollen. Aber setzen Sie sich doch lieber.«

Atemlose Stille herrschte, als Mutter Brose, unter abscheulichen Grimassen, jene mysteriösen Schlingen und Windungen zeichnete, die, wenn sie sich richtig erinnerte, A. Brose bedeuteten und ihr ihren wöchentlichen Hungerlohn sicherten. Als sie fertig war, legte sie triumphierend die Feder nieder.

»Jetzt könnt Ihr's anschauen. War es so, wie Ihr's wolltet?«

»Das ist genau, was ich wollte«, sagte Miss Death mit Nachdruck.

Mutter Brose seufzte erleichtert auf. »So studiert bin ich auch wieder nicht«, gestand sie.

In diesem Augenblick kehrte die Nichte mit Harry zurück.

»Was hör' ich da, Sie woll'n Ihr Testament machen?« fragte er ziemlich streng. »Das bringt aber Unglück, wenn man so was macht.«

»Jetzt hören Sie aber auf, Harry. Auch wenn ich mein Testament mache, sterbe ich deshalb doch keine Minute früher, als der Allmächtige es will. Tja, viel Arbeit haben wir Ihnen nicht übriggelassen. Ich habe unterschrieben, und Mutter Brose hat auch unterschrieben. Jetzt müssen Sie noch Ihren Namen druntersetzen.«

»Soll ich meinen Beruf auch hinschreiben?«

»Ach, ich glaube nicht, daß das wichtig ist.«

»Doch, das ist wichtig«, sagte die Nichte, die es plötzlich mit gesetzlichen Feinheiten ganz genau nahm. »Schreib ›Harry Blossom, Straßenarbeiter‹ hin.«

»Ich bin aber fertig«, sagte die alte Mutter Brose hastig. »Ich schreib' da nichts mehr dazu.«

»Sie muß aber was hinschreiben«, verlangte die Nichte. »Ob sie will oder nicht.«

Sie hatte allen Grund zur Enttäuschung, denn sie wußte jetzt genausowenig, was sie erben würde, wie zuvor. Nachdem Mutter Brose unterzeichnet hatte, hatte Tantchen das ganze Dokument sorgfältig mit einem großen Löschblatt abgedeckt.

»Das andere setze ich noch ein«, sagte Miss Death. »Die Unterschrift ist das wichtigste, den Zusatz kann auch jemand anderes schreiben. Was soll ich einsetzen?«

Die Nichte zögerte. Man konnte nicht ›Beruf: Hexe‹ hinschreiben, entschied sie. »Dann wird's wohl ›Hausfrau‹ heißen müssen«, sagte sie unsicher.

»Nun, das kann ich später anfügen. Ich danke euch beiden sehr für eure Hilfe.« Miss Death sammelte die unterschriebenen Blätter ein und schob sie in ihre Schublade. »Und wie wäre es jetzt mit einer kleinen Belohnung? Was soll es sein, hell oder dunkel?«

Gin wurde mit solchen Worten nicht angeboten. Die wettergegerbten Züge von Mutter Brose drückten krasse Enttäuschung aus. Sie nahm ihren Krug Bier ohne überschwengliche Dankbarkeitsbezeugungen in Empfang.

»Ich muß Euch wieder besuchen, wenn Ihr Geburtstag habt«, sagte sie mit verstecktem Bedauern.

»Dann müssen Sie noch 'n bißchen warten«, sagte Harry fröhlich. »Miss Death hat erst zur Erdbeerzeit Geburtstag. Das habe ich mir gemerkt. Als sie nämlich noch klein war, ist ihr Vater immer zu meinem Vater gekommen und hat sich bei ihm Erdbeeren ausgesucht, damit sie und ihre Freundinnen 'ne richtige Kuchenschlacht machen konnten. Viel Sahne gab's da auch immer dazu.«

»Ich bin wie der König«, sagte Miss Death hastig. »Ich habe immer zweimal Geburtstag.«

Es mochte Einbildung sein, aber sie glaubte, im Gesicht von

Mutter Brose einen sonderbaren Ausdruck zu entdecken, als fühle sie sich in die Enge getrieben; das Weiße in den Augen blitzte auf wie bei einem Tier in der Falle. Was immer dieser flüchtige Ausdruck bedeutete, sie dachte nicht weiter darüber nach. Sie begleitete Mutter Brose und Harry hinaus, dann setzte sie sich sofort hin und schrieb eine kurze Nachricht an George White, in der sie ihn bat, sie in einer vertraulichen Angelegenheit, die mit dem zu tun habe, worüber sie gesprochen hätten, baldmöglichst aufzusuchen. »Meine Nichte ist ein Dummkopf«, schrieb sie in ihrer schönen, ordentlichen Schrift, »und man kann sie in der Schankstube nicht alleine lassen, deshalb ist es mir lieber, du kommst, wenn wir geschlossen haben.«

Dann schrieb sie ›Persönlich‹ auf den Umschlag und gab ihn völlig ohne Bedenken der besagten Nichte, damit diese ihn zum Apotheker hinübertrug. Damit reizte sie die Neugier der Nichte noch mehr. Die einzige Schlußfolgerung, zu der sie gelangte, war, daß Tantchen plötzlich eine geheime Krankheit befallen habe. Aber wie das möglich war, wenn sie doch nach außen hin so munter wirkte wie ein Fisch im Wasser, das wollte der Nichte nicht in den Kopf.

20

George White saß am Tisch in der Schankstube des ›Willyum‹ und war in die Lektüre eines Dokuments vertieft, während ihn Tantchen, die Hände im Schoß gefaltet, mit einem schwachen Lächeln auf dem Gesicht beobachtete. Sie war von den Intrigen des gestrigen Tages ziemlich erschöpft; sie hatten sie viel Kraft gekostet, und jetzt hatte sie ihr Mittagsschläfchen verschoben. Einmal tüchtig zu gähnen hätte ihr schon geholfen, aber ihre Erziehung verbot ihr zu gähnen. Sie folgte den Bewegungen von Georges Augen, die hinter seiner Zweischärfenbrille von einem Ende der Zeile zum anderen wanderten. Er war nicht so leicht zu durchschauen wie ihre Nichte, und sie war neugierig zu erfahren, was er dachte.

In der Schankstube war es sehr still. Nur das gleichmäßige Ticken der altmodischen Uhr an der Wand war zu hören, die die Zeit mit größerer Genauigkeit abmaß als ihre Besitzerin die Getränke. Jedes Ticken bringt mich näher an – an was? überlegte Tantchen. Und da es ihr, außer mit dem Auge des Glaubens, nicht gestattet war, in die Zukunft zu blicken, spähte sie in die Vergangenheit zurück und erhaschte seltsame Ausschnitte aus ihrer Kindheit, die ihr, wie es bei sehr alten Menschen so ist, jetzt näher zu sein schien als weniger lang zurückliegende Ereignisse. Harry, der Straßenarbeiter, hatte ihr Gedächtnis angeregt, und sie sah so deutlich, wie sie George White vor sich sah, eine Gruppe von jungen Menschen, die sich an einem Tag vor siebzig Jahren versammelt hatten, um sich an Erdbeeren gütlich zu tun und Geburtstag zu feiern. Sie erkannte Nelly, Georges Mutter, mit Wangen, die so rosig waren wie die Früchte, in die sie ihre scharfen, weißen Zähne senkte, ihre flachsblonden Löckchen waren mit einer farbigen Schleife zurückgehalten. Und sie sah sich selbst, mit dunklem Haar und dunklen Brauen, lebhaft und leidenschaftlich. Es war, als blickte sie zurück durch die Tore der Jahre auf ein buntes Glasfenster, ein Westfenster, das jetzt, in den Strahlen der untergehenden Sonne, besonders hell aufleuchtete.

George beendete seine Lektüre, und die leichte Bewegung, mit der er den Kopf hob, riß sie aus ihren Träumereien.

»Nun, bist du jetzt beruhigt?« fragte sie ihn.

»Ich bin platt«, gestand George offen. »Richtiggehend platt. Ja, ich weiß, daß wir neulich im Scherz darüber gesprochen haben, aber ich habe das doch keinen Augenblick lang ernstgenommen. Und ich kann Ihnen auch sagen, daß ich es nie geglaubt hätte, wenn es nicht schwarz auf weiß, mit Unterschrift und allem hier vor mir läge.«

»Das dachte ich mir schon«, sagte Miss Death trocken. »Sie

hätte den Mund auch nie so weit aufgemacht, wenn sie nicht eine gute halbe Flasche Gin getrunken hätte. Nun, kein Schaden, wo nicht ein Nutzen dabei ist, sagt man, aber ich dachte mir, in deiner Anwesenheit würde ich nichts aus ihr rauskriegen, deshalb habe ich sie am nächsten Tag herkommen lassen, damit sie unterschreibt, was ich aufgesetzt hatte.«

»Aber ich hätte nicht gedacht, daß sie lesen kann.«

»Du dachtest vielleicht auch nicht, daß sie schreiben kann. Du wärst überrascht, was die Menschen alles können, wenn man sie unter Druck setzt. Wohlgemerkt, ich weiß nicht, wie lange sie gebraucht hätte, wenn sie das alles selbst hätte schreiben müssen. Daß sie schnell ist, kann man wirklich nicht sagen.«

»Aber was hat sie verwendet? Das ist doch der springende Punkt.«

»Ach, das wollte sie mir nicht sagen.«

»Es muß etwas sein, was ziemlich geschmacklos und in kleinen Mengen tödlich ist«, überlegte der Apotheker, von Berufs wegen interessiert, »und wie in aller Welt hat sie es in die Birne hineinpraktiziert, wenn sie keine Spritze hatte? Und dann, wieso hat der Doktor es nicht festgestellt?«

»Ärzte sind auch nur Menschen.«

»Der ist aber ein ganzes Ende zu menschlich, wenn Sie mich fragen. Er hatte Angst davor, etwas Unrechtes zu sehen. Und was James angeht, er muß von Sinnen gewesen sein. Welcher Mensch, der bei klarem Verstand ist, würde denn mitten in der Nacht eine Birne essen.«

»Genau. Du hast es erfaßt, George. Betrunkene sind ungewöhnlich durstig. Ich nehme an, er hat sie in der Tasche gefunden, als er seinen Mantel auszog, und sie hinuntergeschlungen. Du hast doch das Kernhaus selbst gesehen.«

»Ich habe es nicht gesehen«, sagte George gereizt. »Man hat mir nur davon erzählt, das ist etwas ganz anderes. Nun, ich muß gestehen, daß das ein Schock für mich ist. Es ist nicht das, was ich mir vorgestellt hatte, aber ich muß es natürlich akzeptieren. Ich kann ja nicht gut etwas anzweifeln, was Sie und Harry Blossom bezeugt haben.«

»Harry ist ein zuverlässiger Bursche. Es gibt weit und breit niemanden, der eine Hecke so anlegen kann wie er.«

»Das ist noch keine Garantie für seine Verschwiegenheit. Wir wollen doch nicht, daß das gleich das ganze Dorf erfährt. Wird er den Mund halten, was meinen Sie?«

»Er weiß nicht, was er da bezeugt hat. Er dachte, es sei mein Testament, und ich hatte keine Veranlassung, ihn eines Besseren zu belehren. Bei meiner Nichte ist es übrigens genauso.«

»Natürlich wird es früher oder später ans Tageslicht kommen müssen. Leider bedeutet das auch für Sie ein gewisses Maß an unangenehmem Aufsehen, Miss Death. Aber das können Sie mir überlassen. Ich kenne Superintendent Glubb und kann mit ihm persönlich verhandeln.«

»Was in aller Welt willst du damit sagen, George White?«

»Nun, ich muß dieses Dokument so schnell wie möglich der Polizei übergeben.«

»Nicht so hastig, junger Mann. Dieses Dokument gehört mir, und ich möchte dich bitten, es mir zurückzugeben.«

»Aber... aber...«, stammelte George. »Sie wollen sich damit doch bestimmt nicht belasten? Ich dachte, wenn ich es mitnehme, erspare ich Ihnen viel Mühe.«

»Es macht mir keine Mühe, wenn es in einer verschlossenen Schublade liegt. Es braucht weder Futter noch Wasser.«

»Aber Sie haben doch wohl nicht die Absicht, ein schweres Verbrechen ungesühnt zu lassen? Der Besitz dieses Dokuments macht Sie nachträglich zur Mitwisserin. Das muß sofort der Polizei gemeldet werden.«

»Da gibt es gar kein Muß. Dieses Dokument ist eine Übereinkunft zwischen Mutter Brose und mir. Das alte Mädchen hat mir vertraut, und ich werde sie ganz bestimmt nicht verraten. Ich behalte das Dokument als Sicherheit. Für den Fall meines Todes schreibe ich auf den Umschlag: ›Meinem Freund George White zu übergeben.‹ Von da an bist du dafür verantwortlich. Es soll nur im Notfall verwendet werden, wenn der Tod des Majors aus irgendeinem Grunde gerichtlich untersucht werden sollte. Wenn sie ihn ausgraben, zum Beispiel. Aber das werden sie nicht tun, wenn du angesichts dieses Dokuments aufhörst, dich wie ein Bluthund aufzuführen. Die Rolle paßt nicht zu dir, George.«

»Aber zum Kuckuck noch mal!« rief der Apotheker gereizt. »Es gibt doch noch so etwas wie Gerechtigkeit.«

»Mag sein, aber ich bezweifle, ob sie von ein paar Dorfpolizisten geübt werden sollte. Ich sage dir, George, die Polizei kommt mir nicht ins Spiel. Das Schriftstück, das du da hast, ist nur für den Hausgebrauch bestimmt. Gib es mir, dann zerreiße ich es, wenn dir das lieber ist.«

»Das können Sie nicht machen«, sagte George entsetzt.

»Dann laß es ruhig in meiner Schublade liegen, vor neugierigen Augen geschützt, nur zu verwenden, wenn es sich als notwendig erweist. Bemühe doch mal deinen Verstand, George. Was wäre denn erreicht, wenn man die alte Mutter Brose mit großem Gezeter und Geschrei verfolgen würde? Das einzige Ergebnis wäre doch, daß man die arme alte Schachtel in ein Gefängnis oder in eine Nervenheilanstalt sperrt.«

»Aber sie ist eine Gefahr für die Öffentlichkeit.«

»Nicht mehr, als sie es die letzten fünfzig Jahre auch schon war, George. Wir drei, deine Mutter, Mutter Brose und ich, sind so ziemlich im gleichen Alter. Es kann nicht mehr lange dauern, bis wir uns alle drei vor einer höheren Instanz als dem Superintendent von Bloxton werden verantworten müssen. Ich möchte keine Wette eingehen, wer von uns dabei am besten abschneidet, wenn man die unterschiedlichen Anfangsvoraussetzungen berücksichtigt. Ich kann dir im Vertrauen sagen, daß jede von uns im stillen Kämmerlein ein paar erstklassige Sünden versteckt hat. Und dann bin ich auch nicht sicher, ob nicht die kleinen Gemeinheiten noch schwerer wiegen. Es gibt ein paar Leute, denen ich im großen Jenseits nicht gerne begegnen möchte. Glaube mir, George, keiner von uns kann es sich leisten, den ersten Stein zu werfen.«

Der Apotheker schwieg eine Weile. Er dachte an seine eigene Schuld. Die Uhr tickte gleichmäßig weiter.

Endlich sagte er ganz schlicht: »Ich glaube, Sie haben recht.«

Miss Death seufzte erleichtert auf. »Braver Junge. Ich wußte doch, daß ich dich zu meiner Ansicht bekehren würde. Ich möchte dich nicht schelten, aber du hast Leonora James zweifellos eine ganze Menge unnötigen Kummer gemacht, wie sich jetzt herausgestellt hat. Ich finde, du solltest dich bei ihr entschuldigen. Ich würde ihr einen kleinen Brief schicken.«

»Und was soll ich schreiben?« fragte George mit dem quengeligen Tonfall eines kleinen Jungen, von dem man verlangt, um Verzeihung zu bitten.

»Ach, sag doch einfach, du warst übermüdet und nervös und willst ein wenig Urlaub machen, damit du wieder in Ordnung kommst.«

»Wenn Sie glauben, daß ich außerhalb der Saison nach Margate fahre, dann irren Sie sich«, sagte George aufbrausend.

»Es würde dir ganz guttun, eine Weile von deiner Familie wegzukommen, George. Sie würden dich alle umso mehr schätzen, wenn du wieder da bist. Weißt du, da ich selbst keinen Sohn habe, beobachte ich deine Entwicklung mit Interesse, seit du ein kleiner Junge warst. Warum machst du dir eigentlich so viele Sorgen um dich selbst? Ich finde, da ist doch gar nichts, wofür man sich schämen müßte.«

»Aber da ist auch nichts, worauf man stolz sein könnte, wenn wir schon dabei sind«, gestand George in einem Anfall von Offenherzigkeit. »Ich hatte eine Menge Pläne, und es ist nie etwas daraus geworden.«

»Gibt es denn einen Mann in den mittleren Jahren, der nicht genau das gleiche sagen könnte?«

»Da stehe ich nun in einem kleinen Kramladen in einem armseligen Dorf und verkaufe rosa Pülverchen und rezeptfreie Medikamente, und am Ende kann ich das Geschäft nur an den

Meistbietenden verkaufen und von der Rente leben. Ich möchte, daß Una es übernimmt, aber sie will nicht, obwohl sie den Verstand und die nötigen Eigenschaften dafür hätte.«

»Komm, George, laß Una ihren eigenen Weg gehen. Du bist selbst genug gegängelt worden, um zu wissen, daß das kein reines Vergnügen ist. Man kann nicht einen Charakter in die Form eines anderen zwingen. Man kann ihm nur gestatten, sich auf seine Weise zu entwickeln. Wie ich höre, war dein Sohn neulich zu deiner Verteidigung auf dem Kriegspfad.«

»Ich wußte zwar, daß der Schlingel gerauft hatte, aber nicht, daß es meinetwegen war«, sagte George errötend. »Was haben sie denn gesagt, die kleinen Teufel?«

»Vermutlich nichts sehr Schmeichelhaftes«, sagte Miss Death, die überzeugt war, daß es Georges Minderwertigkeitskomplex keineswegs bessern würde, wenn er erfuhr, daß die Dorfflegel ihn als ›bekloppt‹ eingestuft hatten.

»Es ist mir durchaus bekannt, daß sie mich ›Soapy‹ nennen«, gestand George steif.

»Das kommt von deinem Beruf«, sagte Tantchen und wies in Gedanken jede weitergehende Bedeutung energisch von sich. »Die könnten mich genausogut ›Beery‹ nennen, und damit fertig. Aber das sollten sie lieber bleibenlassen. Ich hätte jedoch für mein Leben gern zugesehen, wie der junge Jack Ted Youall eins auf die Nase gegeben hat. Es war eine richtige Keilerei, glaube ich. Das Blut ist in Strömen geflossen. Hat mich an die alten Zeiten erinnert, als die Zigeuner auf dem Anger von Buttlesham ihr Lager hatten. Wenn mein Vater hörte, daß sie auf dem Weg ins Wirtshaus waren, schickte er das Weibervolk hinaus, aber ich war immer für einen Kampf zu haben, und deshalb habe ich mich meistens ans Guckloch gestellt. Ich war immer enttäuscht, wenn nicht mindestens ein oder zwei Messer gezogen oder ein paar Köpfe mit Flaschen eingeschlagen wurden. Ich habe gesehen, wie das Dienstmädchen in der Sackleinenschürze den Boden aufgewischt hat, als sie weg waren, und das Wasser in ihrem Eimer war ganz rot vom Blut.«

»Ein Jammer, daß Sie solche Sachen nicht aufschreiben, Miss Death. Das gäbe ein gutes Buch.«

»Pah!« sagte Miss Death voll Verachtung. »Was denn sonst noch! Es ist noch nicht lange her, da ist ein junger Bursche gekommen, der wollte etwas über das ›Willyum‹ in einer Artikelserie über alte Wirtshäuser bringen. Ich habe ihm gesagt, hier gäbe es nichts von Interesse und er verschwende nur seine Zeit. Den hatte ich bald wieder draußen!«

»Auf Ruhm sind Sie nicht versessen, wie ich sehe.«

»Jedenfalls nicht auf diese Art von Ruhm. Dabei fällt mir ein, George, ich habe da noch etwas, was ich dir schenken möchte. Es ist oben in meinem Schlafzimmer, wenn es dir nichts ausmacht, dann komm bitte mit hinauf, ich gebe es dir dort. Ich will mich nachher etwas hinlegen, du findest doch sicher alleine hinaus, dann brauche ich die Treppe nur einmal zu steigen. Ich gebe es ja nicht gerne zu, aber sie macht mir mehr zu schaffen als früher. Unser kleines Papier nehme ich auch mit hinauf und schließe es weg, ehe ich es vergesse.«

»Die Vorstellung, daß Sie es hier aufbewahren, gefällt mir nicht. Soll ich es nicht lieber in meinen Safe sperren?«

»Ich fürchte, daß du im Eifer des Gefechts versucht sein könntest, es zu verwenden. Nein, George, vielen Dank, aber ich behalte es hier. Ich habe keine Angst vor Einbrechern; die Einnahmen sind heutzutage so klein, das lohnt sich nicht für sie.«

»Ich dachte auch nicht an Einbrecher«, sagte George, während sie langsam hintereinander die Treppe hinaufstiegen. »Ich dachte an Mutter Brose.«

»Pah! Die soll nur kommen!« rief Miss Death aus und lehnte sich schwer auf das Geländer. »Die stoße ich doch mit einer Hand um. Sie ist ja nur Haut und Knochen.«

»Es wundert mich nur, daß Sie sie dazu bringen konnten, ein Geständnis zu unterschreiben. Das ist schon eine sonderbare Geschichte.«

»Ich bezweifle, ob ihr ganz klar war, was sie da tat«, sagte Miss Death aufrichtig. »In mancher Hinsicht ist sie sehr naiv.«

George war in seinem ganzen Leben noch nie im ersten Stock des ›Willyum‹ gewesen. Von der steilen Treppe aus schienen schmale, dunkle Flure in alle Richtungen auszugehen. Miss Death nahm den mittleren, marschierte direkt an sein schwarzes Ende und öffnete ihre Schlafzimmertür. Der Raum war sehr groß. Er enthielt nicht nur das riesige, vorhanglose Himmelbett, auf dem mehrere Generationen von De'Aths die beiden Mysterien Geburt und Tod erlebt hatten, er schluckte auch einen mächtigen Mahagonikleiderschrank, einen Doppelständer mit zwei Waschgeschirren, zwei große Truhen und eine Kommode und wirkte trotzdem noch spärlich möbliert.

»Ich schlafe nicht nach vorne hinaus, wegen des Lärms«, bemerkte Miss Death. George überlegte bei sich, welchen Lärm sie wohl meinte, da die Hauptstraße von Tidbury jetzt, nachdem die Jeeps abgezogen waren, nach elf Uhr nachts so still war wie ein Grab. Er fühlte sich in Miss Deaths Schlafzimmer ein wenig unsicher, und um seine Verlegenheit zu verbergen, ging er ans Fenster und sah sich die Aussicht an, die wirklich lohnend war. Das Gelände fiel hinter Tidbury sanft ab, und so hatte man einen weiten Blick über die flache Landschaft von East Anglia. Zu dieser Jahreszeit wirkte sie ein wenig öde, als wäre jemand mit einem Besen darübergegangen, aber wenn man von hier stammte, brauchte man nicht viel Phantasie, um die weichen, warmen Töne eines Gainsborough oder eines Constable vor sich zu sehen, verschwommene Konturen in schmelzendem Graugrün oder das gedämpfte Ocker des Getreides im Schatten. Herrliches, herrliches Land; Miss Death fragte sich oft zu Recht, was der junge Archie Monk an Camden Town wohl Besseres finden mochte.

Inzwischen hatte Tantchen aus einer kleinen Deckelschublade in einer der Truhen ein flaches, schwarzes Lederkästchen mit Schimmelflecken genommen.

»Komm her, George«, sagte sie. »Ich möchte dir das geben. Deine Mutter war eine meiner besten Freundinnen, und ich habe keine nahen Verwandten, die Anspruch darauf hätten. Es hat keinen kommerziellen Wert, aber es ist eines der Dinge, die ich immer am meisten geschätzt habe. Nimm es zum Andenken an eine alte Frau, die dir wohlgesonnen ist.«

Sie gab ihm das Kästchen in die Hände. Er hielt es etwas unbeholfen fest.

»Willst du es nicht aufmachen?«

Er drückte mit dem Daumen auf den Verschluß, und vor seinen Augen lag ein Viktoriakreuz.

»Mein Vater, Gott gebe ihm die ewige Ruhe, hat es im Krimkrieg bekommen. Für besondere Tapferkeit nach der Schlacht von Balaclava. Er spielte lieber den Soldaten als den Gastwirt, aber sein älterer Bruder starb, und das ›Willyum‹ brauchte einen Hausherrn.«

George White hatte auf den Knien seiner Mutter zweifellos die heldenhafte Geschichte von Miss Deaths Vater gehört, und man hatte ihm auch die Daguerrotypie eines Herrn in Uniform mit Backen- und Schnurrbart gezeigt. Aber das alles schien von modernen Methoden der Kriegsführung so himmelweit entfernt, und ein Balaclava war für ihn bisher nur eine bestimmte Form von Wollmütze gewesen, wie sie seine Frau bei Bombenalarm für die Handelsmarine gestrickt hatte. Der leidenschaftliche Stolz in Tantchens Stimme machte ihm mit einem Schlag klar, daß der Krimkrieg für sie die gleiche Bedeutung hatte wie der letzte Weltkrieg. Trotzdem, Tapferkeit war Tapferkeit, ganz gleich, in welcher Epoche, und was sie ihm da gegeben hatte, mußte ein Viktoriakreuz aus einer der ersten Partien sein. Er erinnerte sich schwach, gehört zu haben, daß man sie aus der Bronze erbeuteter, russischer Kanonen gegossen hatte. Er fühlte sich zutiefst unwürdig, als habe er kein Recht auf den Orden, nicht einmal aus zweiter Hand, andererseits empfand er es eigenartigerweise als Ehre, daß Miss Death es für richtig erachtet hatte, ihm dieses Erinnerungsstück zu schenken.

Dieses Durcheinander widerstreitender Empfindungen

machte es ihm schwer, Worte zu finden, um seinen Dank auszudrücken.

Tantchen bemerkte, daß er nicht wußte, was er sagen sollte, und sie meinte: »Du brauchst nichts zu sagen, George. Steck es nur in deine Tasche.«

»Aber ... aber ich finde, ich habe es nicht verdient.«

»Wenn jemand so lange wie du mit deiner Mutter unter einem Dach gelebt hat«, sagte Miss Death anzüglich, »dann hat er sich das Viktoriakreuz verdient.«

21

Wer kann schon sagen, was für verworrene Denkprozesse sich im dunklen Labyrinth von Mutter Broses Geist abspielten? Ein Tier nimmt eine Gefahr instinktiv wahr, noch ehe sie existiert, und wenn der Mensch normalerweise halb Tier, halb Geist ist, so war das Verhältnis im Fall von Mutter Brose wohl auf drei Viertel von dem einen und ein Viertel von dem anderen abgewandelt. Außerdem konnte sie, auch wenn sie vielleicht nicht in der Lage war, jene willkürlichen Symbole zu entziffern, die das Wissen durch die Zeiten tragen sollen, doch andere Vorzeichen und Symptome ausgezeichnet deuten.

Die sonderbare Geschichte mit Miss Deaths zwei Geburtstagen war ihrer Aufmerksamkeit nicht entgangen; sie mußte sich erneut die Frage stellen, warum Tantchen, die doch gewöhnlich als Entlohnung für geleistete Dienste nur Bier herausgab, sich bei dieser einen Gelegenheit zu Gin verstiegen hatte. Tantchen hatte sich darauf verlassen, daß im trunkenen Zustand vorgebrachte, vertrauliche Geständnisse aus der Erinnerung gelöscht werden, wenn der Plauderer wieder nüchtern geworden ist. Mutter Brose wußte zwar tatsächlich nicht mehr so genau, was sie zu Miss Death gesagt hatte. Sie hatte nur den unangenehmen Verdacht, daß sie zu viel geredet hatte, und jemandem, der gewöhnlich (und das nicht ohne

Grund) in bezug auf seine eigenen Angelegenheiten sehr zurückhaltend war, konnte dies schon Unbehagen bereiten.

Sie stellte zwar keine logische Verbindung zwischen ihren beiden Besuchen im ›Willyum‹ her; zum Teil vielleicht deshalb nicht, weil sie jene Ursache für den Tod von Major James eher aus betrunkener Prahlsucht als aus genauer Erinnerung an tatsächlich Geschehenes angegeben hatte. Aber was ihr Sorgen machte, war, daß Miss Death ihre Unterschrift auf einem Stück Papier besaß, denn für ihr abergläubisches Gemüt bekam Miss Death dadurch eine geheime Macht über sie. Der schriftlich niedergelegte Name gehörte in die gleiche Kategorie wie das Lehmfigürchen, in das man Nadeln hineinsteckte, um schädliche Auswirkungen auf die Person zu erzielen, die es darstellen sollte. Mutter Brose hatte Tantchen immer als etwas Ähnliches wie eine großzügige Feindin betrachtet und sie nie wirklich gemocht, obwohl oder vielleicht gerade weil sie in ihrer Schuld stand.

Miss Death hatte noch nie ein Blatt vor den Mund genommen und ganz deutlich zum Ausdruck gebracht, daß sie eine Reihe von Mutter Broses Praktiken mißbilligte. Die alte Hexe hätte nie im ›Willyum‹ verkehrt, hätten nicht zwei einleuchtende Gründe sie dazu bewogen. Erstens bekam sie dort oft kostenlos etwas zu trinken, und zweitens wollte Peter Motts, selbst wenn zufällig gerade Zahltag war und sie für das aufkommen konnte, was sie verzehrte, sie nicht in der ›Krone‹ haben. Sie belästigte den Geruchssinn seiner einträglicheren Gäste.

Welche törichten Grillen Mutter Brose auch immer in Besorgnis versetzten, nach außen hin machten sie sich dadurch bemerkbar, daß sie keine Ruhe fand. Sie wanderte auf ihrem unebenen Ziegelboden, der nie eine Scheuerbürste gesehen hatte, gedämpft brummend und murrend herum und trat nach ihren Katzen, ebenso mageren und wilden Geschöpfen wie sie selbst. Anstatt wie sonst in der Gegend umherzustreifen und Beeren zu kauen oder Forschungsreisen in die Zivilisation, in die Welt der überquellenden Mülltonnen zu unternehmen, blieb sie zu Hause, als sei ihre Anwesenheit für die Erhaltung ihres Besitzes unerläßlich. Sie aß praktisch nichts und trank nur schmutziges, gärendes Gebräu eigener Herstellung, das aus Obst, etwas Zucker und allem möglichen Krabbelgetier bestand, das aus Unvorsichtigkeit, Neugier oder Gefräßigkeit hineingekrochen war.

Nachdem sich Mutter Brose mit ihrer Hexenbrühe etwas Mut angetrunken hatte, machte sie sich daran, Maßnahmen zu ihrer Verteidigung zu treffen. Mit einem rohen Kreidebrocken zeichnete sie geheimnisvolle, geometrische Figuren von außen an ihre Tür und auf die Wände, aber als die Tage verstrichen, stellte sich heraus, daß sie sich nicht ewig in ihrer Hütte verkriechen konnte, wenn sie nicht dem Hungertod ins Auge sehen wollte. Sie mußte etwas unternehmen, und Mutter Broses atavistische Seite wandte sich der Überlegung zu, wie das Böse durch einen primitiven Exorzismus auszutreiben sei, eine Strategie, derzufolge ihre Urgroßmutter mütterlicherseits dem Ertränktwerden nur knapp entgangen war.

Zuerst zögerte sie, sich auf ein solches Wagnis einzulassen; es war selbst für ihre Begriffe zu grausam, aber je mehr sie grübelte, desto stärker drängte sich ihr ein Plan auf; er war barbarisch genug, um gleichzeitig anziehend und abstoßend zu sein, und schließlich begann sie, ihn als unvermeidlich anzusehen. Sobald sie zu einem Entschluß gelangt war, hörte das rastlose Herumwandern auf. Von jetzt an hatte sie nur noch ein Ziel, und darauf richtete sie all ihre Kräfte.

Eines Abends, kurz nachdem sie sich entschieden hatte, wäre der ehrenwerte Abraham Monk vor Schreck fast aus seiner runzligen Haut gefahren, als sie ihm plötzlich im Halbdunkel an einer von Farmer Drucketts abseits gelegenen Scheunen erschien. Mit ihren zerlumpten Kleidern und ihrem schlotternden Hut hielt er sie zuerst für einen Geist.

»Was macht Ihr denn hier?« fragte er argwöhnisch. »Um diese Zeit gehört Ihr ins Haus.«

»Darf ich nicht mal rausgehen und Luft schnappen wie andre Leute auch?« quengelte Mutter Brose.

»Hm, aber was macht Ihr hier bei der Scheune da?« wiederholte Abraham. Er glaubte es erraten zu können, denn in diesem Gebäude lagerte Farmer Druckett sein Öl und seinen Treibstoff, und es war bekannt, daß Mutter Brose sich mangels anderer alkoholischer Getränke auch schon an Methylalkohol herangemacht hatte. »Hier findet Ihr keinen Fusel.«

Mutter Brose funkelte ihn böse an, aber sie antwortete nicht, und als er noch etwas sagen wollte, war sie nicht mehr da. Sie war auf ebenso mysteriöse Weise verschwunden, wie sie aufgetaucht war.

»Verdammtes Weib«, murmelte Abraham vor sich hin. »Ich hätt' schwören können, daß sie 'n Krug in der Hand hatte.« Er ging zum Scheunentor zurück, um nachzusehen, ob das Vorhängeschloß auch gut befestigt war. Ein prüfender Blick darauf stellte ihn zufrieden, obwohl an einer Ecke des Gebäudes die Bretter verfault waren und man ganz leicht hineingelangen konnte. Das Symbol für Recht und Ordnung war auf jeden Fall an Ort und Stelle; was sich anderswo abspielte, entzog sich seiner Verantwortung.

»Der Wind frischt auf«, stellte Abraham in seiner Rolle als Wetterprophet fest und wandte sein ehrwürdiges Antlitz himmelwärts, um den niedrigen, schnell vorüberziehenden Wolken nachzublicken. »Sieht ganz so aus, als würd's 'ne stürmische Nacht.« Mit diesen Worten zog er sich seinen schützenden Umhang enger um die Schultern und machte sich auf den mühseligen Heimweg zu seiner bescheidenen Hütte, die in einer Meile Entfernung jenseits der Felder lag.

Als hätte der Wind nur darauf gewartet, daß der Alte ihm mit seiner Vorhersage die Genehmigung erteilte, begann er, der bisher nicht mehr als ein Pfeifen in der kahlen Hecke gewesen war, spielerisch zu lärmen. Er hob die raschelnden, papiertrockenen Blattskelette auf und trieb sie die Fahrspuren auf den Wegen entlang, zupfte an den Planen über Karren und

Geräten und ließ die Telegraphendrähte vibrieren. Wolken wurden aus allen Richtungen herangetrieben und ballten sich zusammen, der ganze Himmel verdunkelte sich plötzlich, und es wurde vorzeitig Nacht. Gleichzeitig verschlechterte sich auch die Laune des Windes. Sein Ungestüm schlug in Bosheit um. Er packte Reetbüschel von Mutter Broses Dach und riß sie wie Haare von einem Kopf, lockerte hie und da einen Ziegel, brachte offene Tore zum Quietschen und tobte, ohne daß ihn etwas hätte aufhalten können, kreischend die Dorfstraße hinunter. Tidbury, das ja so nahe an der Hügelkuppe lag, hatte sehr unter Herbststürmen zu leiden. Aber obwohl sie etwas Alltägliches waren, konnten sich nur wenige Einwohner damit abfinden.

Man braucht viel Mut, um an einem Sturm Gefallen zu finden, ein starker Wind auf offenem Gelände kann recht beängstigend sein. Wenn er schon heulen mußte, so war es den Dorfbewohnern lieber, seine Stimme in ihren Kaminen zu hören. Nur die Kühnsten wagten sich hinaus; in den beiden Wirtshäusern wurde es schon früh ruhig. William und Mary oder was noch von ihnen übrig war, schaukelten ganz unköniglich ausgelassen hin und her; Miss Death entschloß sich, früh schlafen zu gehen.

Im Haus des Apothekers las Jack eine Anleitung zum Bau eines Fernsehgerätes, Una schmachtete über Gedichten, und Mrs. White las einen neuen Fortsetzungsroman über ein altes Thema. Mr. White setzte ein neues Zeitungsinserat für ›Rheumalief‹ auf, und Mrs. White senior döste über ›Bleak House‹, das sie sich zur Buße anstelle ihres gewohnten Krimis von Jack aus der Bücherei hatte mitbringen lassen. Der Tid war doppelt so breit wie im Sommer und wurde unter den rohen Holzbrükken hindurchgepeitscht, die Enten waren in ihren Ställen eingesperrt. Man sah keinen Mond und auch keine Sterne, und die ein oder zwei Gaslaternen, die in Abständen an der Straße aufgestellt waren, flackerten, als sei der Wind hineingelangt.

In dieser Kulisse fühlte Mutter Brose sich äußerst wohl. Die

Nacht hätte speziell für ihre Pläne gemacht sein können. Viermal trieb der Wind sie die Straße entlang, ein Schatten unter anderen, während William und Mary ächzten und Fensterläden klapperten, und keine Menschenseele erblickte sie. Einmal krachte neben ihr eine Schindel auf das Pflaster, und sie drohte mit der Faust zum Himmel. Viermal kämpfte sie sich gegen den Wind zurück, wobei ihr die zerrissenen Unterröcke bis über die knochigen Knie hinaufgeweht wurden. Beim fünften und letzten Gang hörte sie die Kirchenuhr zwölf schlagen, und beim letzten Schlag gingen automatisch die Dorflaternen aus. Im ganzen Dorf war kein Licht zu sehen. Mutter Brose kauerte sich im Windschatten des ›Willyum‹ nieder und zog ihre Lumpen um sich. Sie war bereit, noch zwei Stunden zu warten.

Um halb drei Uhr morgens setzte sich Mrs. White plötzlich im Bett auf, schnüffelte und begann, George zu rütteln.

»Grrr..., was ist, meine Liebe?« nuschelte George schlaftrunken.

»George, es riecht brenzlig. Nein, schlaf nicht wieder ein! Wach auf!«

»Ein alter Lappen im Heizkessel«, vermutete George teilnahmslos.

»Nein. Mehr als das. Ist das Fenster nicht verriegelt?«

»Es ist einen Spaltbreit offen. Schlaf weiter, Liebes.«

Aber Mrs. White war aufgestanden und tapste mit bloßen Füßen über das Linoleum. Sie hatte die Vorhänge kaum ein paar Zentimeter weit aufgezogen, als sie einen Schrei ausstieß...

»George, es ist das ›Willyum‹. Es brennt!«

Innerhalb einer Sekunde war George aus dem Bett und stand neben ihr. Sie hatte die Vorhänge inzwischen ganz aufgezogen, und man sah das alte Wirtshaus in der stockdunklen Nacht heftig lodern. Der Wind hatte immer noch Sturmstärke, und Flammen schossen über das Dach wie zerrissene Fahnen. Es war eine schreckliche Szene, aber irgendwie auch unbeschreiblich aufregend. Der Feuerschein hüpfte zuckend über den weißen Putz, das Schild schwang hin und her, und über dem Dach wurde eine Wolke aus Staub und Asche von dem brennenden Gebäude in das Sturmchaos hinaufgeschleudert.

›Mutter Brose!‹ dachte George. »Ich muß sofort hinüber«, sagte er laut. »Laß mich nur Hemd und Hosen anziehen. Schnell, wo sind meine Schuhe?«

»Du kannst nicht ohne Mantel gehen. Ach, ob wohl jemand die Feuerwehr angerufen hat? Ja, jetzt sehe ich es, George, es sind schon Leute da. Eine ziemliche Menschenmenge. Da sind deine Socken, George.«

»Ich bringe die Frauen wohl am besten hierher. Du setzt Wasser auf und machst ein Bett auf dem Sofa.«

»Soll ich Jack wecken?«

»Der wird wohl von allein aufwachen. Aber sag ihm, er soll vorsichtig sein, wenn er rüberkommt. Ich möchte nicht, daß er sich da reinstürzt, um einen Zinnkrug zu retten. Alles, was mit Rettung zu tun hat, kann man den Feuerwehrleuten überlassen. Sie sind dafür ausgebildet.«

»O je, da ist Mamas Stock! Sie wird ganz außer sich sein.«

»Nun, das muß ich dir überlassen«, sagte Mr. White, der inzwischen seine Hosen anhatte und so weit angekleidet war, daß er sich hinauswagen konnte. »Ich hole mir den Mantel aus der Diele. Ausgerechnet in einer solchen Nacht!«

Er verließ das Haus durch die Vordertür und lief, so schnell ihn seine Beine tragen wollten, über die Straße. Wie seine Frau gesagt hatte, waren vor dem ›Willyum‹ zahlreiche Menschen versammelt. In dem grellen Schein, der in einem zackigen Bogen von dem Brand ausging, erblickte er Leonora James, in Tweed gehüllt, am Rand der Menge, dabei, aber nicht dazugehörig. Er hob eilig grüßend die Hand, wartete aber nicht ab, bis sie zurückgrüßte. Alle Aufregung konzentrierte sich auf die Vorderfront des Hauses, wo die Nichte, eine komische, aber völlig verängstigte Gestalt in einem langärmeligen, hochgeschlossenen Nachthemd aus einem der Fenster im ersten Stock hing. Unter ihr, in der Schankstube, wo Tantchens Alkoholvorräte die Flammen nährten, war ein Inferno.

»Komm schon, Mädel, spring!« drängte eine schneidende Stimme über den Sturm hinweg.

George sah, daß mehrere Männer mit einer Decke so nahe am Haus standen, wie sie es wagten, und um sie drängte sich die Mehrzahl der Zuschauer. Die Nichte schien zu schreien. Sie machte den Mund auf und zu, aber hören konnte man bei dem Wind nichts.

»Spring!« brüllte die Menge im Chor.

Jemand, der sich als Peter Motts herausstellte, hämmerte mit einem dreibeinigen Hocker auf die Vordertüre ein. Die Waffe hob und senkte sich unerbittlich.

»Die alte Tür ist aus Eiche«, sagte ein Mann neben George. »Die gibt nicht nach.«

»Wartet nur ab. Ich nehm' an, da drinnen brennt es. Das hält sie nicht lange aus.«

»Wann kommt die Feuerwehr?« fragte George.

»Müßte von Rechts wegen schon dasein. Peter hat Alarm gegeben, ehe er rübergekommen ist.«

»Spring!« gellte die Menge drängend.

»Wo ist die alte Dame?« erkundigte sich George ängstlich. »Sie wird nicht springen können. Warum holt denn niemand eine Leiter für sie?«

»Die is' hinten, Junge. Da kriegt man keine Leiter hoch. Würde mich nicht wundern, wenn's da angefangen hätte. Brennt wie Zunder. Nein, die arme Alte hat's wohl erwischt.« Das war nicht respektlos gemeint, und als ein Lichtstrahl den Mann erfaßte, sah man stoppelige Wangen und eine unvermutete Träne, die sich an einem Haar verfangen hatte.

In diesem Augenblick geschahen zwei Dinge gleichzeitig. Die Nichte riß den Mund noch weiter auf und sprang. Die Männer mit der Decke wurden von dem zwar erhofften, aber unerwarteten Sturz überrascht und schwankten unter der plötzlichen Last hin und her. Peter Motts hob den Hocker mit beiden Händen hoch über den Kopf, und die Tür brach ein. Der zweite Mann hatte recht gehabt. Auch drinnen loderte es, die Tür fiel mit lautem Krachen in die Flammen, und scharfe, grausame Feuerzungen stachen darunter hervor.

Peter Motts nahm den Hocker mit einer Hand herunter und wischte sich mit der anderen die Stirn. Er hatte seine gewaltigen Kräfte völlig verausgabt und war momentan erschöpft. Die Männer drängten sich um ihn, der Apotheker unter ihnen, und spähten in den raucherfüllten Flur.

»Wie sieht's aus?«

»Is' die Treppe weg?«

»Das Mädel is' in Sicherheit!«

»Wo bleibt die verdammte Feuerwehr?«

»Hat die Alte noch 'ne Chance?«

Alle diese Fragen und Feststellungen wurden vom Wind in Geräuschfetzen zerrissen.

»He, wer ist dieser Dummkopf? Das ist George. George White! Komm zurück, George! Durch den Qualm schaffst du's nie!«

»Es ist George White, Peter. Der olle Soapy. Der muß ja völlig verrückt sein. Wenn die Treppe nicht unter ihm einbricht, kracht ihm das Dach auf den Kopf.«

»Ich geh' ihm nach!« schrie Peter. »Laßt mich durch!«

»Nein, Junge, das tust du nicht. Lieber einer als zwei. Was brauchte der da reinzulaufen? Die alte Dame muß doch schon längst hinübersein.«

Entschlossene, kräftige Hände vereitelten Peter Motts' heldenhaften Versuch, den tollkühnen George zu retten.

George war, den Ellbogen vor den schmerzenden Augen, schon am Fuß der Treppe angelangt. Auf der Treppe war der Rauch so dicht, daß er nicht sicher sein konnte, ob sie nicht mittendrin einfach aufhörte. Aber er spürte die Stufen heiß unter seinen Schuhsohlen und ging weiter. Georges Reaktion war nicht heldenhaft. Er wäre nie gegangen, wenn er sich nicht so entsetzlich schuldig gefühlt hätte. Er hätte voraussehen müssen, was Mutter Brose, diese verrückte alte Irre, tun würde. Alles war seine Schuld, von Anfang an.

Jetzt aber mußte er aufhören, nachzudenken, und seine ganze Aufmerksamkeit auf seine Selbsterhaltung richten. Keuchend und japsend erreichte er den oberen Treppenabsatz und stolperte geradeaus weiter. Er wußte, daß das Schlafzimmer von Miss Death am Ende des Flurs lag. Wenn die Tür verschlossen war...! Aber das war sie nicht. Als er sie berührte, schwang sie auf. Die Hitze im Zimmer war entsetzlich. Aber der Wind, der die Flammen noch angefacht hatte, blies nach hinten, und deshalb waren auch die rückwärtigen Fenster unerreichbar gewesen. Trümmer stürzten vom Dach, ein verkohltes, brennendes Holzstück fiel ihm vor die Füße. Vor Angst und Schmerz wimmernd und halb geblendet stolperte der Apotheker dahin, wo er das Bett in Erinnerung hatte. Nur gut, daß keine Vorhänge dran waren! Er erreichte es, suchte herum, tastete nach dem Kissen. Seine ausgedörrte Kehle brachte ein Krächzen zustande. »Miss Death! Tantchen!«

Während er das sagte, berührte er ihr Gesicht. Es war in diesem heißen Raum das einzige, was kalt war. Er zog sofort die Hand zurück, und in diesem Augenblick loderten die Dachbalken heftig auf und erhellten das Himmelbett. Der Tod und Miss Death waren eins, man konnte sie nicht voneinander trennen. Flammenzungen leckten an den Pfosten hinauf bis zum Baldachin. Miss Death zeigte sich der Gefahr gegenüber so unbewegt, wie sie es ihr ganzes Leben lang getan hatte.

Wie George wieder hinunterkam, wußte er nicht, aber wenn er später darüber nachdachte, glaubte er sich zu erinnern, daß der untere Teil der Treppe gefehlt hatte und daß er von der Stelle aus gesprungen war, wo die Stufen aufhörten. Er kam auf Händen und Knien herausgekrochen, das konnten die Dorfbewohner bezeugen, und an diesen Körperteilen waren seine Verbrennungen am schlimmsten. Helfende Hände zerrten ihn heraus.

Inzwischen waren Feuerwehr und Krankenwagen aus Bloxton eingetroffen. Er fand sich im Krankenwagen wieder, zusammen mit der Nichte, die einen Schock erlitten hatte. Er glaubte, unter den Gesichtern ringsum Mabels Gesicht zu erkennen, entsetzt und starr. Aber er selbst empfand sonderbarerweise nur eine große Gelassenheit. Zum erstenmal in seinem Leben war es ihm genug, er selbst zu sein. Das Feuer hatte ihn von der Meinung anderer Menschen befreit; spät im Leben war er zum Mann geworden. Sein letzter klarer Gedanke galt Miss Death, und er trauerte nicht um sie. Sie war zur selben Zeit gegangen wie das ›Willyum‹, und was konnte man sich mehr wünschen, als gemeinsam mit dem abzutreten, was man am meisten liebte? An diesem Punkt verlor er das Bewußtsein, und im gleichen Augenblick stürzte das Dach des ›Willyum‹ mit lautem Krachen ein, und ein Flammenstoß raste in den Nachthimmel hinauf.

Am Rand der Menge, ohne Hut, mit zerzaustem, heftig im Sturm flatterndem Haar, klammerte sich Mrs. Fred Jack an den Arm ihres Gatten und stimmte, nach Herzenslust kreischend, in das Tosen der Elemente ein.

22

Es war sechs Uhr am nächsten Morgen und immer noch stockdunkel. Die alte Mrs. White, die im Schein von zwei brennenden Kerzen voll Sorge zur Decke ihres Schlafzimmers hinaufstarrte, hörte draußen einen Wagen vorfahren und dann gedämpfte Stimmen, als ein Fahrgast abgesetzt wurde. Dann schlug die Autotür zu, der Wagen fuhr ab, und ein Schlüssel knirschte im Schloß. Ein oder zwei Minuten herrschte Stille, dann hörte sie schleppende Schritte auf der Treppe, aber so verhalten, als wollte der Heraufkommende vermeiden, das ganze Haus aufzuwecken. Die alte Dame wartete, bis die Schritte vor ihrer Türe waren, dann zischte sie: »Mabel!«

Die Tür ging auf, ihre Schwiegertochter stand auf der

Schwelle und lehnte sich, zu Tode erschöpft, gegen den Türstock. Sie trug keinen Hut, und ihre sonst so adrette Frisur war unordentlich und zerzaust. Mit einer Hand hielt sie den Mantel am Hals zusammen, als wolle sie die Kälte abwehren, die zum Teil von ihrer Erschöpfung kam.

»Komm her, Mädel«, sagte die alte Mrs. White mit zitternder Stimme. »Leg dir meine Daunendecke um die Schultern. Setz dich hier aufs Bett.«

»Jack und Una?«

»Schlafen, nehme ich an. Sie sind bis fünf aufgeblieben, dann habe ich sie auf ihre Zimmer geschickt. Sie wollten nicht, mußten aber doch tun, was ihre Großmutter sagte. Wie geht es ihm, Mabel? Wie geht es George?« Die Stimme der alten Dame war so dünn geworden wie ein Faden.

»Es geht ihm gut, er wird wieder gesund werden«, sagte Mrs. White und schlug die Hände vors Gesicht. »Er hat schwere Verbrennungen – seine armen Hände –, aber es wird alles gut werden. Sie haben es mir im Krankenhaus geschworen. Er ist ganz einbandagiert. Ich durfte nicht mit ihm sprechen. Aber die Oberschwester sagt, er wird wieder gesund.«

»Gott dem Allmächtigen sei Dank! Aber was ist ihm eigentlich eingefallen, sich so in Gefahr zu begeben, ohne an seine Familie zu denken!« verlangte die alte Mrs. White zu wissen, ganz giftig vor Erleichterung. »Aggie hätte das nicht gewollt, das weiß ich ganz genau. Und sie war schon tot, bevor er sie erreichte ... zu Asche verbrannt, das arme alte Ding. Jack hat es mir erzählt, als er von drüben zurückkam. Wer hätte gedacht, daß sie noch vor mir geht, aber sie mußte sich ja schon immer vordrängen.«

Von dieser Rede hatte Mrs. White junior nicht viel vernommen. Unter den weichen, schlaffen Federn der alten Daunendecke zuckten ihre Schultern krampfhaft, und die aufgestauten Gefühle strömten in einer Tränenflut aus ihr heraus. Als dies der alten Dame zu Bewußtsein kam, sagte sie mit einer Freundlichkeit, die bei ihrer verdrießlichen Art etwas Seltenes war:

»Kein Wunder, daß du durcheinander bist. Und auf mich brauchst du keine Rücksicht zu nehmen. Es ist alles anders als vorher, und ich kann dir auch ruhig sagen, daß ich fast verrückt geworden wäre, als ich hier so ganz allein flachliegen mußte.«

»Ich dachte, er würde sterben«, schluchzte Mrs. White und hob ihr verheultes Gesicht. »Ich dachte, das sei meine St-t-rafe.«

»Aber wofür solltest du denn bestraft werden, mein Kind? Du bist George eine gute Frau gewesen, auf jeden Fall besser als ich als Mutter. Du hast am wenigsten von allen Strafe verdient, soviel ich sehen kann.«

»Das kommt alles davon, wenn man die Gebote bricht!«

Die alte Frau spitzte die Ohren. Pures Vergnügen am Skandal glitzerte in ihren trüben alten Augen. »Jetzt erzähle mir nicht, daß du George untreu gewesen bist. Das hätte ich nie von dir gedacht!«

»Natürlich nicht!« rief Mrs. White aus und tauchte unter der Daunendecke hervor. Ihr entrüsteter Gesichtsausdruck wirkte durch die Schatten der flackernden Kerzen noch grotesker. »Wie kommst du nur auf so schlimme Gedanken, Mama. Es ist doch nur, weil ich hinter den ganzen Schwierigkeiten mit Vincent James gesteckt habe. O mein Gott, das kommt davon, wenn man sich in das Wirken der Vorsehung einmischt.«

Die Mama blinzelte zweimal. »Du willst doch nicht sagen, daß du Vincent James getötet hast, Mabel, oder?«

»Ich habe es nie so gesehen. Es war an dem Tag, als er wegen seiner Schlaftabletten in den Laden kam und anfing, George so abscheulich zu behandeln. Er machte ihn so nervös, daß George die Tabletten verschüttete und nach mir läuten mußte, damit ich hinüberkam und sie aufsammelte. Ich nahm sie mit nach hinten, um sie einzupacken, und als ich das tat, kam mir plötzlich der Gedanke, daß es dem armen Vincent James genauso ging wie unserem armen, alten Hund Whiskey. Er war für sich und für andere nur noch eine Last, und man mußte ihn einschläfern. Natürlich konnte ich ihm das kleine Kügelchen nicht in eine Wurst stecken, wie ich es bei Whiskey gemacht hatte, aber das Komische war, daß es fast genauso aussah wie seine Schlaftabletten, eine kleine, flache Pille. Ich hatte von Whiskey noch eine übrig, er hatte die zweite Dosis, die der Tierarzt verordnet hatte, nie gebraucht, und sie steckte seit Wochen in einer Schachtel in einer Tasche meiner hübschen Kittelschürze. Ich hatte sie George zurückgeben wollen, damit er sie im Giftschrank verwahre, und als ich die Tabletten des Majors sah, fiel sie mir wieder ein. Ich dachte, wie sonderbar es doch sei, daß sie sich so ähnelten. Ich legte sie nebeneinander, um sie zu vergleichen, und ehe ich wußte, was ich getan hatte, hatte ich eine von den Schlaftabletten weggenommen und die Hundepille an ihre Stelle gelegt.«

Hier hielt sie atemlos inne, aber als die alte Dame im Bett kein Wort sagte, fuhr sie einen Augenblick später mit ihrer Verteidigung fort. »Sie werden von einer guten Firma hergestellt und sind sehr zuverlässig. Das hat George gesagt. Und ich war die ganze Zeit hinterher bei Whiskey, und ich weiß, daß er nicht die geringsten Schmerzen hatte, wirklich gar keine.«

»So etwas habe ich noch nie gehört«, sagte die alte Mrs. White. »Nein, in meinem ganzen Leben nicht. Das ist ja wirklich seltsam. Ganz anders als in den Büchern. Den Büchern nach wäre es eher die bettlägerige, alte Großmutter gewesen. Ich glaube, manche von den Autoren halten sich für klüger als das wirkliche Leben. Sie werden dafür bezahlt, verstehst du.«

Es hörte sich beinahe so an, als fühle sie sich betrogen. Aber irgendwann raffte sie sich wieder soweit auf, daß sie fragte: »Hast du denn gar keine Gewissensbisse gehabt?«

»Ach ja, schon«, seufzte ihre Schwiegertochter. »Ich hatte tatsächlich welche, aber das kam erst später. In diesem Augenblick war ich eiskalt, und es war mir nicht halb so arg wie bei Whiskey. Aber als George gestand, daß er denselben Gedanken gehabt hatte, da wurde mir sonnenklar, wie unrecht es war. Es ist immer ein Unterschied, ob man selbst

Unrecht tut oder ob man sieht, wie andere es tun; anscheinend erkennt man es bei sich selbst nicht so deutlich.«

»Das ist ein wahres Wort«, stimmte die Mama zu. »Agnes hat mir letztesmal, als sie zum Tee hier war, rundheraus gesagt, ich hätte George zugrundegerichtet. Aber ich hatte das vorher nie so gesehen. Ich habe wohl instinktiv gehandelt, genau wie du beim Major, und Instinkte mögen vielleicht natürlich sein, aber man kann sich nicht immer auf sie verlassen.«

Über diese traurige Tatsache sannen die beiden Frauen ein paar Augenblicke lang schweigend nach.

»Du konntest nicht auf den Tag genau wissen, wann er die Hundepille nehmen würde«, sagte Mrs. White senior schließlich, ihren Büchern immer noch die Treue haltend.

»Ich dachte mir, daß er sie früher oder später schon erwischen würde.«

Noch ein Gedanke zuckte durch das Gehirn der alten Dame.

»Du willst doch nicht sagen, daß auch George versucht hat, den Major um die Ecke zu bringen?«

»Daran gedacht hat er vielleicht«, gestand Georges Frau verlegen, »aber er ist kein praktischer Mensch.«

»Du solltest nicht weiter darüber nachgrübeln«, entschied die Mama schließlich. »Was geschehen ist, ist geschehen, und vielleicht war es auch alles zum Besten. Schließlich willst du dich doch auch wegen Whiskey nicht in alle Ewigkeit aufregen.«

»Ich denke, daß Whiskey keine unsterbliche Seele hatte«, flüsterte Mrs. White. »Ich weiß jetzt, daß ich diese Schuld bis zu meiner Todesstunde nicht loswerde.«

»Was das angeht, mein Kind, so kommt die für mich früher als für dich. Wie wäre es, wenn du die Schuld an mich weitergibst? Wenn Agnes recht hatte, bin ich ebenso verantwortlich wie du. Wenn ich George nicht unterdrückt hätte, hätte er Leuten wie Vincent James gegenüber seinen Mann stehen können, und dann wäre überhaupt nichts passiert.«

»Wenn wir so weit zurückgehen wollen, könnten wir es

doch gleich Adam und Eva anhängen, dann wäre die Geschichte erledigt«, sagte Mrs. White.

Sie stand auf, schob die Daunendecke von ihren behäbigen, breiten Schultern und deckte die alte Dame damit zu. »Ich kann mir vorstellen, daß du eine Tasse Tee vertragen könntest, und ich sicher auch ... o je«, fügte sie hinzu, »daran hatte ich nicht gedacht.«

»Woran?« fragte die alte Dame, bereit für weitere Enthüllungen.

»Na ja, jetzt wo Nigel wieder in der Schule ist, frage ich mich bloß, wie die arme Mrs. James mit nur einer Lebensmittelkarte auskommt.«

Literarische Thriller im Diogenes Verlag

● **Margery Allingham**

Die Handschuhe des Franzosen
Kriminalgeschichten. Aus dem Englischen von Peter Naujack. Zeichnungen von Georges Eckert. detebe 20929

Trau keiner Lady
Roman. Deutsch von Gerd van Bebber
detebe 21567

Gefährliches Landleben
Roman. Deutsch von Brigitte Mentz
detebe 21568

Süße Gefahr
Roman. Deutsch von Peter Fischer
detebe 21569

Judaslohn
Roman. Deutsch von Edith Walther
detebe 21570

● **Eric Ambler**

Die Maske des Dimitrios
Roman. Aus dem Englischen von Mary Brand und Walter Hertenstein. detebe 20137

Der Fall Deltschev
Roman. Deutsch von Mary Brand und Walter Hertenstein. detebe 20178

Eine Art von Zorn
Roman. Deutsch von Susanne Feigl und Walter Hertenstein. detebe 20179

Schirmers Erbschaft
Roman. Deutsch von Harry Reuß-Löwenstein, Th. A. Knust und Rudolf Barmettler
detebe 20180

Die Angst reist mit
Roman. Deutsch von Walter Hertenstein
detebe 20181

Der Levantiner
Roman. Deutsch von Tom Knoth
detebe 20223

Waffenschmuggel
Roman. Deutsch von Tom Knoth
detebe 20364

Topkapi
Roman. Deutsch von Elsbeth Herlin
detebe 20536

Schmutzige Geschichte
Roman. Deutsch von Günter Eichel
detebe 20537

Das Intercom-Komplott
Roman. Deutsch von Dietrich Stössel
detebe 20538

Besuch bei Nacht
Roman. Deutsch von Wulf Teichmann
detebe 20539

Der dunkle Grenzbezirk
Roman. Deutsch von Walter Hertenstein und Ute Haffmans. detebe 20602

Ungewöhnliche Gefahr
Roman. Deutsch von Walter Hertenstein und Werner Morlang. detebe 20603

Anlaß zur Unruhe
Roman. Deutsch von Franz Cavigelli
detebe 20604

Nachruf auf einen Spion
Roman. Deutsch von Peter Fischer
detebe 20605

Doktor Frigo
Roman. Deutsch von Tom Knoth
detebe 20606

Bitte keine Rosen mehr
Roman. Deutsch von Tom Knoth
detebe 20887

Mit der Zeit
Roman. Deutsch von Hans Hermann
detebe 21054

● **Gavin Black**

Ein Drachen zum Fest
Roman. Aus dem Englischen von Matthias Fienbork. detebe 21560

● **Peter Bradatsch**

Waschen, Schneiden, Umlegen
Ein Dutzend Kriminalgeschichten
detebe 21272

● John Buchan

Die neununddreißig Stufen
Roman. Aus dem Englischen von Marta Hackel. Mit Zeichnungen von Edward Gorey
detebe 20210

Grünmantel
Roman. Deutsch von Marta Hackel
Mit Zeichnungen von Topor
detebe 20771

Mr. Standfast oder Im Westen was Neues
Roman. Deutsch von Marta Hackel
Mit Zeichnungen von Topor
detebe 20772

Die drei Geiseln
Roman. Deutsch von Marta Hackel
Mit Zeichnungen von Tatjana Hauptmann
detebe 20773

Basilissa
Roman. Deutsch von Otto Bayer
detebe 21249

● W. R. Burnett

Little Caesar
Roman. Aus dem Amerikanischen von Georg Kahn-Ackermann. detebe 21061

High Sierra
Roman. Deutsch von Armgard Seegers und Hellmuth Karasek. detebe 21208

Asphalt-Dschungel
Roman. Deutsch von Walle Bengs
detebe 21427

● Anton Čechov

Das Drama auf der Jagd
Eine wahre Begebenheit. Aus dem Russischen von Peter Urban. detebe 21379

● Raymond Chandler

Die besten Detektivstories
Neu aus dem Amerikanischen übersetzt von Hans Wollschläger. Diogenes Evergreens

Der große Schlaf
Roman. Neu übersetzt von Gunar Ortlepp
detebe 20132

Die kleine Schwester
Roman. Neu übersetzt von W. E. Richartz
detebe 20206

Das hohe Fenster
Roman. Neu übersetzt von Urs Widmer
detebe 20208

Der lange Abschied
Roman. Neu übersetzt von Hans Wollschläger. detebe 20207

Die simple Kunst des Mordes
Briefe, Essays, Fragmente. Herausgegeben von Dorothy Gardiner und Kathrine Sorley Walker. Neu übersetzt von Hans Wollschläger. detebe 20209

Die Tote im See
Roman. Neu übersetzt von Hellmuth Karasek. detebe 20311

Lebwohl, mein Liebling
Roman. Neu übersetzt von Wulf Teichmann
detebe 20312

Playback
Roman. Neu übersetzt von Wulf Teichmann. detebe 20313

Mord im Regen
Frühe Stories. Vorwort von Prof. Philip Durham. Neu übersetzt von Hans Wollschläger. detebe 20314

Erpresser schießen nicht
Detektivstories I. Neu übersetzt von Hans Wollschläger. detebe 20751

Der König in Gelb
Detektivstories II. Neu übersetzt von Hans Wollschläger. detebe 20752

Gefahr ist mein Geschäft
Detektivstories III. Neu übersetzt von Hans Wollschläger. detebe 20753

Englischer Sommer
Geschichten, Parodien, Aufsätze. Mit einer Erinnerung von John Houseman, einem Vorwort von Patricia Highsmith und Zeichnungen von Edward Gorey. Diverse Übersetzer
detebe 20754

● Agatha Christie

Die besten Geschichten von Agatha Christie
Aus dem Englischen von Maria Meinert, Marfa Berger und Ingrid Jacob
Diogenes Evergreens

Villa Nachtigall
Geschichten. Deutsch von Peter Naujack und Günter Eichel. detebe 20825

Der Fall der enttäuschten Hausfrau
Geschichten. Deutsch von Günter Eichel detebe 20826

● Friedrich Dürrenmatt

Das Versprechen / Aufenthalt in einer kleinen Stadt
Erzählungen. detebe 20852

Der Richter und sein Henker
Kriminalroman. Mit einer literarischen Skizze des Autors. detebe 21435

Der Verdacht
Kriminalroman. Mit einer literarischen Skizze des Autors. detebe 21436

Justiz
Roman. detebe 21540

● William Faulkner

Die Spitzbuben
Roman. Aus dem Amerikanischen von Elisabeth Schnack. detebe 20989

Der Springer greift an
Kriminalgeschichten. Deutsch von Elisabeth Schnack. detebe 20152

Die Freistatt
Roman. Deutsch von Hans Wollschläger, Vorwort von André Malraux. detebe 20802

● Celia Fremlin

Klimax
Roman. Aus dem Englischen von Dietrich Stössel. detebe 20916

Wer hat Angst vorm schwarzen Mann?
Roman. Deutsch von Otto Bayer detebe 21302

Die Stunden vor Morgengrauen
Roman. Deutsch von Isabella Nadolny detebe 21515

● Der goldene Gelbe 86

Sonderausgabe. Enthält folgende Romane: Raymond Chandler, Der große Schlaf / Patricia Highsmith, Zwei Fremde im Zug / Eric Ambler, Die Maske des Dimitrios detebe 21412

● Der goldene Gelbe 87

Sonderausgabe. Enthält folgende Romane: Dashiell Hammett, Der dünne Mann/Margaret Millar, Liebe Mutter, es geht mir gut/Ross Macdonald, Unter Wasser stirbt man nicht detebe 21524

● Robert van Gulik

Mord im Labyrinth
Roman. Deutsch von Roland Schacht detebe 21381

Tod im Roten Pavillon
Roman. Deutsch von Gretel und Kurt Kuhn detebe 21383

Wunder in Pu-yang?
Roman. Deutsch von Roland Schacht detebe 21382

Halskette und Kalebasse
Roman. Deutsch von Klaus Schomburg detebe 21519

● Henry Rider Haggard

Sie
Abenteuerroman. Aus dem Englischen von Helmut Degner. detebe 20236

König Salomons Schatzkammer
Roman. Deutsch von V. H. Schmied detebe 20920

● Dashiell Hammett

Der Malteser Falke
Roman. Neu aus dem Amerikanischen übersetzt von Peter Naujack. detebe 20131

Rote Ernte
Roman. Neu übersetzt von Gunar Ortlepp detebe 20292

Der Fluch des Hauses Dain
Roman. Neu übersetzt von Wulf Teichmann detebe 20293

Der gläserne Schlüssel
Roman. Neu übersetzt von Hans Wollschläger. detebe 20294

Der dünne Mann
Roman. Neu übersetzt von Tom Knoth detebe 20295

Fliegenpapier
5 Stories. Deutsch von Harry Rowohlt, Helmuth Kossodo, Helmut Degner, Peter Naujack und Elizabeth Gilbert. Vorwort von Lillian Hellmann. detebe 20911

Fracht für China
3 Stories. Deutsch von Elizabeth Gilbert, Antje Friedrichs und Walter E. Richartz
detebe 20912

Das große Umlegen
3 Stories. Deutsch von Walter E. Richartz, Hellmuth Karasek und Wulf Teichmann
detebe 20913

Das Haus in der Turk Street
3 Stories. Deutsch von Wulf Teichmann
detebe 20914

Das Dingsbums Küken
3 Stories. Deutsch von Wulf Teichmann. Nachwort von Steven Marcus. detebe 20915

● E.W. Heine

Kuck Kuck
Noch mehr Kille Kille Geschichten. Leinen

Kille Kille
Makabre Geschichten. detebe 21053

Hackepeter
Neue Kille Kille Geschichten
detebe 21219

Wer ermordete Mozart? Wer enthauptete Haydn?
Mordgeschichten für Musikfreunde
detebe 21437

Wie starb Wagner? Was geschah mit Glenn Miller?
Neue Geschichten für Musikfreunde
detebe 21514

● Patricia Highsmith

Elsie's Lebenslust
Roman. Aus dem Amerikanischen von Otto Bayer. Leinen

Der Stümper
Roman. Deutsch von Barbara Bortfeldt
detebe 20136

Zwei Fremde im Zug
Roman. Deutsch von Anne Uhde
detebe 20173

Der Geschichtenerzähler
Roman. Deutsch von Anne Uhde
detebe 20174

Der süße Wahn
Roman. Deutsch von Christian Spiel
detebe 20175

Die zwei Gesichter des Januars
Roman. Deutsch von Anne Uhde
detebe 20176

Der Schrei der Eule
Roman. Deutsch von Gisela Stege
detebe 20341

Tiefe Wasser
Roman. Deutsch von Eva Gärtner und Anne Uhde. detebe 20342

Die gläserne Zelle
Roman. Deutsch von Gisela Stege und Anne Uhde. detebe 20343

Das Zittern des Fälschers
Roman. Deutsch von Anne Uhde
detebe 20344

Lösegeld für einen Hund
Roman. Deutsch von Anne Uhde
detebe 20345

Der talentierte Mr. Ripley
Roman. Deutsch von Barbara Bortfeldt. detebe 20481

Ripley Under Ground
Roman. Deutsch von Anne Uhde
detebe 20482

Ripley's Game
Roman. Deutsch von Anne Uhde
detebe 20346

Der Schneckenforscher
Vorwort von Graham Greene
Deutsch von Anne Uhde. detebe 20347

Ein Spiel für die Lebenden
Roman. Deutsch von Anne Uhde
detebe 20348

Kleine Geschichten für Weiberfeinde
Deutsch von W. E. Richartz. Mit Zeichnungen von Roland Topor. detebe 20349

Kleine Mordgeschichten für Tierfreunde
Deutsch von Anne Uhde. detebe 20483

Venedig kann sehr kalt sein
Roman. Deutsch von Anne Uhde
detebe 20484

Ediths Tagebuch
Roman. Deutsch von Anne Uhde
detebe 20485

Der Junge, der Ripley folgte
Roman. Deutsch von Anne Uhde
detebe 20649

Leise, leise im Wind
Erzählungen. Deutsch von Anne Uhde
detebe 21012

Keiner von uns
Erzählungen. Deutsch von Anne Uhde
detebe 21179

Leute, die an die Tür klopfen
Roman. Deutsch von Anne Uhde
detebe 21349

Nixen auf dem Golfplatz
Erzählungen. Deutsch von Anne Uhde
detebe 21517

● Hans Werner Kettenbach

Minnie oder Ein Fall von Geringfügigkeit
Roman. detebe 21218

● Mauric Leblanc

Arsène Lupin – Der Gentleman-Gauner
Roman. Deutsch von Erika Gebühr
detebe 20127

Die hohle Nadel oder Die Konkurrenten des Arsène Lupin
Deutsch von Erika Gebühr. detebe 20239

813 – Das Doppelleben des Arsène Lupin
Roman. Deutsch von Erika Gebühr
detebe 20931

Der Kristallstöpsel oder Die Mißgeschicke des Arsène Lupin
Roman. Deutsch von Erika Gebühr
detebe 20932

Die Gräfin von Cagliostro oder Die Jugend des Arsène Lupin
Roman. Deutsch von Arika Gebühr
detebe 20933

Arsène Lupin kontra Herlock Sholmes
Roman. Deutsch von Erika Gebühr
detebe 21026

Die Insel der 30 Särge
Roman. Deutsch von Lothar Schmidt und Ulrike Simon. detebe 21198

Die Uhr schlägt achtmal
Roman. Deutsch von Erika Gebühr
detebe 21254

● Gaston Leroux

Das Geheimnis des gelben Zimmers
Roman. Aus dem Französischen von Klaus Walther. detebe 20924

● Marie Belloc Lowndes

Jack the Ripper oder der Untermieter
Roman. Aus dem Englischen von Wulf Teichmann. detebe 20130

● Ross Macdonald

Dornröschen war ein schönes Kind
Roman. Aus dem Amerikanischen von Wulf Teichmann. detebe 20227

Unter Wasser stirbt man nicht
Roman. Deutsch von Hubert Deymann
detebe 20322

Ein Grinsen aus Elfenbein
Roman. Deutsch von Charlotte Hamberger
detebe 20323

Die Küste der Barbaren
Roman. Deutsch von Marianne Lipcowitz
detebe 20324

Der Fall Galton
Roman. Deutsch von Egon Lothar Wensk
detebe 20325

Gänsehaut
Roman. Deutsch von Gretel Friedmann
detebe 20326

Der blaue Hammer
Roman. Deutsch von Peter Naujack
detebe 20541

Durchgebrannt
Roman. Deutsch von Helmut Degner
detebe 20868

Geld kostet zuviel
Roman. Deutsch von Günter Eichel
detebe 20869

Die Kehrseite des Dollars
Roman. Deutsch von Günter Eichel
detebe 20877

Der Untergrundmann
Roman. Deutsch von Hubert Deymann
detebe 20878

Der Drahtzieher
Sämtliche Detektivstories um Lew Archer I. Mit einem Vorwort des Autors. Deutsch von Hubert Deymann und Peter Naujack
detebe 21018

Einer lügt immer
Sämtliche Detektivstories um Lew Archer II. Deutsch von Hubert Deymann und Peter Naujack. detebe 21019

Sanftes Unheil
Roman. Deutsch von Monika Schoenenberger. detebe 21178

Blue City
Roman. Deutsch von Christina Sieg-Welti und Christa Hotz. detebe 21317

Der Mörder im Spiegel
Roman. Deutsch von Dietlind Bindheim
detebe 21303

● Ian McEwan

Der Trost von Fremden
Roman. Aus dem Englischen von Michael Walter. detebe 21266

● Margaret Millar

Banshee, die Todesfee
Roman. Aus dem Amerikanischen von Renate Orth-Guttmann. Leinen

Liebe Mutter, es geht mir gut …
Roman. Deutsch von Elizabeth Gilbert
detebe 20226

Die Feindin
Roman. Deutsch von Elizabeth Gilbert
detebe 20276

Fragt morgen nach mir
Roman. Deutsch von Anne Uhde
detebe 20542

Ein Fremder liegt in meinem Grab
Roman. Deutsch von Elizabeth Gilbert
detebe 20646

Die Süßholzraspler
Roman. Deutsch von Gerog Kahn-Ackermann und Susanne Feigl. detebe 20926

Von hier an wird's gefährlich
Roman. Deutsch von Fritz Güttinger
detebe 20927

Der Mord von Miranda
Roman. Deutsch von Hans Hermann
detebe 21028

Das eiserne Tor
Roman. Deutsch von Karin Reese und Michel Bodmer. detebe 21063

Fast wie ein Engel
Roman. Deutsch von Luise Däbritz
detebe 21190

Die lauschenden Wände
Roman. Deutsch von Karin Polz. detebe 21421

Nymphen gehören ins Meer!
Roman. Deutsch von Otto Bayer
detebe 21516

● Patrick Quentin

Bächleins Rauschen tönt so bang
Kriminalgeschichten. Deutsch von Günter Eichel. detebe 20195

Familienschande
Roman. Deutsch von Helmut Degner
detebe 20917

● Jack Ritchie

Der Mitternachtswürger
Geschichten. Aus dem Amerikanischen von Alfred Probst. detebe 21293

Für alle ungezogenen Leute
Detektiv-Geschichten. Deutsch von Dorothee Asendorf. detebe 21384

● Georges Simenon

Brief an meinen Richter
Roman. Aus dem Französischen von Hansjürgen Wille und Barbara Klau. detebe 20371

Der Schnee war schmutzig
Roman. Deutsch von Willi A. Koch
detebe 20372

Die grünen Fensterläden
Roman. Deutsch von Alfred Günther
detebe 20373

Im Falle eines Unfalls
Roman. Deutsch von Hansjürgen Wille und Barbara Klau. detebe 20374

Sonntag
Roman. Deutsch von Hansjürgen Wille und Barbara Klau. detebe 20375

Bellas Tod
Roman. Deutsch von Elisabeth Serelmann-Küchler. detebe 20376

Der Mann mit dem kleinen Hund
Roman. Deutsch von Stefanie Weiss
detebe 20377

Drei Zimmer in Manhattan
Roman. Deutsch von Linde Birk
detebe 20378

Die Großmutter
Roman. Deutsch von Linde Birk
detebe 20379

Der kleine Mann von Archangelsk
Roman. Deutsch von Alfred Kuoni
detebe 20584

Der große Bob
Roman. Deutsch von Linde Birk
detebe 20585

Die Wahrheit über Bébé Donge
Roman. Deutsch von Renate Nickel
detebe 20586

Tropenkoller
Roman. Deutsch von Annerose Melter
detebe 20673

Ankunft Allerheiligen
Roman. Deutsch von Eugen Helmlé
detebe 20674

Der Präsident
Roman. Deutsch von Renate Nickel
detebe 20675

Der kleine Heilige
Roman. Deutsch von Trude Fein
detebe 20676

Der Outlaw
Roman. Deutsch von Liselotte Julius
detebe 20677

Der Verdächtige
Roman. Deutsch von Eugen Helmlé
detebe 20679

Die Verlobung des Monsieur Hire
Roman. Deutsch von Linde Birk
detebe 20681

Der Mörder
Roman. Deutsch von Lothar Baier
detebe 20682

Die Zeugen
Roman. Deutsch von Anneliese Botond
detebe 20683

Die Komplizen
Roman. Deutsch von Stefanie Weiss
detebe 20684

Die Unbekannten im eigenen Haus
Roman. Deutsch von Gerda Scheffel
detebe 20685

Der Ausbrecher
Roman. Deutsch von Erika Tophoven
detebe 20686

Wellenschlag
Roman. Deutsch von Eugen Helmlé
detebe 20687

Der Mann aus London
Roman. Deutsch von Stefanie Weiss
detebe 20813

Die Überlebenden der Télémaque
Roman. Deutsch von Hainer Kober
detebe 20814

Der Mann, der den Zügen nachsah
Roman. Deutsch von Walter Schürenberg
detebe 20815

Zum Weißen Roß
Roman. Deutsch von Trude Fein
detebe 20986

Der Tod des Auguste Mature
Roman. Deutsch von Anneliese Boton
detebe 20987

Die Fantome des Hutmachers
Roman. Deutsch von Eugen Helmlé
detebe 21001

Die Witwe Couderc
Roman. Deutsch von Hanns Grössel
detebe 21002

Schlußlichter
Roman. Deutsch von Stefanie Weiss
detebe 21010

Die schwarze Kugel
Roman. Deutsch von Renate Nickel
detebe 21011

Die Brüder Rico
Roman. Deutsch von Angela von Hagen
detebe 21020

Antoine und Julie
Roman. Deutsch von Eugen Helmlé
detebe 21047

Betty
Roman. Deutsch von Raymond Regh
detebe 21057

Der Neger
Roman. Deutsch von Linde Birk
detebe 21118

Die Tür
Roman. Deutsch von Linde Birk
detebe 21114

Das blaue Zimmer
Roman. Deutsch von Angela von Hagen
detebe 21121

Der Bürgermeister von Furnes
Roman. Deutsch von Hans Grössel
detebe 21209

Es gibt noch Haselnußsträucher
Roman. Deutsch von Angela von Hagen
detebe 21192

Die Glocken von Bicêtre
Roman. Neu übersetzt von Angela von Hagen. detebe 20678

Das Testament Donadieu
Roman. Deutsch von Eugen Helmlé
detebe 21256

Der Untermieter
Roman. Deutsch von Ralph Eue
detebe 21255

Emil und sein Schiff
Erzählungen. Deutsch von Angela Hagen und Linde Birk. detebe 21318

Exotische Novellen
Deutsch von Annerose Melter. detebe 21285

Die Leute gegenüber
Roman. Deutsch von Hans-Joachim Hartstein. detebe 21273

Die schwanzlosen Schweinchen
Erzählungen. Deutsch von Linde Birk
detebe 21284

Weder ein noch aus
Roman. Deutsch von Elfriede Riegler
detebe 21304

Auf großer Fahrt
Roman. Deutsch von Angela von Hagen
detebe 21327

Der Bericht des Polizisten
Roman. Deutsch von Markus Jakob
detebe 21328

Die Zeit mit Anaïs
Roman. Deutsch von Ursula Vogel
detebe 21329

Die Katze
Roman. Deutsch von Angela von Hagen
detebe 21378

Der Passagier der Polarlys
Roman. Deutsch von Stephanie Weiss
detebe 21377

Die Schwarze von Panama
Roman. Deutsch von Ursula Vogel
detebe 21424

Das Gasthaus im Elsaß
Roman. Deutsch von Angela von Hagen
detebe 21425

Das Haus am Kanal
Roman. Deutsch von Ursula Vogel
detebe 21426

Der Zug
Roman. Deutsch von Trude Fein. detebe 21480

Striptease
Roman. Deutsch von Angela von Hagen
detebe 21481

45° im Schatten
Roman. Deutsch von Angela von Hagen
detebe 21482

Die Eisentreppe
Roman. Deutsch von Angela von Hagen
detebe 21557

Das Fenster der Rouets
Roman. Deutsch von Stephanie Weiss
detebe 21558

Die bösen Schwestern von Concarneau
Roman. Deutsch von Ingrid Altrichter
detebe 21559

Weihnachten mit Maigret
Zwei Romane und eine Erzählung. Leinen

Maigrets erste Untersuchung
Roman. Deutsch von Roswitha Plancherel
detebe 20501

Maigret und Pietr der Lette
Roman. Deutsch von Wolfram Schäfer
detebe 20502

Maigret und die alte Dame
Roman. Deutsch von Renate Nickel
detebe 20503

Maigret und der Mann auf der Bank
Roman. Deutsch von Annerose Melter
detebe 20504

Maigret und der Minister
Roman. Deutsch von Annerose Melter
detebe 20505

Mein Freund Maigret
Roman. Deutsch von Annerose Melter
detebe 20506

Maigrets Memoiren
Roman. Deutsch von Roswitha Plancherel
detebe 20507

Maigret und die junge Tote
Roman. Deutsch von Raymond Regh
detebe 20508

Maigret amüsiert sich
Roman. Deutsch von Renate Nickel
detebe 20509

Hier irrt Maigret
Roman. Deutsch von Renate Nickel
detebe 20690

Maigret und der gelbe Hund
Roman. Deutsch von Raymond Regh
detebe 20691

Maigret vor dem Schwurgericht
Roman. Deutsch von Wolfram Schäfer
detebe 20692

Maigret als möblierter Herr
Roman. Deutsch von Wolfram Schäfer
detebe 20693

Madame Maigrets Freundin
Roman. Deutsch von Roswitha Plancherel
detebe 20713

Maigret kämpft um den Kopf eines Mannes
Roman. Deutsch von Roswitha Plancherel
detebe 20714

Maigret und die kopflose Leiche
Roman. Deutsch von Wolfram Schäfer
detebe 20715

Maigret und die widerspenstigen Zeugen
Roman. Deutsch von Wolfram Schäfer
detebe 20716

Maigret am Treffen der Neufundlandfahrer
Roman. Deutsch von Annerose Melter
detebe 20717

Maigret bei den Flamen
Roman. Deutsch von Claus Sprick
detebe 20718

Maigret und die Bohnenstange
Roman. Deutsch von Guy Montag
detebe 20808

Maigret und das Verbrechen in Holland
Roman. Deutsch von Renate Nickel
detebe 20809

Maigret und sein Toter
Roman. Deutsch von Elfriede Riegler
detebe 20810

Maigret beim Coroner
Roman. Deutsch von Wolfram Schäfer
detebe 20811

Maigret, Lognon und die Gangster
Roman. Deutsch von Wolfram Schäfer
detebe 20812

Maigret und der Gehängte von Saint-Pholien
Roman. Deutsch von Sibylle Powell
detebe 20816

Maigret und der verstorbene Monsieur Gallet
Roman. Deutsch von Roswitha Plancherel
detebe 20817

Maigret regt sich auf
Roman. Deutsch von Wolfram Schäfer
detebe 20820

Maigret und das Schattenspiel
Roman. Deutsch von Claus Sprick
detebe 20734

Maigret und die Keller des Majestic
Roman. Deutsch von Linde Birk
detebe 20735

Maigret contra Picpus
Roman. Deutsch von Hainer Kober
detebe 20736

Maigret läßt sich Zeit
Roman. Deutsch von Sibylle Powell
detebe 20755

Maigrets Geständnis
Roman. Deutsch von Roswitha Plancherel
detebe 20756

Maigret zögert
Roman. Deutsch von Annerose Melter
detebe 20757

Maigret und der Treidler der »Providence«
Roman. Deutsch von Claus Sprick
detebe 21029

Maigrets Nacht an der Kreuzung
Roman. Deutsch von Annerose Melter
detebe 21050

Maigret hat Angst
Roman. Deutsch von Elfriede Riegler
detebe 21062

Maigret erlebt eine Niederlage
Roman. Deutsch von Elfriede Riegler
detebe 21062

Maigret gerät in Wut
Roman. Deutsch von Wolfram Schäfer
detebe 21113

Maigret verteidigt sich
Roman. Deutsch von Wolfram Schäfer
detebe 21117

Maigret und der geheimnisvolle Kapitän
Roman. Deutsch von Annerose Melter
detebe 21180

Maigret und die alten Leute
Roman. Deutsch von Annerose Melter
detebe 21200

Maigret und das Dienstmädchen
Roman. Deutsch von Hainer Kober
detebe 21220

Maigret und der Fall Nahour
Roman. Deutsch von Sibylle Powell
detebe 21250

Maigret im Haus des Richters
Roman. Deutsch von Liselotte Julius
detebe 21238

Maigret und der Samstagsklient
Roman. Deutsch von Angelika Hildebrandt-Essig. detebe 21295

Maigret in New York
Roman. Deutsch von Bernhard Jolles
detebe 21308

Maigret und die Affäre Saint-Fiacre
Roman. Deutsch von Werner De Haas
detebe 21373

Sechs neue Fälle für Maigret
Erzählungen. Deutsch von Elfriede Riegler
detebe 21375

Maigret stellt eine Falle
Roman. Deutsch von Angela von Hagen
detebe 21374

Maigret in der Liberty Bar
Roman. Deutsch von Angela von Hagen
detebe 21376

Maigret und der Spion
Roman. Deutsch von Hainer Kober
detebe 21427

Maigret und die kleine Landkneipe
Roman. Deutsch von Bernhard Jolles und Heide Bideau. detebe 21428

Maigret und der Verrückte von Bergerac
Roman. Deutsch von Hainer Kober
detebe 21429

Maigret, die Tänzerin und die Gräfin
Roman. Deutsch von Hainer Kober
detebe 21484

Maigret macht Ferien
Roman. Deutsch von Markus Jakob
detebe 21485

Maigret und der hartnäckigste Gast der Welt
Erzählungen. Deutsch von Linde Birk und Ingrid Altrichter. detebe 21486

Maigret verliert eine Verehrerin
Roman. Deutsch von Ingrid Altrichter
detebe 21521

Maigret in Nöten
Roman. Deutsch von Markus Jakob
detebe 21522

Maigret und sein Rivale
Roman. Deutsch von Ingrid Altrichter
detebe 21523

Maigret und die schrecklichen Kinder
Roman. Deutsch von Paul Celan. detebe 21574

Maigret und sein Jugendfreund
Roman. Deutsch von Ingrid Altrichter
detebe 21575

Maigret und sein Revolver
Roman. Deutsch von Markus Jakob
detebe 21576

● **Henry Slesar**

Fiese Geschichten für fixe Leser
Aus dem Amerikanischen von Thomas Schlück. Diogenes Evergreens
Auch als detebe 21125

Das graue distinguierte Leichentuch
Roman. Deutsch von Paul Baudisch und Thomas Bodmer. Ausgezeichnet mit dem Edgar-Allan-Poe-Preis. detebe 20139

Vorhang auf, wir spielen Mord!
Roman. Deutsch von Thomas Schlück
detebe 20216

Erlesene Verbrechen und makellose Morde
Geschichten. Deutsch von Günter Eichel und Peter Naujack. Vorwort von Alfred Hitchcock. Zeichnungen von Tomi Ungerer
detebe 20225

Ein Bündel Geschichten für lüsterne Leser
Deutsch von Günter Eichel. Einleitung von Alfred Hitchcock. Zeichnungen von Tomi Ungerer. detebe 20275

Hinter der Tür
Roman. Deutsch von Thomas Schlück
detebe 20540

Aktion Löwenbrücke
Roman. Deutsch von Günter Eichel
detebe 20656

Ruby Martinson
Geschichten vom größten erfolglosen Verbrecher der Welt. Deutsch von Helmut Degner. detebe 20657

Schlimme Geschichten für schlaue Leser
Deutsch von Thomas Schlück
detebe 21036

Coole Geschichten für clevere Leser
Deutsch von Thomas Schlück. detebe 21046

Böse Geschichten für brave Leser
Deutsch von Christa Hotz und Thomas Schlück. detebe 21248

Die siebte Maske
Roman. Deutsch von Gerhard und Alexandra Baumrucker. detebe 21518

Frisch gewagt ist halb gemordet
Geschichten. Deutsch von Barbara und Jobst-Christian Rojahn. detebe 21577

● **Julian Symons**

Auf den Zahn gefühlt
Detektivgeschichten. Aus dem Englischen von Thomas Schlück. detebe 20601

Ein Pekinese aus Gips
Kriminalgeschichten. Deutsch von Günter Eichel. Zeichnungen von Josef Weihard
detebe 20740

Phantastische und Science-Fiction-Literatur im Diogenes Verlag

● **John Bellairs**

Das Haus, das tickte
Roman Aus dem Amerikanischen von Alexander Schmitz. Mit Zeichnungen von Edward Gorey. detebe 20368

● **Ambrose Bierce**

Die Spottdrossel
Ausgewählte Erzählungen und Fabeln. Auswahl und Vorwort von Mary Hottinger. Aus dem Amerikanischen von Joachim Uhlmann, Günter Eichel und Maria von Schweinitz Mit Zeichnungen von Tomi Ungerer detebe 20234

● **Ray Bradbury**

Der Tod ist ein einsames Geschäft
Roman. Aus dem Amerikanischen von Jürgen Bauer. Leinen

Die Mars-Chroniken
Roman in Erzählungen. Deutsch von Thomas Schlück. detebe 20863

Der illustrierte Mann
Erzählungen. Deutsch von Peter Naujack detebe 20365

Fahrenheit 451
Roman. Deutsch von Fritz Güttinger detebe 20862

Die goldenen Äpfel der Sonne
Erzählungen. Deutsch von Margarete Bormann. detebe 20864

Medizin für Melancholie
Erzählungen. Deutsch von Margarete Bormann. detebe 20865

Das Böse kommt auf leisen Sohlen
Roman. Deutsch von Norbert Wölfl detebe 20366

Das Kind von morgen
Erzählungen. Deutsch von Hans-Joachim Hartenstein. detebe 21205

Die Mechanismen der Freude
Erzählungen. Deutsch von Peter Naujack detebe 21242

Familientreffen
Erzählungen. Deutsch von Jürgen Bauer detebe 21415

● **Fredric Brown**

Flitterwochen in der Hölle
SF- & Schauergeschichten. Aus dem Amerikanischen von B. A. Egger. Mit Illustrationen von Peter Neugebauer. detebe 20600

● **Karel Čapek**

Der Krieg mit den Molchen
Roman. Aus dem Tschechischen von Eliška Glaserová. detebe 20805

● **Wilkie Collins**

Ein schauerliches fremdes Bett
Gruselgeschichten. Aus dem Englischen von Elizabeth Gilbert und Peter Naujack. Zeichnungen von Bob van den Born. detebe 20589

● **Guy Cullingford**

Post mortem
Roman. Aus dem Englischen von Helmut Degner und Peter Naujack. detebe 20369

● **Walter de la Mare**

Phantastische Erzählungen. Herausgegeben und aus dem Englischen von Elizabeth Gilbert Mit Zeichnungen von Edward Gorey

Sankt Valentinstag
detebe 21197

Die Orgie – eine Idylle
detebe 21236

● **Alexandre Dumas Père**

Horror in Fontenay
Roman. Aus dem Nachlaß herausgegeben von Alan Hull Walton. Deutsch von Alexander Schmitz. detebe 20367

● **Lord Dunsany**

Smetters erzählt Mordgeschichten
Fünf Kriminalgeschichten. Aus dem Englischen von Elisabeth Schnack. Zeichnungen von Paul Flora. detebe 20597

Jorkens borgt sich einen Whisky
Zehn Clubgeschichten. Deutsch von Elisabeth Schnack. Zeichnungen von Paul Flora. detebe 20598

● **Egon Friedell**
Die Rückkehr der Zeitmaschine
Phantastische Novelle. detebe 20177

● **Gespenster**
Englische Gespenstergeschichten von Daniel Defoe bis Elizabeth Bowen. Herausgegeben von Mary Hottinger. Mit 13 Zeichnungen von Paul Flora. detebe 20497

● **Mehr Gespenster**
Die besten Gespenstergeschichten aus England, Schottland und Irland. Herausgegeben von Mary Hottinger. detebe 21027

● **Noch mehr Gespenster**
Die besten Gespenstergeschichten aus aller Welt, von Balzac bis Čechov. Herausgegeben von Dolly Dolittle. detebe 21310

● **Rider Haggard**
Sie
Abenteuerroman. Aus dem Englischen von Helmut Degner. detebe 20236

König Salomons Schatzkammer
Roman. Deutsch von V. H. Schmied
detebe 20920

● **W. F. Harvey**
Die Bestie mit den fünf Fingern
Gruselgeschichten. Aus dem Englischen von Günter Eichel und Peter Naujack. Mit Zeichnungen von Peter Neugebauer. detebe 20599

● **Patricia Highsmith**
Der Schneckenforscher
Gesammelte Geschichten. Vorwort von Graham Greene. Aus dem Amerikanischen von Anne Uhde. detebe 20347

Leise, leise im Wind
Erzählungen. Deutsch von Anne Uhde
detebe 21012

Keiner von uns
Erzählungen. Deutsch von Anne Uhde
detebe 21179

● **Carol Hill**
Amanda
The Eleven Million Mile High Dancer. Roman Aus dem Amerikanischen von Manfred Ohl und Hans Sartorius. Leinen

● **Edward D. Hoch**
Frankensteins Fabrik
Roman. Aus dem Amerikanischen von Monika Elwenspoek. detebe 21561

● **Joris-Karl Huysmans**
Gegen den Strich
Roman. Aus dem Französischen von Hans Jacob. Einführung von Robert Baldick
Essay von Paul Valéry. detebe 20921

Tief unten
Roman. Deutsch von Gustav Gugitz. Mit einem Nachwort von Manfred Ach
detebe 21446

● **Gerald Kersh**
Mann ohne Gesicht
Phantastische Geschichten. Aus dem Englischen von Peter Naujack. detebe 20366

● **Sheridan Le Fanu**
Carmilla, der weibliche Vampir
Vampirgeschichte. Aus dem Englischen von Helmut Degner. detebe 20596

Der ehrenwerte Herr Richter Harbottle
Unheimliche Geschichten. Deutsch von Helmut Degner und Elisabeth Schnack
detebe 20619

● **W. Somerset Maugham**
Der Magier
Ein parapsychologischer Roman. Aus dem Englischen von Melanie Steinmetz und Ute Haffmans. detebe 20165

● **Hans Neff**
XAP oder Müssen Sie arbeiten? fragte der Computer
Ein fabelhafter Tatsachenroman
detebe 21052

● **Edgar Allan Poe**
Die schwarze Katze
und andere Verbrechergeschichten
detebe 21183

Die Maske des roten Todes
und andere phantastische Fahrten
detebe 21184

Der Teufel im Glockenstuhl
und andere Scherz- und Spottgeschichten
detebe 21185

Der Untergang des Hauses Usher
und andere Geschichten von Schönheit, Liebe und Wiederkunft. detebe 21182
Alle Bände herausgegeben von Theodor Etzel. Aus dem Amerikanischen von Gisela Etzel, Wolf Durian u.a.

Die denkwürdigen Erlebnisse des Arthur Gordon Pym
Roman. Deutsch von Gisela Etzel. Mit einem Nachwort von Jörg Drews. detebe 21267

● **Herbert Rosendorfer**
Der Ruinenbaumeister
Roman. detebe 20251

● **Saki**
Die offene Tür
Ausgewählte Erzählungen. Aus dem Englischen von Günter Eichel. Mit einem Nachwort von Thomas Bodmer und Zeichnungen von Edward Gorey. detebe 20115

● **Hermann Harry Schmitz**
Buch der Katastrophen
Tragikomische Geschichten. Vorwort von Otto Jägersberg. Holzstichmontagen von Horst Hussel. detebe 20548

● **Science-Fiction-Geschichten des Golden Age**
Von Ray Bradbury bis Isaac Asimov. Herausgegeben von Peter Naujack. detebe 21048

● **Klassische Science-Fiction-Geschichten**
Von Voltaire bis Conan Doyle. Herausgegeben von William Matheson. detebe 21049

● **Bram Stoker**
Draculas Gast
Sechs Gruselgeschichten. Aus dem Englischen von Erich Fivian und H. Haas. Mit Zeichnungen von Peter Neugebauer
detebe 20135

● **Roland Topor**
Der Mieter
Roman. Aus dem Französischen von Wolfram Schäfer. detebe 20358

Der schönste Busen der Welt
Geschichten. Deutsch von Ursula Vogel und Lislott Pfaff. Leinen

● **Jules Verne**
Werke
in 24 Bänden. Diverse Übersetzer. detebe

● **H. G. Wells**
Der Krieg der Welten
Roman. Aus dem Englischen von G. A. Crüwell und Claudia Schmölders. detebe 20171

Die Zeitmaschine
Eine Erfindung. Deutsch von Peter Naujack
detebe 20172

● **Cesare Zavattini**
Liebenswerte Geister
Erzählung. Aus dem Italienischen von Lisa Rüdiger. Mit einem Vorwort von Vittorio de Sica und Illustrationen von Corina Steinrisser
detebe 21058